花笙
STORY

让好故事发生

十二谜案楼

宁航一 著

Lost on the Twelfth Floor

中信出版集团|北京

图书在版编目（CIP）数据

十二楼谜案 / 宁航一著 . -- 北京：中信出版社，2023.7（2024.10 重印）
ISBN 978-7-5217-5611-1

I. ①十… II. ①宁… III. ①推理小说－中国－当代 IV. ① I247.5

中国国家版本馆 CIP 数据核字 (2023) 第 066222 号

十二楼谜案
著者： 宁航一
出版发行：中信出版集团股份有限公司
（北京市朝阳区东三环北路 27 号嘉铭中心　邮编　100020）
承印者： 河北鹏润印刷有限公司

开本：787mm×1092mm 1/16　　印张：23.5　　字数：320 千字
版次：2023 年 7 月第 1 版　　　　　印次：2024 年 10 月第 4 次印刷
书号：ISBN 978-7-5217-5611-1
定价：59.90 元

版权所有·侵权必究
如有印刷、装订问题，本公司负责调换。
服务热线：400-600-8099
投稿邮箱：author@citicpub.com

目录

001　　楔子

011　　第一章　迎新会
039　　第二章　凶宅
059　　第三章　溺亡
077　　第四章　嫌疑
094　　第五章　线索
111　　第六章　遗嘱
125　　第七章　疑点
146　　第八章　毒鸡汤
165　　第九章　调查
188　　第十章　预感
212　　第十一章　命案
228　　第十二章　假冒者
248　　第十三章　试探
267　　第十四章　抓捕
287　　第十五章　偷袭
299　　第十六章　方案
323　　第十七章　推理
343　　第十八章　缘由

361　　尾声

楔子

相对国内绝大多数城市而言，理市的夏天完全算不上炎热。拜高原季风气候所赐，这里几乎四季如春。正因为如此，理市成了全国最有名的旅游度假城市之一。

即便如此，三伏天的气温也达到了罕见的三十摄氏度以上。这样的热天，有人顶着烈日站在刑警支队大门口半个小时以上，实在是有些奇怪。

最先注意到这件事的是年轻警察李斌，他的办公桌位于二楼靠窗的位置，抬眼就能看到外面的情况。他对旁边的同事说："老谭，我发现一个老太太站在咱们支队门口几十分钟了，是不是有什么事要报案？"

"要报案的话，她站门口干吗，直接进来不就行了？"

回应的人名叫谭勇，是一个四十多岁的中年警察。和一般人印象中的刑警形象略有不同，他长相和蔼、慈眉善目，说话却是声音洪亮、中气十足。他的办公桌靠墙，无法看到外面的景象。理市的治安状况良好，刑警通常是比较闲的。谭勇盯着电脑屏幕，滑动鼠标浏览网上的新闻。

"我还是去问问吧，看她的样子好像有点不对劲，总觉得应该有什么事。"李斌起身，走出二楼办公室。

几分钟后，李斌回来了，坐回原位，喝了一口茶杯里泡的金银花茶。

谭勇望了他一眼："问了吗？"

"问了，她支支吾吾的，说没什么事，但我觉得她神情不自然，明显是没跟我说实话。"

"没事守在刑警支队门口干吗？她知道这儿是刑警支队吗？"

"肯定知道呀，我刚才穿着警服出去问的话，还问她是不是有什么事要报警，她又说不是，真是奇怪。"

这事引起了谭勇的兴趣。他走到窗边，看到了守候在大门口的老妇人。她衣着朴素，头发花白，身形佝偻，一看就是底层的劳动人民。端视一阵后，谭勇说："我认识她，是在我家附近拾荒的老人，住在老街破烂的平房里。老伴去世了，儿子也没在身边，一个人住，挺可怜的。"

"是吗，那她是不是来找你的？"

"找我做什么？我跟她也没打过什么交道。只不过见她可怜，有时让她到我们小区去收一些废品罢了。"

"那可能真是找你的。你也知道，有些人喜欢找熟人办事。特别是这种没什么文化的老太太。"

谭勇苦笑道："我们是刑警，又不是管户籍的派出所民警，熟不熟有什么区别？查案还得找跟自己关系好的？况且我跟她也谈不上关系好。"

"总之你去问问她吧。大热的天，一直站在咱们门口不是个事啊，中暑了怎么办？"

"行吧。"谭勇戴上帽子，走出办公室。

来到大门口，谭勇问拾荒老妇人："请问有什么事吗？"

"你是不是姓……谭？谭警官？"老妇人试探着问。

"对，你找我吗？"

"嗯……"

还真是找我的，被李斌那小子说准了。谭勇问："找我什么事？"

"有个事，想麻烦你一下……"

"那我同事刚才出来问你的时候，你怎么说没事呢？"

"那个小伙子吗？我不认识他。"

谭勇指着大门口挂的牌子说："这里是刑警支队，是报案的地方，不是找熟人行方便的地方，你懂吗？跟谁报案都是一样的。你遇到什么事了？"

"不……我不报案，只是有个事，想麻烦谭警官一下。"

"什么事？"

"我家的房子，遇到了点状况。"

"你说老街的那套平房？"

"不，是另一套在玥海湾小区的房子。"

谭勇略有些吃惊："你在'玥海湾'买了房子？"

这个小区是正对着玥海风景区的一套新住宅楼，位置、环境都很好，还是精装房。谭勇没想到，这个看上去有些穷困落魄的拾荒老人，竟然在这么好的小区买了房子。

"是的，给我儿子买的。他都三十好几了，也没成个家，原因就是没套像样的房子。所以我把一辈子的积蓄拿出来，在这个小区买了一套两居室的商品房。"老妇人解释道。

"这套房子怎么了？"

"我把房子租出去了，每个月房租2500。租房子的是一个外地的年轻姑娘……"

"等一下，你不是说，房子是买给你儿子，准备给他结婚用的吗？怎么又租出去了？"

"因为我儿子现在还没有女朋友，也不知道什么时候才有。而买房贷了款，我就想着先把房子租出去，用租金来还贷款。等我儿子交了女朋友，真正谈婚论嫁的时候，我就不租了，把房子给他们当婚房。"

谭勇明白了。"这么说，你现在还住在老街的破房子里，新房子用来收租金？"

"对。"

"这房子怎么了？你说租给了一个外地的年轻女人，然后呢？"

"是这样的，这姑娘的房租是押一付三，已经租了半年多了，前面交租金都很正常。但是这个月，也就是该交第三季度房租的时候，我联系不到她了。"

谭勇皱了皱眉："你找我就是因为房客不交租金？这种事情可不归我们刑警管。"

"不是的，我找谭警官是因为……"老妇人迟疑一阵，说道，"今天中午，小区的物管给我打电话，说他们接到我们那栋楼的邻居投诉，很多人闻到了臭味，怀疑气味是从我家传出来的。但物管去敲了门，没人在家，就打电话给我了。"

"租户联系不上了，邻居说闻到了臭味……难道你怀疑租户死在了家里？"

"我不知道是不是……又不敢一个人去看，所以才想请谭警官帮忙。"老妇人战战兢兢地说。

"这种事情是我们警察该做的，不存在帮不帮忙。你随便找哪个警察都行。"谭勇告知老妇人，"不过既然你找到我了，我就陪你去看看吧。"

"好的，太感谢了。"

谭勇跟李斌打了个电话，说有事要去确认一下。然后，他让老妇人上车，驾驶警车朝玥海湾小区驶去。

行驶途中，谭勇问："这个租户叫什么名字？"

"何雨珊。"

"你是什么时候联系不上她的？"

"有十多天了。打电话一直不接。"

"这么久了，你就没想着去房子看看，当面问问她？"

"我去过的，但是打不开门。她搬进去之后，就把锁芯换了。"

"电话打不通，人也找不着，你就不担心出事吗？现在才想起找警察。"

"我之前没想那么多呀，以为她只是工作忙而已。直到物管跟我说，邻居闻到了臭味，我才觉得不对劲……"老妇人哭丧着脸说，"可千万别出事呀。这可是我儿子以后的婚房，要是出事的话……"

"好了，你也别太担心。不一定就是这么回事。现在不是夏季嘛，说不定是垃圾发出的臭味。"谭勇安慰她。

"希望是这样吧。"老妇人双手合十，祈祷着。

十分钟后，警车开到了玥海湾小区门口。俩人下车，老妇人带路，走进其中一个单元，进入电梯后，老妇人按下数字"12"。

"你的房子是在十二楼？"

"是的。"

电梯门打开，老妇人带着谭勇来到自家门前。谭勇重重地敲门，等候许久，没有回应。谭勇问老妇人："你今天打租户的手机，是什么状态，没接还是关机？"

"应该是关机了。"

谭勇摸出手机，给一个开锁匠打电话，把具体门牌号告诉他，让他立刻来一趟。几分钟后，开锁匠就过来了，他拿出开锁的工具，拨弄几下，就打开了房门，说："房门没有从里面上锁，很容易开。"

"好的，你辛苦了，先回去吧。"谭勇对开锁匠说。

开锁匠乘坐电梯下楼。谭勇推开了房门，老妇人紧张地跟在他身后。

果然，刚刚进入室内，他们就闻到了一股恶臭。经验告诉谭勇，这不是一般垃圾的臭味，很像是尸体腐败后发出的臭味。他的眉头不自觉地拧紧了。老妇人更是紧张得全身僵硬，发出恐惧的呜咽声。此刻他们站在门厅，能够看到客厅的状况——至少客厅里是没有尸体的。谭勇对老妇人说："你如果害怕的话，可以在门口等我。"

"我就在这里等……可以吗？"

"也可以。把门关上。"

老妇人照做了，关上门后，站在门厅等待。谭勇把客厅、厨房、阳台和卫生间搜查了一遍，没有发现异常。两个卧室中，次卧的门是开着的，里面只有家具。如此看来，发出臭味的，只能是关着门的主卧了。谭勇深吸一口气，做好心理准备，推开了主卧的门。

熏人欲吐的恶臭扑鼻而来。谭勇强忍不适，睁大眼睛，看见了里面的场景。

老妇人发现谭勇伫立在主卧门口，她显然也闻到了这股浓烈的臭味，惊恐地问道："谭警官，里面是不是有……"

谭勇回过头，对她说："你自己来看看吧。"

老妇人摇头表示不敢。谭勇说："没关系，你过来看一下就知道了。"

老妇人颤颤巍巍地走了过来，看到主卧里的尸体后，她大叫一声："啊，是猫死了？"

谭勇点了点头，望着地上已经腐烂的猫的尸体说："这猫是不是租房子那姑娘养的？"

"是的。她搬来的时候就带了这只猫。"老妇人疑惑地说，"可是……人呢？"

谭勇在房间里观察了一阵，发现了几乎装满猫咪粪便的猫砂盆——这也是一部分臭味的源头。他还在床下找到了猫罐头，可惜的是，猫打不开罐头，在没有主人照顾的情况下，被关在这个卧室，活活饿死或者渴死了。卧室的窗户开着，安装了纱窗。臭味正是从这里散发出去的。

"这个女人太没责任心了吧！"老妇人谴责道，"把猫留在家里不管，自己就走了？结果猫活活饿死在了家里！"

"不，我觉得她不是扔下猫咪不管，而是她在外面出了什么事——比如遇害了，才没法回来照顾猫咪。"谭勇看着猫罐头说，"我也养过猫，会买这种品牌猫罐头的，一定是爱猫之人，不会做出把猫活活饿死这种残忍的事情。"

"这么说，她还是遇害了？不过……还好不是在我家里。"老妇人心有余悸地说。

谭勇不置可否，再次对整套房子进行仔细的搜查。这个家总体是干净整洁的，找不到血迹和犯罪的痕迹。为了稳妥起见，谭勇打开衣柜、橱柜进行检查，也没有发现异常。直到他在次卧的床下找到三个透明的抽屉。

谭勇蹲在地上，盯着这三个抽屉看了一阵，突然心中一惊，不祥的感觉笼罩心头。

他快步走到客厅，拉开冰箱下方的冷冻室，令人惊骇的一幕映入眼帘，他倒吸一口凉气。

刚才那三个透明的抽屉，原本是冷冻室里用于分开存放食品的。被拿掉之后，冷冻室成了一个大空间的冰柜。一具冻成冰雕般的女人的尸体，蜷曲着塞满了整个空间。

走过来的老妇人看到了冰箱里的尸体，吓得失声尖叫，几近昏厥。谭勇拉住她，把她扶到沙发上坐下。老妇人浑身颤抖，抓着谭勇的手，嘴里发出含混不清的声音，似乎被吓得魂不附体了。谭勇安抚着她的情绪，待她稍微平静一点后，问道："这就是那个叫何雨珊的租客吗？"

"我不知道，我没见过她的样子……"

"什么？你租房子给她，没见过她的长相？"

"对，只见过身份证上的照片。至于她本人，一直是戴着墨镜和口罩的，把大半张脸都遮住了。"

这个租客有什么问题吗？为什么装扮如此神秘？谭勇不由得想道。

老妇人一直别着脸，不敢再多看冰箱里的尸体一眼，哆哆嗦嗦地说道："她是被人杀死……然后，放在冰箱里的？"

这是毫无疑问的。没有人会自愿钻进冰箱里冻死。况且谭勇和老妇人都看到了，冰箱里的女尸，衣服和身体上有很多血迹。显然凶手在将她杀害后，将所有杀人的痕迹都处理干净，然后拿出冷冻室的抽屉，将尸体塞了进去。这样做的目的，很有可能是延迟尸体被发现的时间，让法医难以判断死者何时遇害。但是，既然凶手考虑到了这一点，为什么又不管猫呢？是因为他觉得，猫从饿死到散发出臭味，至少是十几天以后的事了，还是杀人的时候，他并没有发现租客的房间里有猫？

不管怎样，这是一起重大刑事案件，必须立刻跟刑警支队的队长江明汇报。然而，就在谭勇准备拨打电话的时候，老妇人突然抓住了他的手腕，一双惊惧的眼睛望着他："谭警官，我求你件事。"

"什么事？"

"你能不能不要告诉别人，我的房子里发生了这样的事？"

"什么意思？这里是命案现场！不告诉别人？我们警察不破案了？"

"不……当然要破案。但我的意思是，能不能……尽量不要让其他人知道，是'这套房'里发生了命案？"

"我不知道你在说什么。"谭勇继续拨打电话，"这又不是一般的事，我帮你隐瞒得了吗？"

扑通一声，老妇人跪在了谭勇的面前，声泪俱下地说道："谭警官，你知道我为什么一定要找你吗？因为我知道你是个好人，你经常让我这个外人进你们小区去收废品，对我也很亲切。其实来找你之前，我已经有不好的预感了……但我想，如果是谭警官你的话，肯定会帮我的，你不会不管我的死活。"

谭勇诧异地看着她："什么叫'你的死活'？你不是活得好好的嘛，死的只是你的租客罢了！"

"谭警官，这套房子是我的命。"老妇人眼泪汪汪地说，"我捡了四十年的废品，每天把手伸到又脏又臭、有口痰和碎玻璃碴的垃圾桶，从里面翻找出可以卖钱的东西，然后压扁、捆好，送到垃圾回收站，换一点点钱。四十年，风里来雨里去，被所有人瞧不起，包括我儿子。为了躲避我这个丢脸的妈，他宁肯去别的城市打零工都不待在我身边。也正因为这样，没有任何姑娘愿意跟他结婚。为了他，我把积攒一辈子的钱拿出来买了这套房子。但现在出了这种事，这套房子没法再用来当婚房了。"

"为什么？把一些家具家电换一下，就没问题了。"

老妇人连连摇头："谭警官，在我们老家有种说法。发生过命案的房子是不祥的,特别是死过单身女人的地方,阴气太重。人住在这种地方,会有血光之灾。就算流落街头,我也不会让我儿子和他未来的老婆、小孩住在这样的地方……"

谭勇听不下去了:"这是迷信!别胡说八道了,没这回事!"

"对,是迷信……那你让我把这套房子卖了,可以吗?"

"这本来就是你的房子,要卖还是要住都是你的自由,用得着我允许吗?"

"可如果大家都知道,这房子是发生过命案的凶宅,就不可能有人买了。等于我一辈子辛辛苦苦赚的钱,全都打了水漂!这样的话,我就没法活了,只有去死。"

谭勇看着她浑浊的双眼和脸上沟壑般的皱纹,以及那双像树皮一样干枯的双手,想起了这老妇人佝偻着捡废品的画面,怜悯之心油然而生。这种收入微薄的穷苦老人,完全有可能因为损失毕生积蓄而寻短见……谭勇实在是做不到无视她的感受,犹豫片刻后说道:"好吧,我答应你,调查和侦破此案的时候,尽量不让别人知道案子发生在这个小区的哪一户。"

"那你的同事……"

"我会向队长申请,这起案件由我来负责调查。至于跟我一起调查案件的同事,我会叮嘱他们注意的。"

老妇人感动得热泪盈眶:"太感谢你了,谭警官!"

"最近几天,你暂时不要来这套房子。这里是命案现场,我们要把房子封锁一段时间,用于调查和取证。"

"好的,我本来就不住这里。"

谭勇再次拨打支队长江明的电话,汇报了上述情况。江明表示立即立案侦查,同意由谭勇来负责侦破此案,李斌进行协助调查。

十几分钟后,法医的车到了。谭勇选择在电梯和楼道没人的时候,和李斌一起把冰箱里的尸体运送上警车,然后告知物业,本小区发生了命案,请物业务必提醒小区内的所有住户,注意安全——没有特别强调，命案发生在哪一户。

　　法医鉴定完 DNA 后，确定死者就是租客何雨珊。而尸检结果是——她死于背部中刀，直接刺穿心脏。之后尸体就被凶手放进了冷冻室，导致死亡时间变得难以确认。从尸体的各种迹象，结合猫死后的腐烂程度来看，这女孩大概是在二十多天前被杀害的。

　　这个结果给侦破带来了很大的难度。二十多天的时间里，出入过这个小区的本地人、外地人难以计数。加上理市是旅游城市，来此旅游和看房的人本来就比较多，在如此大的范围内筛查凶手，犹如大海捞针。

　　当然，谭勇和李斌也调查了本小区的一些住户和可能跟被害人有关系的人，但是一无所获。因为这个女孩是独自一人居住，跟小区里的所有住户都没有往来，在本地也没有亲戚朋友。事实上，就连她为什么会搬到这里来居住，都是个谜。综合以上原因，这起案件要想告破，几乎是无望了。

　　调查过程中，谭勇和李斌几乎没有提及命案发生在哪家，物业和小区内少数知情的人出于自身的考虑，也没有对外宣扬此事。因此本市的大多数人，只知道玥海湾小区发生了一起命案，死者是一个外地女孩，对跟命案有关的细节，比如具体的门牌号，知之甚少。

　　一晃两年过去了。

　　就在所有人都快淡忘此事的时候，老妇人当初说过的一句话，一语成谶了。

第一章　迎新会

1

如果现在是在京州，我在做什么呢？

苏晓彤躺在床上想。

开会，讨论方案，训人或者被人训，跟甲方谈，装×，然后听别人装×。

但现在，下午三点——她穿着丝质睡裙，躺在新家柔软舒适的大床上。窗户开着，温暖的海风轻轻吹开白色的窗纱，阳光跑了一些进来，又溜走了。她看着这俏皮的一幕，脸上挂着恬淡的微笑。

七岁大的儿子睡在身边，像一只温顺的小猫。苏晓彤非常愿意陪着儿子，但她也乐于享受下午茶时光。于是她轻缓地起床，穿着拖鞋离开卧室，带上房门。

小城里，就别奢望 Swiss Miss 的热可可和 Pierre Hermé 的马卡龙了。况且以现在的情况，还是节约点好……苏晓彤打开茶罐，往新买的日式玻璃杯里放入一袋蜜桃乌龙茶，注入开水，端着杯子来到阳台上。这里有一张玻璃小茶几和两张舒服的沙发椅。旁边是一个北欧风的极简书架，因为刚搬来不久，书架上只有寥寥几本书：《岛》《无声告白》《失望的总和》《世界尽头与冷酷仙境》《道林·格雷的画像》。

这些都是她至爱的书，舍不得丢掉，大老远从京州带来的。

苏晓彤随手拿了一本书，翻开，然后戴上耳机，播放一首蓝调乐曲。氛围很像咖啡厅了，但比大城市的咖啡厅好一百倍。因为从阳台上就能看到海景和远山。这里的蓝天白云、绝美风景，是钢铁丛林般的大城市不可比拟的。

当然更重要的，是小城慢节奏的生活。音乐、书籍、下午茶、阳光和美景，人生要是能永远这样，该有多好。

当苏晓彤沉醉在这一刻时，丈夫顾磊打开门回来了。他手里提着一个大塑料袋，里面装着肉和蔬菜。看到苏晓彤坐在阳台上喝茶，顾磊兴奋地走过来，说道："晓彤，猜猜看，我买了这么多菜，一共多少钱？"

苏晓彤取下一边耳机，说："我不知道。"

"猜猜看嘛。"

苏晓彤随意瞄了一眼塑料袋里的食材："一百多？"

"哈哈，我就知道你要猜一百多。其实，只用了不到五十元！我知道小城市物价便宜，但没想到有这么便宜。特别是下午去买菜的话，还可以打折。你看，我买了猪肉、排骨、芹菜、鱼，还有土豆、番茄……这把小葱和几头蒜还是送的。怎么样，划算吧？"

"真划算。"

"你晚上想吃什么？"

"随便。"

"说嘛，猪肉炒芹菜，还是红烧鱼，或者土豆烧排骨？"

"我说了，随便。"

"好吧，那我就自己搭配了。咱们烧条鱼，猪肉放冰箱明天吃，再煮个番茄蛋汤……"

"顾磊。"苏晓彤不得不打断他的话。

"怎么了？"

"我想看会儿书，可以吗？"

顾磊愣了一下，又笑道："当然可以。"提着口袋朝厨房走去。

苏晓彤把耳机重新塞进耳朵，一首歌还没听完，就听到顾磊"哎呀"叫了一声。苏晓彤翻了个白眼，一把拽下耳机，问道："又怎么了？"

"小亮拉床上了！"

苏晓彤闭上眼睛，烦闷地叹了一口气，朝卧室走去。顾小亮睡醒了，但是没有叫妈妈，而是坐在床上发呆。一进屋就能闻到大便的臭味，这样的事情发生很多次了，夫妻俩早就习以为常。但是在新家，这是第一次。

"你抱他去洗澡，我来换床单吧。"苏晓彤说。

"不用不用，你去喝茶看书，我一个人来弄就行了。"顾磊一边说，一边抱起儿子朝卫生间走去。苏晓彤望着床上一摊黄色的粪便，不自觉地皱了皱眉。她捂着鼻子，把门带拢。

下午茶是没法再喝下去了。

顾磊帮儿子洗完澡，换上干净衣服，又把弄脏的床单和衣物一并洗了。做完这一切，他又开始煮饭烧菜。苏晓彤有点过意不去，问道："有什么要我帮忙的吗？"

"不用，你陪小亮看动画片吧。再说了，你又不会烧菜，能帮上什么忙呀。"顾磊笑着说。

苏晓彤想想也是，便打开电视，把儿子顾小亮抱在面前，播放学龄前幼儿喜欢的《天线宝宝》。顾小亮上个月满的 7 岁，生日那天测了身高体重，128 厘米，30 千克，算是超出同龄人平均值了，坐在腿上沉甸甸的。孩子的身体发育倒是不让人担心，但大脑……

顾小亮看电视的过程中一言不发，脸上也没有表情。看完一集后，苏晓彤拿起茶几上的两张数字卡片，试探着问："小亮，2 加上 2 等于几，你知道吗？"

顾小亮神情木讷，仍是一言不发。

"妈妈昨天晚上教过你的，还记得吗？"

沉默。

"等于4，小亮。"苏晓彤说出答案，看着木雕般的儿子，轻声叹息。

2

顾磊做了三菜一汤，盛好饭，叫妻子和儿子过来吃。一家三口坐在餐桌前，顾磊一边给苏晓彤夹菜，一边喂顾小亮。苏晓彤说："你也快吃吧，不然饭菜凉了。"

"没事，我喂完小亮再吃。来小亮，张嘴，啊——乖孩子。"

"小亮吃饭嚼得特别慢，一顿饭得吃半个多小时呢。"

"没关系，细嚼慢咽对肠胃好。我的饭菜等下用微波炉热一下就行了。"

苏晓彤不再说话了，闷声吃饭。

晚餐之后，顾磊系上围裙刷碗。之后，一家三口去外面散步。理市最出名的景点，是风景如画的高原淡水湖——玥海。这里气候宜人、四季如春，因此吸引了很多外地人来此度假和定居。苏晓彤一家，正是其中之一。

他们是三天前才搬到新家来的。小区位于玥海旁，有一个美丽的名字——"玥海湾"。他们的房子正对着玥海，在十二楼，站在阳台上就能欣赏到绝美的风景。正是这一点，让他们做出买房的决定。虽然是二手房，但装修和家具都很新，据说原房主没有住多久，就因为工作关系调到别的城市了。他们算是捡了个漏，只花了不到一百万就买下了这套精装的两居室。

傍晚的玥海边，是可以看日落的。滨海步道上每隔几百米就有一个延伸到玥海中的观海亭，顾磊一只手牵着儿子，一只手挽着妻子，三个人通过栈道来到观海亭，欣赏日落的美景。紫红色的晚霞中，太阳缓缓没入水平面，冉冉升起的圆月宣告了对夜空的掌控权。苏晓彤望着这轮圆月出神，直到顾磊提醒她，天色晚了，该回家了。

每天晚上，都是苏晓彤先洗澡，然后顾磊跟儿子一起洗。父子俩穿着背心和短裤走出卫生间，一起上床。苏晓彤拿起床边的幼儿故事书，给顾小亮讲故事。顾磊撑着脑袋，看着母子俩，一脸的幸福。

顾小亮听了一会儿就睡着了，顾磊把儿子抱到一旁，对苏晓彤说："咱们也关灯睡吧。"

苏晓彤看了一眼手机上的时间："现在才9点50分，太早了吧？"

"听说理市这边的人都睡得早，咱们也入乡随俗呗。"

苏晓彤摇了摇头："太早了我睡不着。你睡吧，我再看会儿剧。"说着戴上了耳机。

顾磊不好勉强，但他没有睡，也没有做别的事情，只是坐在床上发愣。苏晓彤也没管他，兀自看起剧来。顾磊看会儿她，又看会儿手机上播放的剧，显得有点欲言又止。

好不容易等苏晓彤看完了一集，顾磊发现她还要继续看，忍不住说："晓彤，你……还要看哪？"

"怎么了，你睡呀。"

"不是，我……"

苏晓彤瞄他一眼，不再搭理，继续看剧。

顾磊又等了几分钟，脱掉背心，露出一身结实的肌肉，他双手伸进被窝，扒掉短裤。等待一阵后，发现苏晓彤根本没有望向自己。他只好抓住苏晓彤的手，引领它来到某处。

苏晓彤望向顾磊，接触到他火一般的目光，她把手缩回来，问："你想干吗呀？"

"你说呢？"

苏晓彤将剧暂停，望着顾磊："咱们说好了的，一个月一次。"

"那不是以前嘛，咱们现在到了理市，开始了新的生活……"

"那也一样。"苏晓彤斩钉截铁地说，"规矩不能变。"

"规矩是人定的啊。再说你看我都……你就忍心看我这么难受？"

顾磊可怜巴巴地说。

"那是你自己的事。控制不了，你就去厕所解决吧。"

顾磊张张嘴，想说什么，最终还是忍住了。一分钟后，他把双手再次伸进被窝，默默提起短裤，翻身下床，朝卫生间走去。

苏晓彤戴上耳机想继续看剧，却发现看不进去了。她靠在床头，无奈地叹了口气。犹豫好一会儿后，她下了床，走向卫生间。

3

苏晓彤和顾磊是大学同学，认识十五年了，苏晓彤很早就知道，顾磊是一个很会过日子的男人。大学的时候，所有同学都到食堂或者外面的餐馆吃饭，只有顾磊买了小冰箱和电饭煲放在宿舍，并且研究了很多道价廉物美的电饭煲菜品，比如土豆排骨焖饭、腊味煲仔饭、榨菜肉丝粥等等。他喜欢利用休息时间去菜市场或者超市买菜，然后用电饭煲做出一道道美食。据说此举让他每个月能省下至少一半的生活费，这些钱被他存了起来，以备不时之需。

原因自然是家境贫困。顾磊是从农村出来的大学生，在父母的影响下，勤俭节约惯了。其实学校食堂的饭菜不贵，但顾磊一合计，还是觉得自己做饭更划算。大学期间，他几乎不参加任何娱乐活动，还利用周末去给小学生当家教。四年大学读完，不但没怎么花钱，反倒存了一笔钱。班上的同学深感佩服。

但一开始不是这样的。顾磊同宿舍的五个男生起初都有些瞧不起他，谈笑之间，不无揶揄嘲讽。顾磊也不跟他们计较，过自己的日子。其他男生上网、玩游戏、聚餐喝酒，他一概不参与。同宿舍的男生跟他的距离便越拉越大。

直到有一天，宿舍里三个男生的生活费都花光了，四处借钱无果，看到顾磊电饭煲里香喷喷的香肠焖饭，问能不能给他们来一碗。顾磊说不好意思，没想到你们要吃，只有一人份的。三个男生无可奈何，想到平时是怎么对人家的，遭此冷遇也属活该。

不料，顾磊吃完饭后，去了一趟菜市场，买了火锅底料和一堆食材回来。他洗菜、切肉，用电饭煲煮火锅，招呼三个同学来吃。三个人感动得都快落泪了。正巧另外两个同学也回来了，顾磊拿出两瓶散装高粱酒，说大学两年了，还从来没请过大家吃饭呢，要是不嫌弃的话，今晚大家就在宿舍里吃顿火锅。

这一瞬间，五个男生都感觉到一种家庭般的温暖，对顾磊的态度发生了一百八十度的转变。那天晚上，他们喝了两瓶白酒和一件啤酒，全都喝大了，拉着顾磊的手跟他道歉，说之前对他态度不好，请他原谅云云。顾磊一点都不计较，说自己本来年龄就要大一点，一直把他们五个人当成弟弟，压根儿没怪过他们，大家同窗四年，并且在同一个寝室，是难得的缘分。一番话说得另外五个人直掉泪，自此之后，对他便以"大哥"相称，延续至今。

这是男生之间的情谊，女生未必能理解。对"设计系五朵金花"之一的苏晓彤而言，更是如此。她只是觉得奇怪和好笑，不知道班上的几个男生为什么一夜之间跟顾磊如此亲近。她也没有问，因为这不是她关心的事情。作为系上五大美女之一，她对顾磊这种家境贫寒、长相平庸、老实巴交的"居家男人"没有丝毫兴趣。追她的优质男生不限本系和本校，甚至包括市委副书记的公子。这些公子哥儿随便给她买个包，就能抵顾磊大学四年的生活费。顾磊跟这些英俊潇洒、出手阔绰的帅哥比较起来，就像路边的石头一样卑微和不起眼。

但是，这块石头却暗恋着自己。

这件事，苏晓彤在大一的时候就知道了。不止一个人跟她说过，她自己当然也能感觉得到。虽然顾磊从来没敢跟她表白，但他看自己时的眼神、表情，显而易见地暴露了内心的想法。苏晓彤在心里祈求他永远不要把想法说出来，虽然她对顾磊没有半分感觉，但大家毕竟是同学，她不希望打击和伤害任何人，造成尴尬的局面。

所幸的是，顾磊相当有自知之明。如苏晓彤希望的那样，他直到大学毕业，都没有表白过一次，而是把这份感情深藏在心底，带出了大学校园。

如果不是后来发生了那件事，苏晓彤大概做梦都想不到，当年这块平庸得她都不会多看一眼的路边的石头，有一天，会成为自己的丈夫。

4

每天都能睡到自然醒，是莫大的幸福，也是苏晓彤在京州工作时完全不敢想象的。但现在，她不仅拥有这样的幸福，还拥有了更多。

儿子比她先起床，在顾磊的照顾下，已经吃完早饭了，在客厅的地板垫上玩玩具。看到苏晓彤起来了，顾磊笑着说："我熬了你喜欢的八宝粥，鸡蛋也给你剥好了，快去吃吧。"

"嗯。"苏晓彤点点头，走过去摸了摸儿子的脑袋，坐到餐桌前吃早饭。她吃过之后，顾磊把碗筷收了，一边洗一边说："你带小亮去楼下玩会儿吧。虽然不用读书，但体育锻炼还是要的。"

"那你呢？"

"从今天开始，我要工作了。我打算在网上接单，然后在家里做设计。"

苏晓彤想了想，说："要不我也接点设计的活儿？"

"不用不用，你陪小亮就行了。下午喝喝茶、看看书，咱们搬到这儿来，不就是让你放松心情、享受生活的吗？哪能让你像以前那么累。"

"可是你一个人工作，会很辛苦吧？"

顾磊洗好碗，擦干净手，走到苏晓彤面前，双手放在她肩膀上，温柔地说:"晓彤,只要你能开心,我做什么都愿意,辛苦点算什么!赚钱的事你不用操心,我算过了,在网上接单,一个月挣一万多应该没问题。理市的生活成本不高,足够咱们一家人花了。而且我不是才开始在平台上接单嘛,做得多了,口碑积攒起来,价格就水涨船高了。总之你相信我,我一定会让你过上好日子的。"

苏晓彤淡然笑了笑:"好吧,我相信你。"

顾磊也展露出笑容:"你们去玩吧,玥海公园有免费的儿童游乐区,小亮很喜欢去那儿玩。"

苏晓彤点点头,问儿子:"小亮,想去玩滑梯吗?"

顾小亮摆弄着玩具,没有回答。苏晓彤上前去又问了一遍,他才木讷地点了点头。

苏晓彤化了个淡妆,换上一套运动装,牵着儿子走出家门。在电梯间等待一会儿后,母子俩走进电梯。两扇金属门合拢之前,一个刚走出家门的女人叫道:"欸,等一下,等一下!"

苏晓彤按下电梯右侧的开门键,女人快步走进来,说了声"谢谢啊"。

"不客气。"

女人看上去三十七八岁,烫着一头鬈发,身穿长裙,不施粉黛。电梯下行的时候,她盯着苏晓彤母子俩看,说道:"以前怎么没见过你们呢?"

"啊,我们是三天前才搬来的。"

"这样啊,你们是买的房子,还是租的?"

"买的。"

"是1201这户吗?"

"是的。"

女人笑了起来:"那咱们是邻居了,我叫李雪丽,是1203的住户,以后请多关照。"

"好的,我叫苏晓彤,请多关照。"

"这是……你儿子？"

"是的。"

"你多大呀，就有这么大一个儿子了？"

"我都三十五了。"

"啊？真的？"女人夸张地叫了起来，"你只比我小一岁？我还以为你不到三十呢，你是怎么保养的呀，看上去这么年轻！"

"过奖了，哪有你说的这么年轻啊。"

说话的时候，电梯到一楼了。三个人一起走出来，李雪丽明显是个自来熟，看样子并不打算分开走，而是继续攀谈："你是送儿子去上学吗？欸……不对呀，现在都过十点了。是不是学校还没联系好？"

苏晓彤沉默了几秒，觉得一层楼的邻居，迟早是会了解状况的，便如实说："不，我儿子有点特殊，不用去学校上课。"

李雪丽是打破砂锅问到底的性格，端视顾小亮一阵："特殊在哪儿？我没看出来呀。"

"他有智力障碍。"苏晓彤不太情愿地说出口。

"这样啊……不过也没事，挺好的……孩子长得多乖呀。"

苏晓彤不想再跟她聊下去了，开始说结束语："李姐，我带儿子去玥海公园玩，你是去上班吗？咱们改天聊啊。"

"我不上班，是去菜市场买菜，跟玥海公园在一个方向，咱们一起走吧。"

苏晓彤不便拒绝，只好勉强笑了一下，点了点头。

一路上，李雪丽都在打听苏晓彤一家的情况。苏晓彤有点烦这种聒噪八卦的女人，但是初来乍到，又不好得罪人，只好耐着性子把一些基本信息告诉对方，比如她是江苏人，之前在京州工作，以及顾磊的一些情况，等等。对于一些不想回答的问题，就岔开话题或者搪塞过去。好不容易走到了菜市场，她心想这下总可以摆脱这女人了，李雪丽却说："你刚来，要不要去菜市场熟悉一下？我跟你推荐几个不错的摊位。"

"不用了，我不买菜做饭的，我老公做。"

"哎呀，你也太幸福了吧！嫁了个好男人哪，现在会做饭的男人可不多了！"

"那李姐，我就……"

"等等，"李雪丽拉着苏晓彤的手说，"今天晚上，我给你们一家三口举行个迎新会吧。"

"啊？什么迎新会？"

"到时候就知道了。总之今天晚上六点钟，你们一家三口来我家吃饭，我介绍些邻居和朋友给你们认识。"

"这……不必了吧，谢谢李姐，不麻烦你了。"

"麻烦什么呀，就这么说定了啊，我现在去买菜，你们有什么忌口的吗？"

"不是，李姐，真不用……"

"一定得来啊，迎新会是惯例，不只是你们，我给小区里的好些人开过迎新会呢！"李雪丽说着冲母子俩摆了摆手，就朝菜市场走去。

苏晓彤还想婉拒，可李雪丽已经走远了。她张着嘴愣了会儿神，苦笑一下，牵着儿子朝玥海公园走去。

5

玩了一个小时，母子俩回到家中。苏晓彤把碰到邻居李雪丽的事告诉了顾磊。顾磊觉得新鲜："迎新会？这儿还有这习俗呢？"

"不是理市的习俗吧，是这个李雪丽热情过度了。"

顾磊笑道："俗话说远亲不如近邻，有个热情的邻居，不是坏事。我以前在农村的时候，村里的人也很热情，像亲戚一样经常走动呢。"

苏晓彤撇着嘴说："我不习惯，刚见面几分钟的人，一点都不了解，就去人家里吃饭，多别扭呀。"

"一回生二回熟呗，吃顿饭不就互相熟悉了。"

苏晓彤望着顾磊："你挺期待的嘛。"

顾磊挠挠头："期待谈不上吧，只是咱们到理市定居，在这儿一个亲戚熟人都没有，有机会认识几个邻居和朋友，总是好事呀。"

苏晓彤沉吟一刻："我不想让太多人知道小亮的智力有问题。"

"但你也不能让他一直不跟人接触啊，智力是一方面，性格又是另一方面了。你不觉得小亮现在越来越自闭了吗？经常一整天都不说话。我觉得，得让他多跟人接触才行。"

苏晓彤沉默良久，点了点头。

于是就这么说定了。下午，一家人去商店买了些糕点和水果，作为上门的见面礼。五点一过，苏晓彤换上一套 Gucci 的春装，化上精致的妆容，戴上项链和耳饰，踩上高跟鞋，给顾磊也收拾打扮了一番。顾磊穿上衬衣和西裤皮鞋后，精神帅气了许多。但是赴宴之前，顾小亮哭闹起来，拒绝前往。

夫妻俩一起哄着孩子，但顾小亮一边大叫着"不去，不去！"，一边赖在地上大哭。苏晓彤一开始还轻言细语地安抚和询问，让儿子说出不愿去的理由，但智障的顾小亮像一个不讲理的婴儿，只会哭闹。苏晓彤失去了耐心，生气地说："你要是不愿意去，就一个人留在家里吧！"

顾小亮哭得更厉害了，顾磊一面劝妻子别生气，一面哄孩子。最后，顾磊以买新玩具和棒棒糖作为诱惑，顾小亮才勉强答应了。顾磊给儿子换好衣服，小声对苏晓彤说："你看，我说得让他多跟人接触吧，不然他以后恐怕连家门都不愿出了。"

苏晓彤无奈地叹了口气。调整好情绪后，一家人拎着礼物，盛装出席迎新会。

他们来到1203房间的门口，按响门铃，开门的不是李雪丽，而是一个二十五六岁的短发女青年，她笑道："是新邻居吗？"

"是的，我叫苏晓彤，这是我老公顾磊，还有我儿子顾小亮。"

"快请进吧，我们也是雪丽姐的客人，比你先到了。"

"好的，需要换鞋吗？"

"不用不用，我们都没换。"

一家人遂进入客厅，这套房子的户型和布置跟他们家相似，紧凑、温馨。客厅的沙发和椅子上坐了八九个人，全是陌生面孔，但脸上都挂着友好的微笑。苏晓彤有些局促，说了声："大家好。"

"你好你好，快请坐吧。"一个五十多岁、面容慈祥的阿姨说道。

系着围裙的李雪丽从厨房里走出来，她穿着宽松的家居服，趿拉着拖鞋，手里拿着一个碗正在打蛋，看到宛如出席高级宴会的一家人，扑哧一声笑了，说道："哎呀，你们这一身也太隆重了吧。我忘了跟你说，这就是普通的家庭聚会，随意点就好。"

沙发上一个玩着手机游戏的年轻男生笑着说："是啊，我穿着短裤汗衫就来了，跟你们一对比，简直像走错了片场。"

大家都笑了起来。被他们这么一说，苏晓彤脸都红了，顾磊也有些尴尬。还好那位阿姨是个善解人意的人，拍了那男生的腿一下，笑道："人家是第一次来，当然得隆重点哪，这是礼貌，懂吗？你天天在这儿吃饭，用得着吗？"

苏晓彤表情自然了些，把买的糕点和水果递给李雪丽。对方说了几句客套话，招呼他们坐下。

"最后一道菜，紫菜蛋花汤，马上就开饭啊。星星，夏琪，来帮忙端菜！"李雪丽不客气地吩咐着。

好几个人都站了起来，顾磊和苏晓彤也打算去厨房帮忙，被李雪丽制止了，说别把衣服弄脏了，安排他们一家人在餐桌旁坐下。李雪丽家的餐桌是一张大圆桌，挤着点能坐下十二个人。大伙儿一齐端菜、摆碗筷，十几道丰盛的菜肴一一呈上，看上去色香俱全，让人垂涎欲滴。

苏晓彤注意到，其中一个高颧骨女人带着一个比顾小亮年龄小一点的女儿。小姑娘挺可爱的，穿着粉色的套装，面色红润，头发柔顺，一脸机灵样，跟木讷迟钝的顾小亮大相径庭，苏晓彤心情复杂。

饭桌上有饮料、红酒和啤酒，每个人选择自己想喝的饮品。大家都往玻璃杯中注入酒水后，李雪丽站起来，端起酒杯说："欢迎我们的新邻居，苏晓彤、顾磊、顾小亮！"

众人一起起身、举杯，苏晓彤和顾磊说着感谢的话，碰杯之后，一饮而尽。

"来来来，吃菜吃菜，尝尝我的手艺，不知道合不合你们的口味。"李雪丽热情地招呼着。

顾磊夹了一块糖醋里脊，送入口中，咀嚼之后，睁大双眼叫道："好吃！"他给苏晓彤也夹了一块，苏晓彤品尝后，也发出了由衷的赞叹。

"你们喜欢吃就好！"李雪丽很开心，"这儿有肉末鸡蛋羹，专门给两个小朋友做的，来，尝尝。"

说着，她给顾小亮和那个小姑娘分别盛鸡蛋羹。顾磊道谢之后，仍然像往常一样耐心地给儿子夹菜和喂饭，那个小姑娘看到这一幕，好奇地问顾小亮："你这么大了，还要人喂吗？为什么不自己吃呢？你看我都自己吃。"

顾小亮像没听到似的，一边咀嚼，一边摆弄手里的小玩具。顾磊和苏晓彤有些尴尬，正不知该如何作答的时候，高颧骨的女人对女儿说："文婧，吃你的饭，管人家干吗！"

李雪丽再次举杯，岔开了话题。所有人一起碰杯三次后，李雪丽对苏晓彤说："你知道我们这群人的共同点是什么吗？"

"一个小区的邻居呀。"苏晓彤说，"难道不是吗？"

"当然是，不过还有另一个共同点。那就是，我们都是因为各种原因，从外地来理市定居的，在这里几乎没有别的亲戚和熟人。所以大家经常聚在一起，既是朋友，又像家人。"

"说'经常'不准确吧？"穿汗衫和短裤的小伙子说，"根本就是'天天'啊。"

"对，天天。"李雪丽点头。

苏晓彤和顾磊有些吃惊："你们天天在一起吃饭聚会？"

"一开始是我经常邀约大家来我家做客。后来大家渐渐就熟悉了,也觉得我烧的菜好吃,于是我说,不如大家一起搭伙吃饭好了。大伙儿一致响应,便按照每人每月六百块的标准,交伙食费给我,我统一买菜做饭,晚饭都在我家吃。"

"这样啊,一个月六百块包晚餐,真是挺不错的!"顾磊说。

"那是,雪丽姐烧的菜堪比饭店大厨,比一般的外卖好吃太多了,而且健康、卫生又营养。"短发女生说。

"你们要是愿意的话,也可以加入进来哦。小孩子半价就好了。"

"啊,可以吗?"顾磊欣喜地说,"虽然我也会做饭,但毕竟每天买菜做饭,还是挺麻烦的。"

"当然可以啊!"李雪丽笑着说。

顾磊望向苏晓彤,征求她的意见。苏晓彤没有继续这个话题,而是说:"对了,李姐,我还不认识大伙儿呢,麻烦你帮我们介绍一下好吗?"

"当然,这是迎新会的重要环节——自我介绍。那就从夏琪开始吧,大家分别跟新朋友介绍一下自己,说说自己的情况,以及当初为什么会选择到理市来定居。"

"好啊。"之前给苏晓彤他们开门的短发女生大方地答应了。她正要开口,高颧骨的女人打断道:"等一下。"

"怎么了,范琳?"李雪丽问。

"雪丽,我知道你的性格,超级自来熟。但我还是不得不提醒一句——在跟新朋友做自我介绍之前,我们难道不应该确定一件事吗?"

"什么事?"

"那就是——他们到底是不是我们的朋友。"

6

此话一出,不只是苏晓彤和顾磊,所有人都陷入尴尬的气氛中。李雪丽瞪着那个叫范琳的高颧骨女人,意思是,你怎么能这么说?

范琳双手在空中比画了一下,望着苏晓彤和顾磊,解释道:"抱歉,我这样说,完全没有针对你们的意思。只是觉得,对能称得上'朋友'的人,至少应该有基本的了解吧。但事实是,我们对你们一无所知。"

"我们不是正在进行'自我介绍'环节嘛,我们介绍完之后,他们也会介绍自己呀。"李雪丽说。

"雪丽,我说的是'了解',不是'介绍'。我以前在公司人事部门,每个月要看几十个人的简历,听他们介绍自己。但我能因此了解他们的性格和人品吗?"

"那你觉得应该怎样呢?"李雪丽问。

"我觉得你邀请新邻居吃饭,这个没问题。但是见面五分钟就邀约人家加入我们这个大家庭,有点太草率了。"

"是的,我同意你说的。"苏晓彤说,"如果我是你,也会这样想。可能其他人也是这样想的,只是你性格比较直爽,说出来了而已。"

范琳挑起一边眉毛,用耐人寻味的眼光看着苏晓彤。

李雪丽叹了口气:"是,我是超级自来熟,这个你们也不是现在才知道。但不代表我就是没脑子的傻大姐。苏晓彤他们一家三口都是值得交往的人,这件事,我已经初步验证过了。"

苏晓彤有点惊讶地望着李雪丽,不知道她是怎么验证的。

李雪丽瞄了苏晓彤一眼:"本来这话我不想当着你们的面说,但话既然都说到这儿了,就不妨讲出来吧。"

她望向大家:"今天上午,我在电梯里碰到晓彤后,就一直在啰啰唆唆地跟她攀谈,我看出她不想跟一个刚认识的人聊太久,但还是尽可能地回答我的问题;我邀请她来我家吃饭,显然有点唐突,而且几乎没征得她同意，但她还是跟家人一起来了，而且是盛装出席；他们给我带了糕点和水果，都是价格比较贵的；开始吃饭，我注意到爸爸只尝了一口菜，就一直在喂儿子吃饭。综上所述，我认为他们一家人有礼貌、有修养、性格好、情商高、不抠门，有耐心和爱心，显然接受过高等教育，也懂人情世故，这样的人，难道不值得交朋友吗？当然，才认识不到一天，我不可能发现他们的缺点。但谁没有缺点呢？难道我们只能跟'完人'做朋友吗？"

这番话说完，众人沉默了一阵，范琳摊开手说道："好吧，你说服了我。另外，我刚才如此直接地质疑，他们没有生气，反倒表示理解，说我性格直爽，的确证明了'性格好'和'情商高'这两点。如你所说，这样的人，确实是值得交朋友的。"

说着，范琳往杯中注入满满一杯红酒，端着酒杯走到苏晓彤和顾磊面前："刚才说'欢迎你们'，是客套话，现在是真心的。欢迎你们一家人加入我们这个大家庭。我干了，你们随意。"

苏晓彤和顾磊站起来，说着"不用干，随意就好"这样的场面话。穿汗衫的小伙子笑嘻嘻地说："别担心，琳姐以前是混商务圈的，酒量好着呢！"

说话的时候，范琳已经把一杯红酒一饮而尽了，然后将杯子前倾，展示喝光的杯子和足够的诚意。顾磊赶紧拿起桌上的红酒，给自己也倒了满满一杯，说："女士都干了，我哪能随意？我也喝一个满杯。"

说完，他一仰脖子，将杯中的红酒喝得一滴不剩，换来众人的欢呼和鼓掌。五十多岁的阿姨对苏晓彤说："你老公平时喝不喝酒的呀，可别逞能，喝醉了呀。"

苏晓彤苦笑道："您就别担心他了，他最大的爱好就是喝酒。"

"是吗？那可太好了，以后咱们喝酒的人又多一个了！"一个身材丰满、颇有韵味的女人兴奋地说道，然后问顾磊，"你酒量有多好，说实话。"

顾磊嘿嘿一笑："也没多好，不过一斤多还是能行的。"

"白酒？高度的？"

"嗯……"

"哇，真是海量啊！"小伙子叫道。

"那今天晚上这个迎新会，酒必须管够，我来请大家！"范琳豪爽地说，"雪丽，把我上次放在你这儿的两瓶五粮液拿出来！"

"上白的了？白酒红酒混着喝可容易醉呀。"

"没关系，开心嘛！快去拿，红酒不够劲儿！"

"好嘞！"

李雪丽把酒柜里的两瓶五粮液拿出来，范琳把两瓶一起开了，说："我已经跟新朋友敬酒了啊，你们——看着办吧。"

"不会输给你的。雪丽，换白酒杯！"身材丰满的女人给自己倒了一杯白酒，走到苏晓彤和顾磊面前，说自己叫韩蕾，跟他们碰杯和敬酒。顾磊再干一杯白酒，苏晓彤酒量不行，喝了一点红酒，表示感谢。

接下来，众人纷纷跟这两口子敬酒。顾磊果然是海量，挨个喝了一圈，只是脸色发红，但神志仍然是清醒的，不过状态肯定是上来了——不只是他，其他人亦然。酒这东西，果然是拉近距离和带动气氛的良品。本来不够熟悉的一群人，几杯酒下肚后，便进入了一种热烈和熟稔的状态，也不像之前那样端着了，说话交流变得自然随意起来。

"哎呀，光顾着喝酒了，自我介绍的环节呢？这个可是惯例，不能省啊。"李雪丽提醒道。

"我来我来，刚才说好了从我开始的。"短发女生大方举起手说道，"我叫夏琪，住在九楼，来理市一年多了。我大学毕业后来理市旅游，然后就一发而不可收地爱上了这里。在玥海旁开一家可以看书、听音乐、发呆和撸猫的咖啡店，是我的心愿。于是我就这样做了！我的咖啡店就在小区附近，改天请你们去喝咖啡！我们店里的咖啡豆是从苏门答腊进口的呢。"

"好啊，我最喜欢这样的小资咖啡店了。"苏晓彤说的是实话，她感觉自己跟夏琪有很多相似之处，心灵之间的距离瞬间拉近了。

接下来大家按照逆时针的顺序，轮流介绍自己。夏琪旁边是一对恋人。男人看上去四十岁左右，戴着一副厚镜片的黑框眼镜，显然有高度近视。女人只有不到三十岁的样子，一副温婉小女人的模样。男人说："我叫袁东，原本是贵州一所乡村中学的老师，几年前不幸得了运动神经元病，也就是俗称的'渐冻症'——你们知道是什么意思吧？"

苏晓彤遗憾地点着头："我知道，得了这种病，身体会渐渐动不了，但是你……"

"还没有瘫痪。这种病是进行性发展的，时间可长可短，但最后的结果就是颈部以下全部无法动弹。我现在身体左侧已经僵硬了，需要人搀扶，或者借助拐杖。这样的情况，自然是没法再教书了，就想趁着还能动的时候，到一个风景优美的地方来度过余生。唉，本来不想连累别人的，但她非要跟着过来照顾我。"

说着，袁东用充满爱意的复杂眼神看了一眼身边的女人。温婉小女人说道："我叫沈凤霞，以前是袁老师的学生。袁老师对我有恩，家里本来打算让我读完初中就嫁人。袁老师走了几十里山路，到我家来劝我父母，让我参加中考，继续读书，终于说服了我爸妈……没想到的是，我工作后没多久，袁老师就得了这样的病，我没有别的回报方式，便决定照顾袁老师，后来……"她不好意思地望了袁东一眼，脸颊泛红，"我们在一起日久生情，就成为恋人了。"

"真好。"苏晓彤说，"你们还没有结婚吗？"

"我想结婚，但袁老师说不想拖累我，一直不愿意。"沈凤霞郁闷地说。

"你们都是有情有义的人，我敬你们一杯。"苏晓彤端起酒杯，顾磊跟着端杯，俩人走到袁东和沈凤霞面前，示意袁东不用站起来，四个人礼貌地碰杯喝酒。

"到我了。"范琳说话的时候，往酒杯里注入白酒，自嘲道，"我的故事很短，跟他们催人泪下的爱情故事没法比，狗血到了极点。我之前在上海一家国企任职，被一个男人的美色迷惑，嫁给了他。结果这家伙背着我至少劈腿了两个女人。我知道后，踢爆了他的蛋，然后义无反顾地离婚了。"她望了女儿一眼，"对不起，宝贝，我不该当着你的面这样说你爸爸。"

"没关系，我知道他是渣男。"范文婧像小大人一样点着头说道，"不过你踢爆了他的……什么？"

穿汗衫的小伙子噗的一声笑出来，一口酒差点从嘴里喷出来，所有人都大笑起来。范琳说："没什么，宝贝，你不用在乎这个。"

苏晓彤忍着笑意问道："你们离婚的时候，孩子多大了？"

"才一岁多。因为我把他踢成了重伤，构成故意伤害罪，所以我丢了工作。离开国企，我和朋友一起开了几年旅行社，来到理市后，我爱上了这里，便在这里买了房子，定居下来。"

苏晓彤点头表示明白了。

轮到那个穿汗衫的小伙子了，他虽然有点不修边幅，模样还是挺英俊，性格似乎有点玩世不恭："我叫王星星，二十三岁，是一个职业电竞玩家。DOTA知道吗？我曾经是这个游戏的全国冠军。但我爸妈没法理解这样的职业，总说我不务正业，逼着我找正式工作，烦死了。我用之前赚到的钱在理市买了套小户型的房子，过自由自在的生活，太爽了。"

王星星的旁边是那个五十多岁的阿姨，在她做自我介绍之前，李雪丽说："亚梅姐，如果你不愿意的话，可以不说以前的事。"

"没关系，我早就放下了。"这阿姨淡然一笑，说道，"我叫龚亚梅，今年五十八岁了，显然是你们当中最老的。从二十岁那年起，我就投身商海，开公司、做企业，生意一度做得很大，资产有十几亿。但是几年前，因为各种各样的原因，公司破产了，还负债累累。失去金钱和事业的同时，家庭也横生变故，最终分崩离析。我失去了丈夫和儿子，只剩孤家寡人。身心俱疲的我，本来已经丧失了活下去的希望，好在得到一位大师的指点，让我对人生和生命有了新的领悟。于是我来到理市，买了一套房子，打算在这里修养身心、安度余年。"

苏晓彤点了点头。其实吃饭之前她就注意到，龚亚梅手里盘着一串念珠。显然在经历了人生的磨难和波折后，她已然是佛系心态了。

到李雪丽了，她说："我到理市来的理由很简单，就是厌倦了大城市繁忙而浮躁的生活。我讨厌挤公交和地铁，厌恶同行间的内卷，反感商务应酬，痛恨无休止的加班。我渴望过的，是一种单纯而快乐的生活。在这里，我办到了。"

说完，她望向了坐在旁边的韩蕾。韩蕾之前跟苏晓彤和顾磊喝酒的时候，已经介绍过自己了，此刻她剥着一只虾，问道："我也要说吗？"

"大家都说了呀。"

"好吧。"韩蕾放下手中的虾，嫣然一笑，"其实我来理市的原因，跟王星星有点相似。我的职业，是在酒吧里跳钢管舞，衣着有点暴露的那种。我爸妈是老古板，觉得这是艳舞，不正经。我以前在自己老家的酒吧里表演，我妈居然当着所有人的面，把我从台子上拽了下来，给我披上衣服！回到家后，我跟他们大吵了一架，说我跳钢管舞不丢人，他们这样做才真的让我丢脸。最后实在是无法沟通了，而我又很爱这行，只好跑到离他们很远的理市来，彼此眼不见心不烦。理市有很多酒吧，我就在其中一家表演，你们要是感兴趣的话，欢迎来看我跳舞！"

说着，她用挑逗的眼神望着顾小亮，眨了一下右眼，魅惑地说："怎么样，小弟弟，想开开眼界吗？"

顾小亮当然听不懂她在说什么，顾磊的脸倒是红了。苏晓彤说："他就算了，不过，我想看。"

"哈哈哈，太好了，改天去我们酒吧喝酒，不带你老公和儿子！"韩蕾爽朗地笑了起来，跟他们夫妻俩碰杯喝酒。

现在，只剩苏晓彤和顾磊了。李雪丽说："你们呢？说说你们到理市来买房定居的原因吧。"

苏晓彤沉吟一刻，说："我和我老公顾磊是大学同学，学设计的。我们之前在京州工作，后来……因为儿子的关系，我们决定离开京州，到小城市生活。风景优美、气候宜人的理市,是我们共同的选择。"

一桌人陷入了短暂的沉默,没有人问夫妻俩,孩子具体有什么问题。显然李雪丽在他们来之前,就已经把顾小亮是智障儿童的事告诉大家了。

好一会儿之后,龚亚梅问:"孩子是无法在学校里面正常地学习和生活吗?"

"是根本没法进普通学校,只能进特殊学校。"苏晓彤说,"但我们不想这样做,打算把孩子留在身边,多陪伴他,然后教他一些基本的知识和常识。"

"这样也挺好。"龚亚梅爱怜地看着顾小亮,对他说,"亮亮,欢迎你加入我们这个大家庭啊。以后奶奶和这些叔叔、阿姨,就都是你的家人,好吗?奶奶的数学特别好,以后可以教你算术呢。"

"是啊,我是教语文的,也可以教孩子读书、识字。"袁东说。

"我会唱歌,还会弹吉他,我来当音乐老师吧!"夏琪说道。

"那我可以教哥哥画画吗?"范文婧眨巴着大眼睛说。范琳哈哈笑道:"你一会儿就可以教哥哥画画。"

苏晓彤心生感动,不住地跟大家道谢。顾磊更是斟满一杯酒,敬所有人,表示感谢。气氛再次达到高潮。范琳说:"夏琪,说到唱歌,你给大家来一首吧,让新朋友也听听你美妙的歌声!"

"好啊!"活泼开朗的夏琪似乎从来不会拒绝别人的要求,她走出门,去楼下把自己的吉他拿了上来,坐在一张凳子上,双腿交叠,甜甜地一笑,说道:"我给大家弹唱一首《这世界那么多人》吧。"

她撩动琴弦,用慵懒细腻的嗓音轻声吟唱:

  这世界有那么多人
  人群里 敞着一扇门
  我迷蒙的眼睛里长存
  初见你 蓝色清晨

这世界有那么多人
多幸运　我有个我们
这悠长命运中的晨昏
常让我　望远方出神
灰树叶飘转在池塘
看飞机轰的一声去远乡
光阴的长廊　脚步声叫嚷
灯一亮　无人的空荡
晚风中闪过　几帧从前啊
飞驰中旋转　已不见了吗
远光中走来　你一身晴朗
身旁那么多人　可世界不声　不响
……

　　房间里安静下来，歌声和琴声萦绕身边。苏晓彤几乎沉醉了——夏琪唱得太好了，完全不亚于专业歌手。一曲完毕，众人一起喝彩鼓掌，她也不由自主地拍掌，表达真心的夸赞。众人中，龚亚梅泪湿眼眶，用纸巾轻拭眼角。

　　"啊，亚梅姐，你怎么哭了？"夏琪赶紧走过来，搂着龚亚梅的肩膀，"是不是这首歌的意境勾起你的往事了？早知道我就唱首欢快的歌了。"

　　龚亚梅拍着夏琪的手说："不，你唱得太动人了，这样的气氛让我感到特别幸福。谢谢你，夏琪，谢谢你们大家带给我的这一切。你们让我再一次感受到了家庭的温馨和快乐。"

　　夏琪也感动得掉下了眼泪，脸紧贴着龚亚梅的脸颊："亚梅姐，你知道我妈妈已经不在了。虽然我叫你'姐'，但你知道吗？很多时候，我觉得你就像是我妈妈一样。"

　　"我要是有你这样一个乖女儿，那真是天大的福气。"

"你现在不是有了吗？"

"是，是啊。"龚亚梅动容地跟夏琪拥抱在一起。

"喂喂，你们在这儿拍言情剧呢？"李雪丽嗔怪道，"搞得我也想掉眼泪了。"

"喝酒喝酒！"范琳把气氛拉回来，"哎呀，今天晚上这么开心，就是老谭不在，可惜了。雪丽，你没跟老谭说吗？"

"怎么可能没说。但他今天晚上值班，来不了。"

"老谭？"苏晓彤问李雪丽，"原来还有一个人没到啊。他也是我们邻居吗？"

"算是吧。不过老谭不住这个小区，在附近的另一个小区。他是本地人，没跟我们搭伙吃饭，但他闲暇时爱喝两杯，我就经常叫上他一起吃饭。"

"这样啊。他是做什么工作的？"

"警察。在理市刑警支队上班。"

7

听到"警察"这两个字的时候，苏晓彤和顾磊同时一震，表情短暂地冻结了。顾磊的眼睛瞬间睁大了一些，又迅速恢复常态。苏晓彤则控制住面部表情，装出自然的样子。

李雪丽没有注意到他们表情的细微变化，继续说道："我们毕竟都是从外地来的，也没有什么靠山，就想着跟警察搞好关系。一开始是这么想的，后来发现老谭这人真挺好的，没架子，人也随和，就成好朋友了。"

"我给老谭打个电话吧，问下他什么时候下班。"范琳摸出手机，拨打电话。不一会儿，对方接通了。范琳说："老谭，还在值班呢？今天我们迎新会，大家都喝高兴了，就差你了。你几点下班？"

对方说了几句，范琳露出欣喜的表情："好嘞，等你啊！"挂了电话，她说："老谭说他九点下班，然后就过来。"

"太好了！"夏琪拍着手说，"这样人就齐了！"

接下来又是一轮推杯换盏，苏晓彤借口不胜酒力，没有多喝，看上去有点出神。九点半左右，门铃响了，李雪丽说："老谭来了！"便跑去开门。

走进屋的，是一个五十岁左右的中年男人，面相和善，带有富态，身材略有些发福。由于是下班后直接到这儿来的，还穿着警服。他进屋之后，众人齐声问候，"老谭""谭哥""勇哥"，什么称呼都有。他像领导般冲大伙儿挥挥手，朝餐厅走来。

"给你们加个菜，楼下熟食店买的卤牛肉。"中年警察把装着牛肉的打包盒放在桌上。

"哎呀，每次叫你来吃饭，你都带酒带菜的，这么客气干吗！老谭，给你介绍一下啊，这是几天前才搬到我们小区来的一家三口——顾磊、苏晓彤和他们儿子顾小亮。"李雪丽跟双方介绍，"这是我刚才跟你们提到的，谭勇，谭警官。"

"你们好。"谭勇主动伸出手来，顾磊赶紧跟他握手，苏晓彤亦然。李雪丽安排谭勇坐下，给他拿了碗筷和酒杯，并帮他把酒满上。

谭勇看到五粮液的瓶子："呦，今天规格高嘛，喝五粮液呀。"

"好久没开迎新会了，而且今天确实喝高兴了。"李雪丽示意大家举杯，"老谭来了，咱们一起干一杯！"

所有人站起来，碰杯，喝酒。谭勇坐下，问新来的两口子："才搬来啊，做常住人口登记了吗？"

"做了的，搬来小区的第一天，就在社区登记了。"顾磊一边说，一边端起酒杯，"谭警官，我们初来乍到，以后要请你多多关照，我敬你一杯。"

"别客气，叫我老谭就行了。"谭勇一仰脖，把一杯白酒干了。

"谭哥看来也是好酒量啊。"

"还行吧,偶尔喝点,不能喝多了。"

又客套了几句之后,谭勇问他们一家三口为什么会搬到理市来。苏晓彤就把原因又解释了一遍。谭勇得知顾小亮是智障儿童,叹息了一声,摸了摸孩子的脑袋。

众人挨个跟谭勇敬酒,谭勇果然好酒量,来者不拒。喝完一圈后,他脸色神情没有一点变化,只是说这样喝五粮液有点暴殄天物,好酒得细品才是。之后他谈笑风生,跟大伙儿打成一片,果然如李雪丽所说,为人十分亲切。

热烈欢乐的气氛持续到十点,苏晓彤说孩子要休息了,便告辞了。李雪丽说:"反正就在一层楼,你们去照顾孩子睡了,再过来接着喝呗。"

"是啊,一会儿还有后半场的活动呢。"王星星笑嘻嘻地说。

"后半场?"

"我们经常在雪丽姐家玩通宵的,看电影、打牌、玩游戏什么的,今天我正好下载了新的恐怖片,大家一起看,很刺激的!"

"啊……恐怖片哪,算了。"

"害怕的话,看别的也行。"

"还是算了,各位慢慢喝,我们先回去了。"

范琳问顾磊:"你也要走吗?"

顾磊其实正喝到兴头上,但他看了一眼苏晓彤,读懂了她眼神中的意味,便对众人说:"抱歉,我要回去给孩子洗澡,改天再陪大家喝酒啊。"

"好吧好吧,真是好男人。"范琳冲他俩挥挥手,"早点休息吧,反正以后经常都能聚会。"

两口子再次跟众人道别,牵着儿子回家了。

喝了酒之后的顾磊,话明显比平常多了起来,他按捺不住心中的兴奋和喜悦,对苏晓彤说:"这些邻居真是不错,对吧?没想到刚到这儿来,就能交上这么多好朋友。以后我们在理市就不会孤独了。特别是，其中还有老师，他们也说了，可以教小亮识字、算术、唱歌、画画，简直跟在学校里差不多了，而且肯定比在特殊学校强，你说是吗？"

苏晓彤没有多说，只是淡淡地嗯了一声，似有所思。

"另外，李雪丽的提议，你觉得怎么样？"

"在她家搭伙吃饭？"

"是啊。一千五百元，解决我们三个人的晚饭，真是太划算了。"

苏晓彤望着他："顾磊，你是不是喝多了？"

顾磊一怔："没有啊，我现在不是很清醒嘛。"

苏晓彤望了一眼儿子，对顾磊说："你先带小亮去洗澡吧。"

顾磊牵着儿子进了卫生间。十几分钟后，父子俩洗完澡出来了，苏晓彤照例给儿子读了一个幼儿故事。等顾小亮睡着后，她示意顾磊出来，俩人关上卧室门，来到客厅。

"顾磊，我要跟你说件事。"

"什么事？"

"从明天开始，我们要跟这些邻居保持距离，非但不能去李雪丽家搭伙吃饭，连日常接触都要减少。"

"啊？为什么？"

苏晓彤睁大眼睛，凝视顾磊："你是真傻还是装糊涂？他们当中有一个是警察。"

顾磊沉吟一刻："那又有什么关系？他不可能知道你之前做过什么，更不可能去调查这件事。"

"但人与人之间只要相处久了，随着了解的加深，就难免会被对方洞悉过往。况且通过今天这顿饭局，我知道他们都很爱喝酒，而你最喜欢跟一群人把酒言欢。今天是我让你先走了，但以后你总有喝尽兴的时候。万一你喝醉了，把不该说的话说出来怎么办？"

"这是不可能的！晓彤，我是喜欢喝酒，但我是有分寸的。你见过我喝醉后说胡话吗？"

"大学毕业前的一次聚会上，你喝醉后，是不是当着很多人的面说喜欢我？"

"啊……你知道这事吗？"

"对，虽然我当时不在场，但后来有人告诉我了。"

"好吧……可是，这也不算是胡话吧，只能算是肺腑之言。"

"总之就是酒后吐真言。所以你知道我担心的是什么了吧？"

"晓彤，我向你保证，就算喝得再醉，我也绝对不会把那件事说出来。这可不是普通的事情，我疯了吗？怎么可能把……"

"不要说出来！我说过的，不要再提那件事了！"苏晓彤瞪视着顾磊。后者立刻住嘴了。

俩人沉默了一刻，顾磊说："晓彤，你想过吗？今天我们参加了这个迎新会，和大家都相处得不错。如果从明天起，我们就刻意地跟他们保持距离，反而显得可疑。特别是那个警察，他会怎么想？他刚到一会儿，我们就提出要走，而且之后再也不敢跟他们来往，这不是显得我们心虚吗？本来他不想调查我们的过去，恐怕都要去调查一下了。"

苏晓彤没有说话，但她承认，顾磊说得有道理。刻意的回避，确实会令人生疑。思索良久，她说："那我们跟他们保持正常交往吧，不过别太密切，搭伙吃饭就算了。"

然后，她凝视顾磊的眼睛，再一次强调道："但是记住，以后再有这种聚会，你一定要克制，不能喝醉。我叫你回家，你一定要听我的。"

顾磊笑了："放心吧，我哪件事不听你的？"

第二章　凶宅

1

凌晨四点多的时候，苏晓彤起来上厕所，发现丈夫和儿子都没在身边。她感到好奇，走到次卧，发现父子俩睡在次卧的床上。

苏晓彤摇醒顾磊，问道："你们怎么睡这儿来了？"

顾磊揉了揉眼睛："小亮又尿床了，我刚才帮他洗了澡，换了干净的内衣裤，抱到这张床上来睡觉。"

"真是辛苦你了。"

"没事，你睡吧。注意别睡到小亮那边，有尿渍。我早上起来再换床单被套。"

苏晓彤点了点头，回房睡觉。

这一觉睡到上午十点多，起床后，苏晓彤看到儿子已经在客厅玩玩具了。顾磊照例做好了早饭，招呼苏晓彤过来吃。他自己则走进主卧，把弄脏的床单和被单拆下来换洗。做完这些事，他去次卧——也是书房——工作，帮一家餐饮店设计门头和Logo。工作到十一点，顾磊走进厨房，从冰箱里拿出食材，准备午饭。

苏晓彤看着忙碌的顾磊，想到他为自己做的一切，心生愧疚。思忖一刻后，她对顾磊说："要不就听你的吧。"

顾磊正在切菜："什么？"

"交钱给李雪丽，在她家搭伙吃饭。"

"你不是不愿意吗？"

"我不希望你太辛苦了。"

顾磊笑了："晓彤，你为我着想，我真开心。"

"你是我老公，我当然要为你着想啊。"

顾磊喜形于色："有你这句话，我做再多的事都不会累。你想好了吗，真的在李雪丽家搭伙吃饭？"

"想好了。"苏晓彤点头，"而且你说得对，小亮需要多跟人接触，这正好是个机会。"

"是的，昨天跟他们一起吃饭喝酒，还真有种家庭聚会的感觉。"

"那我下午就去找李雪丽，跟她说这事。"

"好！"

于是就这样说定了，下午三点，苏晓彤来到李雪丽家，问能不能像其他人一样，以后在她家搭伙吃饭。李雪丽一口答应，欢迎之至。之后俩人加了微信，苏晓彤转了一千五百元给李雪丽。李雪丽还把她拉进了一个叫"大家庭"的群，群里的人正是昨晚那些朋友。

苏晓彤算了一下吃饭的人数："李姐，现在加上我们一家三口，每天在你家吃饭的人，就有十二个了，我还没算老谭。你一个人做这么多人的饭菜，忙得过来吗？"

李雪丽想了想："以前呢，是八个大人，一个小孩。现在是十个大人，两个小孩。而且孩子吃的菜还得单做，不能有辣椒什么的。可能是会比以前累些吧。"

"那……"苏晓彤感到不好意思。

"晓彤，你平时有事吗？要不你过来跟我一起买菜做饭吧。"

"我不会做菜呀，再说我得陪儿子。"

"这有什么关系，谁是天生就会做菜的？我也是照着菜谱慢慢学的呀。你帮我打打下手就行了，顺便也可以学着烧两个菜，技多不压身嘛。

至于你儿子,带过来就好了,我还可以帮着照顾呢。对了,范琳每天五点多就把她女儿范文婧接到我这儿来了。到时候两个小朋友一起玩,多好啊。你没听文婧说,她想教小亮画画吗?"

这倒是不错。苏晓彤想,内向自闭的儿子正好需要多跟人接触,并且这样一来,顾磊也可以安心工作,一举两得,便说:"好啊,那从明天……不,就从今天开始吧。我每天下午把小亮带过来,帮着你一起做饭。"

李雪丽开心地拍起掌来:"太好了!快去吧,我这个人最喜欢热闹了!"

苏晓彤也笑了,回到家把这事告诉了顾磊。顾磊既意外又欣喜:"真没想到,你居然打算学做菜了。我以前真是做梦都想不到,这辈子能吃上你亲手烧的菜!"

"李雪丽让我先打下手,所以想要吃上,可能还得再等一段时间。"

"没关系,等多久都行!"

"那你安心工作吧,我把小亮带过去玩。"

"行,你把他的玩具、画册收拾一些带过去吧。有事的话,就跟我说。住在一层楼,就是方便。"

苏晓彤嗯了一声,走到儿子面前,问他愿不愿意去李阿姨家玩。顾小亮还是一如既往地不表态,不过这也算是默认了。于是苏晓彤让儿子带了一些玩具,牵着他来到李雪丽家。

接下来,李雪丽教苏晓彤择菜和切菜。两个女人聊着天,做着饭,不时逗一会儿孩子,倒也趣味十足。这样的体验是苏晓彤之前的人生中没有过的,是理市的新生活赋予了她新的体验。

"对了,李姐……"

"哎呀,别叫我李姐了,我才比你大一岁,叫名字就行了。"

"好吧,雪丽,我是想问,你现在没有做任何工作吗?"

"没有。然后你想问,我的收入来源是什么,对吧?"

"嗯……"

"我以前买过一个铺面，租给别人做生意，每个月收租金就行了。虽然不算太多，但基本生活是没问题的。"

"这样啊，真好。那'大家庭'的这些人中，还有哪些没上班？"

"龚亚梅呀，她都到退休年龄了，每个月有退休金。还有袁东和沈凤霞，袁东虽然不教书了，但每月还是有学校发的基本工资，除此之外，父母也会贴补他一些。沈凤霞现在的工作就是专心照顾袁东。"

"他们为什么不帮着你一起做饭呢？"

"他们没工作，不代表没事做。龚亚梅热心公益，经常去一家养老院做义工，帮助那些孤寡老人。用她的话说，这会让她的人生更充实和有意义。至于袁东，他每天都要在沈凤霞的辅助下进行锻炼，虽然没法康复，但至少能减缓病情的发展。"

苏晓彤点头表示明白了。

五点多的时候，范琳带着放学的女儿来到李雪丽家。范文婧看到顾小亮也在这儿，吵着要教哥哥画画。于是她就做起了小老师，拿出水彩笔，在客厅的茶几上教顾小亮画太阳、云朵和草地。这一幕看上去非常温馨有爱。三个女人站在一旁，露出会心的微笑。

接近六点的时候，王星星、龚亚梅、夏琪、袁东、沈凤霞、韩蕾、顾磊陆陆续续都来了。李雪丽和苏晓彤也做好了饭菜。虽然今天这桌菜全是李雪丽烹饪的，但苏晓彤也帮了忙，引得众人一阵夸赞，特别是顾磊，说了多次"太好吃了"，免不了被众人打趣一番。

吃完饭后，勤快的沈凤霞主动洗碗，据说每天晚上的碗都是她洗的。袁东很有心，买了一套幼儿看图识字卡片，耐心地教顾小亮认字。李雪丽组织大家打牌，她家的客房有麻将机，牌友通常是龚亚梅、夏琪、沈凤霞、范琳和李雪丽，五个人换着玩。李雪丽问苏晓彤会不会打麻将，得到否定的答复后，她又搬出了那套"不学怎么会"的理论，硬要教她打麻将。苏晓彤也就没有拒绝，坐在旁边边看边学，反正已经尝试了很多以前没做过的事，多一样又何妨呢？

客厅里，两个孩子在玩耍，跟比他小的孩子在一起，顾小亮的智障显得不那么明显了；王星星玩着手机游戏；沈凤霞帮大家削水果，切成小块插上牙签；袁东嗑着瓜子看电视，偶尔跟顾磊聊会儿国内外的新闻时事；房间里几个女人打着麻将，欢声笑语不断……

也许他们已经适应这样的生活了，但是这其乐融融的一幕，让苏晓彤心头涌起一股暖流。

真像过年啊。在她的印象中，好像只有除夕夜，才能如此温馨热闹。这样的生活，应该是所有人都向往的吧。

搬到这里来，果然是个正确的决定。彻底告别过去的自己，不但迎来了新生活，更是活成了大多数人羡慕的样子。

这样的想法充盈内心。可惜的是，仅仅十多天之后，情况就发生改变了。

2

两周后的早上，苏晓彤走进书房，对正在做设计图的顾磊说："你觉得这正常吗？"

顾磊停下手中的事，望着妻子："你指什么？"

苏晓彤坐到床沿上："从我们认识李雪丽到现在，过去十多天了。我注意到，几乎每天晚上都有人在她家玩通宵。要么是喝酒，喝到凌晨五六点；要么是打麻将，也是接近通宵；要么是玩桌游，或者通宵看电影。最诡异的是昨天晚上，各种局都没有约起来的情况下，李雪丽让本来就喜欢熬夜玩游戏的王星星，把笔记本电脑抱到她家去玩了个通宵，据说还给他做了烤肉串当夜宵。"

"所以，你觉得不正常的是李雪丽超乎寻常的熬夜能力，还是她跟王星星之间的关系？"

"都不是。李雪丽纯粹把王星星当成个小孩，完全看不出恋人的感觉。况且他俩就算有什么，我也管不着。至于熬夜，李雪丽也不是那么能熬的。据我所知，很多时候她自己并没有熬夜，是睡了觉的，却强烈要求别人在她家玩通宵——这不奇怪吗？"

"也许她就是太热情好客了，或者是害怕孤独，才希望天天都有人陪伴在她身边吧。"

苏晓彤摇着头说："如果是这样，为什么不结婚呢？她才三十六岁，长得也不差，有房子和门面，还烧得一手好菜，找个男人结婚应该不是什么难事吧？"

"说得也是……那你有没有问过她，她是否有婚姻史，或者为什么不结婚？"

"我不是八卦的人，探听别人隐私的问题，我很难问出口。"

"其实这也不能算是隐私，算是对朋友的关心吧。"

苏晓彤想了想，觉得也是："好吧，我今天找机会问一下她。"

下午三点，苏晓彤跟往常一样牵着顾小亮来到李雪丽家。李雪丽说今天晚上是周末，她安排了吃韩式烤肉，把苏晓彤带到厨房，展示一大堆食材：五花肉、牛肉、鸡翅、培根、豆腐、年糕……

"吃韩式烤肉的要点是蘸酱和辣白菜。他们都说，我做的韩式烤肉比外面餐馆的还要好吃呢。"

"那是肯定的，你做的很多菜都比外面餐馆的好吃。"

"哈哈，是吗？"

"绝对是真心话。"苏晓彤找到了契机，"你的家人肯定也觉得你做的菜很好吃吧？"

"你们不就是我的家人吗？"

"我说的是你父母或者你老公。对了雪丽，你结过婚吗？"

"没有。"李雪丽干脆利落地回答道。

"为什么不结呢？"

"没找到合适的呗，现在要想找一个靠谱的男人可不容易。"李雪丽岔开了话题，"我来切肉，你帮我洗一下生菜，再剥点蒜好吗？"

"嗯……"

如此敷衍的回答，显然是有所隐瞒。苏晓彤想。不然以李雪丽的性格，不可能这么快就结束这个话题。但既然对方不愿多聊，她也没办法厚着脸皮继续问下去。

周末之夜，李雪丽除了安排韩式烤肉，还买了两件啤酒，看样子今晚又要开启酒吧模式。遇到喝酒的日子，老谭又来了。不过经过这些天，苏晓彤已经能够自然地跟警察大叔相处了。正如顾磊所说，这个和蔼可亲的警察，不可能无缘无故去调查他们的过往——就算调查了，也不可能知道那件事的真相。所以，没什么值得担心的。

吃饭、喝酒的过程一如既往地热闹和欢乐。李雪丽烤的肉配上蘸酱，果然十分美味。欢乐的气氛持续到十点，老节目又开始了——麻将，还是五个女人轮换着打。

另外四个女人打牌的时候，被换下来的范琳独自到阳台上抽烟。苏晓彤也走到阳台上，把玻璃门带拢。范琳望了她一眼，问道："来一支？"

"不，我不会抽。"苏晓彤说，"你今天没喝醉吧？想找你聊聊天。"

"呵呵，现在除了白酒之外，其他酒已经很难让我喝醉了。再说我毕竟也是有女儿的人，不能经常喝得酩酊大醉——你想找我聊什么？"

"有件事情让我感到疑惑。"

"什么事？"

"我发现，几乎天天晚上都有人在雪丽家玩通宵。即便她自己不熬夜，也会邀约人在家里玩到凌晨——你知道这是为什么吗？"

范琳手肘撑在阳台栏杆上，望向别处，抽了一口烟后，她说："雪丽就是一个热情、好客，又爱玩的人，经过这些天，你应该也知道了吧？"

"是。可是爱玩的人我见过，我以前一个同事，几乎天天晚上都去夜店。但问题是，玩过之后她一个人回家睡觉。说实话，我从没见过一天二十四小时都要人陪的，这绝对不正常。"

范琳把烟掐灭在阳台外墙砖上，丢掉烟头，凝视苏晓彤一刻后，说："我也说实话，我不确定该不该把真相告诉你。"

"真相？这背后果然有什么隐情吗？"

范琳点了点头："但你要想好。如果我把这件事告诉你，可能会破坏你的心情和感受，你确定要知道吗？"

苏晓彤短暂地思考了几秒，点了下头。

"那好吧，事实是——你现在身处的这套房子，是一套凶宅。"

"什么？凶宅？"苏晓彤大吃一惊，叫了出来。

范琳拉住她的胳膊："小声点。"

苏晓彤望了一眼客厅里的人，顾磊、老谭、王星星和袁东四个男人还在喝酒聊天，沈凤霞在一旁陪着他们，好像都没有听到阳台这边的声音。她问范琳："你的意思是，并不是每个人都知道这件事？"

"是的，这件事我没有跟多少人讲过，除了李雪丽本人，应该只有韩蕾、龚亚梅和夏琪知道吧。"

"那你是怎么知道的？"

"我是做旅游这一行的，每天会接触很多人，获得资讯的途径比你们多。是本地的一个朋友得知我住在这个小区，并且经常在李雪丽家聚会，才告诉我的。他是一家房产中介公司的老板。"

"具体是怎么回事呢？我是说，这套房子里发生过怎样的命案？据我所知，只有发生过'非正常死亡'事件的房子，才能被称为凶宅吧。"

"没错，两年前，这里发生过一起离奇的命案。你真的想继续聊下去吗，这个话题？你不觉得害怕？"

夜风吹来，加上所聊的内容，苏晓彤确实觉得身体有点发冷。好在客厅里灯火通明，屋子里又有这么多人，驱散了一些心中的恐惧。"都聊到这份上了，就继续吧。"

"好吧，我把知道的告诉你。两年前，这套房子是租给一个外地女人的，她独居，跟其他人鲜有联系。没有人了解她，也不知道她过着怎样的生活。直到某一天，房东发现她拖欠房租，并且联系不到人，才找到警察，一起来看看是怎么回事。结果，你猜他们发现了什么——"范琳卖了个关子。

"那女人被杀死在家里了？"

"并不是。他们一开始没有找到人，也没有发现家里有血迹之类的。直到警察打开冰箱，看到这女人被分尸了。想想看，一个独居的女人被人残忍地杀害并分尸，什么样的人能干出这样的事情来？要么是跟她有深仇大恨的人，要么就是变态杀人狂。"

听到这里，苏晓彤真正感到寒意砭骨了。她缩紧了身体，睁着一双惊惧的眼睛。隔了好一会儿，她问道："那么，警察破案了吗？凶手是谁？"

"没有。其实这才是这件事最恐怖的地方。警方直到现在都不知道凶手是谁，更谈不上抓捕了。警察具体是怎么侦查的，我不得而知。但听我那个朋友说，由于这个女人长期一个人居住，在这里没有亲戚朋友，警察也没发现跟她有过节的人，加上发现尸体的时候，距她遇害已经过去好一段时间了——种种原因，让破案的难度变得很大，就成为一桩悬案了。"

说到这里，范琳停顿了一下，"接下来的一句话，我不知道当讲不当讲。"

"都讲到这份上了，还有什么不能说的呢？"

"好吧，虽然听了这话之后，可能会让你更加害怕，但这也是一种提醒。"范琳把脸凑近苏晓彤一些，低声道，"这也是我那个朋友提醒我的——据说，警察虽然没有抓到凶手，但他们根据各种迹象，认为凶手有可能是这个小区的某个住户。而且——我只是说有这种可能——这个人现在还住在这个小区。"

苏晓彤打了一个冷噤，背后汗毛都立起来了。范琳看她吓得脸都白了，又开始往回说："不过亲爱的，你也别太担心了。毕竟这件事发生在两年前，之后这个小区也没有再发生过命案了。这至少可以得出两个结论：一、当初的那个杀人犯，不是连环变态杀人魔，他杀死那女人，应该是有原因的。这意味着他不会对不相干的人下手。二、不管这个凶手是不是本小区的人，作案之后，他就离开了这个小区。如果是这样的话，就更不用担心了。"

"如果他没离开呢？现在都还住在这个小区怎么办？"苏晓彤担忧地说。

"刚才不是说了嘛，就算是这样，这个人也没有再作案了。"

"李雪丽知道这事吗？我是说，当初买这套房子的时候。"

"当然不知道！你以为她疯了吗，去买一套凶宅！而且她也是一个独居女人。"范琳说，"发生那样的事情后，房子自然租不出去了，房东更不敢自住，只有挂在网上出售。本地人知道这个小区发生过命案，不敢买这里的房子，李雪丽这个不知情的外地人就当了冤大头。听说为了买这套房，她几乎花掉了所有积蓄，还投入不少钱来重新装修。做完这一切后，她才听人说，这套房子里曾经发生过这么可怕的事，但为时已晚。"

"为什么为时已晚？她也可以把房子再次挂出去卖掉呀。"

"本来是可以的，但她做了一件蠢事——原谅我这么说，不过真是挺蠢的。"

"什么蠢事？"

"李雪丽得知这套房子是凶宅后，气得不行，找到中介公司和原房主大闹，最后还对簿公堂。结果法院的判决是，并没有哪条法律规定，发生过命案的房子不能进行买卖。而中介公司的人说他们也不知道这套房子是凶宅，所以李雪丽败诉了。更糟的是，原本很多人只知道玥海湾小区的某一户发生过命案，并不知道具体是哪户，被她这么一闹，所有人都知道了——就是三单元的1203。"

"就是说，如果她不闹这一出，也跟原房主一样，把房子挂在网上出售，兴许还能卖掉？"

"是的。官司打输之后，李雪丽才把房子挂出来低价出售，希望能挽回点损失。但那个时候所有人都知道这是一套凶宅了，谁还会买呢？

房子很久都无人问津，李雪丽便心灰意冷了。也许是因为时间长了，她也慢慢接受了这个既成事实吧。最终她打算在这里住下来，但要说不害怕，肯定是不可能的——所以，你现在知道她为什么热情地邀约大家，提议在她家搭伙吃饭，以及想方设法找人在她家玩通宵了吧？"

"明白了……不过她为什么不找个男人嫁了呢？家里有个男人，应该就没那么害怕了。"

"你以为现在找个靠谱的男人，是这么容易的事吗？想想我前夫吧。"

"李雪丽也这么说……不过我猜，没有合适的人选应该不是主要的理由吧。"

"是的，李雪丽来理市后，其实相过几次亲，但要么就是各种不合适，要么就是对方知道她买的房子是凶宅，不愿意跟她住在一块儿。这年头，男人也不是个个都胆子大的。"

"那你们呢？你、龚亚梅、夏琪和韩蕾四个人，不是知道凶宅的事吗？你们天天往这儿跑，甚至在这里通宵打麻将，就不觉得害怕？"

"毕竟不是自己家，所以要好些吧。再说不是有这么多人嘛，人一多，热闹起来的话，自然就冲淡恐惧感了。"

"这倒也是。"

"但要说一点都不在意或者不害怕，那也是不可能的。注意到龚亚梅手上的佛珠了吗？桃木的，据说可以辟邪。自从我跟她讲了这件事，每次来李雪丽家，她都会戴上这串佛珠。"

苏晓彤略略点头，突然想到了什么："对了，老谭呢？他可是警察呀，肯定是知道这件事的吧？"

范琳透过玻璃瞄了客厅里的谭勇一眼："何止知道，两年前，他就是负责调查这起凶杀案的警察。"

"啊……这么说，一直没能破案的警察，指的就是他。那他经常来这里聚会，是因为一直没能破案，心有不甘吗？所以借着聚会的名义，到这个小区——特别是这套房子来暗中调查？"

"也许吧，我不知道。这种敏感的问题，没有人问过他。但说实话，我不知道有什么好'暗中调查'的。因为这套房子的装修布局、家具家电，自从李雪丽搬来后，就全部换新了。而'大家庭'的这些人，几乎全是命案发生之后才从外地来这个小区的。所以——"范琳耸了下肩膀，"有什么好调查的呢？"

苏晓彤思索了一刻："有另一种可能——你刚才不是也说了嘛，凶手也许是这个小区的某个住户，而且现在都住在这里，所以负责此案的老谭才经常来这个小区。就算暂时没法抓到凶手，但警察经常出没的话，至少会给凶手造成一定的威慑力。"

"可能吧。老谭这个人确实非常认真负责。也许他想的是，就算不能抓到凶手，至少也要保证小区里其他住户的安全，避免凶案再次发生。"

苏晓彤迟疑着说："即便凶案没有再发生了，这套房子是凶宅的事实，也是无法改变的……"

"喂，你不会因为我跟你讲了这些，就感到害怕，以后都不来李雪丽家了吧？"

"这个我得想想，然后跟顾磊商量一下。"

"你可别真的不来了呀，那我会后悔把这件事告诉你的。"

看到苏晓彤没有说话，范琳劝解道："你真的不用太在意。我再强调一次，这是发生在两年前的事了。而且每天这么多人在一起，有什么好怕的？你又不会单独待在这个家里。"

"但是下午我要来这里帮着她准备饭菜，那时家里只有我们两个人，不，还有我儿子小亮。"

"那也够了呀，三个人在一起，又是大白天。如果你这都觉得害怕，那雪丽不是更可怜吗？她毕竟很多时候是一个人在家。"

苏晓彤默默颔首，叹息道："唉，这个面朝玥海的小区，我本来觉得无比美好，现在蒙上一层心理阴影了。"

范琳懊恼地说："我真的后悔了，我就不该把这事告诉你！你心理承受能力怎么这么差？以后我什么事都不跟你说了！"

"别……我只是才知道这事，需要时间来消化一下。"

"反正你别让他们知道我告诉了你这件事，也不要表露出害怕的样子，能做到吗？"

"好的。"苏晓彤深吸一口气，调整了下情绪，"我明白了。"

3

十一点，苏晓彤再次以儿子要休息为由，让顾磊和顾小亮一起回家了。顾磊今天喝得很开心——随着时日增多，他跟这些邻居逐渐熟络起来，状态便愈发放松了，跟老谭也颇聊得来，他们都喜欢足球，聊起最近的欧冠比赛，发掘了很多共同话题。加上大家都是爱喝酒的人，距离更是拉近了许多。

回到家，帮儿子洗漱完，安顿他上床睡觉后，苏晓彤决定把今天晚上范琳跟她说的事情告诉顾磊。她烧了热水，泡了一杯热茶，让顾磊解酒，然后对他说："你知道吗？范琳今晚跟我说了一件可怕的事。"

"什么事？"

"李雪丽的家，是发生过命案的凶宅。两年前……"

苏晓彤把了解到的情况尽数告诉了顾磊，本以为对方也会像她听到此事后的反应一样，流露出惊愕的表情，不料顾磊只是啊了一声，说："竟然发生过这样的事情。难怪当初在网上看房子的时候，这个小区的房子没那么贵，原来是这个原因。"

苏晓彤瞪着他："你的反应就只有这样？"

"……不然呢？"

"跟我们住同一层楼的邻居家以前发生过命案，而我们还天天在那个家里吃饭，你不觉得瘆人吗？"

"可你都说了，那是以前发生的事呀。而且李雪丽搬来后也重新装修布置过了，所以现在这个家跟以前的凶案现场，应该没什么关系了吧。"

"毕竟场所是一样的。"

"说到场所，从古至今，死过人或者发生过命案的地方多了去了，又何止这里呢？"

"不一样吧，别把古代都扯进来了！这毕竟只是发生在两年前的事。"

"但是也没有再发生了，不是吗？而且现在这个家这么温馨、热闹，警察也隔三岔五地来参加聚会，还有什么好担心的呢？"顾磊安慰道，"如果范琳不跟你说这件事，你不可能感受到任何不适吧？所以说，只是心理作用罢了，我认为真的不必介意。"

苏晓彤望着他："你这样说，只是害怕我出于担心，提出以后都不去李雪丽家，让你没地方喝酒吧？"

顾磊沉吟几秒："也不完全是这个原因……我只是觉得，因为这样一件无关紧要的事，就失去这么多朋友，以及如此快乐的'大家庭'，未免太可惜了。"

"你真的觉得，天天在一个凶宅里面聚餐和活动是'无关紧要'的事吗？别忘了，凶手直到现在都没有抓到，而且连警察都怀疑，凶手就是这个小区里的某个人。"

"这只是警察的猜测而已。再说了，只要凶手不是'大家庭'里的这些人就行了。"

本来是一句安慰的话，不料苏晓彤听了之后，脸色大变。顾磊赶紧说："喂，你该不会真的认为，凶手有可能是'大家庭'中的某一个吧？范琳不是说，这些人都是在凶案发生之后才住进这个小区的嘛，所以这是绝对不可能的！"

"她说的是——'几乎'都是在命案之后搬来的。也就是说，有一些人是在凶案发生之前就住在这个小区了。那他们就有可能……"

顾磊打断她的话:"晓彤,我真的觉得你多虑了。'大家庭'里的这些人,你觉得有谁看上去像杀人凶手?"

"难道杀人凶手会把'凶手'两个字写在脸上?"

"当然不会。但人总是有第六感的,如果身边有危险人物,应该不会丝毫察觉不到。"

苏晓彤烦躁地叹了口气:"我们搬到理市来,不就是为了远离京州的那套房子,彻底忘掉那件事吗?本以为这里是个世外桃源,没想到邻居家竟然发生过更可怕的凶案。这是我的宿命吗?为什么不管住在哪里都要跟命案扯上关系?"

顾磊沉默了一刻:"晓彤,你让我不要再提那件事,那你也别提呀。"

俩人缄默了一会儿,顾磊挽着苏晓彤的肩膀说:"好了,别多想了。要不这样吧,下午的时候,我带上笔记本电脑,跟你和小亮一起去李雪丽家。你们准备饭菜,我在客厅工作,顺便照顾孩子,好吗?这样一来,即便是白天在李雪丽家,也有四个人,你总不会害怕了吧。"

苏晓彤思忖一刻,勉强点了点头。

4

顾磊走之后,谭勇也没有继续喝下去。他第二天要上班,不能太晚休息,更不能喝得太醉。离开这个小区后,他打了辆车,十分钟就到了自己家所在的小区。

用钥匙打开家门后,谭勇蹑手蹑脚地走进屋,生怕吵醒已经入睡的妻子。门厅的灯开着,是妻子特意为他留的灯。谭勇今年四十七岁,妻子窦慧比他小两岁,原本是制衣厂的职工,去年厂子不景气,裁了一批人,窦慧就是其中之一。四十多岁的年龄,再找工作十分困难,赋闲在家的窦慧便开了家网店,卖点自己做的民族风服饰、手工艺品之类的，收入微薄，但聊胜于无。一家人的生活开支主要还是依靠谭勇的工资。

好在女儿懂事。今年十七岁的女儿谭雅丽在理市最好的高中读高三，成绩常年保持着全年级第一的水准。而且她从不补课，全靠自身的学习天赋和刻苦勤奋，是全校公认的"真学霸"。学习方面，她从来没让父母操过半点心。

谭勇在卫生间洗漱完毕后，轻轻推开卧室门，发现床头灯亮着，窦慧躺在床上看手机。他嗔怪道："快十二点了，你怎么还不睡？都跟你说了，不用等我回来。"

"你不回来，我睡不着。"窦慧说。

"有什么睡不着的？"

"你每次都去那凶宅喝酒，让我怎么放心得下？"

"什么凶宅，别说得那么难听，几年前的事了。"

"哪有几年，也就是两年前罢了。况且我说错了吗，那房子不是凶宅？"

谭勇脱掉外衣外裤，掀开被子盖上。"我是警察，你担心什么？再说每次聚会十几个人呢。"

"你说你一个警察，经常去人家里蹭饭，合适吗？"

"什么蹭饭？每次我都是自带了酒菜去的。今天我又买了一只油酥鸭过去呢。"

"吃得真好啊，有想过我吗？我今天晚上就吃了点烫饭和梅干菜。"

"嘿，你这人，你说我们那群人都轮番邀请过你多少次了，你赏过脸吗？我倒巴不得你跟我一起去呢，可你总说人家那儿是凶宅，不愿意去。"

"本来就是呀，去发生过那种事情的地方吃饭，不别扭吗？"

"我没觉得别扭，感觉还挺融洽的。所以呀，是你自己的问题，就别怪我了。"

"其实我也不是怪你，老谭。我知道你爱喝两杯，我酒精过敏，也陪不了你喝。男人嘛，出去跟朋友喝喝酒也正常。但你去哪儿喝不好，非得每次都去那凶宅喝酒吗？"

谭勇望着妻子："你真不知道原因吗？"

"我知道。"

"那你还说。"

"但是这案子都过去两年了，你也该放下了吧。虽然当时这案子是由你来负责的，但实在破不了案，也不能怪你呀。现在你们局长和队长都不管这事了，你又何必这么执着，非想着破案不可呢？"

"因为这是我的职责。我是刑警，将凶手绳之以法是我的责任。局长他们不管这事，是因为他们要处理的事情很多，但当初这起案件是交给我来负责的，我一天没抓到凶手，就一天都不会安心。"

"那你经常去那套房子参加他们的聚会就能破案了吗？要是有什么线索的话，不是早就发现了，又怎么会等到现在呢？"

谭勇沉默了。良久，他喃喃道："是啊，我也知道，要是能破案，早就破了，不会等到今天。但我就是不甘心，没事就想往那个小区跑，总希望能有所发现。李雪丽刚搬进这个家的时候，得知自己新买的房子是凶宅，吓得要命。见我这个穿警服的经常来他们小区，就想方设法留住我，然后邀约邻居朋友一起在她家吃饭。我觉得她可怜，就想着能给她壮壮胆总是好的，渐渐地就成习惯了，现在他们聚会，基本上都会叫上我。你说我该怎么办呢？要是不去的话，不就表示警察也不管这事了吗？要知道，凶手毕竟没抓着，要是你住在这样的小区，你能安心吗？"

"老谭，我知道你这个人心好。你觉得就算没抓住凶手，但你经常去这个地方，也是一种警示，这个小区的人会安心一些。所以即便是下班后或者周末，你也会穿着警服去。但是这案子本来难度就大，还过去两年时间了，再调查下去不是浪费时间精力吗？"

"跟你说了，这是我心头的一个结，不解开的话，我永远都会想着这事。"

"你这人怎么这么轴啊！"窦慧气恼地说。

谭勇望着窦慧，迟疑一阵，说道："其实有件事，我一直没跟你说。"

"什么事？"

"当初的房主，也就是那个收废品的老太太，在发现冰箱里的尸体后，拜托过我一件事，让我和同事在调查案件的时候，尽量不要让其他人知道这起凶案发生在哪一户。我当时同情她，就答应了。结果导致很多人不知道那套房子是凶宅。最后那老太太倒是瞒天过海，把房子给卖掉了，李雪丽这个外地人就被坑了。"

窦慧有点明白了："所以你觉得，李雪丽买下这套房子，跟你多少是有点关系的。你觉得愧疚，才经常去她家给她壮胆？"

谭勇点头："我虽然帮了那收废品的老太太，却间接地害李雪丽买了这套凶宅，心里当然过意不去。不过，李雪丽直到现在都不知道这事跟我有关系。"

窦慧嫁给谭勇二十多年了，知道丈夫就是这样一个宅心仁厚的人。一时之间，她也不知道该说什么好了。

"算了，不说这些了……雅丽的周考成绩出来了吗？考得怎么样？"

"你女儿的成绩什么时候让你操心过？又是年级第一名。"

谭勇的眉头舒展开来："我女儿太乖了，真让我省心。"

"也有不省心的事。"窦慧说。

"怎么了？"

"今天班主任老师打电话来说，雅丽跟班上那个叫孙晖的男生走得有点近，好像有点谈恋爱的意思。"

"是吗？那男生怎么样？"

"也是学霸，成绩年级第二，人长得又高又帅，我见过好几次了，而且他家里好像挺有钱的，全身上下穿的全是名牌。"

"呵呵，看来咱们未来女婿是高富帅呀。"

"我跟你说正经的呢！现在可是高三，最关键的时候，这节骨眼儿上能早恋吗？"

"什么叫早恋啊，雅丽现在要是初中生，那属于早恋。她再过几个月就满十八岁了，是成年人、大姑娘了，人又长得亭亭玉立的，有喜欢的人或者追求她的人，不是很正常吗？依我看，只要她不影响学习，跟那男孩保持节制地正常交往，没什么问题。怎么，老师打电话来是什么意思？难道他们有什么不合适的行为？"

"那倒没有，其实老师的看法跟你差不多，说他们俩成绩都好，在一起探讨学习还能互相促进呢。"

"那不就行了嘛，这就是你说的不省心的事？"

窦慧摇摇头："不，关键不是这个，是另一件事。"

"什么事？"

"老师说，学校今年有两个推荐去国外名牌大学留学的名额，这两个名额很宝贵，学校研究了很久，决定推荐雅丽和孙晖两个人。第一是他们都品学兼优，第二是他们互相喜欢，简直是'金童玉女'。所以老师的意思是，让我们家长和孩子一起商量一下，是否愿意出国留学。"

"这事你问雅丽的意见了吗？"

"问了，今天她下晚自习，我就打电话问了她。"

"雅丽怎么说？"

"她说很想去留学，孙晖也是。"

"国外的哪所大学？"

"哈佛大学。"

"哈佛，世界一流的大学呀……"谭勇心情复杂，"能去当然是好的，但是一年的费用估计不低吧？"

"老师说，学杂费、生活费、交通费之类的加起来，一年至少要五万美元，也就是三十多万人民币。"窦慧叹了口气，"现在你知道我愁的是什么了吧？就算是本科四年，也要一百多万，还别说研究生什么的。咱们家哪里拿得出这么多钱来？"

谭勇陷入了沉默，好一会儿后，他说："一定得去国外留学吗？清华北大也是很好的大学，就在国内读不行吗？"

"这话你跟我说不着，我是没意见，但你女儿想出国留学呀——除开想出国深造之外，另一个原因是什么，不用我说了吧？而且老师也说这次的机会千载难逢，名额更是可贵，言下之意是放弃的话很可惜，如果能去国外的顶级大学留学，孩子以后的见识、阅历和格局都会不一样。"

"咱们家现在有多少存款？"谭勇问。

"不到十万块。"

"差得真多啊……"

"所以我才犯愁啊，你说咱们女儿有这条件，又有这机会，不去的话，真是可惜到了极点，但要去的话，这钱……"

谭勇想了一会儿，下决心般地说道："这样，我改天跟雅丽聊一下，如果她真的非常想去，我就算是借钱，也让她去留学！"

窦慧心情矛盾地点了点头。谭勇躺了下来："关灯，睡觉！"

第三章　溺亡

1

　　世界上总有些地方，不管天晴、下雨、阴天，白天、黑夜、黄昏，都是美的。玥海正是这样的地方，任何一种天气和任何一个时段，都会赋予它独特的色彩和意境，这些自然添加的滤镜不定期地切换，产生变幻莫测的美，让人永远都看不腻。

　　星期天的上午，苏晓彤陪着儿子在玥海公园的儿童游乐区玩——这几乎成了顾小亮每天的娱乐项目。今天是一个大晴天，暖暖的阳光像质地柔和的衣衫披在每个人身上，说不出地舒服。蓝天白云下，苏晓彤看着反复爬上滑梯又滑下来的顾小亮，觉得这一刻真美好。

　　其实这样也挺好，不是吗？她对自己说。任何事物都有两面性。虽然小亮的智力有缺陷，但这也意味着，他的心智永远不会成熟，会一直停留在孩童时期。就像作为宠物的小猫、小狗一样，每天吃饱喝足、晒晒太阳、撒娇玩耍就很满足，永远不用考虑复杂的事情，这样单纯快乐地度过一生，又有什么不好呢？

　　诚然，儿子无法像正常人一样享受学习、工作、事业、爱情、婚姻带来的幸福感和成就感，但是也可以避免这些事情带来的烦恼忧愁。这样一想，智力的缺陷也许是上天赐予的礼物，而不是悲哀的命运。

苏晓彤似乎想通了一些事情，心情也变得开朗起来。她用手机拍了几张天空和远山的美景，配以文字，发了个朋友圈。

这些美图得到了很多朋友的点赞，其中一个叫周思达的人在评论区留言：跑理市去玩了？

苏晓彤不想在朋友圈的留言区和他聊下去，便给他发了条微信：不是来玩，我现在定居理市了。

周思达回复道：啊？你不是在京州上班吗，怎么去理市定居了？

苏晓彤不想过多解释，避重就轻地回答：上班太卷，累了，想过清闲点的生活。

周思达回复了几个大拇指的表情，然后说：那你现在不是跟我一样，都是闲人了？哈哈。

苏晓彤：我可不敢跟你比，你是富二代，每天游山玩水，吃喝玩乐就行了。我哪有你那么潇洒。

周思达：我这几天在马尔代夫，回国后去理市找你玩，好吗？

苏晓彤：还是算了吧……

周思达：为什么？你现在不是不上班了吗？

苏晓彤：但我是有老公，有家庭的人。

周思达：结婚了就不能跟前男友见面了？你活在封建社会啊！

苏晓彤发了个苦笑的表情，借口说自己要去照顾儿子，截断了话题。她把手机揣进兜里，走向顾小亮，陪儿子玩跷跷板和秋千，神情若有所思。

中午回到家，顾磊做了砂锅炖鸡米线，味道很棒。吃完饭，苏晓彤带着儿子睡午觉。三点左右，顾磊抱着电脑，顾小亮带着玩具，一家人来到1203的门口，苏晓彤按响门铃。

李雪丽把门打开后，看到他们一家人都站在门口，咦了一声，说："顾磊也现在过来吗？"

"是啊，一个人在家里做设计，难免有些寂寞，我就想抱着笔记本电脑过来,在你家的客厅工作,可以吗?不会打扰你吧?"顾磊说。

"打扰什么呀!"李雪丽明显很开心,"你们还不了解我吗,我就是喜欢热闹,来的人越多越好。哈哈哈,快请进!"

一家三口遂进入屋内。李雪丽带着期盼的神情问道:"以后都这样吗?下午的时候,你们一家人都到我这里来?"

"嗯,我们是这样打算的。"苏晓彤说。

"那真是太好了!"李雪丽欢欣地拍起手来。

"工作之余,我还可以帮着你们一起做菜呢。烹饪方面,我也略有心得。"顾磊说。

"好啊,哈哈,大家一起热热闹闹地做饭、开开心心地吃饭,是我最熟悉和最喜欢的场景。可能你们会觉得奇怪,怎么我这个人如此爱热闹。这跟我小时候的成长环境有关,我父母那一辈是没有分家的。也就是说,我从小就生活在一个大家庭里。爷爷、奶奶、爸爸、妈妈、叔叔、阿姨、堂哥、堂姐……所有人在一起吃饭。家里的女人们都很勤快,大家聊着天,一起做菜和吃饭的画面,我至今难忘。"

是真的吗?苏晓彤暗自想道。也许是为了让我们相信她对热闹的渴望,而编出来的故事吧。但她不知道的是,我们已经知道凶宅的事了,等于知道了真正的原因。不过,她的兴奋和欣喜又不像是装出来的。也许她确实是喜欢热闹的人,两种原因皆有吧。

苏晓彤暗自思忖的时候,顾磊问李雪丽:"既然你这么喜欢热闹,又为什么要搬到理市一个人居住呢?"

"我说的是我小时候的场景啊。高中的时候,爷爷奶奶相继去世了,父母和叔叔、阿姨他们也就分家了。只有过年的时候,大家才会聚在一起。但我怀念那种温馨热闹的感觉,希望天天都是如此。"李雪丽问,"你们呢?这些天跟大家一起吃饭和聚会,感觉怎么样?"

"我觉得挺好的。除了特别孤僻的人之外,大多数人都会喜欢这样的氛围和生活吧。"顾磊说。苏晓彤附和地点了点头。

"你呢,亮亮?"李雪丽逗起了小朋友,"喜欢李阿姨这儿吗?喜不喜欢跟文婧一起玩啊？"

沉默寡言且木讷迟钝的顾小亮一般情况下都不会搭话。但这次，他做出了肯定的答复，点了一下头。

"看，亮亮点头了，看来他也喜欢人多的场合，哈哈！"李雪丽说。苏晓彤摸着儿子的脑袋，露出了笑意。

"好了，不耽搁顾磊工作了。咱们去厨房准备晚饭吧。"

李雪丽和苏晓彤一起走进厨房。顾磊把笔记本电脑放在茶几上，做起了设计。顾小亮在他旁边安静地玩着幼儿拼图玩具。

跟往常一样，苏晓彤帮李雪丽打下手，洗菜切菜之类的，但今天李雪丽提议由苏晓彤来烹饪一道菜，给顾磊一个惊喜。

"没这个必要了吧，谁做不是一样吗？"苏晓彤说。

"当然不一样！对男人而言，能吃到老婆亲手烧的菜，是不可取代的幸福。再说你也看我做菜这么久了，难道就不想自己试试吗？把一堆生的食材烹饪成一道美味佳肴，是很有成就感的事。"

"这倒也是。我发现你特别会说服人。"

"是因为我说得有道理啊。"

"那我试试吧，做一道什么菜呢？最好是简单一点的。"

"简单又好吃的菜……番茄牛腩汤吧。汤浓、味美，开胃又爽口。"

"好啊。"

"那你把冰箱冷冻室里的牛肉拿出来解冻吧。本来我是打算做番茄蛋汤的，但你做的第一道菜，得像样一点才行。"

苏晓彤应了一声，打开双门冰箱，在下方的冷冻室里翻找起牛肉来。

本来她没有刻意去想那件事的。但是看到冷冻室里被切割成一块块的肉，她的脑子里冒出了不该出现的东西。一瞬间，恶心反胃的感觉涌了上来，胃部一阵紧缩，在呕吐出来之前，她迅速捂住嘴跑向了卫生间。

李雪丽看到苏晓彤冲出厨房，接着听到了卫生间的呕吐声。她吃了一惊，走到卫生间门口问道："晓彤，你怎么了？"

顾磊也听到呕吐声了，他走了过来，敲门和询问。一分钟后，苏晓彤脸色发白地出来了，她用清水洗脸和漱口，说道："没事……我就是突然有点不舒服。"

"刚才不还好好的嘛，怎么突然就不舒服了？"李雪丽问。

苏晓彤不知该如何解释，只好说："没关系的，我休息一会儿就好了。"

"行，那你坐在沙发上休息，我给你倒杯糖水。"

苏晓彤坐下后，顾磊小声问她："你怎么了？"苏晓彤摇了摇头，把头偏向一边，没有回答。

李雪丽进了厨房，把冷冻室的抽屉推进去，关上冰箱门之前，她愣了一愣，似乎意识到了什么。

李雪丽扭头望向沙发上的苏晓彤，盯着她看了十几秒，头一次露出阴沉的神情。但很快，她控制住了面部表情，转过身打开厨柜，拿出装白砂糖的罐子，用温水冲了一杯糖水，端到苏晓彤的面前。

2

结果，这天晚上的饭菜是顾磊帮着李雪丽做的。顾磊烧了两个拿手菜，得到了众人的一致好评。好评不限于做菜，还有对顾磊整个人的肯定。这些天来，所有人都看出来，他是一个绝世好男人。对妻子体贴，对儿子耐心，对家庭负责，对朋友耿直（尤其体现在喝酒上），总之就是没有缺点。得到如此褒扬的顾磊感到不好意思，让大家不要再夸了，他有些承受不起。

"有什么承受不起的，我们说的都是实话。"韩蕾一边夹菜一边说，"我在夜店上班接触到的男人，很多都是好色之徒、花花公子，没一个靠谱的！"

"踏实稳重的男人应该不会去那种场合吧。"袁东扶了下眼镜框。

韩蕾停下吃饭，侧脸望着袁东："袁老师，你把话说清楚，我工作的地方是什么场合啊？"

"啊……我不是这个意思。"袁东自知说错了话，赶紧解释，"我只是觉得，会去夜店寻欢作乐的男人就不可能是顾家型的，这根本是矛盾的嘛。"

"'寻欢作乐'？"王星星把一口菜咽下去，"袁老师，你这拐着弯把我也骂了。我也经常去夜店啊，只不过是喝喝酒、听听歌，放松一下罢了——你把我说成什么人了？"

韩蕾对王星星说："在袁老师眼中，咱们就不是什么正经人。你'寻欢作乐'，我'放荡不羁'，咱们都是出入'那种场合'的人，跟人家读书人有着本质区别。"

袁东急了，一张脸涨得通红："你们不要曲解我的意思！'寻欢作乐'这个词在现代汉语词典里不是一个绝对的贬义词，有时也做褒义。"说着，他颇为认真地打开手机百度，查询这个词的准确词义，"你们看，百度词典里的解释是'寻求欢快，设法取乐；形容追求享乐'的意思。享乐嘛，谁不追求呢？人之本性嘛……"

话还没有说完，一桌人已经大笑起来。袁东愣了两秒，反应过来，气恼道："你们又在拿我寻开心了！"

"谁叫你每次都要上钩呢？"韩蕾笑道，"我最喜欢看你咬文嚼字的样子了。"

"笑吧笑吧，你们就知道取笑我这个迂腐的教书匠。"

韩蕾走过去挽着袁东的肩膀："不过话说回来，袁老师你该不会这辈子还没去过'那种场合'吧？"

"如果你说的'那种场合'是风花雪月之地，我的确没有去过。"

"真的吗？"韩蕾露出怀疑的表情，"该不会是当着学生的面，不好意思承认吧？"说着，她朝沈凤霞挤了一下眼睛。

沈凤霞也是个老实人，赶紧帮袁东澄清："袁老师的确是正人君子。我们以前所在的乡镇中学，有一个女生中学毕业后就去县城的歌舞厅当陪酒小姐了。袁老师是她的班主任，得知此事后，到歌舞厅去把她拉了出来，经过一番苦口婆心的教导，终于劝回了她。后来那女孩在县城做文职呢。"

"明白了。"韩蕾把脸贴近袁东，一头卷曲的长发垂在袁东肩膀上，妩媚地说道，"袁老师，如果你要劝我，该怎么劝？"

袁东面红耳赤，没好气地说："你呀，已经无药可救，没法劝了！"

"啊——"韩蕾故作伤心的样子，单手掩面，"奴家还打算洗心革面，做个三从四德的良家妇女呢，袁老师居然连机会都不给奴家了！"

众人又是一阵大笑，皆被韩蕾夸张做作的姿态和语调逗乐了。龚亚梅笑得眼泪都出来了，举起筷子作势要打："好了！别拿袁老师取乐了，你又戏精上身了！"

韩蕾灵巧地闪开了，嘴里仍说着俏皮话。苏晓彤看出来了，韩蕾和王星星都是这个"大家庭"的开心果，长期拿袁东这个迂腐的老实人打趣。袁东也不是真的介意，嬉笑怒骂之间，一顿饭吃得欢声笑语不断。

"很多时候，和大家这样开心地吃饭、聚会，总会让我思考——人生的意义究竟是什么呢？"龚亚梅颇为感慨地说道。

"亚梅姐又要发表人生感言了。"王星星说。

"嫌我啰唆的话，我就不说了。"

"不，你说吧，亚梅姐。我很喜欢听年纪稍长的人谈起他们的人生感悟。"沈凤霞说。

"好吧。我是觉得，我们这种单纯而快乐的状况，是很多生活在大城市的人无法拥有的。诚然，生活在大都市的人也会有很多同事和朋友之间的聚会，但是相互之间真的能做到坦诚而放松吗？更多的时候，他们面对的恐怕都是商务应酬、同行竞争、商业吹捧、利益交换，彼此之间难免会心生嫌隙，甚至钩心斗角吧。但我们这群人是没有任何利益关系和利害冲突的，不用看某人的脸色行事，不用担心说错某句话会影响合同签订，也不用对任何人溜须拍马，这样的友谊和情感是最纯粹的。"

苏晓彤不由得点头，深表认同。龚亚梅所讲的，几乎就是她以前生活的真实写照。韩蕾说："没错，在'大家庭'里，我丝毫不拘束，也没有顾忌，这种感觉很舒服。"

"我也是，跟大家在一起，我无比快乐。"夏琪笑着说。

"更重要的是，我们的价值观是一致的。很多人汲汲营营，为了追求所谓的上层生活，每天忙得不可开交，除了工作和应酬，几乎没有时间陪伴家人、享受生活。我之前上海的一个朋友，长期国内外出差，孩子交给父母带。有一次回到家，看到住校回来的儿子，惊呼道：'你怎么长这么大了？'听起来是个笑话，其实有些心酸。"范琳摇着头说。

"是啊，这就是我思考的，人生的意义是什么呢？为了赚大钱，过上优越的生活，结果损失了很多宝贵的东西，甚至包括健康和自由。这样做真的划算吗？"龚亚梅说。

"说到赚钱，我们当中目前最赚钱的人是谁呀？"王星星好奇地问，然后说，"反正我当职业玩家，一个月只能赚几千块钱。"

"范琳姐吧。"夏琪说。

"算了吧，这两年旅游业不景气，你们又不是不知道。我和朋友合伙开的旅行社，只能勉强支撑，没垮就算不错了。"范琳对夏琪说，"倒是你的咖啡店可能赚钱点。"

"我那种小众咖啡店又不是星巴克。每天能有二三十个客人，我就偷着乐了。不过没关系，赚钱并不重要，只要过得舒心就好了！"夏琪说。

"晓彤、顾磊，你们做设计是不是挺赚钱的？"范琳问。

顾磊摆着手说："如果有大公司背景，可能要好些，像我自己在网上接单的话，一个月也就万把块钱。"

"在我们这群人中，这就算高收入了。"李雪丽说，"我那个门面在小城市，面积也不大，一个月的租金只有四千多，这还不算租不出去的时候。"

"好了，我觉得咱们不要再探讨收入这个问题了。"范琳说，"说到底，要是冲着赚钱的话，谁会到理市这种慢节奏的小城市来呢？我相信，来到这里的各位都已经找到了比赚钱重要一百倍的东西，对吧？"

"是的。"夏琪肯定地说。其他人纷纷颔首，脸上露出会心的微笑。

吃完晚饭，仍然是沈凤霞抢着洗碗，李雪丽照例安排活动："今天晚上怎么玩，打麻将还是看电影？"

"九点我要去酒吧表演，你们玩吧。"韩蕾问，"有人跟我去酒吧吗？"

"我去！"王星星立刻举手，然后对夏琪说，"你也一起去吧。"

夏琪果然从来都不会拒绝人，爽快地答应了："好啊。"

"你们呢？"韩蕾问苏晓彤和顾磊，"来理市这么久了，你们都没去泡过夜店？"

"没办法，我们要带孩子呀。"苏晓彤说。

"让你老公带呀！上次就说好了，咱们去酒吧，不带他们父子俩！"

"这……"苏晓彤望向顾磊。对方大度地说："你如果想去玩，就去啊，只是别玩太晚了。"

"真的可以吗？"苏晓彤有些兴奋。在京州的时候，她偶尔也会跟朋友去KTV或者酒吧。仔细想来，她很久没有享受过夜生活了。

"当然，小亮我带着睡就好了。你们去玩吧。"顾磊宽厚地说。

"耶，就这么说定了！还有谁要去？范琳？雪丽？"

"我就不去了，得陪着文婧做作业呢。"范琳说。

"我也算了，在家里陪亚梅姐看电视剧吧。"李雪丽说，"昨天我们看的一部剧还挺好看的。"

"对，你们年轻人去玩。"龚亚梅冲她们挥了挥手。

"亚梅姐，你也不老啊，跟我们一起去吧！"夏琪双手圈住龚亚梅的脖子，撒娇般地说道。

龚亚梅笑呵呵地拍着她的手说:"算了算了,酒吧太吵,我心脏受不了。你们玩开心啊。"

"好吧。"夏琪噘起嘴说。

"袁老师,你呢?"韩蕾挽着袁东的胳膊,魅惑地说,"今天晚上这么多人去酒吧玩,你也开个荤,去一次'那种场合',好吗?"

"不去不去,"袁东连连摆手,"我一个手脚都不利索的人,去那种地方干吗?"

"手脚利索的话,你想干吗?"

"你又来了……"

韩蕾哈哈大笑:"好吧,随便你。至于凤霞,估计不用问,她也是不会去的。她跟你都快成连体婴儿了。"

"那就我们四个人,刚好可以打一辆车去古城的酒吧。"王星星摸出手机,"我打车了啊。"

苏晓彤、韩蕾、王星星和夏琪四个人走出小区。王星星打的车很快就到了小区门口,四个人有说有笑,前往理市古城最热闹的一条酒吧街。这条街苏晓彤以前到理市旅游的时候就来过,人声鼎沸、灯红酒绿,令人难忘。论热闹的程度,比京州的商圈有过之而无不及。

车窗外,理市美丽的夜景从眼前掠过。苏晓彤的心情十分舒畅。只是想到顾磊对她和孩子无私的付出,心中有些过意不去。自己在酒吧玩,把老公和孩子丢在家里,这样真的好吗……

想到这一点的时候,苏晓彤忽然意识到另一个问题。

今天晚上,老谭没有来,在李雪丽家吃饭的,加上两个孩子,一共是十二个人。他们四个人去酒吧之后,除开李雪丽,还有七个人。顾磊是肯定会带着小亮回家的;范琳说了要带范文婧回去做作业;龚亚梅看完电视也会回家;袁东和沈凤霞亦然——如此说来,今天晚上,岂不是没有一个人留在李雪丽家里,陪她过夜?

苏晓彤不知道这样的情况以前有没有发生过,但至少从他们认识以来,这是第一次。这样的局面,李雪丽该如何面对呢?也许她打算把喝完酒的王星星叫到家里去,还是说,实在没有人陪的情况下,她也是可以一个人过夜的?

苏晓彤望了一眼坐在身边的韩蕾和夏琪,没法询问这个问题——这涉及一个禁忌的话题。特别是,去酒吧喝酒放松之前,显然是不适合谈论这件事的。

也罢,李雪丽再怎么说也是成年人,她能独自面对的,总不能这一辈子都必须要别人陪着过夜吧?!

虽然这样想,但不知为何,苏晓彤心中隐隐有种不祥的预感——似乎今天晚上,会发生什么不好的事情。

3

"迷途"酒吧是古城酒吧街最大的夜店之一。刚走到门口,音浪和喧嚣就扑面而来。跟时下流行的民谣清吧不同,这家是走复古路线的热舞酒吧,是一个可以让人释放天性、玩个痛快的场所。

韩蕾带着三个朋友熟门熟路地进入其中,一路上跟侍者和熟人打着招呼。现在是晚上八点半,酒吧基本上已经座无虚席了。韩蕾说,如果不是她提前打电话给老板,预留了卡座,此时就没地方坐了。安排三个人坐下后,她说:"我要去后台换衣服和化妆,准备上场。你们自己点酒水和小吃,别客气,记我账上。今天晚上我请客!"

"耶,太棒了!"王星星振臂欢呼。

于是三个人点了一打进口啤酒,还有果盘和小吃拼盘。苏晓彤有些过意不去:"这里消费不便宜吧,咱们真让韩蕾请客呀?"

"没事,她是这里的舞者,老板会给她打折的!"王星星大声说道,提高音量盖住劲爆的乐曲声。

三个人碰杯喝酒,苏晓彤靠近夏琪问道:"韩蕾在这里表演一场多少钱，你知道吗？"

夏琪点头道："知道，她跟我们说过的。一场五百元。她跟别的舞者轮换着跳，表演时间大概是一个多小时吧。"

"啊……"

"怎么，觉得不太多，是吗？"

"的确是不算多呀。"

"这是酒吧老板开给她的固定工资。还有客人打赏的小费，不过那是随机的。遇到大方的客人，就赚大发了；但也有可能整晚都遇不到那样的客人，要靠运气。"

苏晓彤颔首表示明白了。王星星举起酒杯找他们喝酒，三个人又喝了一杯。酒吧中间的舞台上，三个穿着露脐装和超短皮裤的辣妹伴随劲歌跳着热舞，带动气氛。王星星看得很带劲，不时吹着口哨，但一会儿后，他说："这些妹子都是热场的，真正的重头戏是接下来的表演。"

"韩蕾的钢管舞吗？"

"当然啊，她是这家酒吧的台柱子。"

"真让人期待。"

九点钟，热场的辣妹们撤了。DJ用夸张的语调宣布，接下来是今晚的重头戏——钢管舞秀！欢呼声、鼓掌声和口哨声此起彼伏，宣告高潮的到来。

之前闪烁的舞台旋转彩灯暂时熄灭了，只剩每张桌子上营造气氛的香薰蜡烛。阴暗的环境中，神秘且富有节奏感的舞曲响起，一束聚光灯打在舞台右侧，将一个穿着黑色比基尼，脚踩细高跟鞋，化着浓重眼妆、涂着深色口红的性感女郎笼罩其中。女郎眼神魅惑，姿态撩人，随着灯光的移动，缓缓走向舞台中间的钢管，身体贴近，双手抚摸，仿佛这根钢管是爱人的躯体。

苏晓彤看得目瞪口呆。好一会儿之后，她才确定这女郎正是韩蕾。虽然韩蕾平日就观念开放、作风大胆，但生活中的她是不化浓妆的，跟舞台上的形象相距甚远。同时她注意到，酒吧里的人——特别是男人——很多都看呆了，他们停下喝酒，目不转睛地盯着台上风情万种的性感女郎。

跟钢管互动一阵后，韩蕾一跃而起，双腿夹住钢管，身体360度连续旋转，甩动长发，逐渐攀升，再以惊心动魄的速度滑下，在距离舞台地板只有几厘米的位置止住，打开双腿，变换姿态，一条腿勾住钢管，身体慵懒地趴在地上，像一只野猫，眼眸低垂，嘴唇微张……

观众再次爆发出掌声，王星星也兴奋地吹起了口哨。苏晓彤一边鼓掌一边想道，天哪，我是女人，都看得脸红心跳，更别提这些男人了。

"太棒了，so hot！"王星星双手圈成喇叭状，对着舞台上的韩蕾大声喊道。

"舞台上的她真是魅力四射呀。"夏琪由衷地感叹道，"女人活成自己的样子，真好。"

"你不是也一样吗？"苏晓彤举起杯子。夏琪笑了起来："是啊！"俩人干了一杯。

韩蕾继续着性感火辣的表演。持续十几分钟后，不和谐的事情发生了，一个大腹便便的男人明显是喝醉了，摇摇晃晃地走上舞台，伴随着音乐开始尬舞。并且，他走向韩蕾，开始阻挠她跳舞，一双咸猪手伸了过去，打算揩油。这样的状况，韩蕾明显是经历过的，她灵巧地利用舞步躲避着男人，并用眼神向台子下方的保安求助。

两个保安走上台来，礼貌地请男人下去。但这男人全然不知趣，将保安推开，摸出钱包，塞了几张百元钞票给他们，示意他们不要多事。保安一时有点不知所措，毕竟是客人，也不能太过粗暴地将他带走，否则很容易发生冲突。

男人一只手抓住韩蕾，迫使她停了下来。然后，他把钱包里的钞票一张一张往韩蕾的比基尼里塞，看似打赏，实则猥亵。

"喂，搞什么呀！"王星星看不下去了，从座位上站了起来，"没人去制止这家伙吗？"

苏晓彤也无法直视这一幕，她问夏琪："你刚才说的客人打赏小费，不会是这么打赏的吧？"

"当然不是，我说的是表演完后，韩蕾下台跟观众互动的时候，不是在台子上。这样的情况，我也是第一次看到。"夏琪有些焦急地说，"而且看样子，这个人肯定是有钱有势的地头蛇，老板也惹不起。韩蕾姐被他缠上，这下麻烦了！"

"我上去帮她！"王星星毕竟是热血青年，无法眼睁睁看着朋友受辱。夏琪一把拉住他："别冲动，你上去只会把事情闹大，且看韩蕾姐如何应对吧，她应该有经验的。"

三个人望向舞台，只见韩蕾并未露出厌恶的表情，而是跟这男人周旋着，介乎调情和躲避之间。片刻后，她像跃上钢管一样，双腿夹在男人腰间，双手搂住他的脖子。这男人虽然五大三粗，但喝醉之后，体力不如平常，一个成年女人突然跳到他身上，他摇晃几下，便承受不住，砰的一声摔倒在了舞台上，似乎摔晕了，韩蕾则趴在了他身上。

两个手下模样的人冲上舞台，其中一个粗暴地掀开韩蕾，把他们老板扶起来。酒吧的老板和保安也跟着上台，几个人合力把昏倒的男人抬到后台。DJ换了一首乐曲，之前那三个辣妹再度上场，用劲歌热舞缓解气氛。

"咱们要去后台看看吗？"王星星问。

"等几分钟吧，老板会处理的。"夏琪说。

大约十分钟后，换成便装的韩蕾出现在他们面前，坐下来给自己倒了一杯啤酒。王星星问："没事吧，韩蕾姐？"

"没事啊，来，喝酒。"韩蕾端起酒杯，不以为然地说。

"那男的呢？"

"他也没事，只是头上摔了个大包。"

"不会让你赔偿吧？"夏琪问。

"赔个屁，他自己要上台来捣乱的。这种人我见多了，不能跟他们来硬的，只能用这种'软方法'来收拾他。不过话说回来，那傻×至少往我身上塞了一千块钱,我也没吃亏。"

"真有你的呀!"王星星跟韩蕾碰杯,俩人干了一杯。

"怎么,你俩吓到了?"韩蕾问苏晓彤和夏琪。

"吓到倒不至于,只是没遇到过这样的状况。"苏晓彤说。

"我早就习惯了。在这种地方工作,遇到这样的事,是家常便饭。只是第一次带你们来,就发生这种状况,让你们看笑话了。"

"哪里,你表演得很好,我都看呆了。"苏晓彤说。

"真的吗?哈哈,谢谢夸奖!"韩蕾再次端起酒杯。

四个人又喝了一会儿。韩蕾说:"好了,我去后台准备,过会儿又该我上场了。"

"你今晚还要表演哪?"

"当然了,难不成遇到这么点屁事就不表演了?你们继续喝啊!"

说着,韩蕾起身离开了。夏琪看着她的背影,轻叹一声:"我觉得,韩蕾姐多少有点逞强吧。其实当着我们的面发生这种尴尬的事情,她心里肯定不好过。别看她表面上大大咧咧的,其实可能是因为做这份工作,需要伪装自己。内心深处,她还是敏感细腻的。她过来陪我们喝酒,就是想安抚一下我们的情绪。实际上,受伤的是她自己。"

"我看出来了。"

"是吗?"

"嗯。她第一次见面的时候就说过,当初她妈妈把她从舞台上硬拉下来,披上衣服,就让她十分难堪,乃至深受伤害。不然的话,她又怎么会一个人背井离乡,来到理市呢?"

两个女人都没有再说话了。苏晓彤望着灯红酒绿的窗外出神,四周仿佛变得安静起来。她听到街头艺人演唱的一首民谣《鸽子》,这是她最喜欢的一首歌。情绪涌上心头,她说了声"我出去一下",离开酒吧,走到外面的街道上,站在街头艺人的面前,听他轻声吟唱:

　　迷路的鸽子啊

我在双手合十的晚上　渴望一双翅膀
　　飞去南方　南方
　　尽管再也看不到　无名山的高
　　遥远的鸽子啊
　　匆匆忙忙地飞翔　只是为了回家
　　明天太远　今天太短
　　伪善的人来了又走　只顾吃穿
　　……

一曲听罢，她竟泪眼婆娑。

4

　　在酒吧待到十一点多，也没有再看到韩蕾登台表演。也许她刚才说要去后台准备表演，只是托词罢了。苏晓彤提议回去了，王星星说："你们先走吧，我再喝会儿。"

　　"是想等我们走了之后，去勾搭妹子吗？"夏琪笑嘻嘻地说，"其实你早就忍不住了吧？"

　　"知道就别说出来呀。"王星星嬉皮笑脸道。

　　"那就不妨碍你了，一会儿跟韩蕾姐说声我们先走了。拜拜！"

　　俩人走出酒吧，苏晓彤说："王星星这人有点奇怪呀，身边放着你这个大美女不追，却要去勾搭别的妹子，这合理吗？"

　　"太合理了。这叫兔子不吃窝边草。再说我可不喜欢他这种小弟弟型的，他估计看出来了，就知难而退了吧。"

　　"小弟弟？你比他大多少呀？"

　　"大一岁也是姐姐呀，哈哈——咱们去吃点夜宵吗？"

　　"算了，还没饿呢。"

"我有点饿了。我给你推荐一家烧烤，那儿有非常正宗的羊肉串。去吧！"

"改天吧，我想回家陪陪儿子。"

"好吧，"夏琪无奈地撇了下嘴，"那咱们打车回去吧。"

从古城到她们小区，只要十几分钟。电梯上行到九楼，夏琪跟苏晓彤道晚安。苏晓彤到了十二楼，进入自己家中。

苏晓彤回到家中时，顾小亮已经睡着了，顾磊还没睡，躺在卧室的床上玩手机。看到苏晓彤推门进来，他小声说："这么早就回来了？我还以为你们要喝到凌晨呢。"

"我又不是你，怎么可能喝到那么晚。"

"怎么样，好玩吗？"

"不错，韩蕾的钢管舞跳得特别好，全场都沸腾了。可惜中间发生了小插曲。"

"什么小插曲？"

苏晓彤把发生的事情告诉顾磊。后者叹了口气："不容易呀。"

"你说什么不容易？"

"赚钱不容易。她一个身处异地的单身女人，更不容易。"

"不是有'大家庭'吗？"

"还好有，否则的话，一个人更难。"

苏晓彤点了下头："我去洗澡了。"

顾磊拉住她的手："今天喝了酒，有兴致吗？"

苏晓彤顿了一下："我有点累了。"

"好吧。"顾磊善解人意地放开了她的手。

翌日，生活状态一如往昔。下午三点，一家三口再次来到李雪丽家。经过一夜，苏晓彤对李雪丽家的冰箱产生了"抗体"——毕竟这又不是当初的那个冰箱。她也不能总这么矫情，看见冰箱就想吐。

然而，与往日不同的是，三点半的时候，门铃响了。

"谁会这时候来呢？"李雪丽把手擦干净，走到门厅把门打开，站在门口的，是身穿警服的谭勇。

"欸，老谭？今天不是星期一嘛，你没上班？"

"在上班。"

"上班上到我这儿来了？"

"对。"

李雪丽一愣："什么意思呀？"

"我能进来说吗？"

"当然。"

谭勇进屋后，看到客厅的顾磊和顾小亮，苏晓彤也从厨房出来了。谭勇说："你们也在呀。"

几个人都感觉到谭勇说话的神情和语气有点不对，跟平时的样子不一样。苏晓彤顿时不安起来，顾磊亦然。李雪丽茫然地问道："老谭，出什么事了？"

"今天你们出过门吗？"谭勇问。

苏晓彤摇头："今天早上有点飘小雨，我就没带小亮出去玩。"

"我早上倒是去买了菜，怎么了？"李雪丽问。

"这么说，你们都不知道，也没听说？"

"听说什么呀？"李雪丽愈发迷茫了。

谭勇深吸一口气，吐出来之后，缓缓说道："今天早上，有人在玥海的某处，发现一具溺亡者的尸体。报警之后，我和另一个同事立刻赶到现场去看了。"

客厅里沉默了几秒。李雪丽问："谁淹死了？游客，还是本地人？"

"如果是跟你们没关系的人，我会专门跑到这儿来告诉你们吗？"

听到这话，三个人都愣了。他们彼此对视一眼后，李雪丽忐忑不安地问道："谁？"

谭勇默然一刻，语气沉重地说道："经过身份鉴定，死者是龚亚梅。"

第四章　嫌疑

1

　　房间里静默了好几秒，画面仿佛定格了。随即，苏晓彤和李雪丽惊愕地捂住嘴，顾磊瞪着一双眼睛，也惊呆了。
　　"什么？亚梅姐她……溺水身亡了？"李雪丽难以置信地问道。
　　"是的。"谭勇神情悲伤地说。
　　"这是怎么回事？"苏晓彤问道。
　　谭勇没有回答这个问题，而是问道："昨天晚上，龚亚梅是不是跟你们一起吃的晚饭？"
　　"是啊，她每天晚上都在我这儿吃饭。"李雪丽说。
　　"这么说，你们就是在她死之前，最后跟她有过接触的人了。"
　　"应该是吧……"
　　"现在看来，'大家庭'里的人都还不知道这件事，否则的话，早就有人告知你们了。"谭勇说，"雪丽，你能不能通知一下大家，让有空的人，现在到你家来一趟？"
　　"这种噩耗，我该怎么说？"李雪丽感到为难，"老谭，你不是也在群里嘛，而且你是警察，这事还是你来告诉大家吧。"
　　"好吧。"谭勇拿出手机，编辑了一条信息，发送到群里。

朋友们，告诉大家一个悲痛的消息。今天早上，我接到报案，有人在玥海的某处，发现一具溺亡者的尸体。经鉴定，死者是龚亚梅。现在，各位如果有空的话，请到李雪丽家来一趟，我有话要问你们。

信息发送后只过了两秒，范琳就发来一条语音信息："天哪！你说的是真的吗，老谭？！"

接着是夏琪带着哭腔的语音："什么？亚梅姐她……老谭，你搞清楚了吗？"

王星星：我马上上来！

韩蕾：我也是！我的天哪，怎么会发生这种事情？！

最后回复的是袁东和沈凤霞，他们同样震惊无比，说正在外面散步，立刻回来。

不到十分钟，"大家庭"的成员们陆续来到李雪丽家。每个人重复着同样的问题，无法接受这个突如其来的噩耗。夏琪哭得梨花带雨，范琳和韩蕾一脸的茫然无措，李雪丽和沈凤霞相拥而泣……谭勇安抚着众人，好一会儿之后，才让每个人控制住情绪。

"我知道大家都对这件事感到难过和不解，我也一样。龚亚梅是我们共同的朋友，甚至可以说，是我们当中最慈祥、最友善的一个。但我是警察，除了表示悲伤和哀悼，还有必要调查清楚这件事——这就是我让大家来雪丽家的原因。"谭勇说，"现在，请你们都坐下，有些问题，我要当着所有人的面询问。"

众人分别坐在了沙发和椅子上。范琳说："老谭，你说的'询问'是什么意思？难道你认为，亚梅姐的死跟我们这些人有关系？"

谭勇沉吟一刻。"龚亚梅的尸体，是早上十一点左右，在玥海的环海东路，一个锻炼的人发现的。接到他报案后，我和另一个同事一起前往现场。尸体当时浮在水面上，附近是一个伸入玥海的观海亭。初步判断，她是从这个观海亭落水的。最近气温较高，经过十几个小时，尸体浮出水面，被人发现了。

"我们组织人将尸体打捞了起来。我一眼就认出来，这是龚亚梅。经过进一步的身份鉴定后，确定是她。之后法医进行了尸检，暂时没有发现被击打和被袭击的迹象，死因就是溺水。而死亡时间，法医推测为昨晚10点50分到11点50分之间。"

"没有被击打和被袭击的迹象，难道……亚梅姐是自杀？"王星星愕然道。

"怎么可能？"夏琪哭着说，"昨天晚上和我们一起吃饭的时候，亚梅姐不还好好的嘛，怎么可能突然就想不开了？"

"一个人溺水死亡，只有三种可能：意外、自杀和谋杀。现在看来，这三种可能都有，所以我要做的，就是调查出事情的真相。"谭勇说。

"可是老谭，你不是说，没有击打和袭击的痕迹吗？那怎么会是谋杀呢？"袁东问。

"没有明显的外伤，不代表就可以排除谋杀。因为凶手可以把人推到水中。这样是不会留下外伤的。而且我们都知道，龚亚梅不会游泳。她跟我们聊天的时候提到过，说自己笨死了，始终学不会游泳。"谭勇叹了口气，"其实她落水的地方，只有两米多深，离岸边也不算太远，只要会游泳，是不至于被淹死的。"

"那么，意外、自杀和谋杀，哪个的可能性更大？"顾磊问。

谭勇扫视众人一圈："这就是我要问你们的了——昨天晚上发生了什么事情？"

2

众人面面相觑。李雪丽说："没有发生什么特别的事啊，我们跟往常一样聊天、吃饭,韩蕾开着袁东的玩笑,亚梅姐笑得可开心了。她还说,我们这群人的友谊和感情,是最纯粹的。"

"就是说,你们都没有感觉到龚亚梅有什么异常的表现?她也没有说什么反常的话?"谭勇问。

所有人都在摇头。

"那么,吃完饭之后呢,你们做了什么?"

"我提议去酒吧玩。于是苏晓彤、王星星和夏琪跟我一起去我表演的那家酒吧了。"韩蕾说。

谭勇从警服口袋里摸出一支笔和一个随身携带的小本子,伏在茶几上记录:"韩蕾、苏晓彤、王星星、夏琪——你们四个人去了酒吧。剩下的人呢?"

"我八点多就带着文婧回家了。"范琳说,"在家里陪着文婧做作业。"

"我也是,几乎是跟范琳她们母女俩一起走的。我带着小亮回家后,没有再出来过。"顾磊说。

谭勇记录后,望向剩下的人。

"对,顾磊和范琳都带着孩子回去了。我这儿就只剩下袁东、凤霞、亚梅姐和我四个人。"李雪丽说。

"你们在家里做什么?"

"看电视,最近电视台热播的一部连续剧。"

"看到几点?"

"十点钟。"袁东记得很清楚,"电视剧八点开始,每晚两集,播完正好是十点。"

"看完之后呢?"

"我和凤霞就下楼了。"袁东说。沈凤霞在一旁点头。

谭勇记录完毕后,望着李雪丽:"然后,家里就只剩下了你和龚亚梅两个人。"

不只是他,所有人的目光都集中在了李雪丽身上。李雪丽叫了出来:

"你们都看着我做什么？对，袁东他们走了之后，家里只剩我和亚梅姐。我问她要不要吃点夜宵，她说可以，我就煮了醪糟汤圆吃。"

"然后呢？你们吃了醪糟汤圆，又做了什么？"

"没做什么呀。吃完之后她就上楼回家了。"

"大概几点。"

"袁东他们走了大约二十分钟后吧。"

"从煮汤圆到吃完，一共才二十分钟？"谭勇是有生活经验的人，"我老婆也经常煮醪糟汤圆给我吃。从烧水到煮好，怎么也得十几分钟吧。而且刚刚煮好的醪糟汤圆很烫，龚亚梅在五分钟之内就吃完，然后上楼了？她又不是明天要早起的人，用得着这么急吗？"

"她没有吃完……吃了几分钟后，就说抱歉，要先回去了。"

"她吃了多少，那碗醪糟汤圆？"

"不到一半。"

谭勇思忖一刻，说道："这就有问题了。龚亚梅同意留下来吃夜宵，说明她有点饿了。以我对她的了解，她绝不是一个习惯浪费的人。正常情况下，就算吃不下，她也会避免浪费，尽量多吃一些。但这一次，为什么会剩下一半多，就走了呢？"

"我不知道……"李雪丽喃喃道。

"唯一的可能就是，在你煮醪糟汤圆的这十几分钟内，发生了什么'状况'，让龚亚梅突然失去了食欲。之后，她勉强吃了几口，就告辞了。"谭勇凝视着李雪丽，"你实话告诉我，雪丽，跟龚亚梅独处的这二十分钟内，你们聊了些什么？有没有发生什么不愉快的事，或者起冲突？"

"没有！"李雪丽无比冤枉地喊了出来，"我发誓，什么都没有发生！我们甚至都没有怎么聊天。亚梅姐在客厅看手机还有电视，我在厨房里烧水煮醪糟汤圆。煮好之后我分别盛在两个碗里端出来，亚梅姐吃了几口，就说要先回去了。我当时也有点纳闷，问她怎么这么急着上去。她也没多说，然后就走了！"

"好吧,我知道了,你别激动。"谭勇发现李雪丽都快哭出来了,安抚道,"我需要询问详细一点,排除各种可能。"

"亚梅姐跟你说,她要上楼回家了?"苏晓彤蹙着眉头说,"但几十分钟后,她就溺亡在了玥海里。"

"是的,龚亚梅根本就没有回家,而是乘坐电梯下楼,走出小区,然后打了一辆车,前往环海东路。这一点,我刚才已经在小区和街道的监控录像中确认了。"谭勇说。

"那她为什么要骗我,说是要回家?"李雪丽茫然道。

"据你们对龚亚梅的了解,她有晚上外出的习惯吗?"谭勇问。

众人纷纷摇头。范琳说:"没有吧,亚梅姐晚上要么就在雪丽家玩,要么就回自己家,她在理市没别的熟人朋友,一般情况下晚上都不会出去。"

"是啊,就算要散步,也可以在小区中庭走走,没必要大晚上的去玥海边。"沈凤霞说。

"对了,说到这个问题。亚梅姐出事的地点,离我们小区有多远?"王星星问。

"打车的话,需要十几分钟。"谭勇说,"正如你们所说,大晚上的,没必要专门打车去这么远的地方散步。所以我倾向于认为,她是带着什么目的去那里的。再说得明白点,她是去那里见一个人,然后遇害的。"

"老谭,你用了'遇害'这个词,是已经把这起案件定性为谋杀案了吗?"苏晓彤不安地问道。

谭勇沉默几秒,点头道:"是的。我几乎已经能确定,这是一起谋杀案了。"

十二楼谜案　　　···　　　082

3

　　此话一出,在场的每个人都露出惊恐不安的神情——除了什么都听不懂,仍然趴在地上玩着玩具的顾小亮。袁东问道:"此话怎讲呢?"

　　"通过刚才的谈话,已经能做出分析和判断了。"谭勇说,"首先,可以排除'意外落水'这种可能。龚亚梅是成年人,对玥海周边的环境又很熟悉,若说是不慎落水,实在是太过牵强。其次是'自杀',现在看来几乎也是不可能的。你们已经证实了,昨天晚上,她并没有什么反常的表现。就算她情绪突变,想要自杀,也没必要跑到环海东路的观海亭去投海。这个小区就在玥海边上,如果真要投海自尽的话,出小区步行五分钟就能来到玥海边,又何必打车去那么远的地方呢?"

　　"其实,在跟我们证实之前,你就是这样想的吧,老谭。"范琳说,"你一开始就认为,这是一起谋杀案。"

　　谭勇点头承认了:"不只是我,和我一起调查这起案件的同事李斌,也是这样想的。原本他是打算跟我一起上门来询问你们的。但我说,这样显得太严肃了点,我跟你们是朋友,对龚亚梅和大家都比较了解。所以我先来找你们了解一下情况。结果跟你们谈话之后,证实了我们的猜想——这起案件,果然是一起谋杀案。"

　　"就算是这样,为什么你要来盘问我们呢?"范琳瞪大眼睛说,"难道你觉得,凶手会是我们当中的一个吗?老谭,咱们认识一年多了,在一起聚会过无数次。对于大家,你还不了解?我们当中有人干得出来这种事吗?况且我们为什么要这样做?亚梅姐是我们的好朋友,甚至可以说是亲人!我们为什么要谋害她?"

　　所有人都在点头。谭勇苦笑一声:"听起来,倒像是你在质问我了。范琳,你别激动。这是我们警察办案的程序。龚亚梅在理市除了咱们这群人之外,几乎没有别的熟人朋友了,我不来问你们,问谁呢?"

　　"亚梅姐热心公益,经常去养老院做义工,照顾那些孤寡老人。"李雪丽说。

"是，我知道。但凶手总不会是那些孤寡老人吧？他们都快动不了了，而且通常不会离开养老院。不过我已经让小李去养老院了解情况了，看看有没有什么线索。"

"一定是熟人作案吗？如果只是普通的匪徒，或者心理不正常、想要报复社会的混蛋呢？"王星星说。

"假如是这样，至少无法解释两个问题：第一，龚亚梅的身上没有任何东西失窃。手机、首饰、钱包都在身上。第二，刚才我们已经探讨过了，她大晚上打车十多分钟来到环海东路的观海亭，明显是有什么目的的。所以这不是一起随机杀人事件，只可能是熟人作案。"

"但你刚才已经说了，亚梅姐在理市的熟人只有我们这些人，言下之意是——凶手就是我们当中的一个？"范琳说。

谭勇沉默了一小会儿，说道："不排除这种可能。"

"不，这是不可能的。"夏琪哽咽着说，"老谭，我们的群名叫什么？'大家庭'。这不只是一个好听的名称而已，一般的朋友群会叫这样的名字吗？我们是真的亲如一家！老谭，你也是我们当中的一员，能感受到这份真情吧？特别是亚梅姐，有些时候，她就像是我们的妈妈一样。谁会去谋害自己的妈妈？"

夏琪说完这番话，又哭了，沈凤霞和李雪丽也跟着抹眼泪。韩蕾的鼻子也红了，说道："是啊，亚梅姐对每个人都温柔、宽厚，是我们当中最与世无争的一个。她没有伤害和得罪过任何人，也没跟谁发生过矛盾。谁会动这个心思、下得了手去谋害她？"

房间里静默了一刻，只能听到抽泣的声音。片刻后，王星星说："观海亭那边是没有监控的，对吧？"

"整个玥海边上都没有，只有滨海路上有监控。但是滨海路很长，每一处都可以走到玥海边，加上事情发生在夜里，很难通过监控获得什么线索。不过，我刚才看小区监控的时候，倒是发现了一件事。"谭勇说。

"什么事？"好几个人一起问道。

谭勇望向李雪丽："其实我一直在等你主动说出来。但是，你好像并不打算告诉我。"

众人的目光再次聚集在李雪丽身上。她的脸瞬间变得煞白，又转为通红。她嘴唇翕开，却始终没有说出话来。

"昨天晚上，龚亚梅离开你家不到十分钟，你也出门了，对吧？"

4

在场的每一个人都睁大眼睛望着李雪丽，发现她的脸色十分难看，表情难以解读，让人无法猜测她此刻的真实想法。

好一会儿后，李雪丽才说道："是的，我出门了，但是跟亚梅姐遇害的事情，没有半点关系。"

"那你想要解释一下这事吗？"谭勇问。

"不想。"李雪丽果断地拒绝，"这是我的私事，跟你们没有关系。老谭，你如果因此就觉得我跟亚梅姐的命案有关系，那就去调查我好了。"

"雪丽，我让你解释一下，不仅是解释给我听。在场的这些朋友，恐怕每一个都会对此事有疑虑。你不想成为大家猜忌和怀疑的对象吧？"谭勇循循善诱地说道。

这话说到了李雪丽的痛点，她考虑一番后，极为不情愿地说道："好吧，那我告诉你们，昨天晚上，我去烧烤店了。"

"哪家烧烤店？"谭勇问。

"榆树街的'马记烤肉串'。"

"你跟龚亚梅不是吃过夜宵了吗？刚吃完一碗醪糟汤圆，又饿了？还去吃烧烤？"

"我不是去吃烧烤的。"

"那是去做什么？"

李雪丽闭上眼睛，眉头紧蹙，沉吟几秒后，她有些破罐子破摔地大声说道："我是去找那家店的老板的！好吧，我就直说了，我是去跟他睡觉的！我昨晚在他店里过的夜，可以了吗？"

说完，她像受了什么屈辱一样把脸扭过去，啜泣起来。

客厅里静默了一阵，范琳说："你说的这家店，我去过。老板好像是个接近四十岁的老光棍，五短身材、其貌不扬……雪丽，你喜欢这种类型的男人？"

"你觉得呢？我要是真打算跟他在一起，为什么要瞒着你们所有人？大方公开不就行了？我刚才已经说得够直白了，我去找他，就是跟他睡觉。我们是露水夫妻、炮友！可以了吧？这犯法吗？"

"不犯法。"谭勇截住话题，"这的确是你的私事，不用再说下去了。我们会去那家烧烤店核实。现在，为了公平起见，请每个人都说一下，昨天晚上10点50分到11点50分这一个小时内，你们分别在做什么吧。"

"我刚才已经说过了，吃完晚饭后，我就带着女儿回了家，之后没有出来过。"范琳说，"老谭，其实你何必问得这么清楚呢？刚才你不是说了嘛，从监控录像中看到，走出小区的只有亚梅姐和雪丽，说明其他人都没有离开呀。"

谭勇沉默片刻，说道："好吧，我也不妨直说，小区门口的监控录像中，能够辨认出身份的，只有龚亚梅和李雪丽。但由于是晚上，监控摄像头的清晰度又不是很高，导致我们无法通过视频准确辨认出每一个进出小区的人的身份。换句话说，凶手刻意乔装打扮，以跟平常大相径庭的样子走出小区，也是有可能的。"

"电梯里不是也有监控吗？"范琳说。

"但楼梯过道里没有。要是凶手都能做到乔装打扮这一步了，还会乘坐电梯下楼吗？"谭勇说。

范琳摊开手，做了一个无可奈何的姿势。

"范琳，昨天晚上文婧是几点上床睡觉的？"谭勇问。

"不知道，大概十点吧。她通常都是这个时间睡觉的。"

"也就是说，接下来的时间，你是一个人在家，且没有人能证明？"

"对，然后我换了一套男装，戴上假发和帽子，偷偷走出小区，把龚亚梅推进了玥海。"范琳翻了个白眼，没好气地说。

谭勇露出严肃的表情，提高音量，用严厉的口吻说道："范琳，虽然我们平日是朋友，但我希望你清楚，我现在不是以朋友的身份在跟你聊天，而是以警察的身份在问询。你确定要用这种态度跟我说话吗？或者说，你刚才是在认真地回答？那请你跟我走一趟吧。"

范琳张大了嘴，露出难以置信的表情，从沙发上站了起来："老谭，白痴都听得出来我是在……对不起，我不是说你。好吧，抱歉，我收回刚才的戏言。是的，文婧睡下之后，我就一直待在家里，在自己的卧室刷短视频，十一点半睡的。但恐怕没人能帮我证明这件事。"

谭勇用眼神示意她坐下，把范琳说的话记录在小本子上后，说道："下一个。"

"老谭，我刚才也说过了，在雪丽家看完电视剧后，十点钟，我和凤霞就下楼，回到自己家中了。"袁东说。

"然后，你们俩出去过吗？"

"当然没有，我们从来不这么晚出去。"

"你应该知道，夫妻或者恋人，是不能互相做证的吧？"

"可是……我的情况，你是知道的，没人搀扶或者不拄拐杖的情况下，我是没法单独行动的。"

"但凤霞可以单独行动——别紧张，我只是说，具备这种可能性而已。我是警察，对每个人都要一视同仁。"

袁东和沈凤霞对视一眼，俩人一起皱起眉头。

"王星星、夏琪、苏晓彤、韩蕾——你们四个人去了酒吧。那你们能相互做证吗？"谭勇望向他们四人。

"恐怕……不能。"王星星说,"十一点的时候,夏琪和苏晓彤就先回去了。"

"那你呢?继续留在酒吧喝酒?"

"对。"

"那酒吧的人能帮你证明吧?"

"他们只能证明,我十一点前是在酒吧的……"

"意思是,你十一点之后,也离开酒吧了?"

"是的。我本来想找个姑娘搭讪什么的,但是好像不太顺利,就走了。"

"去哪儿了?没有直接回家吗?"

"对。我在街上,闲逛……"王星星咬着手指说。

谭勇望着他:"十一点多,在街上闲逛?"

"嗯……"

"好像有点说不过去呀。"

王星星露出尴尬的表情:"我想找点什么乐子,但是没有找到,就回家了。"

"几点到的家?"

"十二点左右。"

"就是说,龚亚梅遇害的那段时间,恰好没有任何人能证明你在做什么。"

"看起来,好像是这样……"

谭勇摇了摇头,记录后,他望向了韩蕾:"你呢,韩蕾?10点50分到11点50分之间,你在酒吧吗?"

"没有,我应该是在医院吧,或者在从医院回家的路上。"

"你去医院做什么?"

韩蕾瞄了苏晓彤他们三个人一眼:"昨天晚上表演的时候出了点状况,一个客人受伤了,头上摔了一个大包,非得去医院检查。我和老板就陪着他去了,大概耽搁了一个多小时。对不起,星星、夏琪,还有晓彤，我没跟你们说实话。"

这三个人默默点了点头。

"从医院出来的时候，大概是几点？"谭勇问。

"十一点左右。我心情有点烦闷，想散会儿心，就步行回来了。到家的时间，大概是 11 点 40 分。"

"一个人走回来的？"

"是的。"

谭勇再次开始记录。之后，夏琪说："我和晓彤姐十一点离开酒吧，然后直接打车回来了。到家的时间是十一点半左右。之后没有再出来了。"

"我也是。回家的时候，儿子已经睡了，我跟顾磊聊了一会儿天，就洗漱上床了，之后没有出来过。"苏晓彤说。顾磊在一旁点着头。

"夏琪是一个人住，就不用说了。你们夫妻俩，是不能互相做证的。"谭勇看了一眼记录在本子上的内容，发现一个问题，"这样看来，在场的人，全都没有不在场证明啊。"

"我有。"李雪丽说，"马记烧烤店的老板可以帮我证明。我到了他的店里后，就没有再出来过了。"

"你是几点到的那家烧烤店？"谭勇问。

李雪丽想了想："我走路过去的，大概十一点吧。"

"那你步行的这段时间，仍然在龚亚梅遇害的时间范围内。"

"照你这么说，岂不是我们每个人都有作案的可能性？"李雪丽摇着头，叹了口气，"老谭，我知道，你是警察，调查案件是你的职责。你刚才说的也没错，亚梅姐在理市几乎就只跟我们这些人有交往。所以你来询问我们，是应该的。但你想过一个关键的问题吗？我们这些人，全都没有作案的动机。"

"雪丽说得没错。我刚才就说了，我们有什么理由谋害亚梅姐呢？老谭，我不是教你做事啊，只是觉得，你浪费这么多时间来询问我们，从一开始就搞错了方向。不如抓紧时间调查一下其他疑点吧。我们和你一样，非常希望能尽快抓到杀害亚梅姐的凶手！"范琳说。

整个屋子的人都在点头。谭勇不置可否，把本子和笔收好，站了起来："我先走了，后面想起什么，再来问你们。"

5

回到刑警支队，谭勇给李斌打了个电话。李斌说，他到龚亚梅经常去的养老院了解过情况了，龚亚梅来这里，纯粹是热心公益事业。她跟这里的老人和工作人员关系都很好，经常帮一些老人洗澡、喂饭，陪他们散步、聊天。老人们都非常感谢和喜欢她。得知她死亡的消息，老人们和工作人员无不感到震惊、悲伤。另外，龚亚梅昨天没有去过养老院——综合各种因素，李斌认为，龚亚梅遇害的事，跟养老院没有关系。

谭勇表示明白了，他让李斌回来的时候，去一趟榆树街的"马记烤肉串"，跟老板核实一下，昨天晚上李雪丽是否在他店里过的夜，以及什么时候去的、什么时候离开的。

几十分钟后，李斌回来了，他坐下后喝了口茶，说道："我去那家烧烤店问了，老板叫马强，三十九岁，未婚。这家店是他一年前买的，楼下用于经营烧烤，楼上可以住人。昨天晚上，李雪丽确实去找了他。到的时间大概是十一点，今天早上八点多才走的。他们整个晚上都在一起——至少马强是这么说的。"

谭勇嗯了一声："其实核不核实这事，都不太重要了，所以我让你回来的路上顺便去问一下。因为凶手如果是李雪丽的话，她也可以先作案，再去找马强。不过我个人觉得，这种可能性很低。"

"老谭，你说这事不太重要，就说错了。"

"为什么？"

"你知道这个马强是谁吗?"

"谁?别打哑谜了,直接说。"

"我去他店里的时候,看到了一个熟悉的人——两年前报案的那个拾荒的老太太。"

谭勇眨了眨眼睛,没太明白:"什么意思?这老太太在马强的店里帮工?怪不得我后来没怎么见她收废品了。"

"帮什么工啊,这老太太是马强他妈!开烧烤店的这个门面,就是她用当初卖了玥海湾那套凶宅的钱买的。为的是让他儿子从外地回来。店铺是自己的,烧烤生意不就好做了吗?"

"啊?"谭勇惊诧不已,"那李雪丽知道这事吗?她交往的这个男人,就是凶宅原房主的儿子!"

"不可能不知道。"李斌说,"李雪丽当初买了那房子,不久后就知道是凶宅了,不是跟这母子俩打过官司嘛。当时她就知道,马强是这老太太的儿子了。"

谭勇张着嘴愣了好一会儿。"这不合逻辑呀,李雪丽明知道,这母子俩隐瞒了凶宅的事,让她买了这套房子,肯定恨死他们了,怎么可能还跟马强在一起?"

"是啊,如果说马强是个有钱的帅哥,倒是另当别论,但他那形象,确实不敢恭维。烧烤店的生意也一般,谈不上多赚钱。按理说,李雪丽不可能瞧得上他才对。"

"李雪丽是一方面,那老太太又是另一方面了。发生了这样的事情,她对李雪丽肯定是避之唯恐不及,怎么会同意儿子跟她来往呢?"

"老太太未必知道这事。我刚才在烧烤店打听了,老太太没跟儿子住在一起,她也只是白天过来帮忙。所以李雪丽来店里过夜,她有可能不知道。"李斌思索着说,"老谭,你说李雪丽跟马强来往,会不会是别有用心、另有目的?"

"我找个机会问一下她吧。但我怀疑她不会跟我说实话。"

"这事暂且不说。你去李雪丽家找他们了解情况了吗?怎么样,有没有什么疑点？"

"我挨个问过了，不知道是凑巧还是怎么回事，'大家庭'里的那些人，每一个都没有不在场证明。"

"那岂不是全都有作案的可能性？这就难办了。"

"但是，如果凶手在他们当中的话，有一点是说不过去的。他们也提到了这一点，而我认为，他们说得有道理，那就是——他们没有杀人的动机。"

"这可说不准，也许他们之间有什么隐藏的矛盾，是你不知道的。"

"但我就是想不出来会有什么矛盾。他们彼此也不知道，否则的话，今天肯定会有人讲出来。至于生活中的一些小矛盾、小摩擦，就算有的话，也不至于发展到杀人的程度。"

"照你这么说，龚亚梅遇害，可能跟他们没有关系了。"

谭勇沉吟片刻："那你觉得，跟两年前那起命案有关系吗？"

"你该不会认为，杀害龚亚梅的，就是两年前的那个凶手吧？"

"为什么不可能呢？那个凶手一直没有抓到。"

"但是两年了，他也没有再犯过案，为什么现在要再次作案呢？而且杀人手法也跟当时完全不一样。所以我觉得，应该不可能。"

"可有一点是相同的——死者都跟1203这套房子有关系。"

"1203的房主不是李雪丽吗？龚亚梅只是经常去她家罢了。"

"不只如此。事发之前，龚亚梅是从1203出来的。会不会是她无意间发现了什么，才被凶手……当然，这是我瞎猜的。"

"应该只是巧合吧。"

谭勇望着李斌："你真这么想？两年前的凶案和这次的杀人案，都跟1203这套房子有关系，只是凑巧而已吗？"

"我想不出来会有什么关联……不过说起两年前那起凶案，现在坊间流传的都是添油加醋之后的版本，说什么死后被碎尸，切成一块一块放在冰箱冷冻室里之类。"

"别把话题岔开了，还是回到这两起命案是否有关联上来吧。"

"你这么纠结这个问题干吗？"

"你说呢？假如凶手是同一个人，你能保证他不会再次作案吗？"

听到谭勇这样说，李斌的表情也严肃起来，因为这种可能性是存在的。

"龚亚梅的手机送去技术科了，我再去催催，看他们能不能尽快恢复手机里的数据，找到有用的线索。"李斌说。

"嗯。听李雪丽说，龚亚梅昨晚本来是留在她家吃夜宵的，结果像是遇到了什么状况，马上告辞，然后就走出小区了。我猜想，会不会是有人给她打了电话或者发了信息，约她出去。如果能找出跟她联系的人，也许就能发现端倪了。"

"好的，明白了。我这就去技术科。"

谭勇点了点头。李斌走出办公室后，他望着窗外出神，脑海里一直回荡着两个字。

动机。

这两起案件中，凶手杀人的动机，到底是什么呢？

直觉告诉他，弄清这一点，是破案的关键。

第五章　线索

1

　　出了这样的事情，晚饭时的气氛，自然是沉闷而压抑的。每个人埋头吃饭，几乎没有交流。打破这个沉闷局面的，是范琳的女儿范文婧，小姑娘感觉到今天气氛不对，问道："妈妈，为什么大家都不说话？"
　　"食不语、寝不言。吃饭的时候本来就不该说话。"
　　"那以前怎么不是这样？"
　　范琳不知道该怎么回答，给范文婧夹了一筷子菜："别问了，快吃吧。"
　　范文婧环视餐桌一圈，发现今天少了一个人，问道："龚奶奶呢？她今天怎么没跟我们一起吃饭？"
　　范琳思忖一下，觉得这事肯定是没法一直瞒着女儿的，但又不想让她知道太多，便用了折中的方式来告知女儿："文婧，龚奶奶她……走了。"
　　"去哪儿了？"
　　"去一个很远的地方，暂时不会回来了。"
　　范文婧现在六岁，对死亡还没有概念。她天真地问道："很远的地方是哪里？龚奶奶走之前，怎么没跟我们说呢？"

"好了，别问了，文婧……"

"死了。"一个突兀的声音冒了出来。范琳愣住了，其他吃着饭的人也停了下来，抬起头左顾右盼。好像大家都没听清楚，这话是谁说的。

除了苏晓彤。如果没听错的话，这是坐在她和顾磊中间的顾小亮发出的声音。但她又不那么确定，和顾磊对视着，然后下意识地瞄了顾小亮一眼——儿子低着头，好像刚把一口食物咽了下去。

"刚才是谁在说话？"王星星纳闷地问。

仿佛是在回答他的问题，这一次，顾小亮清楚地重复了之前的两个字："死了。"

这回所有人都听清楚了。范文婧睁大眼睛问道："谁死了？"

顾小亮抬起手臂，指向了李雪丽。对方大吃一惊，当场愣住了。苏晓彤陷入巨大的尴尬中，立刻把顾小亮的手按下去，说道："小亮，别胡说！"

"我没胡说。她死了。"顾小亮面无表情地说道。

"这……"李雪丽露出难堪的表情。

苏晓彤赶紧道歉："雪丽，别在意啊。你也知道，这孩子有点……我也不知道他今天怎么了……"

"没事……我理解的。"

坐在李雪丽旁边的王星星眼珠转了一圈，明白过来了："雪丽姐，他指的不是你，也不是我，而是经常坐在我俩中间的……亚梅姐。"

王星星这样一说，众人都明白过来了。在李雪丽家吃饭，座位虽然不是固定的，但长久以来，每个人都习惯坐在自己经常坐的位子上，身边的人也几乎都没变。长期坐在李雪丽和王星星之间的正是龚亚梅。

范文婧不傻，结合所有的迹象，加上顾小亮说的话，她明白过来了，鼻子一酸，眼泪掉了下来："龚奶奶死了？"

范琳不知道该怎么说，她没法欺骗女儿，只有默认了。范文婧哇的一声哭了出来："我最喜欢龚奶奶了，呜……她昨天不是还好好的嘛，怎么突然就死了？"

范文婧这一哭，所有人都没心情吃饭了。不仅如此，夏琪、沈凤霞和李雪丽的眼眶也红了，强忍着没有哭出来。

苏晓彤想起来了，下午谭勇在这个家里询问大家的时候，顾小亮也在场。虽然他一直玩着玩具，没有搭话，也没有表现出对这事的关注，但他捕捉到了大人间谈话的一些关键词。苏晓彤有些后悔，她本以为有智力障碍的儿子什么都不懂，就没有回避他。不料儿子没她想象中那么傻，似乎听懂龚亚梅已经死了，就这样不加修饰地说了出来。

"小亮他……懂什么叫'死'吗？"袁东小声问道。

苏晓彤摇头道："他不懂，只是下午听到我们说话，捡了些话来说罢了。"

"但他刚才指的方向，确实是……"

顾磊不希望探讨这个话题，赶紧把一勺饭喂进顾小亮的嘴里，以免他再说出什么不合时宜的话，同时笑着说："小孩子说的话，大家别当真，他就是随口说的。"

然而，嘴里包着饭的顾小亮嘟囔着又说出一句话来："我知道什么叫'死'，就跟我爸布一样。"

虽然在场很多人都没听清他说的这句话，但苏晓彤和顾磊俩人却听懂了，他俩瞬间脸色大变。顾磊几乎想伸手捂住顾小亮的嘴，苏晓彤更是立刻把儿子抱下餐桌，大声呵斥道："小亮，不要再胡说了！咱们回家！"

说着，她牵起顾小亮的手就朝门外走去，顾小亮被妈妈斥责后，大声哭了起来。顾磊跟着走了过去，对大家说："对不起呀，这孩子今天不知道怎么回事……我们回去教育一下他，你们慢吃啊。"

"欸，你们饭还没吃完呢。"李雪丽说。

"没事没事。"顾磊摆着手，跟苏晓彤一起头也不回地走出了李雪丽的家。

屋子里剩下的人惊讶地看着他们离开的背影。好一会儿后，王星星说："你们听清顾小亮刚才说的那句话了吗？"

2

苏晓彤很少这样气急败坏,或者说,惊恐万状。把大哭的儿子牵回家后,她关上房门,吼道:"够了,别哭了!"

这样反而让顾小亮哭得更厉害了。顾磊将孩子抱住,说道:"晓彤,别吼了,你吓着他了。"

苏晓彤没管这么多,上前去抓着顾小亮的肩膀,厉声问道:"你刚才说什么?再说一遍!"

顾小亮号啕大哭,哪里肯听话。苏晓彤指着顾小亮的鼻子,恶狠狠地说道:"你以后要是再敢在大家面前胡言乱语,我就不让你跟任何人接触了!也别想去公园、游乐场,别想和其他小朋友一起玩!"

顾小亮不知道听懂没有,一边哭,一边像鸡啄米一样点着头,看上去十分可怜。顾磊把儿子抱起来,带到卧室去了。苏晓彤走到阳台上,烦躁地吐出一口气。美丽的晚霞此刻在她眼中,像一幅打翻了调色盘的画,毫无美感可言。

十几分钟后,顾磊从房间里出来,走到阳台上,对苏晓彤说:"你刚才太凶了,我哄了好久,小亮才不哭了。"

"先别管这个。你听清他刚才说的那句话了吗?"苏晓彤问。

"我知道发生过什么事,所以能听明白。但其他人就不一定了。"

"真的吗?你确定他们没有听清小亮在说什么?"

"应该是吧,小亮当时嘴里包着饭,说话肯定是含混不清的。我看他们的表情都很茫然。"

"即便听清了,也会茫然哪!"苏晓彤焦躁地说,"他是不是说'我知道什么叫死,就跟我爸爸一样'。"

"好像是。"

"你确定他说的是'爸爸'?"

"我没完全听清楚,但是发音……确实比较接近。"

苏晓彤一只手伸进头发里，眉头紧皱，咬着下唇。片刻后，她说道："完了，这么多人听到他说这句话，他们会怎么想？"

"晓彤，你别着急。仔细一想，这句话中包括的信息，最多就是'小亮的爸爸已经死了'这一点，但没有说是怎么死的。"

"他们不会生出联想和猜疑吗？"

"那又怎么样？你觉得他们能通过这一句话，猜到之前发生过什么事吗？"

"万一他们把这事告诉老谭呢？"

"老谭正在调查龚亚梅的命案，无暇顾及其他事。再说我也不认为他们会跟老谭说这事。"

"你觉得李雪丽的嘴不够碎？还有范琳，她也很喜欢探究别人的隐私。"

顾磊想了想说："假如她们真的把这事告诉了老谭，然后老谭来询问我们，也没有关系。我们不是早就想好一套说辞了吗？"

苏晓彤叹息道："那是不得已的情况下才会用上的。我本来希望跟过去彻底告别，再也不会提到那件事。不然我们为什么要从京州搬到理市来呢？"

"晓彤，别把感受放大了。他们都知道，小亮的智力有些问题，不会那么在意他说出来的话的。"

"但是我在意。我根本没想到小亮会说出这样的话来，要是他以后又这样，冷不丁冒一句惊世骇俗的话出来，怎么办？"

"我想应该不会了。你刚才的态度，明显吓到他了。而我在房间里也跟他说过了，让他以后不要这样做。"

"他要是能理解，就不是智障儿童了。"苏晓彤摇着头说，闭上眼睛叹了一口气，"而且刚才我们的态度，明显太过激了，没法不让人起疑。但我没办法，一秒钟都不敢让他留在那里了，万一他又说出更惊人的话来怎么办？"

"小亮不可能说出更多来。他不知道那件事，最多知道，他的亲生父亲已经不在这个世界上了。"说到这里,顾磊摇了摇头,"这段时间,他跟我很亲近。我还以为,他早就把我当成他爸爸了呢,没想到,他心里还是清楚的。"

"顾磊,我们把房子卖了,离开这里吧。"苏晓彤突然说。

"什么?"顾磊惊讶地说,"因为这样一件小事,你就打算搬走?"

"不仅是这件事,还有其他原因。两年前,李雪丽住的这套房子就发生过命案;现在,又发生了。我总觉得,这个地方有问题。"

"你是说龚亚梅遇害的事?她又不是死在李雪丽家,跟这套房子有什么关系?"

"当然有关系。龚亚梅是李雪丽家的常客,而她是从那个家中走出去之后遇害的。一个地方接二连三地出事,你觉得完全是巧合吗?"

顾磊思考着,暂时没有说话。

"更关键的是,如果没有发生这些事,倒也就罢了。警察不会平白无故地调查我们。但命案发生后,警察迟早会调查到我们头上来。不,已经调查了。今天下午,谭勇不就找我们问话了吗?"

"他又不是针对我们,不是所有人都问了吗?"

"我就怕随着警察对案件的深入调查,会把我以前做过的事情翻出来。"

顾磊思索一刻,说道:"这样的话,我们就更不能离开这里了,至少现在不能。龚亚梅刚死,警察来询问过后,我们就搬走了。这也太可疑了吧?简直没法不让人深入调查我们。"

苏晓彤承认顾磊说得有道理,她叹了口气:"那过一段时间,等这事平息下来之后,再说吧。"

"嗯。"

"但我有点担心。"

"担心什么?之前的事被……"

"不,不仅是这个。"

"还有什么?"

苏晓彤望着顾磊:"不知道为什么,我总有种不祥的预感,类似的事情,还会再发生。"

顾磊的脸色往下一沉:"你是说,龚亚梅之后,还会有人遇害?"

"对……我有这样的感觉。这事才刚刚开始,远没有结束。"

"这种话,还是别随便说出口的好……"

"我不是随便说的。"

"但你也没有依据吧。"

"依据是没有,但我有经验。"

"什么?"

"可能我的第六感比一般人强吧。危险发生之前,我好像总是能嗅到一丝气味。这样的事情我经历过,记得吗?"

顾磊把苏晓彤抱在怀中:"如果可能的话,我希望你永远不要再想起那件事了。"

苏晓彤依偎在顾磊怀中,过了一会儿,她说:"我还是去安慰一下小亮吧,刚才对他确实太凶了。"

顾磊点了点头,俩人一起走进卧室。顾小亮看到妈妈进来后,显得有点怯生生的。苏晓彤蹲在他面前,轻轻握住他的小手,说道:"小亮,妈妈刚才吼你了,对不起。以后妈妈不这样了。"

顾小亮低下头,苏晓彤拥抱了他,在他耳边轻声说道:"你也答应妈妈,以后不要当着其他人的面说这些奇怪的话了,好吗?"

虽然没有听到回应,但苏晓彤感觉到儿子似乎轻轻点了点头,这已经让她无比欣慰了。她把顾小亮抱得更紧了一些,说:"刚才饭没吃完,爸爸妈妈带你去吃麦当劳,好吗?"

顾小亮再次颔首。苏晓彤和顾磊一起展露出微笑,牵着儿子的手,走出家门。

3

早上，谭勇刚走进刑警支队的办公室，李斌就拿着一部手机走过来，对他说："我刚才去了一趟技术科，龚亚梅手机上的数据已经恢复了。"

"怎么样，有什么线索吗？"

"有，前天晚上 10 点 14 分，一个异地的手机号码给龚亚梅打了电话，通话时间只有四十秒。之后，只过了几分钟，龚亚梅就离开了李雪丽家，走出小区，打车前往环海东路的观海亭了。"

谭勇翻开笔记本："10 点 14 分，按李雪丽所说，她当时应该在厨房里煮醪糟汤圆，龚亚梅一个人在客厅里。但李雪丽并没有提到，龚亚梅接了一个电话。"

"这个电话只打了四十秒，李雪丽有可能没听到。"

"电话号码查过了吗？机主是谁？"

"技术科的人已经查过了。这是一张十年前的老电话卡，没有实名登记，无法查到机主的身份。"李斌说，"我觉得，有可能是故意的。这人找了一张或者买了一张没有实名登记的老手机卡，就是为了避免被警察调查到身份。"

谭勇点着头说："我也觉得有可能。这样一来，基本上就可以确定，打电话的人，就是杀害龚亚梅的凶手。他给龚亚梅打电话，约她到环海东路的观海亭见面，然后把她推进了玥海。"

"那凶手肯定就是龚亚梅认识的人了。否则，她不可能听一个陌生人的话，大晚上去这样的地方。"

"是的。看来我之前的猜测没错，这起案件，就是熟人作案。"

"除开养老院的人，龚亚梅在理市的熟人就只有'大家庭'那些人了。"

"龚亚梅以前的熟人呢？"

"说到这里，老谭，你知道吗？龚亚梅的手机通信录，包括微信联系人，竟然只有她来到理市后认识的这些人。很奇怪是不是？她五十八岁了，之前的亲戚、朋友、同学、同事应该不少吧，怎么全都没有联系方式？"

"这一点，我知道原因。她跟我们说过。"谭勇说，"龚亚梅之前经历过很大的挫折和伤害，一度想要轻生，或者皈依佛门。后来她得到一个大师指点，才到理市来，展开了新的生活。但她告诉过我们，做出这个决定，意味着她将以前的人生清零，涅槃重生。所以她换了一个新的电话号码，跟之前那些纷纷扰扰的人和事，全都作别了。"

"如果是这样的话，龚亚梅身边的熟人，不就只有这些人了嘛。换句话说，凶手只可能是'大家庭'里的某个人了。而且从可行性上来说，他们的确是能办到的，因为案发的时候，他们全都没有不在场证明。"

"是啊，目前为止的调查结果，都指向这一点。但我就是想不通，这个人的作案动机是什么。另外，如果那天晚上给龚亚梅打电话的，是'大家庭'中的某个人，龚亚梅为什么没把这事告诉李雪丽，就一个人出去了呢？"

"也许这个人打算跟龚亚梅谈的，是某件隐秘的事。这事不能让其他人知道。所以他能肯定，龚亚梅不会告诉别人，他们私下见了面。"

"但是他们住在同一个小区的同一栋楼。要见面的话，在龚亚梅或者这个人的家里就可以，为什么要跑到环海东路去见面？龚亚梅就不觉得可疑吗？"

"这就看那人是怎么跟龚亚梅约的了，也许用了某种话术，把龚亚梅骗到了环海东路的观海亭去行凶。"

谭勇摩挲着下巴上的胡楂想了一会儿："如果是这样，那是不是可以得出一个结论——所有人中，李雪丽的嫌疑可以排除了。因为袁东和沈凤霞离开后，家里就只剩她和龚亚梅两个人。这样的情况下，她总不可能多此一举，约龚亚梅去观海亭谈话吧？而且她们俩当时在一起，她更不可能给龚亚梅打电话。"

"嗯,是的。"

"李斌,你跟我去一趟玥海湾小区吧。"

"去干吗?"

"我去找李雪丽单独谈谈。你去龚亚梅的家搜查一下,看看能不能发现什么线索。"

李斌点头。俩人走出办公室。

4

到玥海湾小区之前,谭勇给李雪丽打了个电话,问她在不在家。得到肯定的回复后,他和李斌分头行动。李斌去十三楼龚亚梅的家,谭勇则来到十二楼的1203。

李雪丽给谭勇泡了一杯热茶,问道:"老谭,你来找我,还是了解情况吗?"

"对,三件事。"

"你说吧。"

"第一是,前天晚上,你和龚亚梅两个人在家里的时候,你在厨房煮醪糟汤圆,有没有听到龚亚梅在外面打电话?"

李雪丽回想了一阵,说:"我不知道她有没有打电话。电视机开着,本来就有声音,而她好像在客厅和阳台上来回走动。至少我煮好醪糟汤圆端出来的时候,没有看到她在打电话。"

"也就是说,你完全没有听到她的通话内容?"

"是的。我都不知道她打了电话。而且亚梅姐有个习惯,喜欢到阳台上去接电话。"

这样说来,龚亚梅走到阳台上去,应该就是去接那个关键的电话。阳台跟厨房隔着一段距离,李雪丽是不可能听到聊天内容的。谭勇思忖着说道:"接下来的问题,可能关系到你的隐私,但我还是想了解一下,你是怎么想的。"

"我知道你想问什么。"李雪丽猜到了,"我为什么会悄悄跟马强交往,对吧?"

"嗯。你知道他是原房主的儿子吧?"

"当然知道。"

谭勇望着她。

李雪丽叹了口气:"这件事我自己都觉得很纠结,所以才瞒着大家。现在你问起了,我就不妨说出来吧。"

她略微停顿,接着说道:"我因为这套房子是凶宅的事,把原房主告上了法庭,结果败诉了。当时我气得要命,私下里又去找这老太婆闹了几次。这老太婆态度倒是好,不住地跟我道歉,但没法帮我解决问题。就在我不知如何是好的时候,马强来我家找到我,说这事的确是他们对不起我,如果我愿意的话,他可以想办法弥补我。

"我问,怎么弥补,把我买房的钱退给我吗?他说那当然不可能,他妈已经用这钱帮他买了一个门面,打算让他开烧烤店了。他问我是不是一个人住在这房子里害怕,他可以来陪我住。但这事不能让他妈知道,因为他妈很迷信,绝对不准他在这房子里过夜。不过他不信这些,觉得没关系。"

"然后你就同意了?真的让他住了进来?"谭勇问。

李雪丽苦笑道:"我当时没有别的选择。那个时候,我刚搬来不久,在这里没有任何熟人朋友,'大家庭'也没有组织起来。如果没人陪我的话,我是绝对不敢一个人在这套凶宅里过夜的。那我这房子不就白买了吗?所以,就让他住进来了。

"想想真是挺讽刺的,这房子本来就是他妈买给他当婚房的,后来发生了那种事,她妈就赶紧把房子卖掉了,不让他儿子住这不吉利的凶宅。结果她儿子还是住进来了。而我呢?花了这么多钱买房子,最后还得让原房主的儿子免费住进来,而且人家还是来陪我的,倒是我欠了他人情，呵呵。"

谭勇也觉得这事有些讽刺，一时无言以对。

"关键是，老谭，你想过吗？如果——我是说如果啊——我要是嫁给了马强，等于一分钱不花，就能住进这套房子。你说，我这买房加装修的一百多万，是不是白花了？"

"那马强后来怎么不住这里了呢？"

"我把他赶走了。"李雪丽冷冰冰地说。

"为什么？难道他所谓的陪你住，只是一个幌子？实际上，他是对你有所觊觎？"

"那倒不是。这男人蛮老实的，陪我住的那段时间，都是一个人睡次卧。后来，倒是我主动……让他睡我房间里了。"

"那你为什么还要赶走他？"

"因为后来，我渐渐认识了这里的邻居，交了朋友，把'大家庭'组织起来了呀，就用不着那男人陪我了。况且，老谭，我不知道你见过他没有，你看他那五短身材、寒碜的长相，配得上我吗？我虽然没有苏晓彤那么漂亮，但是也不差，对吧？嫁这样的男人，也太委屈我了吧？"

"既然如此，你为什么还要去他店里过夜？"

李雪丽一时语塞，片刻后，冷哼一声，说道："聊胜于无啊，没人陪我的时候，我一个人还是有点害怕，去找他，纯粹是把他那儿当成免费旅馆罢了。"

"这事，他妈知道吗？"

李雪丽摇了摇头。

谭勇喝了一口清茶，说道："雪丽，我认识你也有一年多了。对你多少是了解的。我发现，你言不由衷的时候，就会表现出跟你本来的性格完全相反的样子。"

李雪丽愣住了："我……怎么言不由衷了？"

谭勇说："其实我猜，真实情况是这样的——马强陪你住的那段时间，你们已经爱上彼此了。但是他在你这儿过夜的事，被他那个迷信的妈知道了，老太太坚决不同意他住这儿，无奈之下，他只好搬走了。后来，你们就悄悄地交往，要住在一起，就只能你去他那儿。之所以不告诉大家，是因为你知道，这是一段不会有结果的恋情。因为老太太不可能同意你们结婚，那意味着她儿子又要住进这套房子里来。你当然也会觉得别扭，打过官司的原房主成了你的婆婆，这样的关系很难让人接受。当然，这只是我的猜测，如果不是这样，你可以立刻指出。"

李雪丽嘴唇翕动着，似乎想反驳，却一时没能说出话来。须臾，她终于破防了，眼泪夺眶而出，说道："老谭，这就是我的命吧。好不容易攒下些钱，买了套房子，结果是凶宅；好不容易遇到个喜欢的男人，却是这样的情况；好不容易组建了一个'大家庭'，却发生了亚梅姐遇害的事……唉，人这一辈子，怎么这么多不顺呢？！"

"人生不如意之事，十之八九，又何止你一个人如此呢？"谭勇给李雪丽递上一张纸巾。

李雪丽拭干眼泪："老谭，你不是说有三件事吗？还有一件是什么？"

谭勇从沙发上站起来，说道："最后一件事是，我们联系不到龚亚梅以前的家属和朋友，尸体不能一直放在刑警队或者殡仪馆，我就想，咱们是不是给龚亚梅搞一个小型的追悼会？作为她人生最后阶段的朋友，送她一程吧。"

"你跟我想到一块儿去了。"李雪丽说，"那我跟大家说一声。具体的时间，你来定吧。"

谭勇点了点头，告辞了。之后，他乘坐电梯来到十三楼。龚亚梅的家正好在李雪丽家上面，门牌号是1303，李斌已经在里面搜查好一阵了。谭勇走进来问道："有什么发现吗？"

李斌摇了摇头："我找了好一会儿，除了基本的生活用品，就是一些烧香拜佛的东西。龚亚梅是不是信佛？"

"对。没有找到什么有用的线索吗？"

"没有。"李斌掏出龚亚梅的手机，"对了，冯铮——这个人你认识吗？"

"不认识，怎么了？"

"他不是'大家庭'中的一员？"

"不是。"

"哦，那我搞错了。"李斌挠着头说，"这个人，可能是龚亚梅手机的联系人中，唯一一个不是在理市认识的人。"

"是吗？那你马上打他电话，跟他联系一下。"

"我打过了，关机。"

谭勇蹙起眉头："继续打，如果他今天一天都关机，就去调查这个人。"

李斌颔首，再次拨打电话。

5

中午一点，李斌对谭勇说："那个叫冯铮的人终于接电话了，他之前在飞机上，所以关机了。"

"这人是谁？跟龚亚梅什么关系？"

"是个律师，他之前是龚亚梅公司的法务，跟龚亚梅私下也是好朋友。得知龚亚梅遇害，他很震惊，说明天就会飞到理市来，处理一些事情。"

"正好。我打算明天给龚亚梅开个追悼会。"

"龚亚梅的手机里，没有任何一个亲戚、老朋友的联系方式，唯独保留了这个律师的电话。看来，她和这个律师关系不一般哪。"

谭勇思索一刻，说："可能不只是关系好，还跟'律师'这个身份有关系。"

"那你觉得，他会来处理什么事情？"

"这我哪知道？他明天不是要来嘛，到时候就清楚了。"

下班后，谭勇回到家中。女儿谭雅丽居然在客厅玩手机游戏。谭勇咦了一声，说："雅丽，你怎么在家，今天没上晚自习吗？"

"嗯，今天学校开运动会，不上晚自习，我就回家来了。"

"那咱们出去吃点好吃的？"

"妈做晚饭了呀。"

系着围裙的窦慧从厨房里出来，说："我也不知道雅丽今天晚上要回来，没准备菜，要不我上街去买点熟食回来？"

"别买了，咱们出去吃。"谭勇笑着说，"我女儿每次都考第一名，得好好犒劳一下才行。你们俩都去换衣服吧。"

"好嘞！"谭雅丽欢快地从沙发上跳起来。十七岁的她正值花季，身材高挑、面容姣好，浑身上下散发出这个年龄段的女孩特有的青春气息。这是人生中最美好的阶段。

谭勇打开某个推荐本地吃喝玩乐的APP，把手机递给换好衣服出来的女儿："雅丽，你挑一家喜欢的餐馆吧。"

谭雅丽头靠在谭勇肩膀上，看APP上的介绍和推荐，不一会儿，她看到一家东南亚风的泰式餐厅，评分也不错，说道："这家怎么样？据说有很正宗的冬阴功汤。"

"好啊，那咱们就去这家。"

"呃……要不还是算了。"

"怎么了？"

"我看到评论里说，这家店人均要两百多。"

"嘿，瞧不起你爸呀？"谭勇轻轻点了女儿的额头一下，"贵是贵了点，但我还是请得起的！"

"我知道，但是……能省还是省点吧。"

谭勇觉得有点奇怪，女儿以前选餐厅的时候，好像没有怎么考虑过价格的问题。现在是长大了，会为父母考虑，还是……忽然，他想起之前窦慧跟自己说过的，雅丽想去国外留学的事情，有点明白了。

"雅丽，你是不是想去哈佛留学，才觉得应该节省一点？"

谭雅丽抿着嘴唇，隔了一会儿，点了点头："但是妈妈跟我说了，咱们家的存款只有不到十万块……"

"那你告诉爸爸，你是不是真的很想去？"

这一次，谭雅丽坐直了身子，非常认真地点头。

"除了想出国深造之外，还有别的原因吗？"

谭雅丽的脸红了，瞥了爸爸一眼："妈妈跟你说了？"

"嗯，她说你和那个孙晖……"

"好了好了，不要说下去了。"谭雅丽不好意思地打断爸爸的话，一张脸羞得通红。

谭勇笑了："爸爸是过来人，而且不是那种封建思想的老古板。在你这个年龄，能够遇到喜欢的人，体会恋爱的滋味，是非常美好的事情，没什么难为情的。"

"真的吗……"

"当然。"

谭雅丽抿着嘴唇，嘴角里藏着一丝甜甜的微笑，脸上展露出难以掩饰的幸福和喜悦。谭勇确实是过来人，这样的表情，他大概在三十年前见过——这是一个女孩陷入爱情后才会出现的神情。不用问，他也能看出女儿有多么喜欢那男孩。

"他也喜欢你吗？"

"嗯……"谭雅丽用蚊子般的声音承认了。

"看来是两情相悦呀。不过，你们为什么一定要去国外留学呢？就读国内一流的大学，不行吗？"

谭雅丽抬起头来说道："爸，你知道学校推荐去哈佛的这两个名额有多宝贵吗？这不是每年都有的好事，是因为一些机遇，校方才拿到的特殊资源。全国的高中，只有我们学校有这两个名额。而且这可不是普通的名校，是哈佛呀，世界排名前二的大学，培养了一百六十位诺贝尔奖得主和八位美国总统，你知道这样的机会对我来说意味着什么，对孙晖又意味着什么吗？他是百分之百会去的，而我如果放弃了这个机会……"

说到这里，谭雅丽露出难过的表情。谭勇揽着女儿的肩膀说："爸爸知道了，那你回复老师吧，跟孙晖一起去哈佛。"

"也是要考试的，不是说去就能去……不过，真的吗？"谭雅丽欣喜不已，又立刻想到了现实问题，"可是，钱呢？"

"爸爸会想办法的，你就别担心了。"

谭雅丽感动地双手圈住谭勇。换好衣服的窦慧从房间里出来了，她刚才听到了父女俩的对话，犹豫片刻后，说："老谭，你可要想清楚，借款一百多万，可不是个小数目。"

"又不是一次性就要这么多。先把第一年的费用凑齐，后面再想办法呗。"

"话虽如此……"

谭雅丽是大姑娘了，看出了父母的为难，说道："要不这事再想想吧，反正这个月内回复老师都是可以的。"

"雅丽……"谭勇张开口，却不知道说什么好，心情复杂。

"爸、妈，虽然我的确很想去哈佛留学，但我也不希望让你们因此背上巨额债务，影响你们的生活质量。我不能这么自私。"

谭勇望着懂事的女儿，鼻子有点发酸。

"再想想吧，先不说这事了，去哪儿吃饭？"窦慧问。

"去泰式餐厅，走！"谭勇牵着女儿的手站起来。

第六章　遗嘱

1

龚亚梅的追悼会，注定是阴郁而特别的。原因来自几个方面：她死于谋杀，而非正常死亡；在场的人没有一位是亲属；人数只有不到三十个人（包括养老院的员工和部分老人）。如果还要算上另一件更特殊的事，那就是——这些人中，可能有一个是杀害她的凶手。

"大家庭"的人全都来了。他们穿着黑色或者素色的衣服，代表亲友送龚亚梅最后一程。追悼会的流程一切从简，时间定的是上午十点钟。9点40分，基本上所有人都到场了——除了一个，之前跟李斌说好要来参加追悼会的律师冯铮。

李雪丽问谭勇："老谭，那个冯律师还没到吗？"

"李斌把他的手机号给我了，我刚才给他打了好几次，都是关机。"谭勇说。

"那我们还等吗？"

谭勇想了想："最多等到十点半，如果他还是没来，也联系不到，就不等了。"

接近十点半的时候，谭勇最后给冯铮打了一次电话，还是关机，他告诉主持追悼会的司仪，不等了，可以开始了。

于是，在主持人的带领下，众人进行一系列告别仪式：奏哀乐、默哀、献花圈。致悼词的代表，众人一致推举组建"大家庭"的李雪丽。她拿着事先准备好的发言词，面向众人，声情并茂地讲述了和龚亚梅相识的过程，并回顾了从认识到现在的一年多来，跟她相处的快乐时光。说到动情之处，她不禁潸然泪下，其他人也黯然落泪。

仪式进行完最后一个环节后，龚亚梅的遗体被推进了火化间。

众人坐在殡仪馆内等待，11点20分，一个穿着黑色西服、拖着行李箱的中年男人匆匆而至。询问之后，他得知自己已经错过了龚亚梅的追悼会，显得十分懊丧和难过。

谭勇上前问道："你是不是昨天跟我们联系过的，龚亚梅从前的好友，冯铮律师？"

"是的。"

"我是理市刑警支队的警察，谭勇。"

"您好，谭警官。"冯铮跟谭勇握手，沮丧地说，"我买的是今天早上六点的机票，本来八点钟就能到的。结果飞机晚点，错过了跟亚梅姐最后道别的机会。"

谭勇拍了拍他的肩膀，以示安慰，说道："你知道吗？你是龚亚梅手机的联系人中，唯一一个旧识。"

冯铮略微一怔，点了点头，并没有表现得特别惊讶。显然他知道龚亚梅之前的情况。

这正是谭勇需要了解的，他问道："你知道龚亚梅为什么要换新手机号，不再跟之前的亲人朋友联系吗？"

"大概知道一些原因。您知道亚梅姐之前是做企业的吧，在她有钱的时候，身边的亲戚朋友全都围着她转，各种阿谀奉承，有些甚至入了公司的股，想要分一杯羹。后来公司出现经营危机，这些人马上见风使舵，不但没有给予亚梅姐支持和帮助，反而逼着她退股还钱，这样的行为自然是雪上加霜，进一步加速了公司倒闭。亚梅姐大概是心寒了，就跟这些人全都断绝往来了。"

"那她的家人呢？我说的是直系亲属，比如她的丈夫和儿子，总不会也这样吧？"

"据我所知，她老公，也就是前夫，是最落井下石的一个。"

"啊？怎么会？"

"听说这个男人早就有了外遇，之所以没有离婚，是因为亚梅姐很有钱。公司出现问题后，他便露出了真面目，具体情况我不清楚，只知道最后的结果是，他们离婚，然后这男人带着一半以上的家产远走高飞，跟小三在一起了。"

"那龚亚梅的儿子呢？"

冯铮摇着头说："这儿子跟老子一个德行，亚梅姐的教育估计也出了问题，孩子非常唯利是图。得知母亲大势已去之后，他明知道父亲是过错方，竟然选择跟更有钱的父亲生活在一起，置母亲于不顾。你想想，亚梅姐失去事业的同时，身边的人几乎全都跟她反目了，这样的打击，真不是一般人能承受的。"

殡仪馆的等候区不大，并且十分安静，苏晓彤、李雪丽等人全都听到了冯铮说的话。他们这才知道龚亚梅之前的遭遇竟然如此悲惨，令人唏嘘。李雪丽忍不住说："可是……为什么会这样呢？亚梅姐为人平和，待人亲切，按理说，这样的人不至于遭到身边所有人的背叛呀。"

冯铮沉吟了一会儿，说："按理说，我不应该在亚梅姐的葬礼上说这样的话——但你说的，应该是现在吧。以前的她，可不是一个好相处的人。"

"啊……真的吗？"

"是的，亚梅姐以前是标准的女强人，我是她公司的法务，太清楚她的行事风格了。不过话说回来，要管理一个上千人的大企业，没点魄力怎么能行呢？况且人在最意气风发的时候，难免会有些膨胀，而这样的处事风格，可能多少也带了一些回家。通常而言，男人都不会喜欢过于强势的女人，所以……"

"我完全理解。这就是对女人最不公平的地方。"范琳愤愤不平地说,"在家里当贤妻良母,有可能被人嫌弃是黄脸婆;出去抛头露面,喝酒应酬,又会被诟病为'职场中性人';混到老总级别了,以为总算可以扬眉吐气一番,结果老公接受不了这样的霸道女总裁,更向往温柔体贴的小女人。反正怎么都不对!"

冯铮不敢搭话,耸了下肩膀。

又等了一会儿,工作人员通知,可以去取骨灰了。众人一起前往,领取了装着龚亚梅骨灰的罐子,集体商议之后,打算先存放在殡仪馆,以后再决定安葬的事宜。

至此,龚亚梅的后事就算是暂时处理完了。就在大家都准备返回的时候,冯铮说:"各位,其实我这次来理市,除了参加亚梅姐的追悼会,还有一件更重要的事要处理。"

众人一齐望着他。冯铮说:"请'大家庭'的成员举手示意一下,好吗?"

其他人都举起了手,谭勇不太确定地说:"包括我吗?"

"我想是包括的。"

"好吧,那我也算其中之一。你要说的事情是什么?"

"关于龚亚梅的遗嘱。"冯铮说,"在这里交代似乎不太方便,咱们另外找个地方?"

"既然是关乎'大家庭'的事,就去我们经常聚会的地方吧,也就是我家。"李雪丽说。

"可以。"冯铮说。

接下来,一群人分别开车或者打车,前往玥海湾小区,李雪丽的家中。

2

所有人都来到李雪丽家后,在客厅找位子坐下。冯铮面对他们,说道:"各位'大家庭'的成员,给大家做一个正式的自我介绍,我叫冯铮,武汉华星律师事务所的一级律师。以前是龚亚梅公司的法务,同时也是龚亚梅的好朋友。受她的委托,我将全权处理跟她的遗嘱相关的事宜。"

说着,冯铮打开行李箱,从里面取出一份有龚亚梅签名并摁了手印的授权书,以及公证书,交给谭勇及众人传阅。谭勇看完后,提出疑问:"龚亚梅去世,是意料之外的事情,她怎么会提前准备好遗嘱呢?"

"遗嘱是在一年前就拟定的,就是为了防止不测。"冯铮回答道。

谭勇表示明白了。冯铮说:"龚亚梅的遗嘱,虽然是一年前拟定的,但其间修改过好几次。整个拟定和修改的过程,都是由我根据她本人的意愿,做出相应的描述。我和她的所有沟通,都有电子邮件、微信聊天记录等书面形式为证。如果诸位没有异议的话,我现在就要开始宣读她的遗嘱了——需要强调的一点是,这份遗嘱,是一周前才修改过的'最新版'。"

所有人都没有异议。冯铮从箱子里拿出另一份文件,说道:"这份遗嘱是按照规范格式来拟定的,有些琐碎的内容我就省略了,直接念最重要的部分吧。"

他清了清嗓子,开始念:"本人龚亚梅,本来对人生已经感到厌倦和绝望,所幸来到理市后,认识了一众好友,在他们的陪伴下,我找回了阔别已久的幸福和快乐,感受到了家庭的温馨和人间真情。这些好朋友不是亲人,却胜似亲人。所以我决定,将我的遗产平均分配给'大家庭'的每一位成员,具体名额如下:李雪丽、夏琪、范琳、袁东、沈凤霞、王星星、韩蕾、谭勇、苏晓彤及顾磊夫妇。共计九份。"

念到这里,冯铮暂停了一下,进行说明:"也就是说,除了苏晓彤和顾磊夫妇是共享一份之外,其他人都是各占一份。"

"连我都有份?"谭勇有些意外地说,"我虽然也是'大家庭'的一员,但毕竟没有住在这个小区,而且只是偶尔参加聚会而已,不像其他人是天天在一起的。"

"这样说的话,我更是感到意外。"苏晓彤说,"毕竟我们一家才搬来一个月不到,没想到亚梅姐把我们都算上了。"

"是啊。"顾磊说。

"搬来的时间和聚会的频率,并不是问题。因为我们跟亚梅姐认识的时间,其实都不算太长,最多也就是一年多而已。"韩蕾说,"在亚梅姐心中,不管认识时间的长短,或者见面次数的多少,只要是'大家庭'的成员,她都一视同仁。"

所有人都点着头。王星星说:"不过说到亚梅姐的遗产,可能最主要的就是理市的这套房子吧。按现在的行情,大概值一百万。"

"不,并非如此。"冯铮说。

"那是多少呢?"王星星问。

"因为事发突然,我还来不及对龚亚梅的遗产进行详细统计,但是据我对她的存款、股票、债券、房产的粗略估算,全部换算成现金的话,保守估计,应该在两亿五千万左右。"

这句话之后,客厅里一片寂静。每个人都张口结舌地盯着冯铮,表情凝固了。几秒后,袁东用几乎颤抖的声音问道:"你刚才说……多少?"

冯铮一字一顿地说道:"我说,龚亚梅的遗产保守估计,有两亿五千万。"

听清这句话的同时,苏晓彤过电般地痉挛了一下,全身的汗毛都竖了起来。这是在做梦吗?她不禁问自己。并不是,她能确定不是。两亿五千万,平均分成九份,那是多少?现在拿出计算器来算,会不会显得太……但她真的很想知道这个数字。

已经有人这样做了,是王星星,他点开手机上的计算器,按下数字计算之后,惊呼了出来:"两亿五千万除以九,是两千七百多万!天哪,我们每个人能分到这么多钱?!"

"事实上,可能没有这么多,因为涉及遗产税。"冯铮提醒道,"不过,也不少了。"

"是啊,就算扣了税,也有两千多万哪!"王星星激动地从沙发上跳了起来。

"但是,这怎么可能呢?"夏琪难以置信地说,"亚梅姐跟我们说过,她的公司破产了,导致她负债累累。这两亿多……是哪儿来的?"

"破产是指公司层面,并不会影响到法人的私人财产。申请破产后,龚亚梅把包括公司本身在内的资产进行了清算和变卖,用于抵还债务。至于她的私人财产,其实本来是有接近六亿的。离婚后,被他老公分走——或者说卷走了三亿多,剩下的大概就是这两亿五千万了。"

"我的天哪……这真是'瘦死的骆驼比马大'。跟亚梅姐在一起这么久了,她一向低调,从来没有提到过她这么有钱!"韩蕾瞪大眼睛说。

"这种情况下,亚梅姐居然跟我们打一元钱一颗筹码的小麻将……"沈凤霞摇头感叹,"真是深藏不露啊。"

"而且她打得还挺认真的,看来在乎的全然不是输赢,而是享受其中的乐趣。"范琳说。

"但亚梅姐一点都不抠门儿,在某些方面很大方。你们知道吗?我们聚餐时的酒水,多数情况下都是亚梅姐赞助的。当时我还有些过意不去,说既然大家都爱喝酒,不如提高每个月的伙食费标准。但亚梅姐说不用,酒钱她来出就好。"李雪丽从回忆里找到一些蛛丝马迹,"现在想起来,她提供的酒水都不便宜,确实是比我们有钱。"

"各位,请过会儿再探讨吧,遗嘱还没有念完。"冯铮说。

"好的,你请继续吧。"谭勇说。

"这笔遗产的数额庞大,继承的方式也比较特殊。请各位听好了——每个人继承的那份遗产,并不是一次性支付的。"

"啊?还要分批吗?"王星星问。

"是的,总共分二十年平均支付。"

"这么久?为什么?"范琳问。

还没等冯铮回答,性急的王星星已经用计算器算出来了:"我把刚才的数字除以二十,那么每年就是138万。"

"是的，差不多就是这个数。至于为什么要分二十年支付，龚亚梅告诉过我原因。"冯铮说。

"是什么？"范琳问。

"两个原因：第一是，她考虑到了遗产税的问题。如果一次性继承两千多万，需要缴纳非常大一笔遗产税；但是分成二十年支付，税费就会相应少一些。第二个原因，是最主要的——龚亚梅生前告诉过我，她真的非常喜欢'大家庭'热闹祥和的气氛，希望即便她不在了，你们也能继续这样的生活。如此一来，她在天上看到这一切，也会很开心。换句话说，她不希望大家在拿到钱后，就各奔东西了。所以她把遗产分为二十年支付，并且附加了一个条件。"

"什么条件？"

"那就是，从继承遗产开始的二十年里，你们都必须住在玥海湾小区。如果有人中途搬走了，就意味着他放弃了继承权，从下一年起，终止支付遗产，并把这部分钱平均分配给留在这里的其他人。"

"等一下，那如果我们要出去旅游呢？或者二十年里，总要回一下我们的老家吧，这怎么办？该不会为了继承这笔钱，我们得每天都待在这个小区吧？"范琳质疑道。

"倒没有这么严苛。遗嘱里明确交代了，只要一年当中的'绝大多数'时间都在本小区就行了。'绝大多数'，指的是百分之九十的时间。"

"365乘以10%……"王星星点击计算器，"也就是说，我们一年有三十六天可以在外面旅游，或者回自己老家。也算不错了，接近一个暑假。"

"365乘以10%都需要用计算器吗？"袁东说，"就是三十六天半哪。"

"嘿嘿，按计算器习惯了。"

"那我呢？"谭勇问道，"我本来就不是玥海湾小区的住户。"

"是的，所以遗嘱里特别说明了，谭勇是特例——你是唯一一个没有任何条件限制，就可以继承遗产的人。"

谭勇愣了一会儿，心中的感受难以言喻。

这时袁东想起一个问题："分二十年的话……如果我们没活这么久，怎么办呢？当然，这种情况恐怕只会发生在我身上，我是渐冻症患者，不知道自己的生命还有没有二十年。"

"袁老师，不要说这样的话，你没问题的。"沈凤霞有些难过地说。

袁东抓着她的手："我只是问一下这种可能罢了。我当然希望能尽量多陪你一些时间。不过如果我先走了，不知道我的那部分遗产，可不可以转给你。"

"不行。如果发生你说的这种情况，跟放弃继承权的处理方式是一样的，也是会把原本要支付给这个人的钱，平均分配给其他人。"冯铮说。

"哦……也就是说，即便我们有人去世，也无法支配属于自己的那份遗产。"袁东说。

"袁老师，适可而止吧。你和凤霞，可是分别占了一份！"韩蕾说，"苏晓彤和顾磊，人家可是合占一份。你还想要怎样？"

"我们俩合占一份，已经非常不错了。"苏晓彤说，"毕竟我们刚来不久，而且是夫妻。袁老师和凤霞并没有结婚。亚梅姐应该是考虑到了这一点。"

"是啊，我们能拥有这个遗产继承者的名额，已经是意料之外的事情了。况且一份也很多了。"顾磊说话的时候，尽量掩饰着喜悦的心情。

"是的，一份已经很多了。哪怕是第一年打给我们的一百多万，也是我从未见过的巨额财富。我父母在山区，一辈子都赚不到这么多钱。"沈凤霞感慨地说。袁东在一旁点着头。

"遗嘱的主要内容，就是这些了。"冯铮把打印出来的遗嘱交给众人传阅，"顺带一提，在这二十年内，就算我发生什么不测，也不影响遗嘱的执行，会由我们律师事务所继续执行下去。"

"冯律师，龚亚梅跟你也是好朋友，她为什么没有把遗产分一份给你呢？"谭勇问。

"其实，她提到过的，但我谢绝了。因为之前在亚梅姐公司当法务的时候，她已经待我不薄了。后来担任她的私人法律顾问，她也付给了我丰厚的酬劳，我实在是不好意思再继承她的遗产。况且我作为帮她拟定遗嘱的律师，把自己也算进去，实在是让人生疑，所以还是算了。另外，在我帮忙处理和分配遗产的这二十年里，其实也是有酬劳的，会从亚梅姐的遗产中扣除——遗嘱当中有交代。"冯铮微笑着说。

谭勇点头表示明白了。

遗嘱传阅一圈后，回到冯铮的手里，他说："我相信没有人会放弃继承权吧？那么，接下来我就开始做后续的工作了，也就是把刚才提到的龚亚梅的所有资产进行核算和变现，可能需要一个月的时间，我会尽快的。处理完之后，就可以把今年的这笔钱分别打给各位了。"

"您辛苦了，冯律师。"李雪丽说。其他人也纷纷向冯律师致谢。

"不用客气，这是我分内的事。那么，我就返回武汉了。各位再见。"冯铮冲大家礼貌地挥了挥手，拎着行李箱走出李雪丽的家。

3

冯铮离开后，谭勇也告辞了。今天正好是周末，他不用上班，原本参加完龚亚梅的追悼会后，就可以返回家中。

走在街上，谭勇感觉脚步轻飘飘的，好像每一步都踩在云朵上，有种不真实的感觉。就这样腾云驾雾一般，他回到了自己的家。

妻子和女儿都在家。看到谭勇回来了，窦慧问道："参加完葬礼了？"

"嗯。"谭勇应了一声，坐在沙发上发呆。他思考着该怎么跟妻子和女儿说这件事。

"今天中午还是吃泰式火锅啊。"窦慧说。

"好。"

"昨天那顿火锅真不便宜，吃了五百多块钱。"窦慧心疼地说，"买菜做饭的话，够我们吃半个月了。好在我把剩下的冬阴功汤打包了，兑点开水，再煮点菜进去，今天中午还能吃一顿，好歹把性价比提高一点。"

"对。"

窦慧走过来，看着丈夫神不守舍的样子，纳闷地问道："你这是怎么了，我跟你说话，你心不在焉的，一个字一个字往外蹦，没事吧？"

谭勇抬起头望着妻子，隔了几秒，问道："雅丽在家吗？"

"在啊，房间里做作业呢。"

"叫她出来一下。"

"做什么呀？"

"你让她出来，我有话跟你们说。"

窦慧狐疑地把女儿叫了出来。谭雅丽有些不情愿："什么事呀，我这儿做着试卷呢。老师让定时完成，跟考试一样。"

"暂停一下吧，我有事跟你们说。"谭勇示意女儿和妻子坐在他对面的沙发上。

母女俩都很了解谭勇，知道他一般情况下，不会这么严肃地找她们谈话。俩人顿时有点忐忑不安起来，谭雅丽试探着问："爸，出什么事了吗？"

谭勇望着她俩，张了张嘴，没说出话，又笑了一下，继而摇了摇头。这一系列莫名其妙的举动把母女俩弄得更蒙了。窦慧不禁担心起来："老谭，到底怎么了？你别这样，怪吓人的。"

谭勇长吁一口气，说道："我现在感觉就像是在做梦一样，但显然又不是。"

"爸，悬念够足了，你就说吧，什么事。"

"我不知道该怎么说。我说了你们可能也觉得像在做梦——怎么会有这么巧的事呢？我们昨天还在为雅丽出国留学的事犯愁，结果，今天这个问题就解决了。"

"啊？什么意思？你真去找人借钱了？"窦慧问。

谭勇摇头："又不是马上就要出国，我现在借钱干吗？"

"爸，你买彩票中头奖了？"谭雅丽发挥想象力。

"比这个还夸张。"

"那我想不出来了。"

谭勇再次深吸一口气，缓缓吐出来："你们知道吗？今天参加龚亚梅追悼会的时候，她的律师来了。追悼会结束后，他告诉我们一件事，龚亚梅之前留了遗嘱，把她的所有遗产，平均分给'大家庭'的每个人，包括我在内。"

"是吗？你能分到多少？"窦慧关切地问。

"138万。"

"什么？这么多！龚亚梅居然这么有钱？我听你说，她不是公司破产……"

"等一下，我没说完，是每年138万，连续二十年，总共是两千七百多万。"

窦慧和谭雅丽惊得下巴都合不拢了。好一会儿过后，窦慧捂住了嘴，说道："老谭，你不是在跟我们开玩笑吧？"

"以你对我的了解，我像是会开这种玩笑的人吗？"

"这么说是真的？"窦慧从沙发上站起来，身体开始发抖，"每年138万，天哪，天哪……"她激动得找不到话来说了。

谭雅丽呼地吐了一口气出来："我也得缓缓。"

一家三口花了好长一段时间才平复情绪，接下来，窦慧几乎是喜极而泣："老谭，这就是所谓的天意啊！就像你说的，昨天我们还在为留学的事犯愁，今天就解决了。这是老天开眼呀！有个词叫什么……'天道酬勤'，就是说的这种情况吧！"

谭勇苦笑道："什么'天道酬勤'，难道我经常去李雪丽家参加聚会，老天就决定奖励我了？"

"我说的不是你，是雅丽！雅丽这么刻苦认真地学习，老天是看在眼里的，所以制造了这样的机会，让咱们雅丽去最好的大学留学！"

"是，这倒是。"谭勇点头。

"问题是，这'酬'得也太多了吧？我去国外留学，最多花一百多万，但爸能继承两千七百多万呀！"谭雅丽吐着舌头说。

"是啊，所以我这心里，其实挺不踏实的。总觉得无功不受禄，莫名其妙继承这么多钱，心里有点慌。"谭勇说。

"你慌什么呀？这钱不是偷的不是抢的，是人家龚亚梅心甘情愿留给你的遗产，再说不是'大家庭'的每个人都有嘛，又不是只有你一个人！"窦慧说。

"但我跟他们还是有点不同，他们是住在同一个小区，几乎天天在一起，我只是偶尔过去参加下聚会罢了。没想到龚亚梅把我也算进去了。而且你们知道吗？他们继承这笔遗产是有条件的，二十年内，绝大多数时间要待在玥海湾小区，搬走就等于放弃继承权了。唯独对我没有限制，也就是说，我完全不用付出任何代价，就可以继承这两千多万。"

窦慧已经激动得语无伦次了："老谭……你说，哎呀，这是积了什么德呀？龚亚梅太好了，她真的对你太好了。"

"好得我有点接受不了。"谭勇挠着头说，"而且这事，我得跟组织上汇报一下吧？"

"汇报什么呀！哪条法律规定了，警察就没有继承权吗？是你逼着龚亚梅把你写进遗嘱的吗？你们领导管得着这事吗？"

"就是，大不了不干了呗。爸，你都是千万富豪了，还怕你们领导？"

"别瞎说，警察是我从小到大最喜欢的职业。对我而言，这可不只是一份工作这么简单。"谭勇说。

"对对对，我爸是正义的化身，坏人的克星，和平的使者。我爸最威风了！"谭雅丽搂着谭勇的脖子，笑嘻嘻地说道。

"油腔滑调！"谭勇用食指刮了女儿的鼻子一下。一家人都笑了起来。

"我去热菜了,准备吃饭。"

"妈,还吃打包的泰式火锅啊?爸马上就是千万富豪了,这还不值得庆祝一下吗?"

"又出去吃呀?"

"出去吃!这次咱们去高档西餐厅吃牛排!"谭勇赞同。

"耶,太棒了!"

"雅丽,你的试卷……"

"回来做,回来做。我现在得专心傍大款才行。"谭雅丽挽着谭勇的胳膊。

"你呀,现在怎么这么油嘴滑舌?"

"哈哈哈哈!"

女儿和妻子都如此开心,谭勇的心情自然也是无比愉悦的。原来金钱能给人带来这么多快乐。这件事情,他好像是几十年来头一次意识到。

第七章　疑点

1

有了每年 138 万的现金收入（暂时不考虑税费的情况下），能做些什么呢？

网上的调查报告指出，一对情侣在一次相对舒适的环球旅行之中，总体花销大概是 200 万。也就是说，138 万，够两个人环游大半个地球——而且不是穷游。

如果用来买房，可以在中小城市全款买一套三居室的商品房。二十年后，手中的房产数量，至少是二十套。妥妥当当的包租婆生活。

用于消费的话，分摊到每天的钱是 3780 元。就算一顿饭吃一千元，也花不完。更别说可以在星巴克喝一百杯咖啡。其他的娱乐方式，只要不是穷奢极侈，全都不在话下。

买衣服和包包的话，只要不是高端奢侈品牌，一天几件新衣服，或者一个轻奢品牌的包，完全没有问题。一年 365 天，理论上可以每天穿新衣服或者背新款包包。

所以京东总裁刘强东在接受采访时说过一句话："其实我发现，我们全家人一年都花不了 100 万。"

不只是他家花不了，一般的家庭在不刻意浪费或者有重大支出项的情况下，通常都花不了。换句话说，一年138万，即便是对富豪来说，也算得上财务自由，更别说普通人了。

这是苏晓彤脑子里思索着的事情，可能也是其他人正在思索的。

冯铮和谭勇离开后，"大家庭"的成员陷入了一阵短暂的沉默。

打破沉默的，是王星星："喂，你们缓过劲儿来了吗？"

沈凤霞摇着头说："我还得再缓缓……"

"我也是。虽然知道是真的，但还是有点蒙。"袁东望着众人说道，"我们这些人，全都要变成千万富豪了？"

"看起来，好像是这样。"王星星说，"而且是不用工作、不用承担任何风险的情况下，每年稳稳当当进账138万。"

之前冯铮跟众人宣读遗嘱的时候，范文婧和顾小亮两个小孩在李雪丽家的次卧玩玩具。现在，小姑娘从里面出来，问道："妈妈，千万富豪是什么意思？"

"就是有很多钱的意思。"范琳说。

"你会有很多钱吗？"

"大家都会有。"

"哇，那太好了！"小姑娘天真地拍起手来，"那可以给我买新的芭比娃娃吗？"

"买一屋都没问题。"王星星代替范琳回答。

"真的吗？"范文婧的眼睛闪着光。

"文婧，你再跟小亮哥哥玩一会儿吧，咱们一会儿再说芭比娃娃的事。"范琳示意女儿进屋。范文婧听话地进去了。

李雪丽看了一眼挂钟："都十二点半了，今天中午就在我家煮面吃，好吗？"

"不是吧？我们继承了这么多钱，就煮面吃？"王星星说。

"还没有继承呢。冯律师说了，最快也得一个月后。"

"那有什么关系？反正是铁板钉钉的事情，我觉得应该庆祝一下。"

"星星，你别忘了，我们刚参加完亚梅姐的葬礼。庆祝？不合适吧。"

李雪丽说。

"没什么不合适的吧……我是四川人，按我们老家的习俗，参加完葬礼之后，本来就是要聚餐的。"

"这倒是，我们贵州也这样。"沈凤霞说。

李雪丽征求大家的意见："你们觉得呢？"

"我觉得，咱们就别绷着了。"范琳说。

"什么？"

"我能看出来，大家都在控制自己的情绪，不便表露出来。但实际上，你们内心跟我一样，涌动着狂喜吧？"

范琳这话说出来后，众人面面相觑。几秒后，王星星再也控制不住面部表情，笑了出来。旁边的韩蕾打了他一下，也跟着哈哈哈地笑了起来。随即，所有人的情绪都得到了释放，发出爽朗的笑声。

范琳摊开双手，大笑着说："这不就对了？这才是得知要继承两千多万遗产后，应该有的反应呀！而且亚梅姐的遗嘱里也说了，即便是在天上，她也希望看到'大家庭'一如既往地热闹和快乐。所以，我们就如亚梅姐所愿，开心地庆祝她为我们带来的福利吧！"

"范琳说得对！这正是亚梅姐把遗产留给我们的本意。"韩蕾说，"咱们今天不但要庆祝，还要像过节一样开心才行。咱们得让天上的亚梅姐看到这样的场面！"

"既然如此，我们去高档餐馆吃饭吧！"王星星提议。

"不，今天的聚餐意义非凡，一定得在这里才有意义。"李雪丽说。

"对，咱们就在雪丽家吃。今天大家都在，咱们像过年一样，一起热热闹闹地做饭，好吗？"范琳说。

"同意！"夏琪率先表态，所有人都表示赞同。

接下来的氛围，真有种准备年夜饭的感觉。李雪丽在楼下的菜店买了饺子皮、肉馅和各种蔬菜、肉类。大家围坐在大圆桌旁，有说有笑地一起包饺子。厨房里忙活着的是李雪丽、沈凤霞和顾磊。人多力量大，以前需要几个小时才能做好的饭菜，在众人的努力之下，一个小时就做好了。中午一点半，正式开饭。

今天是特殊的日子，李雪丽开了一瓶茅台，给每个人都斟满酒后，端起杯子说道："我提议，咱们一起干一杯，敬亚梅姐。感谢她把我们当成真正的亲人，留给我们这么多财富。未来的日子里，我们会如她所愿，永远亲如一家，每天都开开心心、幸福快乐！"

"说得好！敬亚梅姐。"

"敬亚梅姐！"

每个人都端起杯子，说着感谢的话，然后将杯中的酒一饮而尽。

喝完酒后，夏琪又给自己倒了一杯，端起酒杯，仰望上方，说道："亚梅姐，我再敬你一杯。虽然你走了，但是只要和大家在一起吃饭喝酒，就觉得你仍然在我们身边一样。希望你在另一个世界，也能像我们一样开心。"

说着，泪水溢出眼眶，夏琪仰脖把酒干了，用手掌擦拭眼泪。范琳拍了拍她的肩膀，倒了一杯酒，说："我也单独敬一下亚梅姐吧。"

接着，几乎每个人都这样做了。李雪丽招呼大家吃菜，别光喝酒，容易喝醉。顾磊像往常一样耐心地喂顾小亮吃饭，其他人开始推杯换盏，在酒精的催化下，气氛走向热烈，话题也百无禁忌起来。

"我问大家一个问题啊，拿到第一年的138万后，你们打算做什么？"王星星说。

"我想环游世界。"韩蕾说，"但是好像办不到，36天，没有办法做到环球旅行。除非走马观花，但那有什么意思？"

"我也想去旅游，到时候咱们可以结伴。"夏琪说，"不用一次性环游世界，分几次不就行了？"

"说得对！第一年，东南亚、日本、韩国；第二年，欧洲；第三年，澳大利亚和新西兰；第四年，美国、加拿大；第五年，非洲……"韩蕾掰着指头计划起来。

"其实我在想一个问题，这个'每年待在玥海湾小区的时间必须占百分之九十'，真的这么严格吗？由谁来监督我们呢？"苏晓彤说。

"是啊，执行遗嘱的人是冯律师，但他在武汉，有他的工作，不可能随时关注我们这些人的动向吧？况且他有什么方法，可以统计我们一年当中，有多少天在外地？"韩蕾说。

"除非他专门聘请一个人来守着我们，哈哈，但那是不可能的吧。所以我觉得，这事全靠自觉。"顾磊说。

"或者就是，我们相互监督。"苏晓彤思索着说，"试想一下，如果有人常年在外，这件事别人可能不知道，但'大家庭'的人肯定知道。"

"然后呢？就把这事告诉冯律师，让他取消这个人的继承权？"范琳说，"这不等于告密吗？我们当中谁会做这样的事呢？"

"我也不认为有人会做，只是提出这种可能而已。"苏晓彤说。

"总之还是遵守规则保险一些，如果真的被取消继承权，就得不偿失了。"袁东说。

"是啊，说不定冯律师会找人暗中监视我们呢。"沈凤霞说。

"别把话题岔开了，我刚才提的那个问题，大家都回答一下吧，我挺好奇的。"王星星说。

"拿到第一个138万后怎么用吗？那你又是怎么打算的呢？"范琳反问道。

"我已经想好了，打算买一辆超跑，这是我梦寐以求的事。开着法拉利在玥海的环海路上飞驰，啊，光是想想就已经爽得不行了！"

"法拉利的价格，超过138万了吧？"顾磊说。

"分期付款哪，第二年不是又有138万了嘛，这样说起来，兰博基尼也是可以考虑的……"

顾磊露出羡慕的眼神："如果你真的买了，可以让我开一下吗？我也想尝试一下开跑车的感觉……"

"当然可以。欸，你那是什么表情？用得着羡慕我吗？你每年也有138万啊！"

"但我跟你不同。"顾磊苦笑着说，"这些钱是我和晓彤、小亮共有的，不能全都花在个人喜好上面。而且开这种豪车，有点太招摇了，不太适合我的性格。"

"嘿嘿,好吧,那我买了之后,让你过过瘾。"

"说到买车,我可能也会买一辆新车,但不用这么贵,几十万的就可以了。剩下的钱——"范琳兴奋地望着夏琪和韩蕾,"你们肯定能猜到我会用来买什么吧?"

"Hermès 和 Prada 的限量款包包,我猜到了。"韩蕾说,然后尖叫起来,"我也要买!还有 Dior 的墨镜,我上次看上了一款,但是太贵了,没舍得下手。现在可以疯狂扫货了!"

"我们拿到钱后,先去上海或者香港吧,去最豪华的大商场轮番采购!"韩蕾拽着苏晓彤的手说,"到时候一起去,好不好?我知道你也喜欢名牌,第一次来雪丽家,穿的是 Gucci 的春装外套吧?"

"那是以前买的,不是新款……"

"拿到钱就可以买新款了呀!"

"好啊,到时候一起去购物。"苏晓彤淡然笑道。

"Shopping,下午茶,精致的晚餐,旋转餐厅的夜景,爵士乐酒吧……想想都醉了呢。"夏琪沉溺在了幻想中。

不得不说,这也是自己梦寐以求的生活。但是……一个让人不安的事实,好像所有人都忽略了。现在这样的欢乐气氛中,显然是不适合提起此事的。苏晓彤暗忖。

"袁老师,你们呢,有什么打算吗?"王星星问。

"我没怎么想好,但是,应该会把钱存起来吧。"袁东说。

"啊?存钱哪,真没劲。"

"袁老师,这我就不得不说一下你了。你和凤霞,两个人加起来,一年可是 276 万呀,是我们的两倍!你不用这钱来好好享受一下,存起来干吗?守财奴呀你?"韩蕾说。

"我说的是我。凤霞的钱,支配权在她手中,她想买任何东西,我都不会阻止。"

"但我也真没什么想买的。"沈凤霞苦笑道,"刚才你们说的那些东西，什么跑车、奢侈品包包之类的，都不是我需要或者想要的。你们也知道，我是农村出来的，现在住在这么漂亮的小区，过着不愁吃穿的生活，和喜欢的人在一起，已经很满足了。钱对我来说，真的没有那么重要。除了存一部分之外，应该就是寄一些给老家的父母吧。"

袁东赞许地看着沈凤霞，被她的单纯朴素所打动。他握着沈凤霞的手说："我也是，有你的陪伴，比什么都重要。"

"太腻歪了吧，你们！凤霞，观念该改变一下了，以前是没钱，所以无欲无求，现在有钱了，得学会享受才行。人生苦短，可不能亏待了自己。你身材也挺好的，穿上有质感的衣服，气质肯定大不一样！"

沈凤霞笑了："好啊，到时候你陪我挑几件新衣服吧，韩蕾姐。"

"没问题！"

"雪丽姐，你呢？"王星星问。

"我……可能会买套房吧。"李雪丽迟疑着说。

"买哪里的房子？"

"就是本小区的。我想换套大房子，这样的话，咱们以后聚餐和娱乐的场地可以更宽敞。"

听到这话，苏晓彤和范琳心照不宣地对视了一下，或许还有韩蕾和夏琪。她们四个人知道凶宅的事，一下就猜到了李雪丽的想法。

但王星星和袁东他们不知情。王星星说："好啊！换套大房子，可以把一个房间布置成放映厅，安装幕布和音响，用来看电影，太爽了！"

"我也是这样想的。"李雪丽笑着说，然后把话题岔开了，"来，咱们为了未来更美好的生活，干一杯吧！"

这顿饭从中午一点半吃到下午三点半。大家喝得恰到好处，都没有喝醉，处于微醺状态。今天下午的天气很好，众人的心情更好，便有人提议去玥海边喝下午茶。夏琪说："要不就去我的咖啡店吧，晓彤姐他们还从来没去过呢。"

"好啊，我早就想去你店里坐坐了。"苏晓彤说。

"走，我请大家喝咖啡！"夏琪爽快地说道。

2

夏琪的咖啡店开在环海路步行道上，对面就是玥海。这条路上有很多咖啡店，夏琪的店名叫"夏日の猫咖"，算是其中最小资和最文艺的一家。店面不大，装修是日式风，主色调是白色和原木色。店里有整齐的书架和各种绿植，光线充足，环境优雅。店门口还有一个精致的日式小庭院，只能摆一张户外的桌子。两只懒洋洋的猫在庭院里晒太阳，还有一些在店内走动和玩耍，一点都不怕店员和客人。这样的环境和氛围，让人感到无比舒适。而这种文艺腔调的咖啡店，正是苏晓彤最喜欢的。在店内逛了一圈后，她就立刻爱上这家咖啡店了。

范琳、韩蕾等人都来过多次了，跟猫似乎混熟了，能喊出几只猫的名字，抱起来就开撸。今天是周末，店里生意不错，户外的桌子自然被别的客人捷足先登了，他们便围坐在了室内的榻榻米区域。这里有垫子和矮茶几，还有日式屏风划分区域，让不同桌的客人享有一定的私密空间。苏晓彤真的很喜欢这个地方，问夏琪："这家店的装修和布置，是你亲自设计的吗？"

"对，在开店之前，我去过很多家咖啡店采风，收集素材，最后选择了这种清爽简洁的风格，你觉得怎么样？"夏琪问。

"非常好，真的。"

"哈哈，能得到设计师的肯定，太开心了！"

"我不是室内设计师，主要是做包装和商标设计的。"

"都是设计范畴的，有共通性嘛。"夏琪问大家，"喝点什么？我们店有咖啡、奶茶、果汁、气泡水。"

"我要喝奶茶。"范文婧第一个说。其他人也分别报出自己想喝的饮品。苏晓彤给儿子点了一杯鲜榨果汁。夏琪记录下来，告知店员。

不一会儿，一个穿着干净、长相斯文的男店员端着托盘过来了，把饮品和甜点一一呈上，并礼貌地请大家慢用。韩蕾几乎是目不转睛地盯着这个长刘海帅哥，等他离开后，她小声问夏琪："新来的店员吗？长得挺帅呀。"

"没办法，这条街上至少有十五家咖啡店，竞争激烈。有些店还有什么女仆主题、动漫主题，全是些帅哥美女，所以现在请店员的话，颜值是重要的考量点。"

"咖啡行业都卷成这样了吗？"苏晓彤问。

"是啊，"夏琪苦笑道，"原本以为开家小资咖啡店，不用这么伤脑筋，结果还是陷入了商业竞争和行业内卷。"

"没错，必须采取帅哥策略，顺便满足一下私欲。"韩蕾用手肘撞了夏琪一下，露出坏笑。

"想什么呢，人家是有女朋友的……别说了，他过来了。"

男店员又一次呈上饮品，韩蕾绷着笑意，再度打量帅哥。等他走后，范琳递给韩蕾一张纸巾："擦一下口水吧，都快滴下来了。"

几个女人又嬉笑打闹起来。笑完后，李雪丽问夏琪："继承遗产之后，你还会继续开这家店吗？"

"当然要开，这家店我花了很多心思打造，而且开咖啡店是我的情怀，不是只为了赚钱。只不过，以后就不用以赚钱为主要目的了，我打算完全按照自己的喜好，把这里布置得更小众一点。"夏琪说。

"我完全赞同。"苏晓彤说。

"没错，用来当我们的私人会所也是极好的。而且那帅哥一定要给我留下。"韩蕾说。

众人又大笑起来。之后，各人聊天、看书、撸猫，两个小孩子一边看着店里的图画书，一边跟猫咪玩耍着。苏晓彤望着窗外的玥海发了会儿呆，对顾磊说："咱们出去走走，好吗？"

"好啊。"

"我们去散会儿步，小亮麻烦你们照看一下啊。"

"没问题，去吧。"李雪丽和夏琪一起说。

苏晓彤和顾磊来到室外，沿着玥海边漫步。蓝天白云下，顾磊的心情大好，对苏晓彤说："我现在觉得，这里简直就是天堂。当初来玥海买房定居，真是我们这辈子做的最正确的一个决定！"

苏晓彤淡然笑了一下，没有说话。顾磊却无法抑制内心的兴奋和喜悦，滔滔不绝地说道："自从来理市后，好事一件接一件地发生。先是加入'大家庭'，认识了这么多好朋友；小亮跟大家在一起，性格也比以前开朗了些；最出人意料的，就是龚亚梅的遗嘱，她竟然把刚认识不到一个月的我们，也加入了遗产继承人的行列。晓彤，我们的运气也未免太好了吧！要是我们晚来理市一个月，就错过这件好事了！"

苏晓彤步行到一个没人的地方，停下脚步，望着顾磊，说道："其实我让你出来，就是想跟你聊一下这件事。"

"聊什么？"

"你真的觉得，这是一件绝对的'好事'吗？"

顾磊愣了一下："当然，从辩证的角度来看待的话，任何事物都有两面性。但是我确实没有看到，继承这笔遗产，会给我们带来什么坏处。非要说弊端的话，就是受到了一定的限制——二十年内不能搬离这个小区，每年外出的时间也不能超过36天——你指的是这个吗？"

苏晓彤摇头："这其实不算什么很大的限制。我们本来就打算在这里定居长住的，每年36天外出旅游，跟一般家庭的出行计划也差不多。况且理市本来就是旅游城市，这里的景点就够多了。"

"是啊，那你担心的是什么呢？"

苏晓彤蹙了一下眉："顾磊，有一个问题，我在吃饭的时候就意识到了，但是不好当着大家的面说出来。我不知道，是只有我一个人意识到了这个问题，还是其他人也想到了，只是都没有说而已。"

"什么问题？"

"你这么问，代表你没有想到这一点。看来你已经完全被继承巨额遗产的事冲昏头脑了。"

"到底是什么呀……"

苏晓彤凝视着顾磊的眼睛："你忘了吗？老谭来李雪丽家询问我们

之后，已经确定了一件事——龚亚梅是被人杀害的，而且杀死她的人，极有可能就是她身边的某个熟人。说得更直白一点，这个凶手，很有可能就是'大家庭'中的某个人。"

"嗯，但是……"

"但是当时所有人——包括老谭在内——都想不到凶手作案的动机是什么。现在呢，你想到了吗？"

顾磊张开嘴，愣了一会儿，说："难道你认为，凶手杀死龚亚梅，就是为了继承这笔遗产？可是……不对呀，遗嘱的事，只有律师知道，其他人是在龚亚梅死后才知道的。"

"如果有人在龚亚梅活着的时候，就知道了这件事呢？这并不是完全没有可能的，对吧？大家在一起这么久了，又经常一起喝酒，如果哪一天，龚亚梅喝醉之后，把这件事透露给了其中的某个人呢？"

"即便如此，也没有理由把龚亚梅杀死呀。不管这个人是谁，既然他都已经知道，龚亚梅会把遗产留一份给自己，又有什么必要杀人呢？等龚亚梅寿终正寝之后，就可以继承这笔钱了。"

苏晓彤摇着头说："不，你想想看，龚亚梅五十八岁，按照现在老年人的平均寿命七十八岁来算，至少还有二十年的寿命，更别说如果长寿的话，活到九十几、一百多也并非不可能。这样的话，就还要等上四五十年。再加上遗嘱的规定，这笔钱分二十年支付。如果一个人七八十岁才开始继承这笔遗产，又有什么意义呢？"

"说得也是，到了那个年纪，生活质量肯定会有所下降，忌口的食物越来越多，告别了大多数娱乐活动——就算得到一大笔钱，也没有多大的意义了。"

"正是如此。并且，等这么久还有另一个风险——那就是，万一在这几十年中，发生了什么不愉快的事，导致'大家庭'内部关系恶化，甚至分崩离析，那龚亚梅还会愿意把遗产留给大家吗？冯律师说过，龚亚梅可是随时都在修改遗嘱。"

"是啊。"

"所以，凶手没有耐心等到那一天，更不希望节外生枝，于是将龚亚梅杀死，然后假装成不知情的样子，在听到律师宣读遗嘱的时候，做出吃惊的表情，就可以瞒天过海，提前继承这笔巨额遗产了。"

"啊……如果真是这样，这个人也未免太可怕了。龚亚梅既然会把这件事告诉他，肯定是对他格外信任的，但他却做出了这样的事情……话说回来，'大家庭'中，真有这么阴险狠毒的人吗？我看谁都不像啊。"

"很多时候，知人知面不知心。一个人如果存心要伪装自己，其他人是很难看透其本质的。"

"那你觉得，会是谁……或者说，谁的可能性更大呢？"

"瞎猜是没有用的，只能根据逻辑来分析。能做出这种事情的，显然不是一个清心寡欲、无欲无求的人，他肯定对金钱有着特别的渴望，或者迫切地希望用这笔钱改变自己的生活现状。"

顾磊回想了一会儿："中午吃饭的时候，大家都说了拿到遗产后，最想做的事情。王星星说想买辆跑车；范琳、韩蕾和夏琪三个人打算用于购物，买衣服和包包——这些显然都不是什么必需品，犯不着为此而杀人。袁东和沈凤霞更是表示，对目前的生活很知足，这笔钱对他们的意义不大。如此说来……"

"对，只有李雪丽对现状有所不满。原因不言而喻，就是她住的这套凶宅。所以她也坦承了，拿到钱后，会用来买小区的另一套房子。至于这套凶宅，卖不卖已经无所谓了，反正她会继承两千多万的遗产，这套房子放着不管都没关系。"

"晓彤，照你这么分析的话，凶手是谁，不是很明显了吗？"

"也不一定。"苏晓彤说，"谁知道其他人说的是不是真话呢，也许有人对自己的真实处境有所隐瞒，那也说不定。"

"如果是这样的话，等拿到第一笔钱的时候，如果有人的实际用途跟之前说的不一样，就能看出端倪了。"

"嗯，但那至少是一个月之后的事了。"

十二楼谜案　　　　　　　　136

顾磊沉默了一会儿，说："晓彤，回到最开始的那个问题，这件事情对我们的坏处是什么呢？"

苏晓彤望着他："我们的身边，有一个阴险狠毒的杀人凶手。我们不知道他是谁，每天却要跟这个人一起吃饭、聊天，我们的儿子也要天天跟这样的人在一起。你觉得这是一件无所谓的事吗？"

"当然不是。我只是觉得，不管这个人是谁，他的目的已经达到了，应该不会再做这样的事了吧。就好像……"说到这里，顾磊立刻住嘴。

"你想说什么？"

"没什么……"

"你想说，就像我们一样？"

顾磊露出尴尬的神情："你让我不要再提起的。"

"顾磊，我们跟这个人是两码事，你知道的，对吧？"

"当然了。"

他们彼此沉默了一会儿。苏晓彤嘴里吐出四个字："物极必反。"

"什么？"

"你刚才不是说，自从我们搬到理市来之后，就好事连连吗？我担心会物极必反。古语说'祸兮福所倚，福兮祸所伏'，一连串好事的背后，说不定酝酿着什么灾祸……"

"晓彤，别说这些话来吓自己了。"

"希望我只是多虑吧。"

顾磊揽着苏晓彤的肩膀："别多想了，不管怎样，我会一直守在你身边，保护你的。当然还有小亮，我不会允许任何人伤害你们，我当初承诺过的，记得吗？"

苏晓彤望着顾磊，动容地点了点头。隔了一会儿，他们朝夏琪的咖啡店走去。

3

咖啡店里，顾小亮和范文婧用弹力球逗着一只几个月大的小橘猫。小猫咪的脑袋随着跳动的小球一上一下，忽而又把小球当成猎物捕捉，充满稚趣。两个孩子笑得很开心，顾小亮在玩耍的时候，右手不断抓着裆部，这个细节，被李雪丽注意到了。

李雪丽上前问道："小亮，你是不是想上厕所？"

顾小亮点了点头，李雪丽说："我带你去吧。"

咖啡店的卫生间在二楼。李雪丽牵着顾小亮的手，通过木楼梯走上二楼。卫生间是不分男女的两个单间，顾小亮走进其中一个，也不关门，把裤子全部褪到膝盖以下，开始撒尿——几岁的小男生，好像都是如此。

李雪丽等在门外，待顾小亮解完手后，帮他提上裤子，然后教他用洗手液洗手，并用擦手纸把他的小手擦干净。此时，二楼没有任何人。李雪丽突然意识到，这是非常难得的跟顾小亮单独相处的机会。

"小亮，想吃冰激凌吗？"李雪丽蹲下来问道。

小男孩木讷地点了点头。

"那阿姨问你几个问题，你来回答，好不好？"

顾小亮不是很情愿的样子，可能是考虑到冰激凌的缘故，没有拒绝。

"第一个问题：白天的时候，天上有太阳公公，那晚上的时候，天上有什么呢？"

"月亮婆婆。"顾小亮回答道。这几乎是所有童书中都会出现的标准答案。

"答对了！小亮真聪明。"李雪丽揉了揉男孩的头顶，"第二个问题：苹果、香蕉、巧克力、菠萝——这四种东西，哪种不是水果？"

"巧克力！"顾小亮又是一口就答了出来。

李雪丽装出吃惊的样子："这都知道？看来下一题，阿姨要增加难度了。呃……第三个问题：妈妈和爸爸的区别是什么？"

顾小亮想了一会儿："妈妈是女的，爸爸是男的。"

"哇，小亮太聪明了！阿姨再问最后一题，答对了就马上给你买冰激凌，好吗？"

顾小亮饶有兴趣地点着头，脸上挂着笑容。

"第四个问题：现在这个爸爸，并不是你的亲爸爸，对吧？"

顾小亮一怔，脸上的笑意逐渐退去了，取而代之的，是恐惧的神色。他摇头表示抗拒，然后转身就要朝楼下跑。

李雪丽一把拉住男孩，虽然和颜悦色，问题却更加尖锐了："这样，阿姨换一个问题：你妈妈，对你爸爸做了什么？"

顾小亮惊叫起来，李雪丽慌了，不敢再问下去，立刻安慰道："好了好了，阿姨不问了，别害怕啊小亮，咱们现在就去买冰激凌。别跟你爸爸妈妈说，阿姨问了这些问题，好……"

话没说完，顾小亮猛地甩开李雪丽的手，兀自朝楼下跑去。李雪丽大惊，赶紧追了过去。俩人就这样一前一后地从二楼跑了下来，看到这一幕的夏琪等人全都愣住了，范琳站起来问道："出什么事了？"

顾小亮径直朝门口跑去，李雪丽本想说"帮我抓住他"，赫然发现，苏晓彤和顾磊俩人正好走回来了。看到父母的顾小亮朝他们扑了过去，紧紧抱着妈妈的腰。苏晓彤吃了一惊，问道："小亮，怎么了？"随即就看到李雪丽上气不接下气地追了出来。

"这是……"顾磊问。

李雪丽一脸尴尬："孩子……可能想你们了。"

苏晓彤蹲下来望着儿子，问道："是这样吗，小亮？"

李雪丽不安地望着顾小亮，生怕他把刚才的事原封不动地讲出来，所幸顾小亮的语言表达能力似乎没有达到这样的程度。他没有说话，在苏晓彤看来，等于是默认了。

"我们很少两个人一起离开他，可能他有点不适应。"苏晓彤摸着儿子的头说。

"嗯……是呀。"李雪丽迅速转换话题,"刚才小亮和文婧逗小橘猫玩,太可爱了。我拍了视频,你们想看吗?"

"当然。"

"那坐下来看吧……"

苏晓彤和顾磊回到之前的座位,看李雪丽拍的视频。范文婧找到了新的逗猫的方法,招呼顾小亮过去玩,小男孩重新投入玩耍之中,似乎把刚才那件事抛在脑后了。看到这一幕的李雪丽,在心中缓缓松了口气。

4

苏晓彤不知道的是,她所想到的问题,谭勇在离开李雪丽家一个小时后,也反应过来了。

前面一个小时,谭勇跟其他人一样,被继承遗产的欣喜短暂地冲昏了头脑。沉静下来后,才重拾判断力。

此时在西餐厅内,妻子和女儿坐在身边,一家人吃着牛排庆祝即将到手的巨额财富。谭勇却在意识到这个重要问题的同时,失去了食欲。

"动机。这就是动机呀……"他喃喃自语道。

"什么?"坐在旁边的窦慧,没听清丈夫说的话。

"没什么,我只是突然想起些事情。"谭勇放下刀叉,"我可能要马上去找一趟江队。"

"现在?好歹把牛排吃完哪,一百多块钱一份呢。"窦慧说。

"好吧。"谭勇应了一声,心思却完全不在美食上了。他放弃了将牛排切割成小块送入口中的文雅吃法,用餐刀叉起整块牛排,像吃山东大饼一样，大口大口地咬了起来。

"爸……你这吃相，也太难看了吧？"谭雅丽不好意思地望了一下周围，"别人会以为我们是没见过世面的土包子呢，哪有人这样吃牛排的？"

谭勇已经三下五除二把一块牛排吃完了，一边咀嚼，一边用餐巾擦了擦嘴，说："你们慢慢吃，我去处理一下工作。"

说着便起身离开，朝西餐厅外面走去。来到大街上，谭勇拨通支队长江明的电话，问道："江队，你在哪儿？"

"今天不是周末嘛，我在家呀。"

"我有件事，想马上跟你汇报。"

江明略微停顿："好的，你来我家吧。"

挂了电话，谭勇招了一辆出租车，告诉司机地址。

十几分钟后，他来到支队长江明的家中。江明的年纪跟谭勇相近，俩人是差不多时间进的刑警支队，是二十多年的老同事了。几年前，江明因为破获了一起大案，被提升为支队长，遂成为谭勇的领导。谭勇对此没有任何嫉妒或不满，反倒有些自惭形秽，觉得自己从警多年，虽说也侦破过一些案子，却从未破获过一起大案要案。两年前玥海湾小区十二楼的命案，江明出于信任让他负责调查，却直到现在都没个结果。现在又发生了龚亚梅一案，跟这套房子也有关系。想到这里的谭勇，根本无法再心安理得地陪家人吃饭，只想赶快找到江明，跟他汇报目前的情况。

江明和妻子看样子刚吃完午饭，他妻子还在收拾碗筷。谭勇跟嫂子打了个招呼，寒暄几句。江明把他带到书房，点了支烟，坐了下来："在这儿说吧，什么事？"

"是这样的，龚亚梅的案子，我之前和李斌一起调查过了，基本上可以确定是他杀，只是凶手的身份和动机不明。但是今天上午参加完龚亚梅的葬礼后，发生了一件事，让我突然知道凶手的动机是什么了。"

"哦，什么动机？"

接下来,谭勇把律师来宣读遗嘱的事告诉了江明。后者听完后,很是吃惊,烟都不抽了,撅灭在烟灰缸之后,说道:"龚亚梅把两亿多遗产,平均分给了群里的九个好朋友,其中还包括你?"

"是的。"

"一个人就能继承两千七百多万?"

"嗯……"

"老谭,你真是发大财了!"江明感叹道。

谭勇听不出江明的语气中包含了怎样的意味。他不好意思地说:"我也不知道她为什么把我也算上了,其实我只是偶尔去参加他们的聚会而已。而且很大一部分原因,是两年前的那个案子。"

"老谭,这个你用不着跟我解释。咱们警察也是人,也有交朋友的权利,只要龚亚梅的遗嘱是自愿且合法的,那你就大大方方地继承这笔遗产好了。继承权是每个公民的合法权利,警察也不例外。"

"是……谢谢江队理解。但我想说的,不是这个。"

"对,回到正题上来吧——凶手杀害龚亚梅的动机——你认为跟这笔遗产有关系?"

"是的,从获益这个角度来看,龚亚梅死后,对'大家庭'的这些人,显然是有好处的。所以我认为,凶手极有可能是为了及早继承这笔遗产,从而杀死了龚亚梅。"

"但是你刚才说,律师来宣读遗嘱的时候,所有人都很吃惊,表示他们并不知道有遗嘱这件事。你平时和龚亚梅等人接触,也从没听他们提起过遗嘱这个话题。"

"对,但这可能是表象。也许某个人事先就已经知道,龚亚梅打算把遗产留给大家,只是假装不知道此事而已。"

江明点着头说:"这的确具备了作案的动机。而根据你之前的调查结果,案发当天晚上,'大家庭'的这些人,全都没有不在场证明。"

"是的。"

"这就难办了,虽然将凶手的范围缩小到了如此范畴,但是没有监控、没有证据的情况下，怎么知道凶手到底是谁呢？"

"这正是本案的难点。"

"老谭，你不是经常跟他们接触吗？以你对他们的了解，这些人中，有没有那种唯利是图、不择手段的人？"

谭勇叹息一声，说道："不知道是我太愚钝了，看不穿人的本质，还是有些人实在是伪装得太好了。在我看来，'大家庭'的这些人，人品和秉性都不错，否则我也不会跟他们成为朋友。所以我完全看不出来，有谁会为了钱做出这样的事情。除了……"

"什么？"

"有一对夫妇，是上个月才从京州搬到理市来的。跟龚亚梅认识和接触的时间不到一个月。这样的情况下，龚亚梅居然把遗产也分给了他们一份。这一点，有点可疑。而我跟这对夫妇见面接触，也只有几次，对他们算不上特别了解。"

江明蹙着眉头思索了一阵："这么说，这对夫妇搬到玥海湾小区不到一个月，就发生了龚亚梅遇害的事件；龚亚梅在这么短的时间内，就把他们也加进了遗嘱；事发当晚，他们没有不在场证明——怎么看都很可疑呀。"

"可让我想不通的是，他们怎么可能知道遗嘱的事呢？和龚亚梅在一起一年多的人都不知道，他们一来就知道了？龚亚梅也不太可能把这样的事情，告诉才认识不久的人吧？"

"会不会，他们在来理市之前，就已经知道遗嘱的事了？比如从律师那里。换句话说，他们就是冲着这个来的。"

谭勇张着嘴思考了一会儿，没有说话。江明问道："你觉得有这种可能吗？"

"你是说，他们故意加入'大家庭'，获取龚亚梅的好感，让龚亚梅把他们的名字加入遗嘱中，并通过律师确定此事，然后找机会将龚亚梅杀害？如果是这样的话，这就是一场从一开始就设好的局，并且律师也参与其中，是他们的共犯。"谭勇说。

"这种可能性是存在的,对吧?"

"是的。"

"那么,我觉得应该调查一下这对夫妇的过去,看看他们有没有什么前科,以及他们以前跟龚亚梅或者那个律师是否存在交集。"

"好的,我明白了。我这就联系京州市公安局,了解他们之前的情况!"谭勇从座椅上站了起来。

"等一下,老谭。"

"还有什么事吗,江队?"

江明沉吟片刻:"这起案子的相关情况,我需要跟陈局长汇报和请示一下。"

谭勇眨了眨眼睛,不太明白:"这是应该的呀,你为什么要特意跟我说?"

江明示意谭勇坐下,说道:"老谭,你没有意识到一个问题吗?"

"什么问题?"

江明凝视着谭勇的眼睛:"这起案子,你也涉及其中了。"

谭勇跟江明对视着,一时没理解这句话的意思。当他反应过来的时候,噌的一下从椅子上站了起来,怒视着江明,称呼都变了:"老江,你什么意思?因为我也是遗嘱的继承人之一,所以理论上说,我也有可能是凶手。你是想说这个吗?!"

江明哎呀一声,赶紧拍着谭勇的肩膀,把他按到椅子上坐下,说道:"你激动什么呀?我跟你认识多少年了,还不知道你是什么人吗?我当然不可能有一丝一毫怀疑你,但是按规矩,遇到这样的情况,你需要回避。是否适合继续负责这个案子,需要我跟陈局汇报之后,由他来决定——你总不能让我瞒着陈局,都不把这个情况告诉他吧?"

"是应该告诉他,但我想不通,有什么好回避的?你也好,陈局也好,公安局、刑警队上上下下这么多人,谁要是在这个问题上质疑我,就是对我人格的侮辱!"

这时,江明的妻子把门推开一条缝,小声问道:"你们在说什么呀……怎么吵起来了？"

"谁吵了？我们讨论工作呢！"江明挥挥手，让妻子把门带上。

俩人沉默了一刻，江明拍着谭勇的腿说："老谭，你别激动，听我说。咱们刑警队包括公安局，没有任何人会质疑你的人品，那是因为我们了解你。但你想想，老百姓呢？他们会怎么想？你经常出入玥海湾的那套房子，参加他们的聚会。了解你的人，知道你是责任心强，想要破案，以及给那个小区的人提供更多的保护。但是不了解你的人，发现你跟龚亚梅搞好关系后，成了巨额遗产的继承人之一，会怎么想？一些好事之人，难免会在背后嚼舌根吧。对你名誉可能造成的影响，你想过吗？"

"这是我的错吗？是我让龚亚梅把我名字写进遗嘱的吗？"谭勇生气地说。

"当然不是。可问题是这事你没法跟人解释，难免就会引起别人的误会。当然，你也可以不在乎这些流言蜚语，但你是否还适合继续调查这起案件，不由我说了算。让陈局来考量和决定吧。我明天就跟他当面汇报，然后告诉你结果。"

谭勇沉吟良久，站起来，一言不发地打开门，走出房间，离开了江明的家。江明看着他的背影，无可奈何地叹了口气。

第八章　毒鸡汤

1

理市的公安局和刑警队，只有一墙之隔。星期一早上的例会之后，江明便找到了公安局局长陈新，把龚亚梅案的情况以及此案跟谭勇的关系，进行了详细的汇报。陈新跟副局长等人商量之后，做出了决定。

之后，江明返回刑警支队，让谭勇到自己办公室来一趟。

"老谭，陈局他们决定，让你暂停对此案的调查。"江明开门见山地说道，"这两起案子，从今天起由我来负责。同时，不排除成立专案组的可能。"

这个结果，在谭勇的预料之内。他强压着火气说道："两起案子？就是说，两年前的何雨珊案，也不让我查了？"

"是的。"

"这是打算把龚亚梅案和何雨珊案，并案调查？"

江明摇头："这倒不是。目前没有发现这两起案件存在必然联系。"

"那为什么两年前的案子，都不让我继续调查？"

江明沉默一会儿，说："可能是陈局觉得，两年过去了，案件的调查还没有实质性的进展吧。"

耻辱感伴随着浊气涌上心头，谭勇感觉血压上升。让他停止调查这两起案件，代表着两层意思：第一，领导不信任他；第二，质疑他的办案能力。

不管哪一点，对热爱着刑警工作的谭勇来说，都是莫大的屈辱和沉重的打击。

也许在陈局看来，如果这起案件由江明来负责调查，说不定早就破案了，而后面发生的事，也有可能因此而避免。

江明发现坐在自己面前的谭勇脸色发青，自然能体会他此时的心情，安慰道："老谭，其实你换一个角度想，这两起案子不用你管了，对你来说也是一种解脱。我知道这两年来，你心里一直装着这事，但是办案呢，有时候换一个人，换一种思路，也是有必要的。所以你不要想太多，陈局做这样的决定，没有别的意思。我也没把握一定就能破案。"

谭勇知道江明说这些话是在宽慰自己，他说："那我现在做什么？"

"目前没有别的案子，你就先休息吧。要不给自己放个假，出去旅游一下？今年的15天年假，你还一天都没用呢。"

谭勇从椅子上站起来，生硬地说："行，我知道了。"

回到自己所在的办公室，谭勇心头感到无比失落和难受，一言不发地闷了许久。李斌察觉到他的状态，问道："老谭，怎么了？情绪不对呀。"

"陈局和江队，让我暂停对这两起案件的调查。"谭勇阴郁地说。

"为什么？"

办公室里现在只有他们两个人，谭勇就把整件事的始末跟李斌说了。李斌得知谭勇即将继承两千七百多万的巨额遗产，自然也是惊愕得合不拢嘴，继而表现出不理解："老谭，这有什么好郁闷的呀？我要是你，开心还来不及呢！一年138万，差不多是我们现在年薪的20倍了！这样的狗屎运，可不是谁都有的！"

谭勇瞥了他一眼："不是任何事情，都能用金钱来衡量的。"

"是，我知道，你责任心强，也喜欢破案，可是两年前那起案子，发现尸体的时候，已经过了二十多天，现场也找不到任何线索和痕迹，死的又是跟所有人都没来往的外地租户。这样的案子，怎么查？破不了案，那是你的问题吗？"李斌抬眼望了一眼门口，"这种注定破不了的悬案，让江队去烧脑好了。你趁机把这案子甩掉，不是好事一件吗？"

谭勇皱着眉头望了一眼李斌，一时有点找不到话说，因为他这番话不无道理。

"特别是，现在过去两年了，我不相信江队是神仙，能把这案子破了。龚亚梅案也是一样，你跟'大家庭'那些人这么熟悉，都找不到他们的破绽，江队又能有什么神通？"李斌压低声音说，"我看，他也是被迫接手这两起案子，压力可能比谁都大。"

"对，他说，他也没把握能破案。"

"可不就是嘛！这样的案子，福尔摩斯都破不了。"

"但是，陈局把这样的任务交给他，至少证明了对他的重视和信任。"谭勇苦笑一声，"而我呢，兢兢业业干了这么多年，别说被重用，连信任都快失去了。"

李斌能理解谭勇的感受，拍着他的肩膀说："别想太多了，老谭。反正你现在有钱了，不干了也无所谓。"

说完这句话，李斌回到了自己的座位上。谭勇的思绪却没有停止，有些心灰意冷的他，认真思考起了李斌最后说的那句话。

中午回到家，吃饭的时候，谭勇突兀地问妻子："你说，我要是真的拿到了龚亚梅的那笔遗产，辞职不干了，行吗？"

"不当刑警了？我倒是没意见，刑警这份工作是有危险的，每次你出去办案子，我都提心吊胆的，生怕你出什么事。你要是不想干了，我绝对支持。可问题是，你自己愿意吗？这不是你的真心话吧？"窦慧说。

"我是挺喜欢刑警这份工作的，可是如果失去了领导的信任，无案可查，继续干下去又有什么意义呢？"

"啊？这么会这样？"

谭勇就把心中的委屈、愤懑讲了出来。窦慧听完后，自然也是为丈夫打抱不平，说了一番劝慰的话之后，直接表明态度："你要真这么憋屈的话，我觉得就辞职好了。每年138万，还用得着工作吗？早点享清福不是更好？"

谭勇望着窦慧："那咱们以后做什么？"

"过退休生活呀。你本来也不年轻了，快五十岁的人了，就当提前退休了呗。咱们去旅游，先把国内玩个遍，再去国外。玩够了，想找点事做，就在玥海边开家茶楼，可以晒太阳、打麻将的那种。反正也不指着赚钱，请几个员工，咱们当甩手掌柜，跟客人们聊聊天、打打牌、喝喝茶，这日子多舒服啊。"

谭勇憧憬了一会儿妻子描述的这种闲适生活，笑了起来："是挺不错的。"

隔了一会儿，他说："要不，咱们明天就开始过这样的生活吧。出去旅游，你选个地方。"

"明天？你这就打算辞职呀？还是等拿到钱再说吧，稳当点。"

"不是辞职，是休假。这也是江明提议的，让我给自己放个假，休息一下。"

"好啊！我都好久没去旅游了。咱们去江南一带吧，我一直想去乌镇和周庄呢。"

"行，听你的。"

于是就这样说定了。下午，谭勇跟江明提出从明天开始，休15天年假。这本来就是江明的建议，他当然一口就批准了。

当天晚上，夫妻俩做了旅行攻略，把第一站定在了杭州。窦慧给女儿打了电话，说他们要出去旅游十几天。谭雅丽十分支持，她知道父母已经有至少五年没有出去旅游过了，对妈妈说，自己周末可以在学校的宿舍里，跟另外两个同学一起过，让他们不必担心，只管玩开心就行了。

谭勇在手机上订机票。两口子节约惯了，发现时段好的机票，价格偏贵，便买了次日晚9点40分的机票。

接下来，窦慧找出许久没用的行李箱，开始收拾衣物和日常用品，俩人有说有笑，商量着到了杭州怎么玩。谭勇发现，不管出于何种考虑，自己都需要放松一下了。收拾行李的过程中，他似乎放下了心中的包袱。

次日晚上八点，夫妻俩来到理市的机场，办理登机牌，排队接受安检，然后坐在登机口大厅候机。

接近九点钟的时候，谭勇的手机响了，是李斌打来的。谭勇接起电话，喂了一声，电话那头的李斌跟他说了几句话，谭勇脸色大变，倏地站了起来："你说什么？！"

坐他旁边的窦慧吓了一跳，问道："出什么事了？"

谭勇没有回答，走到一旁去接听电话。一两分钟后，他脸色苍白地缓步走了回来，窦慧一看就知道不对劲，问道："怎么了？"

谭勇呆滞地坐在金属长椅上，张着嘴，许久没有说出话来。窦慧急了："你倒是说话呀！怎么了？不会是雅丽出什么事了吧？"

谭勇摇头："不，不是雅丽……"

"那是谁？"

谭勇望着窦慧："'大家庭'的人，出事了。"

"出什么事了？"

谭勇发现，附近的人很多都望向了他们这边。他迟疑片刻，对窦慧说："我们没法出去旅游了，我必须马上回去。"

"你倒是跟我说，到底出什么事了呀！"

"我在这儿说不清楚，李斌也没有说得太清楚，他正往事发现场赶呢。"

"事发现场？"窦慧惊骇地睁大眼睛，"发生命案了？"

"对。"

"谁死了？"

谭勇不想再说下去了，心急如焚的他，拖着行李箱就朝机场出口的方向走去。窦慧跟在他后面喊道："机票怎么办哪？"

"你办理退票吧。"

"飞机马上就要起飞了，这时候还能退吗？"

"管它能不能退，顾不了那么多了！"

"一张机票一千多呢，两张就是小三千……"

谭勇回过头，瞪着窦慧的眼睛："你知道出什么事了吗？现在还在乎机票钱！'大家庭'的人……"谭勇望了一眼周围，压低声音说道，"听李斌说，好像死了一大半！"

"啊——"窦慧惊恐地捂住了嘴。

谭勇又瞪了她一眼之后，拖着行李箱快步朝前走。窦慧不敢再说话了，立即跟上。

2

跟往常一样，下午三点，苏晓彤和顾磊就带着儿子来到了李雪丽家。刚一进屋，苏晓彤就闻到了一股浓郁的香味，问道："在炖什么？好香啊。"

"猜猜看。"李雪丽说。

经常做饭的顾磊一下就猜了出来："肯定是炖鸡，而且是放养的土鸡。只有这种鸡炖出来才会这么香。"

"真是行家。没错，我今天买了一只肥母鸡，而且是在山林里放养的走地鸡。晚上吃鸡汤火锅。"

"太棒了。"顾磊说。

"还有什么需要帮忙的吗？"苏晓彤问。

"吃火锅比较简单，只需要把涮烫的菜准备好就行了。"

苏晓彤和李雪丽进了厨房，顾磊在客厅做设计，顾小亮在他旁边玩。

五点多，范琳带着放了学的范文婧来到李雪丽家，和苏晓彤他们一样，刚进门就闻到了弥漫在空中的鸡汤香味。此时砂锅里的鸡汤已经炖好了，据李雪丽说，从上午十一点一直炖了六个小时。范琳馋得不行，借着尝味道，舀了一小碗鸡汤来喝，给范文婧也喝了一小口。李雪丽问："怎么样，好喝吗？"

"太好喝了，鲜，是纯正鸡汤的味道。"范琳说。

"除了盐之外，我什么调料都没放。鸡汤就得喝原味才行。"李雪丽说。

"还准备了蔬菜、羊肉卷和野生菌，今晚是吃火锅吗？"

"没错。"

"我让他们快点来，等不及了！"

范琳拍了几张鸡汤和配菜的照片发到群里，配以文字：今晚吃鸡汤火锅，快来呀，不然我把汤喝光了！

王星星、韩蕾等人发了"OK"的手势。范琳@了谭勇，问他能不能来。谭勇说，他今天开始休年假，打算和老婆出去旅游，来不了了。

范琳回复：好的，等你回来，出去玩高兴。

六点左右，"大家庭"的人陆续到齐。此时餐桌上已经摆好了用铜锅装的鸡汤，鲜香四溢，令人垂涎。旁边是荤素搭配的各种配菜以及蘸料。众人落座之后，每个人盛了一碗鸡汤喝，皆赞不绝口。

"今天可是有好东西呢。"李雪丽端起装菜的长盘，展示给众人看，"牛肝菌、鸡枞菌、干巴菌，还有松茸！"

"雪丽姐，你这餐标，远远超过一顿饭20块钱了呀。"王星星说。

李雪丽往鸡汤里下野生菌，笑道："大家都有钱了，还不吃点好的？餐标还维持在20元一顿，能行吗？"

"那我们是不是得补点伙食费呀？"苏晓彤问。

"不用不用，等拿到钱再说吧，我也是高兴，就买了点贵的食材。"

各种菌类煮进鸡汤,散发出比之前更浓郁的香味。特别是松茸,和鸡汤简直是绝配,还没有吃,大家的鼻子已经提前享受一番了。煮熟之后,李雪丽帮大家盛汤,喝了的人无不赞叹。尤其是袁东,直说这是他此生喝过的最鲜美的汤。

"老谭还真是潇洒,这时候跟老婆出去旅游。你们说,是不是跟他马上要继承遗产有关系?"范琳一边喝汤,一边问道。

"肯定有关系。如果没记错的话,从我们认识老谭到现在,他还是第一次出去旅游。"韩蕾说。

"要不,我们也出去旅游吧。下个月拿到遗产后,'限制'就来了,出去玩都得算着天数才行。"夏琪说。

"好啊!"王星星立即表示同意,"说实话,自从知道要继承遗产,我都没心思工作了。"

"你那本来就不是工作吧,不是玩游戏吗?"李雪丽说。

"看,偏见又来了吧!我都说多少遍了,我是职业玩家,做游戏测评或者攻略,就是我的工作。但现在,好像有点提不起兴趣来做这些事了⋯⋯"

"我也是。"范琳说,"这两天整个人有点飘,没法把心思集中在工作上,总想着拿到这笔钱后怎么花。"

顾磊苦笑了一下:"我也有点⋯⋯很难沉下心来做设计。"

"看来大家的心态都差不多嘛。我还以为只有我这样呢。"韩蕾说。

"这就是人性呀。"袁东意味深长地说道。

"袁老师,又有什么高见要发表吗?"

"算了,说出来又要被你挤对。"

"这次保证不会,你说吧。"

"好吧,那我就说了。财富的降临,虽然会带给人惊喜,但同时也会让人感到空虚。当一个人的追求、梦想全部得以实现的时候,往往会感到迷茫。'接下来又该做什么呢?'被这样的问题所困扰。继续以前的工作,似乎失去了奋斗的目标和前进的动力;每天虚度光阴、吃喝玩乐，又无法体会到成就感和价值感。时间长了，恐怕自己都会厌恶自己，觉得已然变成了废人，开始怀疑活着的意义。人类就是这样一种自相矛盾、难以满足的生物。"

袁东的这番话，引起了众人的思考。王星星若有所思地说："仔细一想，好像还真是这样。玩游戏也是如此，一开始人物只有等级一，装备也很差，便会激发玩家的动力，用各种方式让角色变强。这样的过程充满了乐趣和成就感。最后角色的等级升满了，也拿到了最强装备，变得天下无敌，一两刀就能砍死Boss。往往这个时候，游戏就该封盘了，因为已经无法在这个游戏中体会到挑战和乐趣，剩下的只有空虚无聊了。"

"我们在继承巨额遗产的同时，也会失去追求梦想和目标的乐趣，是这意思吧？那么袁老师，这是无解的吗？"韩蕾问道。

"不是。让自己的人生变得充实、更有意义，当然是有办法的，比如用这笔钱来做公益，帮助有困难的人。这样的话，精神会变得无比富足，也有很多事情可做，又怎么会感到空虚无聊呢？"

"袁老师，你说的真是太有道理了。"沈凤霞露出无限崇拜的神情，当然还包括了爱慕之情，"我之前一直在想，这笔钱到底该用来做什么，现在豁然开朗了！"

"反正我是想好了，这笔钱的绝大部分，我都会用来做公益事业。说得具体点，我打算帮助一些贫困山区的孩子，改善他们的生活和上学条件。"袁东说。

"你做什么，我就跟你一样。"沈凤霞当即表态。

"雪丽姐，拿酒！这种时候，必须得敬袁老师和凤霞一杯，为他们的高风亮节！"韩蕾由衷地说道，语气中没有半点讽刺意味。

"好嘞，我都被他们感动了！"李雪丽起身，从酒柜里拿出红酒和酒杯。众人倒上酒，一齐敬袁东和沈凤霞。袁东连连摆手，表示不必如此。

喝完杯中酒，范琳说："可是袁老师他们这么一弄，搞得我们这些打算挥霍一番的人，就相形见绌了呀。"

"别这么说，每个人的人生观、价值观不一样，合理的消费和享受也是应该的。我可没有道德绑架各位的意思。"袁东说。

"我觉得，咱们可以选择一种折中的方式呀。比如说，把一部分钱用于消费和享受，一部分钱用来做公益，这不矛盾吧？"夏琪说。

"对，这主意不错。那些奢侈品包包之类的，本来也不实用，就少买点好了，钱还是用来做些有意义的事吧。"范琳说。

"亚梅姐生前就热衷公益事业，要是知道我们也这样做，她会感到无比欣慰的。"李雪丽说。

"为什么我觉得，一瞬间，我们都变得高尚和伟大起来了，哈哈哈！"王星星笑道。

"那就敬我们自己一杯吧！"夏琪再次端起酒杯。众人纷纷响应，共同举杯。

看到大人们又喝起了酒，范文婧知道这顿饭肯定又要吃很久，她离开饭桌子，到隔壁房间写作业了。顾小亮也跟着进了房间，在地板上玩拼图。大人们则继续吃饭喝酒。

"欸，你们到底去不去旅游呀？如果要去的话，我给你们规划一条旅行路线。"范琳问。

"去呀！我这几天是真不想工作了。"王星星说。

"都有谁要去？举手。"

王星星、夏琪和韩蕾立刻举起了手。李雪丽想了想，说："我也去吧，好久没出去玩了。"

"晓彤、顾磊、袁老师、凤霞，你们呢？"范琳问。

"我腿脚不方便，就算了。万一要长途跋涉什么的，拖你们后腿。"袁东说。

"我……"苏晓彤有点犹豫，望向了旁边的顾磊。

"我无所谓，虽然还有个设计没做完，不过把笔记本电脑带上就行了。"顾磊说。

"去哪里玩?"苏晓彤问。

众人七嘴八舌地说出了自己心仪的景点或城市,范琳帮他们做参谋。袁东和沈凤霞没有参与这个话题。听大家聊天的过程中,沈凤霞发现袁东特别爱喝野生菌鸡汤,又给他盛了两碗。

苏晓彤其实并没有真正决定,要不要和他们一起出去玩。其中的顾虑,自然是不言而喻的——龚亚梅之死的阴影,一直在她心头挥之不去。

就在大家快要统一意见,把旅行地点定在西北一带时,袁东捂住肚子,脸上露出难受的表情,哎哟叫唤了一声。

"袁老师,你怎么了?"沈凤霞问。

"不知道为什么,肚子突然痛了起来,头也有点晕……"

话音刚落,李雪丽说:"我也有点……"

短短十几秒内,在座的人身体全都出现了不适——包括苏晓彤在内。难受的感觉是层层递进的,先是腹痛、头晕目眩,接着手脚都麻痹了。这种痛苦难以言喻,仿佛晕车的时候,正好阑尾炎发作。苏晓彤暗叫不妙,意识却开始逐渐模糊,更糟糕的是,她发现自己居然无法发出声音,连呼救和喊叫都办不到。痛苦的感觉潮水般袭来,不断叠加、升级,呼吸也变得愈发困难。终于,她彻底失去了意识,脑袋往前一耷,昏倒在了餐桌上。

3

离开机场的谭勇和窦慧,各自打了一辆车。谭勇让窦慧先带着行李箱回家,自己则立刻赶赴市一院——李斌通过微信告诉他,此刻"大家庭"的人,几乎全都在市一院接受抢救。

谭勇心急火燎地来到医院急诊科,在走廊上见到了李斌。他俩旁边的长椅上，坐着范文婧和顾小亮。范文婧一直在哭，显然吓坏了；顾小亮则跟平常一样，仍是那副木讷的模样。

"他们呢？"谭勇急切地问李斌。

"九个人，全都在抢救室，基本上把医院急诊科都占满了。"

"你刚才说，他们是食物中毒？"

"对，医生初步判断是这样，现在正在给他们催吐、洗胃、输液。"

谭勇望了一眼座椅上哭泣的范文婧，把李斌拉到一边，小声问："死了几个人？"

"目前还不清楚。"

"不清楚？那你刚才跟我说，他们一大半的人都死了。"

"这是个乌龙。医院那边接到急救电话，打120求救的人可能看到一屋的人都倒下不动弹了，十分着急，就说死了好几个人。医院也吓到了，不知道什么情况，就立刻报了警。等我赶到医院的时候，医生才告诉我，目前这些人还活着，并未死亡，他们正在组织抢救。不过，情况不太乐观。"

"不太乐观的意思是？"

"就是不知道能不能抢救过来。"

"那中毒原因现在知道了吗？他们是吃什么中的毒？"

"还不清楚。"

"肯定跟晚饭有关系。现在马上去李雪丽家，对食物进行抽样检查，就知道中毒原因了。"

"已经这样做了，"李斌说，"江队现在带着小刘他们，正在李雪丽家呢。"

谭勇愣了一下，这才想起，跟1203有关的案子，已经由江明接手调查了。不过出了这么大的事，他没法置之不理，问道："是谁打的120求救？"

"不知道。但我问了接电话的护士，她说听声音，应该是个女人。"

"号码呢？医院的座机，肯定有来电显示吧。"

"有，是李雪丽家的座机。"

座机……那么谁都有拨打的可能。谭勇眉头微蹙，又问："医院的电话有录音吗？"

"没有。"李斌顿了一下，"老谭，我打电话给你，是因为我知道你和他们是朋友，有必要把这事告诉你……"

"但不是让我来查案的，对吧？你是在提醒我不要越职吗？"

李斌有点无奈地叹了口气："总之你别让我难办就行。江队今天明确跟我说了，以后和1203系列案件有关的情况和进展，都不要告知你，由他来负责调查。我把这事告诉你，已经有点违规了……"

听到这话，谭勇的火气又上来了，但也没法把气出在李斌身上，只有压着火气说道："那我不问了。作为他们的朋友，在这里等候抢救结果，陪一下孩子，总是可以的吧？"

说着，谭勇朝长椅走去，坐在范文婧和顾小亮旁边安慰着他们。范文婧看到熟悉的谭伯伯来了，情绪稍微稳定了一些，但仍然非常担心，不停问着妈妈会不会死。谭勇也不知道该怎么回答，只好说些要相信医生之类宽慰的话。

望着两个孩子，谭勇心里冒出一个疑问：他们不是和大人一起吃饭的吗？为什么所有大人都食物中毒了，偏偏两个孩子没事呢？虽然他知道，李雪丽有时会给俩孩子单独做一些菜，但也不意味着大人的菜，他们就绝对不会碰。想到这里，他问范文婧："文婧，今天晚上你们吃的什么呀？"

"鸡汤火锅。"范文婧说。

"除了鸡汤，还有别的菜吗？"

"还有就是蔬菜、肉卷，蘑菇……各种各样的蘑菇。"

蘑菇？谭勇眉头一皱。该不会，他们误食了毒蘑菇吧？

"文婧，你和小亮，有没有吃蘑菇？"

范文婧点头。

"你们俩都吃了？"谭勇再次确认。

"嗯，妈妈给我盛了鸡汤，里面有好几种蘑菇，都很好吃。"

这就不对了。如果是毒蘑菇，孩子吃了怎么没事呢？而且小孩的身体发育还不完全，中毒的话，情况只会比大人更严重。但眼下的状况，似乎没有办法再细问下去了。

思索了一会儿，谭勇问了另一个问题："文婧，你知道今天晚上，是谁拨打的急救电话吗？"

"我不知道，"小女孩摇着头说，"我关着门在屋里做作业，是后来听到很大的敲门声，出去开门时，才发现他们全都昏倒了……敲门的是医生叔叔和阿姨。"

"这样啊，谭伯伯知道了。"谭勇摸了一下范文婧的脑袋，又问旁边的顾小亮，"小亮，你呢？知道是谁拨打的急救电话吗？"

顾小亮摇着头，范文婧说："他跟我一样，在房间里，不知道外面发生了什么事。"

谭勇点头表示明白了。

陪着两个孩子在长椅上坐了一个多小时后，急诊科的医生从抢救室出来了，谭勇立即上前询问情况，医生说："经过催吐和洗胃，九个人中，有八个都抢救过来了，只有一个还没有脱离危险期。"

"谁？"谭勇下意识地问道。

医生摇头："我不知道，反正是个男的。"

男的……那只可能是顾磊、王星星和袁东中的一个。谭勇问道："他的情况为什么比其他人严重？"

"我们目前的判断是食物中毒，可能是他食用的有毒食物比其他人更多的原因。"

"医生，以你的经验，觉得他们会不会是吃了毒蘑菇？"

"完全有可能。这个季节正是菌类的生长旺盛期，几乎每年这个时候，我们医院都会接收一些误食毒蘑菇的病人。只是一下就送来九个，这还是第一次。还好急救电话打得及时，不然他们就危险了。"

"还没有脱离危险期的那个人，能救过来吗？"

"我们当然会尽力,但现在不好说,他还在昏迷中。"

"这么说,其他人都醒了?我能去见一下他们吗?"

"你是他们的家属?"

"对,我还是警察。"谭勇亮出证件。

"哦,那当然可以。不过病人刚刚苏醒过来,之前又经历了催吐、洗胃,身体还比较虚弱,要让他们多休息一下。"

"明白,我只是去看看他们,不会影响他们休息的。"

范文婧也嚷道:"我要去看妈妈!"

"可以,你们进去吧,请安静一些。"

"我跟你们一起进去。"李斌说。

两个警察带着俩孩子走进急诊科,里面一共有四个抢救室,每个房间三张病床,此刻几乎全部被"大家庭"的人占据了。

1号抢救室里躺着的三个人是李雪丽、范琳和苏晓彤,三个女人脸色苍白,嘴唇发乌,显得十分憔悴。才从鬼门关走过一遭的她们,看到谭勇等人进来,有种恍如隔世的感觉。范文婧哭着扑到妈妈身边,顾小亮也走向苏晓彤,叫着妈妈。李雪丽望着谭勇,流下泪来,有气无力地说道:"老谭,你怎么来了?你不是……出去旅游了吗?"

"在机场的时候,李斌给我打电话,说你们出事了,我就赶紧回来了。"

李雪丽点了点头,没有体力和精力再说话了。谭勇知道,每天负责买菜的都是她,那么食物中毒,跟李雪丽的关系肯定是最大的。他很想问李雪丽一些问题,但是看到她虚弱的样子,又觉得现在不是问话的时候。可问题是,自己现在已经不能再调查这起案子了,错过这个机会,以后怎么询问呢?

就在谭勇纠结的时候,突然从隔壁房间传来一阵撕心裂肺的哭喊。谭勇听出来,这是沈凤霞的声音,他的心一下揪紧了,立刻和李斌一起走到隔壁房间。

这间抢救室里,是夏琪、沈凤霞和袁东三个人,还有几个医生和护士，全都围在袁东的病床面前，旁边的心脏监护仪发出"哔"的报警声，画面呈一条直线，宣告了袁东的死亡。

沈凤霞扑在袁东身上，哭得声嘶力竭，夏琪从病床上坐起来，一只手捂着嘴，眼泪扑簌簌地往下掉。不一会儿，顾磊、王星星、韩蕾从对面的房间过来了，李雪丽、范琳和苏晓彤也支撑着走了过来。所有人同时听到了医生说的话：

"对不起，我们尽力了……但他体内的毒素过量，已经进入了血液和心脏，实在是无力回天了。"

在场的人全都露出悲伤难过的神情，好几个人哭了起来。韩蕾无力地问道："医生……我们为什么会中毒？"

"我们的初步判断是，食物中毒，而且很有可能是有毒的菌类引起的。"

"有毒的……菌类？"

众人先是对视，然后望向了李雪丽。范琳说："你买的什么菌子？！"

李雪丽此刻的脸色如同一张白纸，她的头晃动着，一脸的不敢相信："不……这不可能，我是在菜市场的正规摊位上买的野生菌！不可能有毒！"

"我们已经中毒了，还说不可能？"范琳带着责难的口吻说道。

李雪丽望向谭勇，抓着他的手臂，哭诉着："老谭，你一定要帮我洗清冤枉啊！我真的是在菜市场买的！而且……那么多人都在买呢，如果真是毒蘑菇的话，怎么可能只有我们这些人中毒？！"

其实这一点，谭勇之前就已经想到了。除此之外，他还想到了一种更为糟糕和可怕的可能。

李雪丽见谭勇面色严峻，一言不发，以为他不相信自己说的话，哭得更厉害了，再次哀求谭勇一定要帮她把此事调查清楚。谭勇的心情复杂、难受到了极点，该怎么说呢——对不起，这件事已经不归我管了——这样的话，他能说出口吗？

就在此时，刑警队长江明和另一个警察小刘走进了这个挤满了人的抢救室，他们是从李雪丽家过来的。江明一眼就看到了谭勇，脸色一沉，望向李斌。

李斌尴尬地解释道:"江队,因为老谭是他们的朋友,所以我才把这事告诉他的。而且,我以为他已经出去旅游了,没在理市……"

江明一脸的不悦,当着众人的面不便发作,问谭勇:"你不是和老婆出去玩了吗?怎么又回来了?"

"我还没出去呢。"谭勇没好气地说,"怎么,我现在连来看看朋友的权利都没有了吗?"

"老谭,你是老警察了,咱们也是二十多年的老同事,非得要我说重话吗?"江明的口气和表情都愈发严肃起来,"警队是有规定的,目前这样的情况,你必须和他们保持距离!只要你跟他们接触,就难免会把公事私事混为一谈。谁知道你是来看朋友的,还是来查案的?说得不客气点,你现在是在妨碍我办案!"

一番话说得谭勇气血上涌,却又无话可说。这么多年来,江明还是头一次以领导身份如此严厉地批评他,而且是当着这么多熟人朋友的面。颜面扫地还是其次,这一瞬间,他感受到一种前所未有的愤懑憋屈,以及无能为力。伫立一刻后,他一言不发地走出了拥挤的抢救室。

离开医院,谭勇心灰意冷地走在马路上。医院离他的家不算近,但他不想坐车,只想在夜风的吹拂下,一个人静一静。

这次的事件,绝不简单。

龚亚梅的遗嘱宣布后仅仅过了三天,就发生了"大家庭"群体食物中毒事件。这不可能是巧合。几乎可以肯定的是,龚亚梅之死、巨额遗产、中毒事件——这三件事是有关联的。

"如果发生你说的这种情况(身亡),跟放弃继承权的处理方式是一样的,会把原本支付给这个人的钱,平均分配给其他人。"

谭勇想起了冯律师说过的这句话,背后泛起一阵凉意。

只要有人死了,这个人本应继承的遗产,就会均分给其他人。在这样的机制下,人数越少,能分到的钱就越多。

这次中毒事件,如果没猜错的话,显然是"大家庭"中的某个人搞的鬼，目的昭然若揭。在鸡汤中下毒，让所有人都喝下，包括自己在内——这当然是苦肉计，不然只有自己一个人幸免，未免太明显了些。只要控制好自己的摄入量，再及时拨打急救电话，就能通过这个毒计，达到杀人并摆脱嫌疑的目的。凶手的目标，肯定不止袁东一个人，他恐怕希望一举杀死一半乃至以上的人，这样一来，就可以让自己继承到的遗产多好几倍！

也就是说，如果今天晚上，好几个人都跟袁东一样，喝了很多鸡汤，现在躺在医院里的尸体，也许就是好几具了。

想到这里，谭勇的血液开始沸腾，内心却奇寒无比，身体像处于冰火两重天，难以控制地忽冷忽热。温馨快乐的"大家庭"中，竟然隐藏着这样一个阴险、可怕的杀人凶手。可恶！平时怎么完全看不出来，身边有这样的人呢？还经常跟这种人一起吃饭聊天、把酒言欢，对一个刑警来说，这简直是莫大的讽刺！

而且，这个凶手，会不会就是两年前，杀死1203租客何雨珊的那个凶手？

假如是的话，他岂不是一直在我身边？我还经常跟他一起……这真是奇耻大辱！这个凶手在内心深处，不知道嘲笑过我多少次！更重要的是，谁能保证，他之后不会继续作案？

谭勇停下脚步，愤怒和担忧让他的整张脸都变形了。旁边的人看到他这副模样，吓得快步躲开，他却浑然不觉。

几分钟后，谭勇意识到了一个更让人恼火和沮丧的事实——他已经没有办法再调查这一系列案件了。

这意味着，这样的耻辱感将伴随终生，并成为他永远的遗憾。

不管是出于责任心还是正义感，他都没有办法允许自己就这样放弃。但是，又能怎样呢？江明已经把话说得这么明了，他也是明事理的人，目前这样的状况下，的确不适合再由他来调查此案了。

除非……

认真思考了大约半个小时，谭勇做了一个决定。这也许是他这辈子最任性也是最重要的一个决定。但是，如果不这样做的话，他认为自己的余生将无法安心，更谈不上幸福和快乐。

谭勇摸出手机，拨打了一个电话。对方接通后，他简明扼要地表达了自己的意思。

"谭警官……你考虑好了吗？真的决定如此？"

"是的，我考虑好了。"谭勇坚定地回答道。

第九章 调查

1

星期四上午八点半,刑警队长江明刚刚走到自己的办公室门口,看到穿着警服的谭勇已经等候在此了。他愣了一下,说:"老谭,你怎么在这儿?"

"等你呀,江队。"谭勇说。

江明瞄了他一眼,用钥匙打开办公室的门:"等我做什么?你不是申请了年假嘛,现在应该在休假呀。"

谭勇跟着江明走进办公室:"不休假了,我想今天就开始上班。"

江明坐下,示意谭勇也坐下,点了支烟,望着谭勇说道:"你不会是想跟我商量,让你继续调查这起案子吧?"

"猜对了,还是你了解我。"

"老谭,你这人怎么这么轴?你还要我跟你说多少遍,遇到这样的情况,你需要……"

"需要回避。"谭勇打断江明的话,然后从警服口袋里掏出一张对折的纸,递给江明。"但是,现在情况发生变化了。"

"这是什么?"

"武汉华星律师事务所的冯铮律师发来的传真。你看了就知道了。"

江明接过这张纸，展开阅读完上面的内容后，吃了一惊："老谭，你放弃了龚亚梅遗产的继承权？！"

"是的。"谭勇平静地说道，"我昨天委托冯铮律师帮我办理的，这是他发的一份公函，有律师事务所盖的章。你也可以打电话给武汉华星律师事务所核实此事。"

"这叫什么话，我当然相信你，不用打电话核实。只是我没想到你会这样做……老谭，你放弃继承权，该不会就是为了能继续调查这一系列的案子吧？"

"是的。"

"我有点想不通，查这个案子，对你来说这么重要吗？"

谭勇沉默了片刻，说："各种各样的原因吧，但最关键的一点是——我办不到。"

"办不到什么？"

"眼睁睁地看着身边有一个杀人凶手持续作案，连续杀人，我则心安理得地继承巨额遗产，不闻不问，享受生活——这样的事，我实在是办不到。"

"我不是在调查这起案件吗？难道你信不过我？"

"当然不是。"

"那你为什么非得要亲自破案不可？"

"江队，说出来，你未必能理解我的感受。"谭勇苦笑道，"我这个人，从小就喜欢看各种刑侦、破案类的书和电影，总是幻想着自己能像这些作品中的警察或者侦探一样，识破凶手的诡计，破获一起又一起的案件。后来读了警校，当上了刑警，以为终于可以圆这个梦了，结果二十多年过去了，我从没破获过一起大案。如果仅仅如此，也就罢了。可现在的问题是，一系列连环命案就摆在我面前，凶手是被我当成朋友的人！我经常跟他见面，却没能识破他的真面目，导致他肆无忌惮地一次次作案！这样的情况下，让我置身事外，对我来说是种无尽的折磨。我如果不能亲自破案，亲手抓住这个可恶的凶手，往后余生，恐怕会天天骂自己是个无能的警察、没用的男人，永远活在遗憾和耻辱之中！"

江明凝视着谭勇，良久，他微微点头，说道："我能理解你的感受，老谭。但是有一点，你想过吗——就算你放弃继承权，并且继续负责此案，也不代表就一定能破案。"

"我想过。"

"那么，如果你放弃了这么大一笔遗产，最后还是没能抓住凶手，岂不是更遗憾？"

"是的，不只是遗憾，可能还会后悔。我毕竟也是普通人，这么多钱，不可能视如粪土。"

"既然你想到了这些，为什么还要这样做？"

"我想试一下，能不能通过这种破釜沉舟的方法，激发出自己的潜力。换句话说，为了不让自己后悔，我发誓一定要抓住凶手、破获此案！"

谭勇的话让江明感到震撼，心中涌起一股难以言喻的感受。他点着头说："我明白了。那我现在就跟陈局打电话，向他汇报此事，你在办公室等我吧。"

"好的。"谭勇转身准备离开。江明叫住了他："老谭……"

"什么事？"谭勇回头。

江明张着嘴愣了一会儿："没什么，你先去吧。"

谭勇离开支队长办公室，将门带拢。江明望着他的背影，轻声呢喃一句："你是这么多年来，真正让我敬佩的一个人。"

2

十几分钟后，江明通知谭勇来办公室，告诉他，陈局同意让他继续负责调查此案了。不但如此，陈局还表示，可以成立一个专案组，由谭勇担任组长。

谭勇兴奋异常，对江明说："专案组太占用警力资源了，而且没有人比我更了解'大家庭'那些人的情况。所以我觉得暂时不必，这起案件还是由我和李斌来调查就行了。"

"行，陈局刚才也说过了，是否成立专案组，听你的意见。同时他提出了一个要求。"

"什么要求？"

"这起案件能不能在限定时间内侦破？陈局之所以提这样的要求，是因为他也担心凶手还会作案。"

谭勇点头道："我也这样想。所以我打算，尽量在一个月内破案。"

"行，我一会儿跟陈局说。现在，我把从案发当晚，也就是星期二晚上到现在调查到的情况，全部告诉你。本来今天上午，我和小刘就要继续展开调查的。之后就换成你来负责，李斌协助吧。"

"好的。"

"首先是关于食物中毒。我们在案发后第一时间赶到了李雪丽家，对当晚的食物进行了取样、检验。检验报告已经出来了，在鸡汤中，发现了剧毒蘑菇火焰茸的成分。"

"火焰茸？目前已知毒性最强的毒蘑菇！"

"是的，仅仅3克就能让人丧命。从食物样品中的毒素比例来看，放入那锅鸡汤中的火焰茸，显然不止3克，所以才导致九人中毒，一人死亡。"

"江队，稍等，我记录一下。"谭勇掏出小本子和笔，进行记录。

江明继续道："火焰茸是一种外形呈手指状的红色毒蘑菇，跟可以食用的蘑菇在外形上有着很大的差别。这样的东西，不可能有人摆在菜市场售卖，更不可能有人买回去吃，所以可以肯定的一点是，绝不存在误食毒蘑菇这一说，只能是有人故意投毒。"

谭勇抬起头说："'大家庭'里负责买菜做饭的，是李雪丽，苏晓彤最近也在帮她做饭。理论上说，她们俩的嫌疑最大，但是这一点，她们肯定也能想到。如此明目张胆地投毒，不太符合凶手狡猾的特点。所以我认为，也有其他人偷偷下毒的可能。"

"是的，所以找出下毒的人，是调查的重点。昨天白天，'大家庭'的那些人仍在医院输液，晚上回去了。我本来是打算今天上午就去他们那里，进行调查和询问的，现在就交给你了。"

"好的。"

"第二件事，是关于苏晓彤和顾磊夫妇。之前你提到过，这对夫妻刚来理市不到一个月，就发生了龚亚梅命案，并且他们是遗产继承人之一，这一点有些可疑。于是我联系京州市公安局了解了他们俩的情况，发现他们果然没那么简单，特别是苏晓彤。"

"哦？他们以前做过什么？"谭勇表情严肃地问道。

"这夫妻俩的儿子叫顾小亮，对吧？但是你知不知道，顾磊并不是顾小亮的亲生父亲。"

谭勇一愣："我不知道，苏晓彤和顾磊从来没有提起过这件事。那么，顾小亮的亲生父亲呢？"

"叫张晟，已经死了。"

"怎么死的？"

"这件事就有点扑朔迷离了。京州市公安局的警察表示，他们只知道表象，无法确认真相。言下之意是，张晟之死存在疑点。"

"什么意思？既然他们认为这事有疑点，为什么不展开调查呢？"谭勇感到不解。

"当然是调查了的。但他们说，当时经历这件事的，只有三个人：苏晓彤、张晟和顾小亮——哦，当时这孩子还不姓顾，叫张小亮。事情发生之后，张晟死了，顾小亮傻了，只剩苏晓彤的一面之词。所以即便他们认为事情有疑点，在缺乏证据的情况下，也无可奈何。之后苏晓彤就带着儿子离开了京州市，和顾磊一起定居理市了。"

"等一下，你刚才说，顾小亮是经历这件事之后，才变傻的？就是说，他并不是天生的智力障碍？"

"是的。"

"他们一家人，当初到底经历了什么事情？"谭勇迫切地问道。

"烧炭自杀。事情就发生在大概一年前。据说是苏晓彤的前夫张晟，在投资失败之后，想拉着妻儿一起死，便买了安眠药，掺在饮用水里让妻儿服下，然后趁妻儿睡着的时候，在家中烧炭自杀。结果苏晓彤中途醒来了，救了儿子，然后报警。等警察来的时候，发现张晟已经一氧化碳中毒身亡了。苏晓彤和儿子虽然活了下来，但顾小亮因为之前服下了安眠药，又吸入过量的一氧化碳，大脑出现了器质性损害，才变得有些痴呆，也就是智力障碍。"

说到这里，江明身体往前倾了一些，凝视谭勇："听起来是有些可疑，对吧？如果这事真是张晟主导的，为什么已经服下安眠药的苏晓彤，会中途醒来呢？另外，既然醒来之后，她和儿子都能活命，说明屋内的一氧化碳浓度还没有达到能致死的程度，那张晟又为什么会死亡？"

"确实很可疑。这么说，这起烧炭自杀事件，存在别的可能。也许事实正好相反，主导此事的并不是张晟，而是苏晓彤。她是想用这样的方式杀死丈夫。"谭勇分析。

"对，京州市的警察也认为，有这样的可能。遗憾的是没有证据能够证明这一点，便只好不了了之。"

"但如果是这样，有一点说不通啊——苏晓彤不可能为了杀死丈夫，把儿子都带上一起吧？造成儿子痴呆，肯定不是她希望的。"

"也许她是想让儿子配合演戏，却忽略了孩子和大人的区别。成年人的话，吸入少量一氧化碳，可能不会造成太严重的后果。但正处于身体和大脑发育阶段的小孩子，就不一定了。"

"有这个可能。"谭勇点着头说，然后问江明，"还有别的情况吗？"

"大致就是这些了，还有一些细节，李斌知道，他会告诉你的。总之我认为，苏晓彤夫妇在此案中有着较大的嫌疑，需要深入调查。我建议你从一年前的烧炭自杀案入手，看看苏晓彤是否有杀人的前科。如果能证明这一点，那这次的案子，也有可能跟她有关。"

"明白了。"谭勇点了点头，"对了，江队，我昨天和冯铮律师接洽的时候，顺便询问了他，龚亚梅的遗嘱有没有提前泄露的可能。他回答得十分肯定，说这件事在此之前，除了龚亚梅和他之外，绝对不可能有第三个人知道。因为遗嘱是十分敏感的东西，如果泄露的话，完全有可能导致一些人产生非分之想。龚亚梅正是出于对冯铮的信任，才拜托他做这么重要的事。而且冯铮说，他之前和'大家庭'的所有人——包括苏晓彤夫妇在内——全都不认识。意思是他不可能和任何人串通。"

"这只是冯铮的一面之词吧。"

"是的，我会查证他说的话是否属实。但我倾向于相信他的话。因为如果他要搞鬼，根本不需要用如此麻烦的方法，直接窜改遗嘱就行了。"

"好吧，我相信你的判断。总之这一系列案件的真相，就等待你的调查结果了。"

"是！"谭勇站起来，"他们现在已经回家了，对吧？我现在就去玥海湾小区！"

"去吧，期待你早日破案！"

谭勇走到自己所在的办公室，把自己为了调查案件而放弃继承遗产的事告诉了李斌。李斌的震惊程度可想而知。谭勇没时间跟他闲聊，让李斌马上和自己去一趟玥海湾小区，他已经想好如何调查和问话了。

正如刚才跟江明商量的，突破口是苏晓彤夫妇。谭勇给苏晓彤打了个电话，先客套地问了一下她的身体状况，得知对方已无大碍后，他提出想上门来了解情况。苏晓彤同意了。

谭勇和李斌走出刑警支队，驾车前往玥海湾小区。

3

"该来的，还是来了。"挂了电话的苏晓彤叹息一声，对身边的顾磊说。

"什么？"

"谭勇现在马上要来我们家，找我们了解情况。"

"那有什么关系？他肯定是来了解投毒案的，这件事跟我们没有半点关系，我们是受害者。"

苏晓彤摇头道："我和你打赌，他来我们家，一定不只是为了这次的投毒案。他还会询问我之前的事情。"

"何以见得？"

"很简单，如果仅仅是了解投毒案，他应该召集'大家庭'的所有人，一起询问才对，为什么会单独来找我们？"

"也许他打算挨个询问每个人。"

"就算如此，他首先来问我们，表示他认为我们的嫌疑最大。发生这一系列事件后，谭勇肯定调查了我的过去，得知了那件事，觉得当年的事很可疑，才会第一个来调查我。"

顾磊想了想，说："那也没有关系，把事先准备好的说辞，像当初那样再说一次就行了。"

苏晓彤面露忧色："可我担心，这一次，没那么容易糊弄过去了……"

"为什么？你觉得理市的警察，比京州的警察高明吗？"

"不是这个原因。"苏晓彤望着顾磊，"现在的情况不同了，发生了龚亚梅案和中毒事件之后，警察肯定意识到了，'大家庭'这些人中有一个杀人凶手，他们的重视程度，自然会超过一年前的那起案件。我当初说那番话的时候，京州市的警察也未必全信，只是没有证据推翻我的说辞罢了。现在出了这样的事，警察更不会轻易相信了。"

"那就让他们去调查吧。正如你说的，一年前的事情，已经死无对证了，我不相信谭勇有什么办法，能弄清当初那件事的真相。"

"但警察如果把调查的重心放在我们身上，就有可能忽视这次事件的真凶，那就糟了。顾磊，我现在真的很害怕，如果说龚亚梅的命案，凶手还只是暗中偷袭，这次的投毒事件，几乎已经摆到明面上来了——当时吃饭的人只有'大家庭'这些人，投毒的只能是其中的一个！当然不可能是我们，但我这样跟警察说，他会相信吗？只会认为我们是在为自己开脱罢了！"

顾磊短暂地思索了一会儿，说："所以，如果警察一会儿真的问起了那件事，你要尽量把话说得滴水不漏，让他找不到一点破绽，这样的话，就会打消他的怀疑。另外，不管怎样，我们都要设法让警察相信，这次的一系列事件，跟我们没有半点关系！"

苏晓彤点点头："小亮呢？"

"在客厅里玩玩具。"

"让他进屋来玩吧。警察询问的时候，他一定不能在旁边，以免像上次一样，突然冒出些惊人的话来。"

"好的。"

俩人打开卧室的门，来到客厅。苏晓彤告诉儿子，谭伯伯要来家里做客，大人们要谈点正事，让顾小亮在房间里玩玩具，不要出来打扰大人聊天，如果表现得好，中午带他去吃肯德基，还给他买新的玩具。顾小亮开心地同意了。

几分钟后，门铃响了，苏晓彤打开门，请谭勇和李斌进屋。顾磊沏了一壶热茶。谭勇也不废话，开门见山地说道："这次的案子，我跟局长和队长申请了，还是由我和同事李斌来负责调查。今天来找你们，是想了解一些情况。请你们配合，务必要说实话。"

"当然了，老谭，作为受害者，我们非常希望警察能立即抓到投毒的凶手。"顾磊首先表明立场。

"投毒的事，我们当然会查。但现在，我想先了解一下，一年前京州市发生的那起事件。"

苏晓彤早有心理准备，但还是装出惊讶的样子，问道："老谭，你怎么知道这事的？"

"我问过京州市的警察了。"

"你是在调查我们吗？"

"不只是你们。出了这样的事情，我需要调查'大家庭'的每一个人。"

"明白了。不过，既然你已经问了京州市的警察，为什么还要来问我呢？"

"京州的警察怎么会有你本人清楚？我想听你亲口说一下，当初那件事情，到底是怎么回事。"

"老谭，"顾磊露出为难的表情，"这件事对晓彤的伤害和打击很大，她不愿再提起那件事了。"

"这不是闲聊，而是调查询问，希望你能克服心理障碍，配合一下。"谭勇望着苏晓彤。

"好吧，我知道了。"

苏晓彤深吸一口气，说道："我的前夫张晟，是京州市商业银行的副行长。通过内部渠道，他获悉了一些投资赚钱的资讯，于是利用职权贷了很多款出来投资。结果天有不测风云，投资彻底失败了。想要堵上窟窿，又加杠杆炒股，结果越陷越深、负债累累。无法偿还银行贷款的他，因此丢了工作，还上了征信黑名单，被逼上了绝路。

"他这人很好面子，失去一切后，他彻底崩溃了，得了重度抑郁症。我陪着他治疗，但他天天在我面前说不想活了，只是舍不得我和小亮。我一开始没有意识到他这样说的意思，直到……"

说到这里，苏晓彤停了下来，平复着情绪。这并非装出来的，因为她之前所说的，全部是事实。

谭勇和李斌也没有打岔，等待她继续往下说。

"一天晚上，张晟的情绪似乎有所好转，他买了熟食和饮料，我们在家里吃了一顿丰盛的晚餐。吃完之后，我有点困乏，便躺在沙发上看电视。看着看着，我就睡着了。

"不知过了多久，我被耳边的手机铃声吵醒了，是一个朋友打给我的。所幸我之前没有喝太多加了安眠药的水，所以还能被手机铃声唤醒。当然，水里有安眠药是我后来才意识到的事情，当时睁开眼睛，我看到了让我震惊的一幕。

"客厅的中间，是一盆熊熊燃烧的炭火，小亮和张晟似乎已经昏迷了，都倒在沙发上。我也感到浑身乏力、头晕、恶心，但我的神志还是清醒的，立刻意识到了这是怎么回事。

"所有的房门都紧闭着，我挣扎着起来，因为阳台距离房门更近，所以我推开客厅和阳台之间的玻璃门，让外面的空气进来。然后，我抱起昏迷的儿子，把他放在阳台的地板上，接着又去拖张晟。他很重，我费尽力气才把他拖到阳台上。之后，我拨打了急救电话和报警电话。"

听到这里，谭勇问道："既然你救了张晟，为什么他最后还是死了？"

"这个问题，我也问了医生。他们说赶到的时候，就发现张晟已经死了。至于为什么我和小亮活着，医生的解释是，每个人吸入一氧化碳的量和形成碳氧血红蛋白的浓度是不一样的。也就是说，即便是处于同一个烧炭房间的人，一氧化碳致死的时间也因人而异。我和小亮属于幸运的一类。"

听起来有道理，但总觉得有问题，她说的是真的吗？似乎没有办法反驳这一点。当初京州市的警察是不是也是如此？谭勇心想。

李斌问道："炭是谁买的？有没有购买记录？"

"是我和张晟一起在超市里买的。我家有个大阳台，可以户外烧烤，但我没想到，张晟会用这些炭来自杀，而且是拖着我和小亮一起。"苏晓彤说。

两个人一起买的？这么说，这对夫妻都知道家里有木炭。那么，主导烧炭的，真的是张晟吗？谭勇知道，询问这个没有意义的，即便真是苏晓彤,她也不可能承认。

"这件事之后,顾小亮就出现了智力障碍?"

"是的。这是医生检查和鉴定后的结果,跟吸入过量一氧化碳有关。"苏晓彤说。

"小亮在家吗?我可不可以问他几个问题?"

苏晓彤倏地紧张起来,却努力表现出平静的样子:"他在家,但是老谭,你打算问他什么?他又能回答你什么呢?且不说小亮因为这件事已经痴傻了,就算他是正常的孩子,发生这件事的时候,他才六岁多一点,他懂什么叫烧炭自杀吗?而且打算杀死他的人,还是他的亲生父亲。对一个小孩子来说,他不可能理解其中缘由。这个残酷的事实,我从来没有告诉过他,也请你不要在他面前提起!"

谭勇想了想:"好吧。那么,你和顾磊是怎么在一起的?"

"我们本来就是大学同学,有感情基础。经历了这件事情,我受了很大的打击,也需要人帮着我一起照顾小亮。顾磊是一个很好的男人,这一点你肯定也看出来了。所以我跟他在一起了,来到理市,打算告别过去,展开新的生活。谁知道又发生了这样的事情。如此遭遇,已经不能用命运多舛来形容了。"苏晓彤悲叹道。顾磊揽着她的肩膀,安慰着她。

谭勇发现,苏晓彤的回答堪称滴水不漏,几乎没有可以质疑的点。如果她说的不是事实,就只可能是精心编排的结果。在找不到破绽的情况下,他只好转移话题:"好吧,之前发生的事,我明白了。现在,我想把其他人叫到你家来,了解一下中毒事件,可以吗?"

"当然。"苏晓彤点头同意。

4

苏晓彤家还是第一次来这么多人。"大家庭"的成员围成一圈,正襟危坐,每个人脸上的表情都是阴郁的,发生了这样的事情,他们的心情可想而知。沈凤霞双眼通红、肿胀,明显是流泪过多所致。袁东的尸体已经被送往了殡仪馆,沈凤霞通知了袁东的父母和亲属,他们正赶往理市,为袁东办理后事。

"有件事情,我要告诉你们。"谭勇从衣服口袋里掏出律师函,展示给众人看,"我已经放弃龚亚梅的遗产继承权了。"

众人露出惊讶的神情,范琳问:"为什么?"

"那天在医院,你们也听到我们支队长说的了,因为我是遗产继承人之一,所以不能继续调查此案,需要回避。但我不愿意,就主动放弃了继承权。如此一来,这起案件就还是由我来调查了。"谭勇不想多做解释,轻描淡写地说道。

"为了查案,你放弃了两千七百多万的遗产?"韩蕾难以置信地说,"老谭,你是怎么想的?"

"我想的是,一定要亲手抓住这个在我身边作案的凶手。"谭勇扫视众人一眼,"经过这次的中毒事件,我想你们肯定也意识到了,这个人,就在你们当中。"

众人彼此对视,眼神中流露出恐惧不安的神色。沈凤霞埋着头,从牙缝里挤出四个字:"杀人凶手!"

"凤霞,你说谁是杀人凶手?"谭勇问。

沈凤霞抬起头来,用阴冷怨毒的目光挨个扫视每一个人,憎恶地说道:"我不知道是谁,但这个人此刻就坐在我面前。一想到这一点,我就……"

她的表情看起来就像要吃人一般,谁都没想到,平日里温婉可人的沈凤霞,在失去爱人之后,竟然彻底变了一个人,仿佛化身为复仇的厉鬼。

谭勇安抚着她的情绪:"凤霞,我能理解你的心情。但是这件事,已经引起了我们警方的高度重视,我也因此放弃了继承权,就是为了逼使自己,一定要抓住这个可恶的凶手!所以你不要有极端情绪,这件事,就交给我来办吧。"

"老谭,你最好是能找出凶手是谁。否则的话,我不会放过他的。"沈凤霞阴沉地说。

"凤霞,你这话是什么意思?你又不知道凶手是谁,要怎么惩罚他?你总不能因为出了这样的事,就把'大家庭'的每一个人都当成凶手吧?你要知道,毕竟大多数人都是无辜的,并且是受害者。"范琳说。

"是的,范琳说得对,你要调整和控制自己的情绪。"谭勇说。

沈凤霞冷哼一声:"失去袁老师之后,我用不着再伪装了。"

众人皆是一愣,谭勇问:"什么意思?"

"记得我以前跟你们说过的吗?我以前所在的乡镇中学,有一个女孩中学毕业后就去县城的歌舞厅当了陪酒小姐。是身为班主任的袁老师到歌舞厅去把她拉了出来,苦口婆心地教导,终于劝回了她——其实那女孩,就是我。"

所有人都露出惊讶的表情。沈凤霞说:"没错,以前的我,并不是什么好女孩,想到父母打算让我十几岁就嫁给一个当地有钱的老男人,就想着干脆去当陪酒小姐好了。这样的话,那土豪碍于面子,应该不会愿意娶一个陪酒小姐当老婆吧。而我的父母在得知此事后,居然也没有反对,因为当陪酒小姐能赚钱。只有袁老师,他没有放弃我,把我从歌舞厅拉出来,然后翻山越岭来到我家,说服我父母,让我继续读书。那时的袁老师二十多岁,年轻、英俊,有激情和活力。从那时起,我就爱上了他,并且坚信,这个世界上,除了他,应该没有任何男人会对我这么好了。如果有机会的话,我一定要报答他。

"所以,后来袁老师得了渐冻症,我全心全意地陪在他身边,照顾他的饮食起居。这么多年,我当然知道袁老师喜欢哪种类型的女孩,为了他，我可以舍弃自我，把自己变成温婉、贤惠的小女人。虽然这不是我的本性，但只要袁老师喜欢这样的我，就足够了。其实不只是本性，为了袁老师，我什么都可以舍弃。'你做什么，我就跟你一样'——这话不是说说而已，是我真实的态度。"

说到这里，沈凤霞停了下来，再次扫视众人："但现在，袁老师不在了，是被你们当中的一个人下毒杀死的。我仿佛失去了人生的灯塔，迷失在了汪洋大海之中。我不知道这个人为什么要这样做，袁老师打算拿到遗产后，就用于公益事业，这样的好人，居然会被人杀害。如果让我知道凶手是谁，我真想用刀把他的心挖出来，看看这颗心到底有多黑！"

沈凤霞的这番话令人不寒而栗。片刻后，谭勇说："凶手针对的不只是袁东，还有更多的人。"

"是啊，我们所有人都中毒了。"王星星说。

"但肯定有一个人是假装的，也许就是中毒最轻的那个人。"范琳说。

"这一点，我们也想到了。"李斌说，"昨天我问了负责抢救的医生，谁的症状相对较轻。"

这件事谭勇并不知道，他问李斌："医生说是谁？"

"不止一个。医生说，有三个人的症状相对较轻。"

"哪三个？"

"要现在说出来吗？"

谭勇想了想："说吧。"

"夏琪、苏晓彤、沈凤霞，她们三个人。"

众人的目光集中在她们三个人身上。夏琪说："中毒程度轻的人，不一定就是凶手吧？我只是没喝那么多鸡汤而已。况且，凶手为了把戏做得更足，也可以适当多喝一点，让自己的症状更重又不至于死掉，也有这样的可能。"

谭勇略微停顿，说道："现在由我来提问，知道的人就如实回答。

第一个问题，事发当天，谁买的菜？"

"老谭，这还需要问吗？在医院的时候我就告诉过你了。"李雪丽说，"每天负责买菜的人，不都是我吗？"

"李斌，你记录一下。"谭勇说。

"好的。"李斌拿出本子和笔。

谭勇继续提问："那天的菜，是在哪里买的？"

"离玥海湾小区最近的那个菜市场，我每天都在那里买菜。"

"所有的野生菌，都是在菜市场买的，没有在其他地方买过吗？"

"是的。"李雪丽非常笃定地说，"老谭，你们不相信的话，可以调那天街道和菜市场的监控录像来看，我只去了菜市场，没有去别的地方。"

"你买的野生菌中，有没有一种红色的蘑菇？"

"绝对没有。色彩鲜艳的蘑菇通常都有毒，这是基本的常识。我做了十几年的菜，不可能连这一点都不知道。"

"江队对当晚的食物进行了取样检验。检验报告显示，鸡汤中含有剧毒蘑菇火焰茸的成分。"谭勇望着所有人，"你们仔细回忆一下，那天晚上，有没有见过外形可疑的蘑菇。"

"火焰茸……我听说过这种毒蘑菇，外形像红色的手指，对吧？"顾磊说，"如果晚餐中出现了如此怪异的东西，应该所有人都会注意到。"

"火焰茸的外表是红色的，内部是白色的。"李斌说，"凶手要下毒的话，当然不会把特征这么明显的东西摆在餐桌上，而是会把外表红色的部分削掉，然后把手指状的蘑菇切成常规的形状。你们仔细回想一下，有没有见过不认识的蘑菇？"

所有人都在摇头。夏琪说："那天晚上吃的蘑菇，我以前全都吃过，没记错的话，应该是四种：牛肝菌、鸡枞菌、干巴菌、松茸。这些菌类，我全都认识。"

"没错，我买的就是这四种野生菌。"李雪丽说。

"这四种菌,我吃过无数次,全都认得,里面不可能有毒蘑菇。"范琳说。

谭勇点了下头:"看来跟我想的一样,有毒的蘑菇,是在吃饭中途加进去的,而不是一开始就在鸡汤里,否则的话,两个孩子不可能没事。那天晚饭,是不是两个孩子先下桌了?"

"是的。因为我们在喝酒,孩子肯定不可能陪着吃那么久,文婧和小亮都到房间里去了,一个做作业,一个玩玩具。"范琳说。

"看来,凶手还有一丝良知,不想害死两个孩子。所以故意等俩孩子下桌了,才投的毒。"谭勇说道。

"不是还有另一种可能吗?"沈凤霞说。

"是什么?"谭勇问道。

"虎毒不食子。"

这话的意思太明显了。范琳立刻说道:"凤霞,你这意思是,凶手不是我的话,就是苏晓彤或者顾磊咯?"

"是不是,你自己心里清楚。"

"你……"

"好了。"谭勇打断她们的话,"我们警察会综合各种情况判断的。我的问题还没有问完。"

俩人被迫住嘴。谭勇说:"既然可以确定,有毒的蘑菇是中途加进去的,那你们仔细回想一下,两个孩子下桌后,谁有可疑的举动。"

众人面面相觑,一脸茫然。夏琪说:"我们当时在讨论出去旅游的话题,除了文婧和小亮,大人都在餐桌上,众目睽睽之下,谁有机会往鸡汤里下毒呢?"

"是啊,把有毒的蘑菇放进鸡汤里,得保证每个人都看不到才行,难度太大了。"王星星说。

"明目张胆地放,当然不行。所以这个人肯定是趁大家不注意的时候,偷偷把毒蘑菇放进鸡汤里的。"苏晓彤说。

"在鸡汤里,没有发现片状或者块状的火焰茸,只发现了粉末状的。"李斌说,"这意味着,凶手是事先把火焰茸磨成粉末,再伺机放入鸡汤内的。粉末状的毒蘑菇,可以让整锅鸡汤都有毒,而且更容易被人体吸收。凶手考虑到了很多细节,可谓是处心积虑。"

"粉末的话,要下毒就比较容易了。"谭勇说,"凶手可以把毒药藏在袖子里,然后借着盛汤或者夹菜,把毒粉神不知鬼不觉地下入汤中,而他的手腕,正好可以进行遮挡。如此一来,即便当着众人的面,也可以下毒了。"

"老谭,照你这么说,就没办法找出是谁下的毒了。当时大家聊得热火朝天,每个人都在盛汤、夹菜,谁也不可能盯着谁的手腕或者袖子看。"范琳说。好几个人点着头。

"这个暂且不谈,回答我下一个问题——那天晚上,你们中毒的顺序大概是怎样的?"

"没有什么顺序,大家几乎是同时中毒的。"韩蕾说。

"总有个先后吧,第一个感到不适的人是谁?"

"是袁老师。因为……我看他爱喝鸡汤,就给他盛了好几碗。"沈凤霞懊悔地说道。

"然后呢?"

"应该是我吧,"李雪丽说,"袁东说他肚子痛的时候,我也感觉到了。"

"其实在袁东说之前,我就有点头晕了,只是没往中毒这个方面想。听到大家都说不舒服,才警觉起来,但全身已经使不上力了。"顾磊说。

"我也是这样。"王星星说。

"应该是在短短十几秒内,所有人都出现了中毒症状,很难分出先后。"苏晓彤说,"我只知道,当我失去意识昏倒的时候,一大半的人都已经倒下了。"

"我明白了。那么,是谁打的急救电话?"谭勇问。这是所有问题中最关键的一个,但他尽量问得轻描淡写,不让凶手察觉到这一点。

众人彼此对视着,好一阵之后,没有任何一个人承认。谭勇说:"怎么了，为什么没人承认？"

"是啊，打急救电话的人，等于是救了我们大伙儿，为什么不愿承认呢？"夏琪纳闷地说。

等了一分多钟，还是没人说话。谭勇说："这样吧，今天就先问到这里，有人想起什么了，随时和我联系。另外，在破案之前，你们都不要离开理市。这段时间，你们也不要再一起吃饭了，就待在各自家中吧。"

"老谭，发生了这样的事，不用你说，他们也不会再来我家吃饭了。"李雪丽幽怨地叹息道。

"那我们就先……"

谭勇话说到一半，范琳打断他，说道："等一下，老谭。"

"怎么了？"

"你刚才说，如果想起了什么，就告诉你。我现在就想起了一件重要的事。"

谭勇望着范琳："什么事？"

范琳迟疑了一阵，说："本来，我是想单独给你打电话或者发微信说的。但是考虑了一下，还是当着大家的面说好了，因为这事需要大家一起做证。"

"说吧，什么事。"

"其实我们当中的一个人，有比较明显的嫌疑。"范琳说。

此言一出，所有人都吃了一惊。谭勇问道："谁？"

范琳沉默几秒，说道："夏琪。"

"什么？"夏琪大惊失色，立即问道，"你为什么这样说？"

"我这样说，当然是有理由的。"

"什么理由？"

"夏琪，我们这些人当中，只有你单独去过亚梅姐家，对吧？这件事，亚梅姐跟我讲起过。"

"那又怎么样？我只不过是去找亚梅姐聊天，这都有问题吗？"

范琳望着众人说道："在场的人，还有单独去过亚梅姐家的，或者是，知道某人单独去找过亚梅姐的吗？"

客厅里陷入了沉默。片刻后，范琳对夏琪说："你看，我说得没错吧，我们当中，只有你跟亚梅姐单独有过接触。"

"就算如此，又怎样呢？"

范琳望向谭勇，说道："老谭，我不是警察，不能帮你做判断。我只能把自己觉得可疑的事告诉你。'大家庭'中，夏琪和亚梅姐的关系最好，经常说亚梅姐就像是她的妈妈一样，而亚梅姐似乎也把夏琪当成女儿对待。加上我们这些人中，只有她单独去找过亚梅姐。那么有没有这样的可能呢——亚梅姐把自己有两亿多遗产，并且打算留给我们这件事告诉过夏琪。也就是说，我们这些人中，只有夏琪可能事先知道这事。那么比起其他人，她的嫌疑是不是更大？"

谭勇望向了夏琪——不可否认，范琳说得有道理。他现在想听听夏琪的解释，而他看到的，是一张泪如雨下的脸。

"我不只单独找过亚梅姐，还单独找过雪丽姐、韩蕾姐、王星星他们聊天，只是因为我把你们当成家人或朋友罢了，没想到这都能成为'嫌疑'。亚梅姐从来没有告诉过我关于遗产的事，就算她跟我说了，我也只会心存感激，绝不会起半点歹念……不过就算我这样说，你也未必会相信吧。但是我心里真的很难过，没想到在你心中，我是这样的人。"

看着夏琪梨花带雨的模样，王星星忍不住说道："夏琪的性格本来很外向，她去亚梅姐家串门聊天，我觉得是很正常的事，因为这一点就说她是凶手，未免太……"

"我没有说她是凶手，我只是说她的嫌疑相对较大。我这个人的性格就是如此，有什么就说什么，你们也不是今天才知道。再强调一遍，我不针对任何人，只是把事实告诉老谭，由他来做判断而已。"范琳说。

谭勇思索片刻，站了起来："好的，我知道了。我和李斌先回刑警队，你们也各自回家吧。"

说完这句话，谭勇起身，李斌亦然，俩人离开了苏晓彤的家。

走到楼下，李斌问道："老谭，我觉得那个范琳说的，有几分道理啊。如果夏琪跟龚亚梅的关系最为密切，她的确有可能知道遗产和遗嘱的事。为了早点拿到遗产，便杀死了龚亚梅，并且一不做二不休，在鸡汤中投毒，再多杀几个人，这样到手的遗产就更多了！"

"是有可能。但这仅仅是猜测和怀疑，没有证据。"谭勇说，"相比起来，我更在意另一件事。"

"什么事？"

"他们当中，没有任何人承认，是自己拨打了急救电话。"

"对，这很奇怪。你觉得说明了什么呢？"

谭勇停下脚步，望着李斌："说明打急救电话的这个人，很有可能就是凶手。"

5

谭勇和李斌上了警车，李斌并没有立即发动车子，而是问坐在副驾的谭勇："为什么打急救电话的人会是凶手？凶手不是想毒杀其他人嘛，不让他们获救，才应该是他的目的呀。"

"正常逻辑是这样。但你忘了，凶手为了上演苦肉计，自己也必须喝一些毒鸡汤才行，否则所有人中只有他一个人没有中毒，未免太明显了。但是火焰茸这种东西，谁都没有足够的把握，知道吃多少才能既出现中毒症状，又不会致死。况且毒蘑菇在鸡汤中的含量不一定是均等的，谁知道喝下去这一口，含了多少有毒成分？万一运气不好，喝一小口就致命，对凶手而言，岂不是玩大了？所以，他必须保证一点，那就是——至少自己不能中毒昏迷，并且一定要拨打急救电话，否则他也有死亡的可能。"谭勇说。

"但是，这该怎么控制？既要让自己也中毒，还要保持清醒打急救电话，能办到吗？"李斌说。

"当然能办到。方法很简单，那就是，先假装中毒，和大家一起昏倒，实际上，凶手这时是在演戏。故意等一段时间，让一些人毒发身亡，才拨打急救电话。挂了电话，立刻喝一点毒鸡汤，等救护人员到了之后，就已经出现轻度中毒的症状了。"

"还有这样的诡计啊……不过，当时李雪丽家不是还有两个孩子吗？抛开弱智的顾小亮不算，如果范文婧发现外面的大人都中毒了的话……"说到这里，李斌自己已经想明白了。"如此一来，范文婧肯定也会呼救或者打急救电话，和凶手求救的效果是一样的。"

"没错，但是由于房间里的两个孩子并没有发现外面的状况，所以凶手才自己报了警。本来这只是我的猜测。但是刚才没有人承认是自己报了警，几乎已经证实，事实就是如此。凶手自然也想到了这一点，所以才不敢承认。"谭勇说。

"那我们要不要去医院，把那天接到急救电话的护士找来，让她听听'大家庭'这些人说话的声音，看她能不能分辨出是谁打的电话？"

"这件事，我昨天就问过那个护士了。她说自己一晚上要接几十上百个电话，根本不可能记得任何人的声音。况且凶手也可以伪装声线。"

"这就难办了。老谭，我们接下来怎么办呢？"

"第一，调查火焰茸的来源，这种毒蘑菇，不会出现在市区或者常见的地方，只有深山中才有。我们查一下'大家庭'的这些人，近期有没有去过郊区，或者跟可疑的人有过接触。第二，一定要杜绝凶手再次杀人。"

"你认为凶手还会继续杀人？他们不在李雪丽家吃饭后，凶手应该很难找到下手的机会了吧？"

"希望如此，但是为了避免再出事，我打算从今天晚上起，住在玥海湾小区，每天晚上巡逻和查房。我不相信在这样的情况下，凶手还敢作案。"

李斌露出敬佩的神情："老谭，你这次可真是拼了。不过，你住哪儿呢？"

"这个小区还有很多没租出去的空房子，随便租一套就行了。"

李斌竖起大拇指，随后想起一个重要的问题："对了，你老婆和女儿，知道你放弃遗产的事吗？"

"我还没跟她们说。"

"那你打算什么时候说？"

"不知道。有点饿了，先去吃饭吧，请你吃兰州拉面。"

"唉，就吃这个呀……我本来还指望着，等你继承了遗产，请我去高档餐厅打打牙祭呢。"

"那你吃不吃？"

"吃吃吃……"

李斌发动汽车，朝前方开去。

第十章 预感

1

谭勇和李斌离开后,"大家庭"的成员各自返回家中。苏晓彤和顾磊之前承诺了顾小亮,如果表现得好,中午就带他去吃肯德基。大人们在客厅聊天的时候,顾小亮一直乖乖地在房间里玩玩具。于是夫妻俩带着儿子出门,来到附近的肯德基餐厅。

顾磊点了个全家桶,顾小亮一边吃炸鸡腿,一边喝可乐,吃得很起劲,满嘴满手都是油。苏晓彤却似乎没有食欲,只是看着顾磊和儿子吃。顾磊递给她一个烤翅,说:"你也吃呀,挺香的。"

苏晓彤摇了摇头:"你们吃吧。"

"你怎么了?"

"没什么,只是我一直都不喜欢吃这种洋快餐。"

顾磊愣了一会儿,说:"对,我想起来了,西餐的话,你喜欢吃那种有格调的高档餐厅的牛排。"

说着,他掏出手机,打开美团查找起来:"我看看这附近有没有好点的西餐厅。"

"算了,不用。"

"没事,我找到一家……团购价,二人餐489元。咱们一会儿去这家吃吧。"

"顾磊,我说了,不用。"苏晓彤正色道。

顾磊放下手机,沉默片刻,问:"为什么?"

"你现在赚钱也不容易,我看你经常熬夜,咱们还是节约点吧。"

顾磊看了一下周围,小声说:"不是很快就能拿到巨额遗产了吗?"

"真的能拿到,再说吧。"

顾磊一怔:"怎么会拿不到呢?难道你担心……"

"别在这儿聊这个问题,回去说吧。"苏晓彤从纸袋里拿出一只烤翅,又吃了些薯条,算是把午饭解决了。

回到家后,顾小亮在主卧睡午觉,夫妻俩来到隔壁房间。苏晓彤说:"谭勇上午说的话,你也听到了,他担心凶手还会杀人。这种情况下,我们还能安心地住在这里吗?"

"这只是警察的担心罢了,不代表凶手一定会继续杀人。"

"但是现在已经可以百分之百地确定,这个凶手,就是'大家庭'中的某个人。关键是,我想不通他为什么要杀人。这是最令人不安的一点。"

"怎么会想不通呢?答案不是明摆着的嘛,显然是为了钱——杀死'大家庭'中的一些人,不就能分得更多遗产吗?"

"表面上看,似乎是这样。可是仔细一想,就会发现凶手的行为不符合一般人的逻辑。"

"怎么讲?"

"你想想看,龚亚梅留给'大家庭'的九个人——姑且把咱俩当成一个人吧——每人两千七百多万的遗产,这已经是一笔巨款了,而且是天上掉下来的馅饼。正常人会嫌少吗?别说两千多万,就算是白捡到二十多万,也足够让人开心了,不是吗?"

顾磊苦笑道:"当然了,对我来说,白捡两千块钱,都能让我高兴好几天,更别说两千多万了。"

"是的,这就是正常人的逻辑——反正这钱也是白捡的,是多是少又有什么关系呢？偷着乐不就行了吗？"

"嗯，没错。"

"但是这个凶手却不这样想。在得知自己即将继承两千多万巨额遗产后，他并没有满足和开心，而是在短短的两天之内，就想出一个诡计，毒杀'大家庭'的其他人。不，或许这个诡计也不是临时想出来的，而是早有准备。杀死龚亚梅，再设计杀死'大家庭'的人——也许从一开始，凶手就是这样计划的。"

"那你觉得，他为什么要这样做呢？"

"刚才不是说了嘛，我想不通。"

"无非就是贪婪吧，人的欲望是无止境的。得知自己将获得很大一笔钱，就想着有没有什么办法，能够获得更多的钱。凶手也许就是这样想的。"

"这样的可能，我当然想过，警察估计也是这样想的。但是从凶手的角度来说，这样做的风险实在是太大了点，投毒杀人是重罪，一旦被警察抓捕，别说钱了，连命都可能搭进去。顾磊，你想想看，一个正常人，在即将获得这么大一笔巨额财富之际，还有什么必要铤而走险去杀人呢？"

"也许这个凶手的算盘是，往鸡汤里投毒，是绝对不会被警察抓到破绽的杀人手法，也就是所谓的'完美犯罪'，根本没有被抓捕的风险。"

"好吧，抛开风险不说，凶手这样做，付出的代价也会非常大。首先，为了上演苦肉计，他自己也要喝下一些毒鸡汤，承受毒发的风险和痛苦；其次，这件事情显然会破坏众人之间的信任，让'大家庭'的成员变得互相提防。但是凶手要跟他们一起在这个小区住二十年哪！这样做等于舍弃了所有朋友，往后的生活会快乐吗？还有最关键的一点，凶手就不担心，他这样做了之后，会引发连锁反应？本来从未想过杀人的人，在经历了此事后，出于自保或者'不如先下手为强'的心态，也萌生杀人的念头。假如发展成这样的局面，显然对凶手也是不利的。所以你想想看，这样做的代价是不是太大了？而冒着如此大的风险，只是为了让本来就会很有钱的自己，变得更有钱一些，是不是有点说不过去？"

听完苏晓彤的一番剖析，顾磊连连点头，说道："你分析得很有道理，一个正常、理性的人，是肯定不会这样做的。但凶手会不会根本就没有考虑这么多呢？"

苏晓彤摇头道："从这个凶手的杀人手法和丝毫没有露出破绽的心理素质来看，他必然是一个心思缜密、遇事冷静的人。况且这是杀人，不是随随便便就能决定下来的事情。我不相信刚才分析的那些情况，他会考虑不到。"

"听你这么说，我也糊涂了。"顾磊挠着头说，"如果凶手真的这么狡猾和理性，为什么非得要杀人？"

苏晓彤沉思一刻，说："只有两种可能。"

"哪两种？"

"第一，这个凶手不是正常人，而是一个变态杀人狂。他杀人不一定是为了钱，而是为了满足快感。第二，他有某种必须杀人的理由。这个理由是什么，我不知道。"

"变态杀人狂……"顾磊似乎想起了什么，"两年前，李雪丽家就发生过杀人分尸案。"

"我当时就跟你说过的，那个没有抓到的凶手，搞不好一直就在这个小区，甚至就是'大家庭'中的一个人。"

"不会被你说准了吧？"

"我不知道。如果这个人真是一个以杀人为乐的变态，他蛰伏这么久，终于找到了一个可以大开杀戒的机会——这种可能性并不是没有的。"

"不过，就算如此，他也没机会再杀人了吧？我们以后不会在李雪丽家吃饭了。"

"难道他杀人的方式，就只能是投毒吗？"

顾磊不安地扭动了一下身体："那只能寄希望于警察了，老谭不是说，从今天晚上起，他就要住进玥海湾小区了吗？这对凶手来说，应该具有威慑力吧。"

苏晓彤叹息道："老谭以前也经常来这个小区，还是'大家庭'中的一员，可凶手仍然在他眼皮底下作案了。"

"这次应该不一样吧。老谭打算搬进小区来住，应该是下定决心要抓住凶手了。"

"希望如此吧。"

"对了，晓彤，你要不要给老谭打个电话，把你刚才分析的那些告诉他？"

苏晓彤摇头道："在老谭心中，我们每个人都是嫌疑人，没准儿我还是他的头号嫌疑人。我跟他说这些，搞不好他以为我是在故意误导他，还是算了吧。况且我能想到的，老谭估计也能想到。"

"说到头号嫌疑人，怎么都不该是你。目前最可疑的，难道不是夏琪吗？"

"为什么？因为范琳说，夏琪以前单独去找过龚亚梅，而且有故意讨好龚亚梅之嫌？"

"你不觉得她说得很有道理吗？只有和龚亚梅关系最近的人，才可能知道她有巨额遗产，并且打算留给'大家庭'的人。"

苏晓彤思索了一会儿："可我觉得，夏琪不会是凶手。至少不是杀死龚亚梅的凶手。"

"何以见得？"

"龚亚梅被害那天晚上，我和夏琪从酒吧出来，她提议去吃夜宵，我谢绝了。她又游说我，说那家店的烤羊肉串很正宗——如果她打算当晚谋杀龚亚梅，怎么会邀约我去吃夜宵呢？"

"也许她猜到你不会去，才故意这样说的吧。故意显示她没有谋害龚亚梅的打算。"

"但她不可能猜到我内心的想法。万一我答应了去吃夜宵呢？"

"那她就可以改天谋杀龚亚梅。不一定非得是那天晚上。"

苏晓彤沉思一刻："这也有可能。"

"总之，目前看来，'大家庭'中最可疑的人就是夏琪了。咱们尽量防着点她吧。"顾磊说。

2

下午下班前，谭勇来到一家房屋中介公司，指明要租玥海湾小区三单元的房子。中介很快就帮他找到了一套精装二居室，并带谭勇去看了房子。

这套房子在二楼，除了采光稍微差一点之外，没有别的问题。谭勇跟中介谈好租金后，付了三个月的房租和押金。

之后，谭勇来到玥海湾的物业中心，问负责人："本小区哪些地方安装了监控？"

负责人认识谭勇，知道他是警察，回答道："小区大门口、中庭、电梯间和停车场，都有监控。"

"每层楼的楼道呢？"

"楼道里没有监控。"

"从今天起，每层楼的楼道都要安装监控设备。"

负责人面露难色："这可是一笔不小的费用啊……一般小区的楼道里都没有监控，除非是住户自费安装。"

谭勇说："你们在入户大厅和电梯里安装的那些广告，都是收了商家的钱的。这些地方可都是住户们出了钱的公摊面积，按理说，广告费该分给住户一部分才对，我猜你们从来没有分过吧？你看是我提醒住户们来找你们索要这笔钱，还是你们以安装监控的方式来回馈住户？"

负责人自知理亏，也不敢跟警察讨价还价，立即表态："好的，谭警官，我这就通知人去采购监控设备。"

"大概多久能安装好？"

"采购好之后，还得联系人安装，至少得一个星期吧。"

谭勇摇头："太久了，三天。"

"啊……三天？"

谭勇压低声音说道："这个小区最近又有命案发生，而且凶手没有抓到，还有可能再次作案。现在你知道我为什么要让你尽快安装监控了吧？要是因为你们的拖延，又出了事，你负得起责吗？"

负责人明显有些吓到了，赶紧点头："我明白了，谭警官，我现在就去办这件事！"

谭勇点了点头，离开物业中心。

回到家，谭勇径直走进卧室，开始收拾自己的衣物。窦慧一开始没注意，做好晚饭叫谭勇来吃的时候，才发现他把衣物等随身物品装进了行李箱。窦慧问道："你这是要干吗，出差吗？"

"不，我要搬出去住一阵子。"

窦慧愣住了："什么意思？"

谭勇回过头，对妻子说："我要搬到玥海湾去住一段时间。"

"为什么？这案子不是已经不归你管了吗？"

"从今天起，又归我管了。陈局和江队让我继续负责这起案件。"

窦慧纳闷地问："你是怎么说通他们的？他们之前不是因为你也是遗产继承人之一，让你回避吗？"

谭勇埋着头想了一会儿，觉得这事迟早是要让妻子知道的，而她知道后，自己面临的必定是一场暴风骤雨。长痛不如短痛，还是早点告诉她为好。想到这里，谭勇拉着窦慧的手，和她一起坐在床沿上，说道："我跟你说件事。"

窦慧通过谭勇的表情，就猜到他接下来要说的不是什么好事，她忐忑不安地问道："什么事呀？"

"你嫁给我的时候，是不是说过，以后肯定会支持我的工作，当一个合格的警嫂？"

"我是说过，怎么了？你到底要说什么？"

"我想说，现在就是你全力支持我工作的时候了。"

窦慧眨眨眼睛："怎么支持？同意你搬到玥海湾去住？"

"对……不过还有另外一件事，我也希望得到你的支持和理解。"

女人的直觉让窦慧心中升起不好的预感，她直视着谭勇，喉咙有些发干："什么事？"

话到嘴边，谭勇却有些难以启齿。当了几十年的警察，他没有怕过什么，但此刻，居然害怕起来。他望着妻子，吞咽着唾沫，好一阵之后，才吞吞吐吐地说："你知道，陈局和江队他们……为什么让我继续调查这起案子吗？"

"谭勇，不要再打哑谜了。"窦慧表情僵硬地说道，"直接告诉我吧，你做了什么？"

谭勇深吸一口气，终于把这句话说出口了："我放弃了龚亚梅遗产的继承权。"

窦慧望着他。

时间一秒一秒地流逝，房间里安静得出奇。

过了大概一分钟，窦慧仍然没有说话，脸上也没有丝毫表情。谭勇瞄了她一眼，嗓子里挤出一句话："对不起，窦慧……我应该先和你商量的。但我担心你不会同意，所以我就擅作主张了。希望你能理解我……"

"现在，还来得及挽回吗？"窦慧问。

谭勇垂着头说："来不及了，冯律师已经帮我把放弃遗产的手续办好了。"

"这么说，两千七百多万，没了。"

谭勇张了张嘴，没有说出话来。

窦慧望着谭勇，突然笑了。这笑容让谭勇浑身发毛，他正要开口，窦慧站了起来，打开卧室的其中一个柜子，从里面拿出一个小玩偶，笑着问谭勇："你看，这娃娃可爱吗？"

谭勇有点蒙，不知道窦慧怎么会突然拿出一个娃娃给自己看。这玩偶巴掌大，是放在桌上的摆件，大头、笑脸，穿着精致的少数民族服装，看上去是挺可爱的。可现在，是探讨这个的时候吗……

"娃娃可爱吗？"窦慧再次问道。

"可爱……"

"是我做的。工厂提供原材料给我，我给这小娃娃做衣服、帽子，再给它画上眼睛、嘴巴、鼻子，做这样一个娃娃，要两三个小时。你知道这样一个娃娃，在淘宝店里卖多少钱吗？"

谭勇忽然明白窦慧想说什么了，他站了起来，想搂住妻子，窦慧躲开了，然后打开手机淘宝，拿给谭勇看："这娃娃在淘宝上卖四十块钱一个。工厂和我对半分，我能赚二十块。"

谭勇感到一阵心痛，他突然非常后悔，觉得对不起妻子，可现在晚了，他只能不住地道歉："对不起，窦慧，真的对不起。"

"二十块，我做一个小娃娃，能赚二十块。这二十块我也觉得不少了，每天做两三个，这生活费不就有了吗？能买好些东西呢，半斤肉，两三样小菜。"

"别说了……"

窦慧的眼泪终于溢出了眼眶："所以你想想，当你告诉我，你要继承两千多万遗产的时候，我是什么心情？我看上去很开心，对吧？但那只是表面，我内心的喜悦和兴奋，是看上去的一百倍都不止。然后你现在又告诉我，你放弃继承遗产了，两千多万，你就这样不要了。谭勇，我不想知道你这样做的理由是什么，你也永远不要解释给我听，因为我永远不会理解的。你是个伟大、无私、崇高的人，而我只是个市井小民。你想的是怎么破案、保一方平安，我想的是柴米油盐酱醋茶。我们不是一个世界的人，这倒无所谓，但我就想问你一句，在你心中，我是什么？是猪，是狗，还是一堆垃圾？我就这么不重要吗？我的人生，我的幸福，在你眼中什么都不是，对不对？"

"窦慧！你在说什么呀！"谭勇抓住妻子的肩膀，痛苦万分地说道，"我知道，这件事是我对不起你，我现在也后悔了！我当时是觉得，这个该死的凶手在我眼皮底下作案，对我来说是种奇耻大辱，我如果不亲手抓到他，这辈子都不会安心，才做了这个决定。而且我当时想的是，没有这笔钱的时候，我们不是也过得挺好吗？咱们夫妻恩爱、女儿懂事，虽然算不上有钱，但也不缺吃穿，本来就很幸福，为什么一定要继承什么遗产呢？你就当没这回事，好吗？"

"有些东西，如果原本就没有，倒也罢了；但是一旦拥有，却又失去，就会接受不了。人就是这样的。没有钱、没有爱情的时候，或许还能自由自在地穷开心，可是一旦拥有了一切，就再也无法回到当初的心境了。否则的话，为什么每年有那么多人自杀呢？他们真的穷到连饭都吃不起，或者再也没人爱了吗？当然不是，只是他们受不了这种失落感罢了。我也一样。谭勇，我就是个普通人，你要我超越人类，当神仙吗？"

窦慧的一番话，说得谭勇哑口无言。他后悔了，真的后悔了，如果时间能够倒流，他会毫不犹豫地回到前天晚上。离开医院后，他就回家，揽着妻子的肩膀，和她一起走出家门，打车前往机场，然后在江南水乡游山玩水、流连忘返……什么案件、凶手，跟他有什么关系呢？所谓的耻辱感、不甘心，真有这么重要吗？

可是，这是此刻的想法。如果真的做出了这样的选择，未来的某一天，会不会也像现在一样后悔不已呢？人类这种生物，还真是矛盾。

谭勇陷入复杂矛盾的思绪，窦慧则感到无比悲凉。夫妻俩沉默了十几分钟，谭勇意识到不能沉溺于这样的消极状态，既然已经做出了决定，就无须自责和后悔。他想到了一个安慰自己和妻子的主意，说道："其实，即便我放弃了继承权，也不代表什么好处都得不到。"

"什么意思？"

"我放弃了继承权，'大家庭'其他的人获得的遗产就会变多，而且他们都知道，我是为了查案才放弃继承权的，换句话说，是为了保护他们，以免他们再遭毒手。这样的情况下——特别是，如果我真的抓住了凶手——你觉得他们会不感谢我吗？"

"怎么感谢你，每个人送你一百万？"

"也不是完全没有可能吧。"

"做梦吧你。感谢这种事情，完全看别人的意愿，难道你还能道德绑架，强迫别人重金感谢你？"

"那当然不行，但是如果我遇到什么需要花钱的事情——比如雅丽要出国留学——我相信只要开口，他们一定会义不容辞地帮忙。毕竟那个时候，他们全都是大富翁，而且怎么说也是欠了我人情吧。"

窦慧哼了一声，不置可否，但脸色比之前好了一些。

其实这样一想，谭勇自己也觉得好过了些，看到妻子的情绪有所平复，他心里直呼谢天谢地，总算是把这事给应付了过去。他揽着窦慧的肩膀，又说了些好话，俩人来到饭厅，吃了晚饭。

饭后，谭勇对窦慧说："总之现在最主要的事，就是一定要抓住这个凶手，并阻止他继续杀人。为此，我只能……"

窦慧打断他的话："去吧，不用说服我了。你房子都租好了，我还能不让你去住吗？"

"那这段时间，你一个人在家的时候，要注意安全。"

"我知道。"

"放弃遗产的事，暂时不要跟雅丽说，以免她情绪受影响，学习分心。总之你和女儿都放心，留学的费用，我一定会想办法凑齐的。"

窦慧点了点头，帮谭勇收拾东西，之后送他到家门口。

"玥海湾离咱们小区，打车也就十分钟，有什么事，你给我打电话，我立刻就赶回来。"谭勇说。

"嗯。"

"那我走了。"

谭勇拖着行李出门，正要把门关上，窦慧叫住他："谭勇。"

"怎么了？"

"你一个人住在玥海湾小区,而且跟杀人凶手周旋,要注意安全。"

谭勇心头一热,知道妻子不管怎么埋怨,心里还是关心自己的。他颔首道:"我知道,别担心。"

"另外,你答应我一件事,好吗?"

"什么事?"

"一定要抓到这个万恶的凶手。"

谭勇愣了,没想到窦慧提出的要求,竟然是这个。以前,她从来没有关心和过问过自己工作方面的事。

"这样才对得起你付出的代价。"窦慧解释道,"而且,不要让你的人生留下遗憾。"

谭勇此刻的心情难以形容,妻子对他的宽容、支持和理解,让他无比感动。他很想和妻子拥抱一下,又觉得老夫老妻了,这样做有点矫情,想了想,双腿并拢立正,对着窦慧敬了一个警礼,大声说道:

"是!"

3

晚上八点,谭勇在"大家庭"的群里告知所有人,他已经住进了玥海湾小区,和他们在同一栋楼,就在二楼202。从今晚开始,他会不定时地在小区和各楼层间巡逻,确保大家的安全。

众人纷纷在群里表示感谢。谭勇又说,他已经通知了物业,让他们三天之内在楼道里安装监控设备。在此之前,大家晚上尽量不要出门。

众人纷纷回复"收到",并配以多个大拇指的表情。发完信息后,谭勇还是不放心,给李斌打了个电话,开门见山地说,希望这段时间,李斌也住进玥海湾小区。

李斌是个年轻小伙子,外地人,又没结婚,本来就是租房子住。加上他也负责调查这起案件,所以二话不说就同意了。简单地收拾了一下东西,半个小时后他就来到了谭勇租的房子,还带了不少零食和方便面过来。

"两个房间,你选一个吧。"谭勇说。

"选什么呀,你主卧,我次卧呗。"

"行。"

大家都干脆。李斌铺好床之后,接近九点了。他对谭勇说:"今天晚上我去巡逻吧。"

"好的。"谭勇给李斌发了一条微信,"这条信息,你保存一下。"

李斌点开手机,看到信息的内容如下:

　　李雪丽:十二楼1203

　　苏晓彤、顾磊:十二楼1201

　　夏琪:九楼902

　　范琳:十四楼1401

　　沈凤霞:八楼803

　　王星星:十五楼1503

　　韩蕾:六楼604

"这是每个人住的楼层和门牌号。你巡逻的时候,挨个敲一下他们的门,询问情况。三个目的:第一,确认他们在家并且安全;第二,提醒他们,一定要把门窗关好,特别是把大门从里面反锁好,这样就算有人用钥匙开门,也没法把门打开;第三,这些人当中,一定有一个是凶手,我们不定时地巡逻和查房,可以对凶手起到威慑作用。"谭勇说。

"明白。"李斌点头,出去了。

大约二十多分钟后,李斌返回出租屋。谭勇问:"怎么样?"

"他们全都在家，也表示一定会把门反锁好。"李斌说。

"那就好。你去查房，他们就知道这栋楼里住着两个警察，对凶手的威慑力会更大。"

"这种情况下，凶手断然是不敢作案了。要是这样都能杀人，除非那凶手会穿墙术！"

李斌说得十分笃定，本以为谭勇会赞同或附和，但是谭勇并没有说话，而是若有所思。李斌说："怎么，老谭，这你还不放心？"

"我在想，还有什么是我们没考虑到的。"

李斌坐下来思索，好一会儿后，他掰着指头说："门窗全都关好了，门也从里面反锁了，就算有钥匙也打不开。这样的情况下，我认为凶手至少不可能入室杀人。当然，这也不意味他们就是绝对安全的，毕竟他们不可能一直待在家中，总要外出。如果凶手在外面行凶，那咱们就没辙了。"

"凶手在外面行凶的可能性不大。经历过前面的事情后，所有人肯定都警觉起来了。而且我提醒过他们近期不要晚上外出，白天的时候想要公然行凶，难度很大。"谭勇说。

"这不就没问题了吗？"

谭勇沉默不语。李斌拍着他的肩膀说："老谭，我们已经把该做的都做了，各种情况也考虑到了，你不要有太大的压力。我相信不会再出事了。"

"希望如此。"

"那咱们洗洗睡吧，明天我还得接着调查火焰茸的来源。"

"行，你先去洗澡吧。"

李斌去卫生间洗漱。谭勇进了卧室，躺在床上思索今天上午范琳说的话，也就是她明确表示，夏琪具有最大嫌疑这件事。

按范琳的说法，夏琪是所有人中，唯一去龚亚梅家单独找过她的人。她自己也承认了，不过又说除了龚亚梅之外，她也单独去找过李雪丽、韩蕾、王星星等人。但是，万一其他人都是幌子呢？只是为了表示她不只单独找过龚亚梅，这也是有可能的。

另外，谭勇和他们在一起这么久，确实注意到，所有人中，似乎夏琪和龚亚梅的关系最好。他回忆了一下，夏琪最开始加入"大家庭"的时候，是不会打麻将的，但是龚亚梅喜欢打麻将，她就学会了打麻将，之后经常陪龚亚梅打；龚亚梅喜欢听歌，夏琪就用吉他弹唱各种好听的歌曲给她听；吃饭和喝酒的时候，夏琪经常讲一些趣事和笑话，逗得龚亚梅哈哈大笑；除此之外，夏琪还很喜欢挽着龚亚梅的胳膊或者揽着她的肩膀，和龚亚梅十分亲近，宛如母女……事实上，龚亚梅的确当着众人的面说过好几次"夏琪就像是我的女儿一样"。

种种迹象都表明，夏琪的确有可能如范琳所说，是在刻意讨好龚亚梅。特别是，范琳和她们天天在一起，这样的感受应该更深。所以她提出这样的怀疑，不无道理。

但夏琪性格本来就外向，这也是事实。她和"大家庭"的好些人关系都好……这样想起来，夏琪对人的热情和亲近，到底是本性使然，还是别有用心呢？

或者说，两种情况皆有？

不管怎样，明天再单独找夏琪谈谈，用各种方式来试探她。这是目前能想到的唯一的办法了。

临睡之前，谭勇在群里发了一条信息，@所有人：请大家再次确定，是不是每个人都在家，是不是都关好门窗，并将房门反锁好了。

众人依次回复。

李雪丽：在家，门窗已关好，房门也反锁好了。谢谢了，老谭，你早点睡。

顾磊：我们也是。辛苦了，老谭，感谢！

沈凤霞：照你说的做了。

范琳：我也是，多谢老谭提醒！有你在楼下，我们安心多了！

王星星：我也是，多谢老谭提醒！有你在楼下，我们安心多了！

韩蕾：我也是，多谢老谭提醒！有你在楼下，我们安心多了！

夏琪：我关好门窗，反锁好大门了。谢谢老谭，你费心了。

看到所有人都回复后，谭勇缓缓吐出一口气，放下手机，关灯睡觉。

4

"老谭这个人，真是一个尽心尽责的好警察。"苏晓彤感慨道，心情有些复杂。

"是啊，为了避免再出事，他不但自己住了进来，还把同事李斌也叫过来了。又是巡逻，又是上门提醒，还在群里反复提醒大家注意安全。这么负责的警察，我还真是第一次见到。有他在，我们安心多了。"顾磊说。

"可问题是，老谭不可能在这里住二十年，也不可能天天如此。"

"但他总会想到办法保护我们的。我也是，晓彤，有我在，任何人都伤害不了你和小亮。"

苏晓彤点头："你带小亮去洗澡吧。"

顾磊和儿子洗澡的时候，苏晓彤躺在床上看手机视频。十点十几分的时候，有人发起微信语音通话，苏晓彤一看，是夏琪打来的。她接通了电话。

"喂，夏琪吗？"

"嗯，晓彤姐，你还没睡吧？"

"还没睡，有事吗？"

"我想跟你聊聊，可以吗？"

"当然可以。"

"今天上午，范琳说我是所有人中，嫌疑最大的，我想听听你真实的想法——你也这样认为吗？"

苏晓彤感到为难。是的。她很想这样说。但这种话怎么好直接告知本人？犹豫了一下，她违心地说："不，我不这样认为。"

"真的吗？"

"嗯。"

"那真是太好了，谢谢你，晓彤姐。"

谢我做什么呢？我相不相信，这很重要吗？我又不是警察。或者，她是希望如果警察问到我这个问题，我会帮她说话？但她应该知道，这样做的意义不大吧。苏晓彤暗忖。

"因为你和顾磊哥才加入'大家庭'不久，所以可能很难理解，我对'大家庭'这些人的感情。其实我真的……是把大家当成亲人来看待。"夏琪的声音中带着哭腔。

"其实我看得出来。"

"亚梅姐遇害，我已经非常难过了。没想到后面又发生了投毒事件……我心里真是难受到了极点。为什么和睦快乐的'大家庭'，会演变成现在这样呢？"

苏晓彤蹙起眉头。她无法判断夏琪是真情流露，还是在演。她竭力思索，如果是表演的话，她为什么要演这出戏给自己看呢？抑或，她给其他人也打了电话？

"很早以前，我就听过别人说，钱是一把杀人不见血的刀。我一直不以为然，直到今天，我才明白了，果真如此。"夏琪悲哀地说道，"有的人为了钱，能够舍弃一切。什么亲情、友情，在他面前全都不值一提。"

苏晓彤忍不住问道："夏琪，你跟我说这些的意思是……"

"晓彤姐，我是在想，如果让我一直生活在这样的环境里，每天提心吊胆、寝食难安，给我再多的钱又有什么意义呢？所以我想，与其这样，不如搬走好了。"

苏晓彤一愣："你的意思是，跟老谭一样，放弃继承权？"

"是的，我就是这样想的。但我还没有下最后的决定，心里很乱，想找人聊聊，你不会嫌我烦吧？"

"当然不会。"苏晓彤不知道夏琪说的是不是真心话，她试探着问，"夏琪，如果你放弃继承权，离开玥海湾小区，或者离开理市，你有什么打算呢？"

对于这个问题，夏琪没有丝毫的犹豫："我想结婚，找个踏实的男人,平平淡淡地过日子。这样就够了。钱对我来说,真的没那么重要。在我生命中,最不可或缺的,是真爱吧。"

很像年轻女孩子会说出的话。不过以后,当面对生活的残酷、竞争的压力、朋友的攀比、子女的教育,你就会意识到钱有多重要了。那个时候,你会发现真爱才是最可或缺的东西。苏晓彤想。

"说到真爱,我挺羡慕你和顾磊哥的。"

苏晓彤苦笑:"有什么好羡慕的?"其实她想说的是,你是怎么看出我们是真爱的?但她忍住了,没有说出口。

"你们感情很好啊,你们结婚很多年了吧?顾磊哥对你还像对初恋女友一样。"

苏晓彤沉默一刻,说:"其实我们不是老夫老妻,去年才结婚的。"

"啊?但是你们的孩子……小亮不是都七岁了吗?"

"那是我跟前夫生的。"

"原来是这样,抱歉,我一直以为你们是原配夫妻,小亮就是你们的孩子呢。"

"没关系,是我没有告诉你们。"

"那么,晓彤姐,我可以问一下吗?你和前夫离婚之后,是经过了一段空窗期,还是很快就跟顾磊大哥在一起了呢?"

夏琪怎么变得如此八卦了?苏晓彤不由得想,以前她很少过问这类私人问题,今天是怎么了?不过,既然她问了,就勉强回答一下吧。自然是不必细说,否则需要解释的事情就太多了。比如我和前夫,根本就不是离婚……

"没有什么空窗期,就是单身之后不久,就跟他在一起了。"

"这样啊,晓彤姐,你的命真好。每个女孩应该都想嫁给顾磊大哥这样的好男人吧。"

苏晓彤勉为其难地笑了一下。

"你是不是累了?那我就不打扰你了,早点休息吧,晓彤姐,晚安。"

"好的,晚安。"

挂了电话，苏晓彤陷入了思考。她总觉得，夏琪打这番电话是有什么目的的，但是一时又想不明白，目的会是什么。就在这时，洗完澡的父子俩穿着背心短裤走进了卧室，打断了苏晓彤的思考。顾小亮上床后，让妈妈给他讲故事。苏晓彤一边答应，一边对顾磊说："夏琪刚才给我打了个电话。"

"哦，她说什么？"

"也没什么，就是闲聊，说'大家庭'变成现在这样，她很痛心之类的。"

"是真心话吗？"

"我怎么知道？"

"如果是真心话，证明夏琪的确是一个很重感情的人；如果不是，那就是别有用心了。"

"我也有这样的怀疑。可是她跟我说这些有什么用呢？我又不是警察，这话应该对老谭说才对呀。"

"跟老谭说，就有点太明显了吧。通过别人之口转述，更能让警察信服。"

"你这样说的意思，岂不就是……"

"不，我也是随便说的。"顾磊看了一眼顾小亮，"咱们还是别在孩子面前谈这个话题吧。"

苏晓彤也意识到了这一点，翻开放在枕边的童书，打算给顾小亮讲故事。顾磊望着他们母子俩笑了一下，说："我去书房，把前几天接的设计单做完。"

"现在还需要这么辛苦做设计吗？"

顾磊懂苏晓彤的意思，笑道："钱拿到手之前，工作都得做下去。况且抛开钱不说，诚信也是很重要的。"

苏晓彤点了点头，开始给儿子讲故事。顾磊把门虚掩，走进书房，打开电脑。

顾小亮一个故事没听完，就呼呼大睡了。苏晓彤安顿好儿子，拿出手机看剧,刚看一会儿,有人发来微信,是周思达,问道:睡了吗,晓彤?

苏晓彤:还没呢。

周思达:出来喝酒吗?

苏晓彤:???

周思达:我来理市了,现在打算去酒吧。

苏晓彤:啊?你什么时候来的?

周思达:刚下飞机呀,然后就跟你联系了。

苏晓彤:怎么突然想起到理市来呢?

周思达:哪是"突然想起",上次不就跟你说了,我要来理市找你玩吗?

苏晓彤:我以为你是随口说的。

周思达:不是,好久没见你了,还挺想你的。

苏晓彤:别说这种话了。

周思达:怎么了?咱们不是说好,分手也能当朋友的吗?我来找老朋友玩,不行啊?

苏晓彤不知道该说什么了。沉默之际,周思达又发来信息:怎么样,要不要出来喝两杯?

苏晓彤:算了,我要陪儿子睡觉,而且这么晚出来,我老公也不放心。

周思达是个干脆的人,也不勉强:行,反正我要在理市待一段时间,改天约也行。

苏晓彤:嗯。

周思达:对了,帮我推荐家酒店或者民宿吧,玥海边,带私人游泳池的那种。

苏晓彤:这我还真不知道,你要找的是那种最高级、最豪华的吧,自己上网搜。

周思达:行吧,不打扰你休息了,晚安。

苏晓彤：晚安。

每次周思达发来信息，总会让苏晓彤的心绪一阵起伏。特别是，这次周思达居然来了理市，更是让苏晓彤思绪万千。周思达是她大学毕业后交往的第一个男朋友，样貌英俊、家境殷实。她想起了和周思达谈恋爱的那段时光，总体是快乐的。要不是他的家人太难相处，而自己当时又年轻气盛，他们也不至于分手。但多年过去，周思达似乎独立了，不再依附他的父母……而且不知道为什么，这么多年过去了，他居然一直没有结婚。是没有玩够，还是没遇到合适的人呢，或者是，他其实一直对前女友念念不忘？他这次来理市，真是单纯来旅游度假的，还是……

苏晓彤收敛心神，不让思绪蔓延开来。不管怎么说，她是有夫之妇，跟周思达也早就成了过去式。有些想法最好是赶紧打住，况且这段时间遇到这么多乱七八糟的事情，凶案的阴云和死亡的威胁尚未驱散，哪有工夫去念什么旧情？

苏晓彤晃了晃脑袋，清空思绪，继续看剧。

十一点五十几分的时候，微信提示音再次响起。苏晓彤以为又是周思达，拿起手机一看，眼睛倏地睁大了。

这条信息是夏琪发在"大家庭"群里的，内容是：

今晚我思考了很久，好像知道凶手是谁了。

5

苏晓彤大吃一惊——什么？夏琪知道谁是凶手了？

她迅速坐直身子，短暂地思考了几秒后，拿着手机走到隔壁房间，问顾磊："你看群里的消息了吗？"

顾磊坐在电脑前，用绘图软件做着平面设计，说道："没看，怎么了？"

"那你马上看一眼。"

顾磊拿起放在一旁的手机，看到夏琪发在群里的那条消息，也吃了一惊："夏琪知道凶手是谁了？"

话音刚落，微信提示音又叮咚响了一声，是王星星发的：*真的吗？！*

接着，韩蕾发了一连串表示震惊的表情。

但是夏琪没有回复了，群里也没有其他人再发言。顾磊忍不住@了夏琪：*真的吗，是谁？*

苏晓彤坐在床沿上，和顾磊一起等了一会儿，夏琪仍然没回复，顾磊纳闷地说："她怎么不说话了，群里的其他人呢，也不发言？"

"现在接近十二点，估计很多人都睡了。或者是，有人看到夏琪发的这条信息后，马上给她打了电话。"

"夏琪怎么会突然知道凶手是谁呢？而且她要是真的知道了，应该跟老谭说吧。干吗在群里说？"

"我也正在想这个问题。"苏晓彤思忖着说，"我猜，她只是有比较明确的怀疑对象而已，所以说的是'好像'知道凶手是谁了。如果能百分之百肯定的话，就不会在群里说，而是直接报警了。"

"这么说，她把这条消息发在群里，是一种试探？想看看大家的反应？"顾磊猜测。

听到"试探"这两个字，苏晓彤心中一震。她突然想起夏琪在十点多的时候给自己打的那通意味不明的电话，对顾磊说："现在想起来，夏琪之前给我打电话，就有种试探的意味，她好像是想从我口中套什么话出来……"

顾磊诧异道："试探你？难道她怀疑你是凶手？"

"她有理由怀疑任何人是凶手。况且她也不一定只给我一个人打了电话。想想看，从十点多到现在，中间有一个多小时呢，也许她给好几个人打了电话。"

"然后在和这些人通话的过程中,她发现了什么端倪,所以才……"

顾磊的话没说完,叮咚一声,夏琪发了一条信息在群里:今天晚了,明天再说吧,晚安。

夫妻俩对视一眼。顾磊无奈地耸了下肩膀。苏晓彤说:"我要不要给她打个电话,问问是怎么回事?"

"她不是已经明确表示'明天再说'了吗?就算你给她打电话,她也不会多说吧。"

苏晓彤想了一下,作罢了。顾磊合上笔记本电脑,说:"咱们睡吧,明天再问夏琪。其实用不着我们问,明天早上老谭看到聊天记录,肯定立刻就去找夏琪了解情况了。"

苏晓彤点了点头,顾磊揽着她的肩膀,和她一起走进主卧。顾小亮睡得很沉,夫妻俩在他身边躺下,苏晓彤倚靠在床头,若有所思。

"睡不着吗?"顾磊问。

苏晓彤点头:"我在想,这到底是怎么回事。"

"其实我也在想。夏琪怎么会知道凶手是谁呢?这起案件,连警察都暂时束手无策,她分别给'大家庭'的几个人打一通电话,就能试探出谁是凶手,这可能吗?"

"如果夏琪真的能办到这一点,只有一种可能——以她对'大家庭'中某些人的了解,有针对性地进行试探,发现这个人的行为或者言语有问题,就能做出一些判断。"

"那老谭也是'大家庭'的成员啊,他对大家也是了解的。"

"但没有夏琪那么了解。老谭毕竟只是偶尔来参加聚会罢了,不像夏琪几乎天天和大家在一起。"

"这倒也是。"

"而且我猜,夏琪之所以去试探每个人,是因为今天上午,范琳明确表示了对她的怀疑。自己成为嫌疑最大的那个人,就不得不主动出击,想办法找出真凶了。"

顾磊想了一会儿,说:"这也有可能是障眼法吧。假如凶手真的是夏琪，她肯定得想出什么应对之策才行，比如把怀疑目标想办法转移到别人身上，这样就能达到扰乱视听的效果。"

"嗯，这也有可能。"苏晓彤微微皱起眉头，"仔细一想，这种可能性还很大。今天晚上，夏琪的行为确实显得有些刻意。她先是给我打了电话，胡乱问了些问题，之后可能也给另外几个人打了电话，然后在群里说'我好像知道凶手是谁了'，但是当大家询问她究竟是谁的时候，她又不说话了，含糊其词地表示'明天再说'。怎么看，都像是在故意混淆视听啊。"

"这就是所谓的'凶手的反击'吗？但是好像并不高明，这番欲盖弥彰的操作之后，我反倒觉得她更可疑了。只是不知道警察会怎么想。"

"警察当然也不是那么好糊弄的。明天上午，看到群信息的老谭肯定会立刻去询问夏琪，如果她没法拿出真凭实据指出谁是凶手，老谭肯定会产生跟我们一样的想法——她这是在故意转移大家的注意力。"

"那就到明天再看吧。"顾磊说，"十二点半了，别多想了，睡吧。"

苏晓彤点点头，关了床头灯。但是躺下之后，仍然许久没能入眠。

不知为什么，那种不好的预感，又来了。

这种感觉，和龚亚梅遇害那天晚上，一模一样。

明天……不会出什么事吧？黑暗中，她惶恐地想。

第十一章　命案

1

年近五旬的谭勇多年来一直有个习惯，晚上睡觉之前会关掉Wi-Fi和移动数据，以免微信等各种APP发出的提示音打扰睡眠。手机则是不会关机的，这样的话，如果谁有急事找他，可以通过电话联系。

早上七点，谭勇就起床了。租的这套房子里没有Wi-Fi，他打开手机的移动数据，伴随着叮咚叮咚的提示音，各种微信信息映入眼帘。

谭勇看到"大家庭"里的群聊信息后，眼睛顿时睁大了。他赶紧穿好衣服，门都没敲，直接推开隔壁李斌的屋门，把睡梦中的李斌叫醒："喂，你看看这个！"

李斌从床上坐起来，揉搓着惺忪的睡眼，问道："什么呀？"

谭勇把手机递给他，李斌看了之后，睡意全无："夏琪说她知道凶手是谁了？"

"对，但是王星星、顾磊他们问她是谁，她又没说，只回复'明天再说'。"

"这是她昨晚发的，现在不就是'明天'嘛，赶紧打电话问问她呀。"

谭勇点了点头，发起微信语音，但是响了很久，夏琪也没有接。

"是不是现在太早了，她还没起床，也没开Wi-Fi？直接打电话吧。"

谭勇遂拨打夏琪的手机号码，也是一样，没接。

"她怎么不接电话？"谭勇自语道。

"年轻姑娘瞌睡大，可能还想睡，就没接电话，或者就是手机没在身边，过会儿再打吧。"

谭勇没有说话，眉头深锁。

李斌穿上衣服裤子，对谭勇说："反正我们这段时间的任务就是调查这起案子，不用去刑警支队报到。咱们先去楼下吃早餐吧，然后再联系夏琪。"

谭勇其实很想直接去夏琪家找她，但是现在毕竟才七点多，这么早就去打扰似乎不合适，便无奈地点了点头。

俩人洗漱之后出了门，来到小区附近的一家早餐店，点了米线、豆浆和茶叶蛋。谭勇一边吃，一边说："夏琪昨天晚上做什么了？怎么会知道凶手是谁呢？"

"你确定她真的知道凶手是谁？"李斌嘬了一口米线，"我看她说得有点含糊其词，没准儿是瞎猜的。"

"就算是猜，也总得有点根据吧。她说'今晚我思考了很久'，表示她说这话不是空穴来风。而且她知道我在群里，当然能想到，她发了这样的信息，我今天肯定是要找她问话的。要是没有什么合理的怀疑对象，说得过去吗？"

"昨天那个范琳，不是说夏琪的嫌疑最大吗？结果晚上，夏琪就说她知道谁是凶手了——感觉像是在转移视线。"

"如果她不是凶手，身正不怕影子斜，根本就不用转移什么视线。反过来说，假如她是在刻意转移我们的注意力，反而进一步加重了她的嫌疑。"

"没错，所以一会儿我们见到她后，看看她怎么说。除非她能有理有据地指出谁是凶手，否则的话，我们几乎可以断定，她就是凶手了。"

"就算是这样，我们也没有证据。"

"但至少确定谁是主要嫌疑人后，就可以对她展开各种'攻心战'了，不像现在这样，面对的是七八个嫌疑人。"

谭勇点头，认为李斌说得有道理。他连剩下的半碗米线都不想吃了，摸出手机，再次给夏琪打电话——跟刚才一样，还是没人接听。

"夏琪不会出什么事了吧？"谭勇说。

"不会吧？我昨晚挨家挨户上门提醒，让他们一定要把门反锁好。这样也能出事？"

谭勇觉得理论上是不可能，心里却总是感到不安。现在是特殊时期，夏琪不可能睡得那么踏实，连续几个电话都没能把她吵醒。手机不在身边，也不太可能，现代人几乎一分钟都离不开手机，特别是年轻人，从打第一个电话到现在，已经过去半个小时了，正常情况下，她不可能这么久都不碰手机。如此说来……

谭勇吃不下任何东西了，站起来说道："我们现在就去夏琪家看看！"

"行吧行吧。"李斌也不吃了，用纸巾抹了抹嘴，微信扫码付款之后，和谭勇一起返回玥海湾小区。

夏琪的家在三单元九楼902，谭勇来到门口，先按门铃，再敲门，等了几分钟，里面没有任何动静。他又拨打夏琪的手机，然后把耳朵贴在防盗门上仔细听，隐约听到了一阵音乐声，挂断电话后，音乐就戛然而止了——显然这就是夏琪的手机铃声。

"手机在里面，说明人也在里面，但她就是不接电话，也不开门。她可能真的出事了！"谭勇表情严峻地说道。

李斌也感觉到事情不对劲了，说："那我去联系一个开锁匠，把她家门打开？"

"我认识一个开锁匠，就在附近，跟我是老熟人了，我叫他过来。"

谭勇说的这个开锁匠，正是两年前打开1203房门的那个。开锁这行属于特殊行业，是要在公安局备案的。这个开锁匠是个五十多岁的男人，经常跟警方合作，为人实诚、口风也紧，警察叫他办事，他只管按要求做，从来不打听缘由，是谭勇十分信任的一个人。

十几分钟后，开锁匠来了。跟以往一样，没有多话，拿出工具就开干，有着几十年开锁经验的他，鼓捣了几下，就把防盗门打开了。李斌问道："这门从里面反锁了吗？"

开锁匠摇头："没有，要是反锁了，我就没这么容易打开了。"

李斌和谭勇对视一眼，当着这开锁匠的面，不便多说什么。谭勇给了开锁匠五十块钱，说："谢谢了啊，你回去吧。"

开锁匠应了一声，乘坐电梯下楼。

谭勇和李斌推开房门，进入夏琪的家。

"夏琪？"谭勇喊道，没人回应。

他们穿过门厅和客厅，来到卧室，看到了睡在床上的夏琪。俩人无法判断夏琪此时的状态，谭勇又喊了一声，然后靠近。

夏琪侧身盖着被子，看样子似乎是在熟睡中，但是经验丰富的谭勇定睛一看，立刻发现她的状态不对。他猛地掀开被子，俩人倒吸一口凉气，看到了令人惊骇的一幕。

夏琪的心脏部位插着一把刀，人早已死去多时了。

2

和法医一起到的，还有支队长江明。谭勇低着头，有点无颜面对队长。江明也没有责怪他们，只是说："你们昨晚不是都住进这小区了嘛，怎么还有命案发生？"

李斌苦着脸说："我也不知道啊。昨天晚上我巡逻了一遍，挨个敲'大家庭'每一户的门，提醒他们一定要反锁好房门。所有人——包括夏琪在内，都答应了。"

"我在群里也反复提醒他们，一定要反锁好门。"谭勇把群消息展示给江明看，"你看，夏琪还回复了。"

江明看到夏琪回复的内容"我关好门窗，反锁好大门了，谢谢老谭，你费心了"，叹了口气，不知道该说什么好。

"我昨晚还跟老谭开玩笑呢，说凶手要是这都能作案，除非会穿墙术。谁知道，还真的……这挨千刀的凶手，到底是怎么办到的？"李斌不禁骂了起来。

"别瞎说了，什么穿墙术，开锁匠不是说了嘛，这门压根儿就没有从里面反锁！"谭勇说。

"对呀，这就更奇怪了。我们这样反复提醒，夏琪也明确回复，把门反锁好了，怎么后来又没反锁了呢？"李斌想不通。

"是不是后来夏琪出过门？"江明问。

谭勇摇头："我刚才已经让物业把电梯和小区内的监控都调出来看了，夏琪晚上没有出过门。"

江明望了一眼旁边——两名法医正在检查和观察尸体。他问道："能判断死者的死亡时间吗？"

其中一位法医说："从尸体僵硬程度、瞳孔和肌肉的超生反应等迹象来看，死者的死亡时间，应该是昨天夜里十二点左右。"

谭勇看微信群里的聊天记录，说："夏琪在昨晚11点51分的时候，发了一条信息，过了六分钟，也就是11点59分的时候，她又发了一条，之后没有再发过信息了。如果她遇害的时间是半夜十二点左右，说明她在发完第二条信息后不久，就遇害了。"

江明问法医："死亡时间的误差有多大？"

"前后不会超过半个小时。"法医说。

"死者的手机呢？"江明又问。

"就在床头，凶手并没有把夏琪的手机拿走。"李斌说。

"夏琪11点59分还在发微信，证明她那个时候还活着。死亡时间误差不超过半个小时，说明她是在11点59分到12点29分这半个小时内遇害的。"江明说。

十二楼谜案

"我明白了。我和李斌一会儿就调查'大家庭'的人这段时间不在场的证明。"谭勇说。

"这个小区的楼道，没有安装监控吗？"江明问。

"没有。"提到这一点，谭勇格外沮丧，"我已经意识到这存在安全隐患了，昨天就去找了小区物业，让他们务必在三天之内，在每层楼的楼道里安装好监控设备。但是没想到，监控还没安好，就又发生了命案……"

江明能感受到谭勇的挫败和懊丧，拍着他的肩膀说："老谭，你已经考虑到各种问题了，也做了自己该做的事，甚至还和李斌搬到了小区来住，已经无比尽责了，所以无须自责。只能说，这次的案件非比寻常，凶手异常狡猾，他可能正是考虑到三天之后，楼道里就会安装监控，所以才抢在这之前行凶。至于他是怎么办到，在这样的情况下都能入室杀人的，我们需要群策群力。玥海湾小区连续发生命案，而且都跟同一件事有关，现在必须成立专案组了。具体事宜，需要跟陈局汇报和商量后，再做决定。"

谭勇默默颔首，同意成立专案组。

这时，另一个女法医仔细检查之后，说道："江队，我发现——死者不是在床上遇害的，而是在别处被杀害，然后被凶手抱到床上，摆出睡觉的姿态，并盖上被子的。这样做显然是为了伪装成死者在睡觉时遇害的假象。"

这是一个重要信息。江明、谭勇和李斌一起走上前去，仔细观察了一番，江明明白了："如果死者是睡在床上的时候被杀害，血液喷射出来的面积和角度，应该更大才对，跟现在床单和被子上的血迹形状不符。"

"没错，正是如此。"女法医说。

"但是这有点明显，凶手如果不是太蠢的话，肯定能意识到，我们警察一眼就能看穿，那他为什么还要这样做呢？"李斌问道。

"我猜是因为，凶手没有太多时间来进行掩盖，只能进行拙劣的伪装,然后匆匆离开凶案现场。因为他知道,楼下有两个警察。夏琪发了微信后,万一有人给她打电话,却发现她始终不接电话,就有可能意识到她出事了,从而到这里来确认。"谭勇分析道。

江明点头同意谭勇的分析:"夏琪不是在床上被杀死的,但肯定是在这个家内。我们检查一下门口、客厅、卫生间等地方,看看能不能发现她被害的第一现场。"

于是,几个警察分别在这个家中不同的地方勘察。一段时间后,他们都没有发现异常之处。

"估计凶手在离开前,已经把地上的血迹处理掉了。"李斌望着地面说,"这个家用的是光滑的地板砖,用抹布或者纸巾,很容易就能清理掉血迹。"

谭勇蹲在门口,仔细观察地面,说道:"门口这一片,好像特别干净,估计是凶手擦拭过地面。如此看来,夏琪很有可能是在开门的瞬间,就被凶手杀死了。"

"嗯,我也认为这种可能性很大。这就解释了,为什么夏琪的房门没有从里面反锁,因为她打开过房门。"江明说。

"但她为什么要开门呢?从逻辑来说,凶手杀死夏琪——并且是在夏琪发了'我好像知道凶手是谁了'这条信息后,就立刻找上门来将她杀死——唯一的解释只能是,凶手担心夏琪报警,所以才迫不及待地要杀她灭口。这样的情况下,夏琪应该无比警惕才对,不管谁上门来找她,她都不该开门吧?"李斌说。

"确实,如此敏感的情况下,正常人恐怕都不会开门。特别是,来找夏琪的,正是那个被夏琪知道了的凶手。她再大意,也不会在这种时候开门,让凶手有行凶的机会。"江明说。

"而且,凶手的胆子这么大吗?夏琪发了那种意味不明的信息到群里,应该很多人都会觉得好奇。接下来有人给夏琪打电话,或者直接上门来找她,也是完全有可能的。这种时候,凶手居然敢入室杀人?暂且不说他是通过什么方法让夏琪开门的,就说他这大胆的程度,就有点匪夷所思。通过他之前的作案手法来看，这必然是一个冷静、狡猾的凶手，而不是莽撞无脑的凶徒。他怎么能保证，在自己行凶和处理犯罪痕迹的时候，一定不会被前来找夏琪的其他人碰到呢？"李斌说出自己的疑问。

"所以说，夏琪死亡事件有两大疑点，"江明总结道，"第一，凶手用什么方法，让夏琪乖乖地开了门。第二，他是如何保证，作案的时候一定不会被人发现和碰到的。凶手一定使用了某种诡计，才能办到以上两点。"

几个警察同时陷入了沉默。片刻后，江明说："这件事，我们站在这儿是不可能想通的。现在，我们回一趟刑警支队，先把夏琪的手机送到技术科，破解密码，看看能不能从她的手机中发现什么有用的信息；然后我通知陈局，开一个紧急会议，商量成立专案组的事。"

谭勇和李斌一齐点头。两名法医把夏琪的尸体抬上担架，运送上车。谭勇在九楼902门口拉起警戒线，并通知物业，暂时不准任何人靠近事发地点。处理完这些事情，他们开车前往理市刑警支队。

3

昨天晚上，苏晓彤根本没有睡好，半梦半醒间，心里一直想着夏琪说的话和关于凶手的事。早上八点半，她在一连串的微信提示音中醒来。很显然，"大家庭"昨晚没看到信息的人，今天早上睡醒后，看到了夏琪昨晚发的那条惊人的信息，纷纷开始回复。

李雪丽：@夏琪 什么意思啊？你知道谁是凶手？

范琳：怎么知道的？说来听听啊。

范琳：不是说今天说吗？@夏琪 起床没有？

韩蕾：夏琪一般都是睡到自然醒，现在估计还没起呢。

范琳：现在是特殊时期，还能睡这么安稳？

王星星：是啊，我本来都是睡到十一二点，这两天七八点就醒了，根本睡不着。

沈凤霞：我去把夏琪叫醒！

顾磊也醒了，拿起手机看信息，对苏晓彤说："沈凤霞好像迫不及待了，要直接跑去找夏琪。"

"她不是一心想给袁东报仇嘛，恨不得手刃那个凶手。"

"那夏琪会把谁是凶手告诉她吗？沈凤霞知道后，不得立刻找那人拼命啊？"

"夏琪是不是真的知道谁是凶手，还另说呢。昨晚我们不是分析过了吗？"

"这倒是。今天肯定好些人都会找她问个清楚，特别是警察。且看她能拿出什么话来说吧。"

俩人正聊着，沈凤霞在微信群里发了一张照片，配以文字：这是怎么回事？！

苏晓彤和顾磊看到照片，同时愣住了。九楼902的门口，拉着一条警戒线，中间有一个"禁止靠近"的指示牌。

"902……这不是夏琪家吗？怎么拉起警戒线了？"顾磊愕然道。

"我看电视里演的，往往这种情况，就代表出事了，而且通常都是……命案。"

苏晓彤说到这里，和顾磊对视一眼。俩人的眼神中全是惶恐不安。

看到沈凤霞发的图片后，群里的人也噼里啪啦发着信息，内容都是表示惊讶和疑问。王星星说，我们也去看看吧。得到了很多人的附和。

"我们要不要也去现场看看？"顾磊问苏晓彤。

"现场应该是夏琪的家中吧，门口能看出什么？不过，我们还是得去看看，听听他们怎么说。"

"好的。"

夫妻俩迅速穿好衣服。一旁的顾小亮还在熟睡中。他们没有吵醒儿子，起床后，去卫生间简单擦了把脸，就出了门，乘坐电梯来到九楼。

"大家庭"的所有成员，现在都聚集在这里——还有这层楼的邻居。狭窄的楼道里，此刻站了十几个人。大家七嘴八舌地说着话，苏晓彤和顾磊凑过去，听到众人正在跟901的一个老阿姨打听消息。

"发生什么事我也不知道，但我看到好几个警察都进了对面的房子，在里面待了半个多小时。然后，他们抬着一副担架出来了。应该就是对面的房主吧，那个年轻姑娘。"老阿姨说。

"她……死了吗？"李雪丽脸色苍白地问道。

"我不敢乱说，警察也不让我们靠近。但是我看到担架上的人，被白被单盖住了……"

情况已经很明显了。众人对视，紧张、恐惧和焦灼的气氛笼罩着他们。

就在这时，小区物管来了，说道："怎么这么多人聚集在这里？警察不让无关的人靠近，都散了吧！"

"这户是不是发生命案了？"苏晓彤问物管。

这物管估计是事先被警察叮嘱过别乱说话，不置可否地回答道："不知道，这事归警察管，不归我们物业管。我们只是按照警察的吩咐，不让业主们靠近这里。各位别让我们为难，都回去吧。有什么情况，警方自然会通报的。"

发生了这样的事，"大家庭"的人自然有一肚子的话想说。他们彼此交换了一下眼色，看出每个人都有交流的欲望。李雪丽说："要不，去我家坐会儿？"

众人默默点头，一起进了电梯，来到十二楼，李雪丽的家中。

原本天天聚会的场所，此刻仿佛变得陌生起来。众人分别找了位子坐下，李雪丽也没有端茶倒水，和大家一起坐在客厅里，叹息一声，说道："怎么会这样？"

"夏琪应该是遇害了，对吧？"王星星难过地说。

"答案不是很明显吗？要不然警察在她家门口拉警戒线做什么？"

韩蕾声音低沉地说道。

"昨天晚上，她还在群里发信息，今早就遇害了……这么说，凶手是在夜里进入夏琪家，将她杀害的。"范琳说。

"这个凶手，显然就是我们当中的一个人。"沈凤霞冷冷地扫了在座所有人一眼，冰冷的眼神让人不寒而栗，"何必说得这么隐晦呢？直说好了，就是在座的某个人，昨天晚上进入夏琪家，杀死了她。"

虽然每个人都知道这是事实，但是被沈凤霞如此直白地说出来，仍然让很多人感到不适。好几个人皱起眉头，客厅里陷入短暂的沉默。

"到底是不是这回事，还是打电话问一下老谭，向他确认一下吧。"顾磊打破沉默，说道。

"其实，老谭已经间接地确认过了。"苏晓彤说。

"啊？"顾磊不明白。

"老谭就在群里。就算昨晚的消息他没有看到，难道今早的这些消息，他也没看到吗？他现在一句话都没说，就等于印证了此事。"苏晓彤说。

"有道理……"

"早上进入夏琪家，处理这起案件的几个警察，老谭肯定就是其中之一。他现在应该在刑警支队，和同事商量如何调查此案。而调查的对象，当然就是我们这些人。我想，他很快就会找上门来，找我们问话了。"苏晓彤说。

"那么，在警察上门调查之前，我们先自查一下吧。"范琳说。

"怎么自查？"李雪丽问。

"昨天晚上，夏琪在群里说，她好像知道谁是凶手了，之后就被杀害了。那么凶手杀害她的动机，很有可能是杀人灭口，以防夏琪向警察透露某些关键信息。"范琳说。

众人纷纷点头，认为范琳说得有道理，等待她继续往下说。

"那么，夏琪必然是掌握了某些关键信息，而且这些信息肯定是昨晚才掌握的，不然她不可能昨晚才说那样的话。"

"但是昨天晚上,她没有跟我们任何人接触过呀。"王星星说,"不是大家都待在自己家中吗?"

"是没有当面接触,但是可以打电话,或者微信私聊啊。"范琳说。

"昨天晚上,夏琪跟你们哪些人私聊过吗?"王星星望着众人问道。

范琳举起手:"我主动承认,夏琪给我打过电话,聊了十几分钟——但我想,她应该不只是跟我一个人打过电话吧?"

苏晓彤想了想,觉得没有隐瞒的必要,否则事后调查起来,反而显得自己可疑,于是也承认了:"是的,夏琪也跟我打了十几分钟的电话。"

"还有我。"韩蕾说,"不过,我真不知道她还给你们打了电话。我还以为她只给我一个人打了呢。"

"还有吗?"范琳问。

"我。"李雪丽说,"她也给我打了电话。"

"其他人呢?"范琳望着王星星、沈凤霞和顾磊。

"没有,夏琪没有给我打过电话。不信你们可以看我的通话记录。"王星星刚说出口,又忽然意识到,通话记录是可以删除的,"如果夏琪的手机还在,通过她的通话记录就能看到。"

"她也没有给我打过。"沈凤霞说。

"我就更不可能了。我和晓彤是一家人,夏琪给晓彤打了,没理由再给我打。"顾磊说。

"这就怪了。我猜,夏琪给我们几个人打电话,应该不是闲聊那么简单。因为她跟我们聊完之后,就在群里发了信息,说'今天晚上我思考了很久,好像知道凶手是谁了'。那么很明显,她肯定是在和我们四个人聊过之后,发现了某个人的疑点或者破绽,才会说出那样的话。但是,她凭什么就锁定我们四个是嫌疑人呢?难道王星星、顾磊和沈凤霞,在她心中就是绝对的好人吗?"范琳说。

"不会吧。我们这些人当中,谁看起来像好人,谁看起来又像坏人,是那么明显的事吗?我不认为夏琪有什么方法能够甄别出来。"李雪丽说。

"有没有这种可能？她原本是打算给每个人打一通电话试探的，但是打到第四个人的时候，就已经知道谁是凶手了，所以剩下的三个人，就没必要再打了。"苏晓彤猜测。

"有这个可能。"范琳点头总结道，"如此说来，凶手大概率是我、苏晓彤、韩蕾和李雪丽四个人之一。而昨天晚上，第四个接到电话的人，就是目前嫌疑最大的人。"

4

理市刑警大队的会议室里，公安局局长陈新、副局长郝东以及江明、谭勇、李斌等人，聚集在一起开紧急会议。针对的自然是玥海湾小区发生的一系列连续杀人事件。

汇报案情的，是从一开始就负责调查此案的谭勇。他在白板上一边书写要点，一边讲述案情。

"第一个死者，是被人推入玥海中溺水身亡的龚亚梅。她死后，律师冯铮来到理市，告知'大家庭'的成员，龚亚梅把大约两亿五千万的巨额遗产，平均分配给了'大家庭'的每个成员，一共九份，每个人能继承到两千七百多万。

"但是这些遗产不是一次性支付，而是分成二十年，每年138万左右。附加条件是，每个继承遗产的'大家庭'成员，在这二十年内，都不能长时间离开理市的玥海湾小区，并且只要'大家庭'中有人死亡，这个人尚未继承的钱就均分给其他人。换句话说，人越少，能继承到的钱越多。

"于是，龚亚梅死后仅仅三天，就发生了'鸡汤投毒案'。有人往鸡汤里悄悄放了剧毒的火焰茸蘑菇的粉末，导致所有人集体中毒，袁东抢救无效死亡。而这些中毒的人，也包括凶手本人在内，他用苦肉计避免了自己成为最可疑的人。

"投毒案之后，无论是警方，还是'大家庭'的人，都高度重视和警觉——凶手杀人，很有可能是为了减少遗产继承者的人数，从而让自己分到更多的钱。'大家庭'的人不敢在李雪丽家继续搭伙吃饭了，彼此之间保持着距离和防备。

"我为了调查案件和提供保护，和李斌一起住进了玥海湾小区，就在他们同一个单元的二楼。但是我们没想到的是，就在我们刚刚住进玥海湾小区的当天，也就是昨天，又一起入室杀人案发生了。这次遇害的，是夏琪。

"这次的案件和投毒案比较起来，蹊跷了很多。凶手是如何将夏琪杀死的，是一个谜团。昨天晚上，我和李斌多次巡查、提醒，反复叮嘱所有人，一定要把门窗关好，并且将房门反锁，目的就是防止有人半夜入室行凶。因为'大家庭'的成员关系亲密，要想悄悄弄到对方的房门钥匙，配一把备用，轻而易举。

"昨天晚上，夏琪明确表示已经关好了门窗并将大门反锁，今天我们去现场的时候，发现窗户确实是关好了的，不可能从外面进入。大门没有被撬的痕迹，但是门没有从里面反锁。这是一个很大的疑点，我们怀疑，凶手用了某种诡计骗夏琪开门，然后在她开门的瞬间将其杀害，再将尸体转移到卧室，布置成她在床上被杀死的假象——这一点，我们已经和法医一起验证过了。

"而这次案件的重要线索，是昨天晚上，夏琪在接近凌晨十二点的时候，在群里发了一条信息，内容是'今天晚上我思考了很久，好像知道凶手是谁了'。当时群里有人问他凶手是谁，她却没有回答，只是说'现在晚了，明天再说'。之后就没有再发过任何信息。我们有理由怀疑，夏琪通过某些方式猜到了凶手的身份，而凶手为了阻止她报警，赶紧将其灭口。"

谭勇说到这里，江明打断道："我补充一下，刚才技术科的人已经破解了夏琪手机的锁屏密码。我们查看了她的微信聊天记录和短信、通话记录，发现昨天晚上，夏琪分别给范琳、苏晓彤、李雪丽和韩蕾四个人打过电话，时长都是十几分钟。这几通电话打完后，仅仅过了半个小时，她就在群里发了那条表示自己知道谁是凶手的信息。之后她就遇害了。所以我们怀疑，夏琪有可能是在跟她们四个人通话的过程中，发现了凶手。也就是说，凶手很有可能是这四个女人之一。"

"如果夏琪已经知道谁是凶手了，为什么不直接报警，而是往群里发信息呢？"陈局提出疑问。

"可能夏琪也拿不准，所以往群里发信息试探凶手的反应和态度，结果招来杀身之祸。"江明说。

"如果是这样，她就更不应该开门了。恐怕正常人都不会这么大意——明明知道凶手已经盯上自己了，还要给他杀死自己的机会。"

"是的，夏琪为什么会在这种情况下开门，是此案一个很大的疑点。"谭勇说。

"玥海湾小区，两年前就发生过一起外地租户被杀案。这起案子直到现在都没有破。你们认为这次的连续杀人事件，和两年前的案子有关联吗？"陈局问。

"我认为有关联。只是目前暂时没有发现两者之间的必然联系。但是这些案子，都和1203这套房子有关系。我觉得这不可能是单纯的巧合。"谭勇说。

"那么，把两年前的案子算上，玥海湾小区目前已经有四个人被害。不管从哪个角度看，都是大案要案。如果不尽快破案，将造成非常恶劣的社会影响，引起民众的恐慌。我宣布，立即成立专案组。成员和组长，由你们刑警支队来确定。"陈局说道。

江明望了一眼谭勇，对陈局说："专案组的成员，是我、谭勇和李斌三个人。组长我建议是谭勇。"

谭勇望向江明，感到意外。一般情况下，专案组的组长，都是由成员中职务最高的人来担任的。

果然,陈局问江明:"为什么组长不由你来担任?"

江明说:"因为这起案子,从一开始就是由谭勇负责调查的。他对涉案人员的了解和熟悉程度、为此付出的代价、破案的决心和毅力,都超过了我。谭勇不但住进了玥海湾小区,甚至为了破案,放弃了属于自己的那份遗产。这样的精神和决心,必定能转化成智慧和力量,在我和李斌的协助下,相信一定能及早破案!"

听到这番话的谭勇,心中涌起一股暖流,他向江明投去感激的一瞥,同时也感受到了前所未有的压力。

陈局点头表示同意:"好,就这么办!"

散会之前,陈局问了最后一个问题:"龚亚梅把两亿五千万遗产分给了九个人,现在还剩几个人?"

"袁东死了,夏琪也死了,我放弃了遗产继承权。等于是少了三个人。目前,每个人能继承到的数额,已经从之前的两千七百多万,变成四千一百六十多万了。"谭勇回答道。

"等于说,短短几天之内,每个人能继承到的遗产,已经增加了一千三百多万。如果接下来还有人死亡或退出,数额还会越来越高。"陈局蹙起眉头,表情严峻地说,"在这种巨大利益的诱惑下,一些人贪婪的本性,完全可能被最大程度地激发出来。谭勇、江明,还有李斌,你们一定要群策群力,想尽一切办法阻止凶手再次杀人,并将其抓捕。这起案子,就拜托你们了!"

江明、谭勇和李斌一起站起来,异口同声地说道:"是!"

第十二章　假冒者

1

专案组成立之后，三个负责此案的警察立即商量接下来的侦破方案。最后决定，谭勇和李斌去玥海湾小区调查"大家庭"的成员；江明负责查看监控，确认昨天晚上有没有可疑的人来过这个小区，同时研究夏琪的手机，看看是否能发现有用的线索。

谭勇看了"大家庭"的群消息后，猜想他们此刻肯定已经知道夏琪遇害的事情了。他给李雪丽打了个电话，得知"大家庭"的成员现在都聚集在李雪丽家。谭勇让李雪丽转告他们，就留在那里，他马上过去。

十几分钟后，谭勇和李斌来到李雪丽家。屋里的气氛和每个人脸上的表情，都显示他们已经知道夏琪的死讯了。两个警察坐下后，谭勇说："你们都知道了吧？"

"夏琪遇害了？"范琳问。

谭勇点了下头："就在昨天晚上，她在群里发完了那两条信息后不久，有人进入她家，将她杀害了。"

"不用说，凶手就是我们这些人中的一个。"范琳环视众人，"此刻就坐在我们面前。"

"我想，应该是这样的。"谭勇铁着脸说。

"老谭，你们来肯定是找我们了解情况，推断凶手的，对吧？我需要告诉你的是，在此之前，我们已经自查过一番了。我把目前了解到的情况直接告诉你，可以吗？"范琳说。

"可以。"谭勇说，然后望了一眼李斌，示意他记录。李斌摸出笔和小本子。

"昨天晚上，夏琪分别给四个人打了电话：我、苏晓彤、李雪丽和韩蕾。每个人的通话时间，都是十几分钟。之后，她在群里发了那条信息，声称自己可能知道谁是凶手了。当天夜里，她就遇害了。虽然我不是警察，也不敢妄下结论，但是这好像再明显不过了——凶手肯定是担心夏琪真的知道了自己的身份，才将她杀害。如此一来，夏琪之前给我们四个人打的电话，就显得尤为重要了。她可能在聊天时探知到了什么。而凶手在此之后可能也意识到了这一点，所以才杀死夏琪灭口。"范琳说。

李斌记录之后，说道："你们只需要把自己知道的情况告诉我们就行了，不用加入主观判断。"

范琳望向谭勇："是这样吗，老谭？我们只能机械地回答问题，或者陈述事实，一点自己的主观见解都不能说？"

谭勇思考了一会儿，说："不，你们可以说。"

李斌给谭勇发了一条文字微信：老谭，凶手就是他们中的一个。当心被这个人刻意误导。

谭勇回复：我知道，但是言多必失。我想听听他们的想法，然后看看能不能从他们的话当中，发现一些破绽。

李斌点头，表示明白了。

夏琪给她们四个人打过电话的事情，之前开会的时候，江明已经提到过了。但此刻，谭勇故意假装不知道这件事，说道："夏琪分别是什么时候给你们四个人打的电话？你们的手机上，应该都有通话记录吧。"

苏晓彤、范琳、李雪丽和韩蕾四个人一起点头。谭勇说："把你们的手机给我看一下吧。"

四个女人依次递交手机。谭勇一边看，一边念了出来："9点46分，夏琪给韩蕾打了电话，通话时长16分钟；10点11分，夏琪给苏晓彤打了电话，通话时长17分钟；10点35分，夏琪给范琳打了电话，通话时长14分钟；10点58分，夏琪给李雪丽打了电话，通话时长19分钟。"

顿了一下，谭勇继续说道："打完最后一个电话后，过了半个多小时，夏琪在11点51分的时候，在群里发了那条她知道谁是凶手的信息。接下来又过了大约半个小时，她就被人杀死在家中了。"

"夏琪是在凌晨十二点多遇害的吗？"苏晓彤问。

谭勇望了她一眼，点了下头："我过会儿会挨个询问你们每个人，那段时间，你们在做什么。在此之前，我们还是先把电话的事情理清楚吧。韩蕾、苏晓彤、范琳、李雪丽，你们四个人分别说一下，夏琪给你们打电话，聊了些什么。"

韩蕾说："我没觉得她跟我聊了什么特别的内容，好像就是闲聊。"

"就算是闲聊，也把内容说出来。"

"老谭，十几分钟的内容，我没法全部复述。"

"那就归纳概括，说大致内容。"

"好吧。"韩蕾想了想，"夏琪给我打电话，首先是问我'你真的觉得我的嫌疑最大吗？'这种问题，我该怎么回答？当然是说，没那回事。她向我表示感谢，然后问起了我的择偶标准，喜欢什么样的男生之类的问题。"

"你是怎么回答的？"

"我说，像我这种看上去就比较奔放和风骚的女人，很多男人都会觉得驾驭不住，望而生畏。所以重点不是我喜欢什么样的男生，而是什么样的男生会喜欢我。即便这样说了，夏琪还是问我喜欢的男生的类型。于是我告诉她，我喜欢年龄大点的、有人生阅历的男人。夏琪说，

'那上次在我的咖啡店里,你不是对那个年轻帅哥感兴趣吗?'我说谁会对帅哥没兴趣呢,但那种小鲜肉,姐姐我只想品尝一下罢了,并不想跟他发展成恋人关系。如果是结婚对象,我肯定会找大叔型的。大概就是这样吧,我说得够详细了。但是老谭,我真的不知道这些女生之间的聊天内容,对你破案有什么帮助。"韩蕾说。

"夏琪跟你聊天的时候,你有没有意识到,她是在故意套取一些信息?"谭勇问。

"没有感觉到。我只觉得她是白天被范琳说成嫌疑最大的人之后,十分郁闷,所以找我聊会儿天罢了。"韩蕾说。

"好吧。"谭勇望向苏晓彤,"你呢,夏琪找你聊了些什么?"

苏晓彤说:"她也问了我同样的问题——是不是真的觉得她的嫌疑最大。我的回答跟韩蕾差不多。之后就是闲聊。她说很羡慕我能嫁给顾磊这样的好男人,然后还问我,上一段婚姻和这一段婚姻之间,有没有空窗期。大概就是这些。"

"她以前有没有跟你聊过类似的话题?"谭勇问。

"没有。"苏晓彤说,"所以我觉得有些奇怪,她好像是想套什么话,或者试探我。但是我又想不明白,她在试探什么。"

谭勇和李斌对视了一眼。谭勇打算问完所有人再做综合判断,他问范琳:"你呢?"

范琳耸了下肩膀:"因为我白天明确表示,夏琪的嫌疑是最大的。所以当她晚上跟我打电话的时候,我就想,她肯定是想谈谈这件事。果然,她问我'范琳姐,你真是觉得我像凶手吗?你觉得我会杀了亚梅姐,以及毒杀大家?'被她本人这样问,我能怎么说呢?只有说我是对事不对人,并非故意针对她。"

"之后呢,你们又聊了些什么?"

"她问我,在跟前夫离婚之后,直到现在,有没有遇到过让自己心动的男人。"

"你是怎么回答的?"

"我回答得很干脆——没有。上段婚姻之后，我对男人基本上就绝望了。我告诉她，我这辈子大概率是不会再谈恋爱和结婚了。"

"还有什么吗？"

"没有了，就这些。"

谭勇问最后一个人："雪丽，夏琪跟你聊了些什么？"

李雪丽说："和她们聊的内容大同小异。夏琪知道我现在在和马强悄悄交往，就问我是不是真心喜欢他。"

"你是怎么回答的？"

李雪丽微微皱眉，似乎不愿意当着这么多人的面谈论自己的情感问题："这很重要吗，老谭？我是怎么回答的，和这起案子没有丝毫关系。"

"有没有关系，由我来判断。"

"好吧。"李雪丽叹了口气，"我说，我要不是真心喜欢他，怎么可能跟这样一个其貌不扬的男人在一起。夏琪又问，'你不怪他吗？'我知道她指的是房子的事，这事我们早就心照不宣了。我说，当初坑了我的是马强他妈，并不是马强。而马强对这事一直是心怀愧疚的，所以会时不时地来陪伴我。也正是他的这份心，打动了我。夏琪问我会不会考虑和马强结婚，我没有做出肯定的回复，说随缘就好。就是这些。"

问完了四个女人，谭勇陷入了沉思。片刻后，他说道："那我来总结一下，夏琪昨天晚上分别跟你们四个人打电话聊天，聊的话题其实是一致的。除了问你们，是不是真的认为她是凶手，然后就是婚姻、情感、择偶标准这样的问题，对吧？"

四个女人一起点头。韩蕾说："这很正常吧，女人之间的闲聊，往往是聊这些，不然要聊国际时事、国计民生吗？"

"但有一点不正常，那就是，夏琪之前都没有怎么跟你们聊过这些话题，昨天晚上，她却突然对这些问题产生了兴趣。而且，她跟你们四个人聊了同样的话题。"

"这倒也是……夏琪不是一个八卦的人,这个我们大家都知道。她以前几乎不会过问涉及我们隐私的事。"李雪丽说。

"所以答案很明显,她肯定是在套你们的话。而且,极有可能套到了。"谭勇说。

苏晓彤、韩蕾、李雪丽和范琳四个人对视了一下,每个人都露出茫然的表情。韩蕾摇着头说:"我真不知道她套到了什么,在我看来,我们聊的就是普通话题。"

"而且,她凭什么只找我们四个人聊,从我们这儿套话呢?为什么不找王星星、沈凤霞和顾磊聊?这个疑问,我之前就提出来了。"范琳说,"然后我们分析了一番,认为有这样的可能,那就是夏琪本来打算给每个人打一通电话试探,但是到第四个人的时候,她就已经知道谁是凶手了,所以剩下的三个人,她认为没有必要再打了。"

"第四个人?那不就是……"

"我。"李雪丽说,"按照范琳的理论,我现在是嫌疑最大的人了。"

"雪丽,你知道,我……"

"不用解释。"李雪丽打断范琳的话,"我知道你向来是对事不对人。但是我想说两点:第一,夏琪给我打完电话之后,就在群里说她知道凶手是谁了。难道不能是打完四通电话后做出的综合判断吗?为什么一定就是第四通电话让她得出的结论呢?"

"抱歉,我也要打断一下。"范琳说,"如果是这样,就回到了我刚才提出的疑问。为什么夏琪只需要跟我们四个人打电话,就能得出结论?她凭什么觉得王星星、沈凤霞和顾磊三个人就一定不是凶手,连试探和套话的必要都没有。"

"是啊,我也在想这个问题。"王星星说,"如果说,夏琪认为凶手只可能是女人,那凤霞也是女的呀,为什么就可以完全排除在外呢?"

"她凭什么认为凶手一定是女人?"韩蕾说。

"我想,夏琪也许是觉得,我肯定不会是凶手吧。"沈凤霞说,"因为我不可能毒死袁老师。当然,除非你们认为,我是个疯子、神经病,连袁老师我都会痛下杀手。非得这么想的话，我也没办法。"

"好吧，就算是这样。那王星星和顾磊被彻底排除掉的理由是什么？"范琳问。

这个问题自然没人能回答得出来。范琳说："所以我才说，结合四通电话的内容做出综合判断，是说不过去的。第四通电话最为关键，才是合理的解释。"

"也许打完这四通电话，就足够做出判断了，也有这样的可能。"王星星说。

"王星星，你这话的意思岂不就是，凶手一定是我们四个人之一了？你们三个已经可以择出去了，是吗？"范琳冷哼着说道。

"不是说，对事不对人吗？从现在的情况来看，的确就是如此呀。"王星星毫不退让地说道。

范琳一时无以反驳。谭勇听着他们每个人说的话，观察着他们的表情，脑子急速转动着。凶手正在演戏。他有这样的直觉。可惜的是，直觉不足以告诉他，凶手是谁。

谭勇发现李雪丽有半截话没有说完，就被打断了，问道："李雪丽，你刚才好像试图为自己辩解，只说了其一，还有什么？"

李雪丽说："我想说的第二点是最关键的，可以证明我肯定不是凶手。"

"是什么？"

"昨天晚上，我一直待在家里，根本就没有出过大门半步——有人能帮我证明这一点。"

"谁？"

"马强。"

"马强昨天晚上在你这儿过的夜？"

"是的。"

"他什么时候来的，又是什么时候走的？"

"他是晚上十一点多来我家的。那个时候夏琪还活着，对吧？后来我和他都没有出过门了，互相可以做证。"

"他是什么时候回去的？"

"他……"

李雪丽语塞了。所有人都望着她。

就在李雪丽不知道该怎么说的时候。卧室的门开了，一个男人走出来说道："我还没有回去，一直在这儿呢。"

2

出现在众人面前的，正是马强。这是一个身量不高、其貌不扬的男人，皮肤黝黑，宽皮大脸，穿着一身灰扑扑的衣服。看到众人惊讶的表情，他也有点尴尬，挠着头说："不好意思，我不是故意在里面偷听你们说话的。只是因为你们说起了我，我才不得不出来了……"

"那你就坐过来吧，我正好有事要问你。"谭勇说。

马强听话地搬了一张凳子，坐在距离他们稍远一点的地方，似乎他也知道，自己不是"大家庭"的人，和其他人比起来，显得有些拘谨和生分。

"你昨晚为什么要来这里过夜？"谭勇问。

"我不是第一次来，来过很多次了。我和雪丽，算是男女朋友。"马强瞄了李雪丽一眼，"到她的房子来过夜，也很正常吧。"

"这房子，原本是你妈买给你的吧？"

"对，但是发生那事之后，我妈就把房子卖给了雪丽这个外地人，把她坑惨了……"

"所以你觉得愧疚？"

"是的。"

"弥补的方式，就是过来陪她？"

"对，我也想不出别的办法了。总不能再把这房子给买回去吧。"

"但你妈应该不同意你到这里来住吧？"

"是的，所以我没跟她说，是瞒着她来的。我妈是农村妇女，年纪大了，又没什么文化。但我和她不一样，不相信那些迷信的说法。"

"最近这几天，你都住在这里？"

马强又望了一眼李雪丽，好像生怕自己说错什么话似的。见李雪丽没有表态，才说道："是的，自从发生毒鸡汤的事情后，我就每天晚上都过来住了。雪丽一个人害怕，我过来陪陪她。"

"你那烧烤生意呢，不管了？"

"不，我都是晚上十一点多才来的，那个时候已经接近打烊了，交给店里的厨师和伙计去做就行。"

"以前不是李雪丽去你那儿住吗，怎么现在变成你过来了？"

"你说我店里？"马强不好意思地说，"我店里的二楼是有个小房间，可以住人。但是条件太差了，没法跟玥海湾小区的房子比。偶尔住一两次还可以，长期的话，太委屈雪丽了。"

李斌记录的同时，说道："你说你店里十一点多就打烊了？不对吧，你那家烧烤店的生意不错，我也去吃过，有时营业到凌晨一两点呢。"

"那是以前……现在我们不经营到这么晚了。"

"为什么？"

"营业到凌晨几点，太累了。"

"有钱赚，还嫌累？烧烤店营业到凌晨，是常态吧。"

李斌说这话的时候，跟谭勇交换了一个眼色。谭勇立刻明白他的意思了，问马强："你既然在和李雪丽交往，那么最近这段时间发生的事，你肯定全都知道吧。"

"嗯……"

"所以，你认为没必要再起早贪黑地赚辛苦钱，是因为你知道，李雪丽即将继承两千多万遗产。如果你们俩结婚了，这钱你也有份，对吧？至于1203这套房子，到时候怎么处置都无所谓了。"

马强张了张嘴，有点不知道该怎么回应。但是看他那样子，明显是心思被谭勇说中了。

"老谭，马强是个老实人，你问他这些干吗，跟查案有关系吗？"李雪丽说。

"好吧，那我就问点有关系的。马强，你要如实回答。"谭勇说。

"一定。"马强点着头说。

"昨天晚上，你是几点到的玥海湾小区？"

"十一点半左右。"

"之后你和李雪丽就一直没有出过门了？"

"对。"

"你们是几点睡的？"

"我想想，我到了之后洗了个澡，然后就进了卧室，大概是十一点四五十的时候吧。"

谭勇敏锐地发现了一个问题，问李雪丽："那个时候，夏琪不是在群里发了那条关键的信息吗？你和马强那会儿应该没睡着吧，那你看到那条信息没有？"

"我……没有看到，是今天早上醒来才看到的。"

"为什么没看到？"

"我们当时……"李雪丽的脸红了，"老谭，你觉得马强来我这儿，是躺下就睡吗？"

谭勇懂了："就是说，你俩当时正在忙，没顾得上看手机。"

"嗯……"

"雪丽，别怪我问得细啊，这个问题挺关键的——你们俩忙了多久？十二点到十二点半这段时间，你们一直在一起吗？"

"是的。"李雪丽非常笃定地说，"我们折腾到接近一点……一直在一起，没分开过。"

"一个小时？"王星星低声嘬嚅了一句，语气中带有惊讶和羡慕的成分。

当着这么多人的面说这些事情，李雪丽感到颇为不适，难为情地说道："老谭，可以了吧？别老问我们哪，其他人你不问吗？"

"当然要问。"谭勇对"大家庭"的其他成员说，"各位都说一下吧，昨天十二点到十二点半这段时间，你们在做什么。"

王星星第一个说："我昨天晚上一直在玩游戏，大概从晚饭后一直玩到了凌晨三点左右。有很多人可以证明。"

"很多人是指？"

"那是一款大型网络游戏，组队战斗那种，我的队友都可以为我证明，我全程在线。"

"就这？你把账号给别人玩，也是可以的。"李斌质疑道。

"理论上可以，实际上不可能。我的操作技术是顶级的，作战风格也独树一帜，不是谁都能代替的。不信你们可以去问我的队友，昨晚在线的是不是我本人。"

李斌不说话了。谭勇说："我们之后会去查证的。其他人呢？"

韩蕾说："自从毒鸡汤事件之后，我就没有去酒吧上班了，每天晚上都待在家中。昨晚我一个人在家，百无聊赖地刷短视频。十一点多，看到夏琪发的那条信息后，我立刻回复了一连串表示疑问的表情，之后就一直在想这是怎么回事。一点多才睡着。"

谭勇说："昨天晚上看到夏琪发的信息并回复的人，只有王星星、韩蕾和顾磊三个人，你们后来都没有给夏琪单独发过信息，或者打过电话吗？"

三个人一起摇头。王星星说："因为夏琪明确说了'明天再说'，我猜想她暂时不想谈论此事，就没有打电话询问。"

"我也是，这个问题太敏感了，我想如果她不是百分之百确定的话，是肯定不会告诉我的。"韩蕾说。

"我和晓彤也是这样想的。我们当时就在家中，看到夏琪的信息后，就展开了一番讨论，正好持续到十二点半，然后就睡了，不过很久都没有睡着。"顾磊说，然后苦笑着挠了下脑袋，"虽然我和晓彤可以为彼此做证，但老谭，你上次说过，夫妻之间的证词是无效的。所以我们等于没有证人吧。"

谭勇没有表态，望向了范琳和沈凤霞。

"我也没有证人。文婧九点多就睡了，我看了会儿书，十一点之前上床睡了，而且关了 Wi-Fi，所以我根本没看到夏琪发的信息。"范琳说。

"我昨晚十点多就睡了，什么都没做。"沈凤霞简短地说道。

"等于说，你们全都没有确凿的不在场证明。"谭勇说。

"马强不是说了……"李雪丽说到一半，无奈地叹了口气，"因为我们是男女朋友，所以也不能互相做证，对吧？"

"老谭，你说的确凿的不在场证明，指的就是我们当时是否跟非亲属之类的人在一起，对吧？但是这怎么可能呢，发生了这样的事情后，我们谁还敢晚上往外跑？而且你不是也提醒了我们，让我们锁好房门待在家里嘛，所以我们肯定不可能有什么证人哪。"范琳说。

谭勇其实也知道，问这个问题的意义不是很大，但是从破案程序来说，这个问题又是非问不可的。此刻，他思考着接下来的策略。

客厅里沉默一刻后，顾磊说："昨天晚上，老谭和李斌都提醒了我们，一定要把房门反锁好，我们都这样做了。夏琪肯定也不例外吧。既然如此，凶手是怎么进屋杀死夏琪的呢？"

"我也正在想这个问题。"韩蕾不安地说道，"如果反锁房门都无法阻止凶手进门，那我们该怎么办？这还能睡得着觉吗？"

关于这一点，在刑警支队开会的时候，谭勇已经说过自己的猜测和想法了。但他想听听众人是怎么思考这个问题的："那你们觉得，凶手是如何办到的呢？"

"我觉得，只有一种可能。"苏晓彤说。

"是什么？"谭勇问。

"凶手用了什么方法，或者是诡计，骗夏琪打开门，然后在开门的瞬间行凶。"苏晓彤说。

和我的想法完全一样。谭勇暗忖。苏晓彤这个女人，思维十分清晰，分析能力也比一般人强。如果她是凶手，似乎没有必要自曝作案手法……但是反过来一想，如果凶手就是踩准了警察会这样想，反其道而行之呢？对狡猾的凶手而言，这是完全有可能的。

"但我想不通，在如此风声鹤唳、高度戒备的情况下，凶手能用什么方法骗夏琪开门。"范琳说，"换成是我的话，这种敏感时期，而且是凌晨十二点多，不管门口是谁，我都不可能开门。"

"我也是。"韩蕾说。其他人纷纷点头。

"夏琪家的门上，有没有安装猫眼？"顾磊问道。

"没有。"沈凤霞说，"我刚才就看过了，没有猫眼。"

"那就是说，她没法看到门口站着的人是谁，对吧？"顾磊说。

"是的，所以呢？"沈凤霞问。

"我在想，如果夏琪认为，站在门口的人百分之百不可能是凶手，是不是就会开门呢？"顾磊说。

"但我们当中，有绝对不会是凶手的人吗？"范琳说。

"也许有夏琪认为绝对不会是凶手的人。"王星星说。

"你是说，她以为的凶手是A，所以认为其他人肯定不是凶手。但实际上，她判断错了，凶手是B。恰好是这个B，骗她把门打开，然后杀了她。"范琳说。

"是有这个可能的吧。"王星星说。

"但逻辑上还是有点说不通，夏琪如果真的能够百分之百断定谁是凶手，就不会往群里发那些信息了，直接报警就行了。"李雪丽说。

"这倒也是……"

"其实，我们在座的这些人中，有一个人绝对不会是凶手，他是夏琪百分之百信任的人。"苏晓彤说。

"谁？"好几个人一齐问道。

苏晓彤张了张嘴，显得有些难以启齿。几秒后，大家突然意识到她说的这个人是谁了，一起望向了谭勇。

谭勇为之一惊："什么意思？你们怀疑到我头上来了？"

李斌一下火了："喂，你们这些人！到底是我们警察调查你们，还是你们调查我们？搞清楚状况！连老谭你们都怀疑？他为了查案连遗产继承权都放弃了，还要怎么样？故意转移注意力是不是？！"

"不，李警官，你误会了。我们当然是百分之百信任老谭的，夏琪自然也是如此。但凶手可能正是利用了这一点，冒充老谭，骗夏琪打开了门。"苏晓彤说。

谭勇的脑袋仿佛被重重地击打了一下。李斌还要帮他申辩，他却抬手示意李斌不要说话，静默一刻后，他望着苏晓彤说道："把你的推测说出来听听，凶手是怎么冒充我的。"

"模仿你的声音。"苏晓彤说，"前提有两个：第一，我们经常聚会，大家对你的声音和说话的语调都十分熟悉，模仿你的声音并非难事；第二，你昨天晚上正好在我们楼下，上楼来找夏琪，是完全有可能的事。"

"我的声音，算是比较低沉。男人要模仿的话，或许要容易一些，但女人要发出这么低沉的嗓音，应该很困难吧？"

"老谭，现在网店或者手机的应用商店里，有很多款变声器软件。改变自己的音色和音调，是很容易的事情。况且凶手跟夏琪说话的时候，隔着一道铁门，她没法听得太清楚，听到凶手声称是你的时候，也许没想那么多，就把门打开了……"

苏晓彤的这番话说完后，客厅里陷入了一片沉寂。谭勇的脑子里嗡嗡作响——真是如此吗？假如是这样的话，不就意味着，自己住进玥海湾小区，反而为凶手杀死夏琪制造了机会？这真是讽刺，自己想要保护他们，结果反而被狡猾的凶手利用，骗夏琪打开了门！

李斌看出来，谭勇似乎深受打击。当着这些人的面，他也不好安慰，只有对他们说："这只是一种可能，未必就是如此。"

"是的，我也只是提出这种假设罢了。"苏晓彤说。

"刚才他们说的内容，都记录下来了吧？"谭勇问李斌。

"记录了。"李斌说。

"那我们先下楼吧。你们也各自回家。"谭勇对众人说,"这两天暂时不要外出,我随时都会找你们问话。"他顿了一下,"为了确定是我,你们开门之前,先给我打个电话。"

众人点头表示明白。谭勇和李斌起身,离开了李雪丽家。

3

来到二楼的出租屋,李斌发现谭勇一直眉头深锁、若有所思,说道:"老谭,你真的觉得,凶手是假冒你骗夏琪打开了门?你可别被那个苏晓彤给误导了!"

"我哪有这么容易被误导?难道你不觉得,她说的那种可能,确实是存在的吗?这就解释了夏琪为什么会开门——她也许是觉得,我在看到了群里的消息后,上门来找她了解情况,所以才把门打开了。"谭勇说。

"只是有这种可能罢了。具体操作起来,未必那么简单。变声器软件,真的能让某个人完全模仿你的声音?我有点怀疑。"

"如果是模仿不熟悉的人,可能比较难。但我和他们,确实太熟悉了……我说话的语气、腔调,他们都再清楚不过了。"

"好了,老谭,暂时别纠结这事了。刚才跟他们聊了那么久,你有怀疑的对象吗?"

"没有特别明确的怀疑对象。非得要说的话,苏晓彤显得可疑一点。"

"我也觉得,她有故意误导你的嫌疑。另外就是李雪丽,还有马强。"

"为什么?"

"李雪丽是最后一个接到夏琪电话的人,这是一个疑点。另外马强这几天住进李雪丽家，也有点可疑。"

"你觉得他们有联合作案的可能？"

"对，然后互相掩饰。"

"那四通电话的内容呢，你怎么看？"

"我觉得那四个女人，未必说了实话。"

"但她们说的都很一致。"

"谁知道呢？万一有人是顺着别人说的，也有可能。反正夏琪已经死了，死无对证。"

谭勇思索了一会儿："目前看来，夏琪给这四个女人打电话，是最大的线索。包括她打完电话后，发在群里的那条关键信息，都证明她是在试探谁是凶手。而这些试探显然不会一点意义都没有，否则的话，凶手置之不理就行了，不必非得除掉夏琪。"

李斌双手环抱，思考了几分钟，说道："老谭，你觉得，夏琪最后发的那两条信息，真的是她本人发的吗？"

"你是说，有可能是凶手发的？"

"对呀，凶手进了夏琪的屋，把她杀死后，再用夏琪的手机来发信息，也是有可能的吧？"

"是有可能，但他这样做的理由是什么呢？夏琪已经死了，凶手为什么要用她的手机来发信息，制造一种夏琪其实还活着的假象？除非是凶手刻意为自己制造不在场证明。但是刚才你听到他们说的了，实际上，他们谁都没有站得住脚的不在场证明。这样做不是多此一举吗？况且这样做的风险还非常大。因为这两条信息相隔了八分钟。如果信息是凶手发的，那个时候他肯定就在夏琪家中。他就不怕第一条信息发出去之后，我们或者其他人看到了会上门来找夏琪吗？那岂不是直接把他堵在里面了？"

"这倒也是……这么说，这两条信息真是夏琪本人发的。"

"应该是这样。"

"而凶手杀死夏琪，是因为他意识到，夏琪可能真的通过和自己的通话，探知到了什么关键的信息。"

"对，所以他需要立刻下手，将夏琪灭口。"

"这样分析下来，夏琪打的这四个电话，一定是有什么特殊意义的。"

"没错，如果我们能弄清楚，夏琪究竟是怎么试探她们的，套到了什么有用的信息，也许就能跟夏琪一样，知道凶手的身份。"

"我们找江队或者陈局开申请文件，从通信运营商那里查询这四通电话的通话内容，可以吗？"

谭勇摇头道："我们就算拿到了权限，也只能查到通话记录，或者后续监听这部手机。之前的通话内容，是查不到的。"

"那就没办法了。"

"刚才她们四个人说的，夏琪找她们聊的内容，你都记录下来了吧。就算这四个人中有一个是凶手，她没有说实话，至少另外三个人说的是真的。我们好好研究和分析一下，夏琪为什么要找她们聊这些，以及她为什么认为，聊这些内容，就能得知凶手的身份。"

"好的。"李斌翻开笔记本。

4

"择偶标准，感情史，婚姻观，爱情观。说到底，夏琪找她们四个人聊，全是情感问题。"研究通话内容几十分钟后，李斌得出这样的结论，"怎么看，都像是普通女生之间的聊天啊。"

"但是肯定没那么简单，否则她不可能在此之后，就猜到凶手是谁。"谭勇说。

"对，所以我觉得，重点是聊天的细节。表面上看，夏琪似乎是在跟她们闲聊，实际上是在巧妙地试探。重点全部隐藏在聊天细节当中。"

而这些，我们是不可能知道的。再去问那四个女人，也没有意义。不是凶手的，说得再详细也没用；凶手又肯定不会把关键信息告诉我们。这就难办了。"

"听你这意思，好像凶手一定是这四个女人之一了？"

"这倒不一定，但是大概率就是她们四个人当中的一个吧。"

谭勇眉头深锁，自语道："夏琪到底想了什么办法来试探这四个人呢，要是我们也能想到就好了……"

这时，谭勇的手机响了起来，他看了一眼，是江明打来的。谭勇接起电话，打开免提，让李斌也能听到通话内容。

"江队。"

"老谭，我刚才把玥海湾小区昨天的所有监控调出来看了一遍，没有发现可疑人员进入过这个小区。所以基本可以排除凶手是其他人的可能，他应该就是'大家庭'中的某个人。"

"嗯。"

"然后我回到队里，仔细研究了夏琪的手机，没有发现什么有用的线索。现在我推测，有两种可能：第一是，她的手机里确实什么都没有；第二是，凶手在杀死夏琪后，把夏琪手机里面对自己不利的东西，全都删除了。"江明说。

"如果是第二种情况，凶手为什么不直接把夏琪的手机拿走，直接销毁呢？用得着删除一些东西，然后把手机留在原处吗？"谭勇说。

"对，我也在思考这个问题。按理说，凶手肯定会担心夏琪的手机里有对自己不利的内容。而他杀了人之后，与其浪费时间查看和删除信息，不如直接拿走手机，这是最省事的。"江明说，"这样看来，凶手有可能是故意把手机留在原处，让我们发现的。"

"但是江队，你说并没有发现什么有用的信息。那他留给我们，意义何在？"谭勇说。

"是啊，哪怕是凶手想故意嫁祸给某人，那也说得过去。但是夏琪的手机里，不管是微信、短信，还是备忘录，都没有任何具有指向性的东西。所以我也搞不懂凶手为什么不把手机拿走。"

三个人同时沉默了一会儿。李斌说:"我在想,凶手针对的一定是夏琪吗?还是说,他早就计划好了要杀人,不管是谁都可以,只要能减少继承遗产的人数就行了。"

谭勇思考了一会儿,说:"我认为,凶手现在无差别杀人的可能性不大。"

"为什么?"

"因为风险太大。之前的投毒事件,是因为所有人都没有防备。但是这件事之后,不管是警察还是'大家庭'的人,都足够戒备。特别是,我们两个警察还为此住进了他们那栋楼。在这种情况下杀人,难度和风险可不是增加了一星半点。虽然有巨大利益的诱惑,但正常人恐怕还是会觉得,为了多分得遗产而做这么冒险的事,实在是有点划不着。如果在行凶的过程中被抓到,或者露出破绽被警察抓捕,那就得不偿失了。别说钱了,连命都得搭进去。"

"这是正常逻辑。万一凶手不是正常人呢?"

"你是说,他是一个疯子、杀人狂?杀人不需要理由,只是为了满足自己变态的快感?"

"并不是完全没有这种可能吧。"

江明听了他们俩的对话,说:"老谭,两年前何雨珊那起案子,一直没有破,并且现在都不知道凶手的杀人动机。你觉得会不会——两年前那起案子的凶手,和这次的凶手,是同一个人?"

"我早就想过,但只是猜测。"

"你这样想啊,如果凶手真的是一个变态杀人狂,两年前他杀死外地租户何雨珊,就不需要什么理由,仅仅是因为何雨珊一个人住,比较容易下手。之后他沉寂了一段时间,直到这次的遗产事件刺激了他,让他再次大开杀戒——有这样的可能吗?"

谭勇非常认真地思考了一刻,说:"我觉得,可能性不大。"

"为什么?"

"我对'大家庭'的人十分了解。如果他们当中真有这种人,我不可能一点都看不出来。世界犯罪史上,但凡是这种心理不正常的杀人魔,在说话做事等行为模式上,一定是跟普通人有区别的。但是'大家庭'的人太正常了,他们的眼神、动作、谈吐,都跟常人无异。江队,你也知道,有些东西可以伪装,但是看人时的眼神和不经意的一些小动作,是很难伪装的。特别是,他们还经常喝醉酒。在这种情况下还能把本性给彻底掩盖住,我认为几乎不可能。"

"嗯。"江明承认谭勇说得有道理,"还好这次的案子,是由你这样一个熟悉情况的刑警来负责,可以把控大方向。这么说,你还是认为,这个凶手是有目的地杀人。"

"是的,但是这个目的,不一定仅仅是为了钱。只要凶手不傻,都能想到再继续杀人,冒的风险就太大了。这个凶手何止不傻,简直是狡猾到了极点。所以我认为,他杀死夏琪,是出于某种特殊目的。"

三个警察沉默片刻,江明说:"现在已经中午十二点多了,你们还没有吃午饭吧?老谭、李斌,你们去把饭吃了,然后再思考下一步该怎么办。"

"我现在没心思吃饭。"谭勇说。

"这可不行,再怎么着也得把饭吃了!老谭,我知道你作为这次专案组的组长,压力很大,但这事是急不来的。李斌,带老谭出去吃东西。"

"是!"

"行吧。"谭勇无奈地答应了。

"老谭,我最后再说一句。凶手非常狡猾,估计不是一两天能抓到的。但是,绝对不能再死人了。你好好想想,有没有什么方法,能保证剩下这些人的安全,让凶手完全没有再次作案的可能。"

"好的,我明白了。"

"去吃饭吧。"江明挂了电话。

"走吧,咱们下馆子去。今天我请你!"李斌大方地说,硬把谭勇拽出了门。

第十三章 试探

1

天气云淡风轻,太阳躲在云层里,温度和湿度恰到好处。这种时候捧一本书,坐在垂柳下,面对美丽的玥海,微风吹拂脸庞,该是多么美好而享受的一件事。

但苏晓彤根本不敢外出,甚至对于儿子想出去玩的请求,也只有想办法推托。现在这样的情况下,她既没有心情,也没有胆量带儿子出去玩。就算出去了,估计也是风声鹤唳、草木皆兵,完全没法放松。

这种状态,要持续到什么时候呢?苏晓彤烦闷地想。

在阳台上坐了一会儿后,她来到书房,对正在电脑面前工作的顾磊说:"咱们谈谈吧。"

"好啊。"顾磊停止工作,转过身来,望着苏晓彤。

"为什么你好像没事一样,还能像往常一样继续做设计?"

顾磊苦笑道:"要不然呢,你觉得我应该怎样?"

"你不觉得抑郁,或者不安吗?"

"你感到抑郁?"

"有点吧。身边接二连三有人遇害,你叫我怎么开心得起来?"

顾磊叹了口气:"是啊,我心里也不好过,但日子总得继续。总不能一天到晚担惊受怕、愁眉苦脸的吧。"

"但是现在这样的情况下，我没法放松，更没法开心。你说得没错，日子是得继续，但我们一定得在这个地方继续吗？"

"晓彤，你是什么意思？打算离开这里吗？这意味着，我们将放弃继承权。"

"是的。"

"你愿意吗？"

苏晓彤内心纠结了好一会儿，说道："我也不知道。假如真的放弃，肯定会不甘心。两千多万哪，不，现在是四千多万了，就这样不要了，任谁都会不甘心。但是如果留在这里，一直生活在恐惧状态下，过着彼此猜疑、了无生趣的生活，就算拥有很多财富，又有什么意义呢？"

顾磊把苏晓彤的手拉过来，轻轻抚摸，说道："我理解你的感受，晓彤。但是这样的状态是暂时的，不会一直持续下去。"

"何以见得呢？"

"首先，我不认为凶手会一直作案。上午大家在一起的时候，不是也分析过了嘛，凶手杀死夏琪，可能是因为夏琪试探出了凶手是谁，所以不得不杀她灭口；其次，还有两天，楼道里就会安装监控了，这样的情况下，凶手很难再作案；第三，我们要相信警察，相信老谭，他们对这起案子无比重视，一定会破案的。"

苏晓彤摇着头说："老谭连两年前的案子都没破，说实话，我不是太看好他。"

"就算他没法抓到凶手，也肯定会保护我们的安全，避免命案再次发生。"

"可是凶手一天不抓到，我们就一天都没法安心生活。"

顾磊沉吟一阵："这样吧，晓彤，这件事情你来决定，我会尊重你的选择。"

"如果我选择离开，你愿意放弃这唾手可得的四千多万吗？"

"晓彤，我生命中最重视的只有一样，那就是你。如果你待在这里不开心，再多的钱对我来说都没有意义。"

苏晓彤有些感动，但也十分矛盾："可是，我害怕做出这样的选择，以后会后悔。"

"我不会。"

"但我可能会。四千多万，这不是一个可以随便忽略的数字。环游世界十几圈都够了，更别说用来购物和娱乐。特别是，如果我们放弃继承遗产不久，警察就把凶手抓到了，我肯定会后悔死的。"

"这倒也是。现在的状况就是一场博弈，不仅对我们而言，对'大家庭'的每个人来说都是如此。肯定有人和我们一样，陷入了两难的境地。但是看到别人都没有退缩，自己离开的话，就有种失败者的感觉。"

"这又不是竞赛……"

"其实从某种意义上来说，这就是场竞赛。坚持到最后的人，就是最大赢家。而且这场竞赛，对我们是有利的。"

"怎么说？"

"因为我们是一家人，可以彼此鼓励、陪伴。但是王星星、韩蕾、沈凤霞他们，只有一个人。要说撑不住的话，提前出局的，也应该是他们。"

"嗯……"

"晓彤，再坚持两天吧。等楼道里安了监控，状况就会好很多了。另外，我把之前接的这单做完，就不在网上接单了。到时候，我天天陪你和小亮，给你们当保镖，这样你总放心了吧？"

不得不说，听了顾磊这番话，苏晓彤确实感觉好多了。她点了点头，笑着说："要不，拿到遗产后，我们真的请两个保镖吧。反正一年那么多钱，也足够支付保镖的费用了。"

"请两个壮汉天天住我们家，不别扭吗？"

"那就请女保镖。家里常备一个，出门的时候带一个。"

"我看行。"

两口子一起笑了起来。苏晓彤发现，自己很久没有笑过了。

这时，俩人的手机一起发出微信提示音。这种情况往往都是群消息。他们分别拿起手机，看到范琳在群里@所有人：大家现在有空吗？来雪丽家一趟好不好，有事情和你们商量。

王星星马上回复了：什么事呀？

李雪丽也问：什么事？

范琳：来了再说吧。大白天的，你们总不至于门都不敢出吧。

看到群消息的谭勇也回复了：范琳，你要跟大家商量什么？

范琳：老谭，你要是有空的话，也上来一趟吧。我想了个主意，应该能保证大家的安全。

隔了一会儿，谭勇回复：行，那这样，现在我发起视频群聊，每个人都把摄像头打开，一边通话一边去雪丽家

众人立刻会意，回复了"OK"的表情。苏晓彤说："老谭已经谨慎到这种程度了。每个人都保持视频通话的状态，就不怕任何人搞鬼。"

顾磊苦笑道："可见老谭现在也是惊弓之鸟，生怕又出事。要是谁刚刚开门，又被人捅一刀，那就麻烦了。"

"是啊。"苏晓彤叹息一声，和顾磊一起走出书房。她打开电视，播放少儿频道的动画片给顾小亮看，叮嘱他一个人乖点，不要出门。有动画片的陪伴，顾小亮非常乖，点头答应。

2

按照老谭说的，每个人都打着视频电话来到了李雪丽家。聚齐之后，众人围坐在客厅里，王星星说："老谭，这主意不错。以后我们要聚集的话，就用这招吧。"

谭勇没有接话，问范琳："你想了什么主意，可以确保大家的

安全？"

"是这样，"范琳说，"我想问一下大家，你们现在出门的时候，有没有心理阴影？"

众人没有说话，但是从他们的表情来看，每个人都默认了。特别是苏晓彤，她刚刚才跟顾磊探讨了这个问题。

"我这个人说话一向不喜欢绕弯子，就直说吧。我们这些人中，我是唯一一个没有选择，每天都必须按时出门的人。因为我要送文婧去学校。换句话说，如果凶手守在我家门口，等着袭击我，是最容易成功的。"

"你克服两天吧。老谭不是说再过两天，楼道里就装上监控了嘛。那时候，凶手就不敢肆意行凶了。"韩蕾说。

"装了监控，可能要好点吧，但也不代表就百分之百安全了。凶手如果乔装呢？比如戴上面具、帽子，穿一身大衣之类的，就算被监控拍到了，也认不出来是谁吧？这些问题，我都考虑到了。"范琳说。

谭勇承认，范琳说得有道理。安装监控只能一定程度上起到作用，并不能完全避免诡计多端的凶手作案。他问道："那你有什么好主意？"

范琳暂时没有回答，而是转向问李雪丽："雪丽，马强现在在你家吗？"

"不在，他白天都在店里。"

"这么说，你们已经约好了，他每天晚上都要过来陪你？"

"暂时是这么说的。"

"好，那我们现在等于分成了六组人：李雪丽和马强是一组；苏晓彤他们一家人是一组；我和文婧是一组；王星星、沈凤霞和韩蕾三个人分别为一组——现在还有继承权的，就是这些人了，对吧？"

谭勇点头，等待范琳继续说。

"我的想法是这样的：我们六组人，从今天晚上开始，两组两组合并在一套房子里居住。比如说，我带着文婧和韩蕾住在一起。不管谁要外出，另一个人都陪同到门口。如此一来，就算凶手守在门口，也做不到一次性袭击两个人吧？这样是不是提高了安全系数？同时，住在一起的两组人，也可以监督对方。"

"但是……"

王星星刚要说话，范琳指着他，截住话头："我知道你要说什么，万一跟你住在一起的那个人，恰好就是凶手怎么办？这个问题我也考虑到了。因为住在一起的只有两组人，那么只要两组人中的任何一个人在家里出了事，凶手一定就是另一方。所以就算有人恰好和凶手住在一起，也没有关系。因为凶手不可能这么蠢，明目张胆地去犯罪。"

范琳的话说完后，客厅里一片静默，每个人都竭力思考着。范琳等了两分钟，问谭勇："老谭，你觉得这个方法可行吗？"

从逻辑上来说，似乎是可行的，但总觉得也有点问题……可是，似乎也想不出什么更好的主意了。如果不这样做的话，范琳刚才说的隐患确实存在。要是凶手算准每个人出门的时间，守候在门外行凶呢？这么多人，警察不可能天天守在门口保护他们……

谭勇思忖良久，打算先听听其他人的想法，说道："你们的意见呢？"

"我觉得这主意还不错。其实不只是范琳，我每天开门的时间，也是有规律的。"王星星说，"因为我要点外卖，而且都是饭点的时候。假如凶手乔装成送外卖的，在我打开门的瞬间行凶，也是有可能的吧？"

"在门口装个猫眼不就行了？或者每个人都在自家门口安装摄像头。"顾磊说。

"猫眼和摄像头都只能看到门口的情况，如果凶手躲得稍微远一点，就没办法了。恰好我们这栋楼的楼道，就有一些可以藏人的地方。"王星星说。

"是的，而且凶手只要算准时间，根本不需要在门口等多久，直接冲出来行凶，也是可以的，然后逃到小区中庭、停车场等地方隐匿就行了。咱们小区还是挺大的，肯定有很多监控死角，不可能每个地方都在监控范围内。"范琳说。

"照你们这么说，凶手何必一定要在小区或者楼道行凶呢？乔装之后，在大街上不是也可以杀人吗？"沈凤霞说。

"本来就是啊！只是大街上人比较多，行凶要困难一些。楼道就相对简单了。对了，说到这里，我在玥海湾的业主群里看到，很多业主已经知道咱们小区频繁发生命案了。他们这些有选择的人，很多都觉得这里不安全，打算搬走。小区的人越来越少，凶手要想行凶就更容易了！"范琳说。

"有选择的人？"沈凤霞冷哼一声，"难道我们没有选择吗？其实只要我们放弃遗产继承权，离开这个小区，就什么都不用担心了。"

"这倒也是。那么凤霞，你为什么还要留在这里，不搬走呢？"范琳犀利地指出，"没记错的话，你以前表示过对钱没有太大的兴趣吧？怎么现在又舍不得走了？"

"你巴不得我走，对吧？这样的话，你就能继承到更多的钱。劝说别人放弃，比杀人还要简单呢。不过，我可以明确告诉你们，我肯定会留在这里的。不为别的，就为了亲眼看到害死袁老师的凶手被抓住！让我在凶手的淫威下灰溜溜地离开，我办不到！"

"好了，你们都少说两句。回到正题上来吧——范琳的提议，你们是否同意？"谭勇说。

"我已经表过态了，同意。"王星星说。

"老谭，我在想一个问题，假如A和B住在一起，A遇害了，凶手一定就是B吗？如果是C悄悄入室杀了A呢？"李雪丽提出疑问。

范琳说："这个问题我想过。我认为，在把门反锁好的情况下，凶手要想入室行凶，几乎不可能。至于骗人开门这招，也行不通。因为屋里有不止一个人。"

"话虽如此，但是凶手这么狡猾，如果又想出什么诡计，杀人之后再嫁祸到同室的另一个人身上，也是有可能的吧？"李雪丽一边说，一边望向谭勇。

"嗯。这个方案，并不是什么万全之策。"谭勇说。

范琳有些气恼地说道："那你说怎么办，老谭？要不你们警察每天早上都到我门口来保护我们母女俩，可以吗？"

这自然是不可能的。短时间可以，但不是长久之计。谭勇想道。

范琳当然也知道这不现实，焦急地说："我每天七点多，一定要送文婧去学校，这个时间规律是没法改变的。我现在……只要一开门，就像惊弓之鸟一样，总担心旁边突然跳出一个人来。这可怎么办！"

"刚才不是说过解决办法了吗？离开这里就好了！"沈凤霞说。

"你先走啊！你走了我就走！"

"我说了，不等到凶手被抓住那天，我是不会离开的！"

"话说得好听，其实是借口吧，说到底还不是为了钱！你在不在这里，都可以关注破案进程。一定要留在这里才能知道吗？你留在这里对破案有什么帮助？"

"是没有帮助，但我不想让那个凶手称心如意！"沈凤霞大吼起来，"我恨死了他，也知道他巴不得我们离开，所以我就是不会遂他的愿！"

"好了，不要吵了！"谭勇大喝一声，站了起来。范琳和沈凤霞都住嘴了。

过了一刻，谭勇说："这样吧，这件事情，不强求任何人。愿意两两一组住在一起的人，举个手。"

范琳和王星星举起了手。李雪丽没有表态。顾磊望向苏晓彤，看到她微微摇头，就没有说话。韩蕾显得有点犹豫，说："我倒是……也可以。但是，如果没人愿意跟我一起住，那也没辙呀。"

"我有马强陪我，应该够了。"李雪丽说。

"我不会跟你们任何人一起住的，老实说吧，我谁都信不过！"沈凤霞冷漠地说。

韩蕾看出苏晓彤夫妇也不愿意，只有说："那算了吧，我还是一个人住。"

"那么，王星星，你一会儿就搬过来，跟我们母女俩一起住？"范琳说，"我家里还有两个房间，随便你挑。"

"行啊。"

决定下来后，谭勇对范琳和王星星说："你们俩住在一起，可以。但我得提前跟你们说好。住在一起，更不能掉以轻心，除了反锁好窗户、房门之外，其他方面也要格外注意。记住，在高度戒备的情况下，其他人要想进屋来行凶，基本上不可能。所以一定不能出事，知道吗？否则另外那个人，别想洗清嫌疑！"

范琳和王星星都听懂了谭勇这番话的弦外之音。他们一起点了点头。

"至于你们其他人，就自己注意安全吧。反正这几天，我和李斌会每天数次不定时地查房和巡逻，不让凶手有任何机会作案！"

这话当然是说给在场的那个凶手听的，掷地有声，威慑力十足。众人都表示明白之后。谭勇说："散了吧，各自回家，跟来的时候一样，微信视频电话！"

苏晓彤和顾磊回到家中，反锁好房门。苏晓彤吐出一口气，对顾磊说："我们想错了。"

"什么？"

"别指望他们会退缩了，即便怕成这样，他们也会想出各种办法来撑下去。"苏晓彤说，"看来，这是一场持久战了。"

3

晚上八点四十分、九点五十分的时候，谭勇分别到各个楼层巡视，还随机到一些人家中去查房。根据之前的约定，谭勇到任何人家里去查房之前，一定会先给那个人打视频电话，以"验明正身"——没有接到视频通话的，一律不能开门。

十点十分的时候，谭勇对李斌说："这次换你去。"

李斌看了下手表，说："离上次巡逻才过二十分钟，这也太频繁了吧？"

"我就是要让凶手知道，我们的巡逻没有规律可言。"

"好吧。"李斌明白了，走出房间。

大概五六分钟后，外面传来敲门声。谭勇心想这也太快了，怀疑李斌有敷衍之嫌。开门之前，他问了一声："李斌吗？"

外面的人没有回话，谭勇顿时警觉起来，再次问道："谁？"

"我。"

谭勇听出来了，是妻子窦慧的声音。他把门打开，看到了站在门外的妻子，问："你怎么来了？"

"我来给你送点夜宵。"窦慧进屋，把装着双层饭盒的塑料袋放在桌子上，"今天晚上包了饺子，韭菜馅的，想着你爱吃，就给你带了些来。"

谭勇埋怨道："你来之前怎么不跟我说一声？这栋楼里现在有……你不知道吗？"

"我想着……那凶手也不至于拿我开刀吧？我又不是'大家庭'的人。"

"但这栋楼现在始终是不安全的。你怎么不告诉我一声，就直接来了？"

窦慧没有再解释了，把饭盒打开："趁热吃吧，要蘸醋吗？"

谭勇坐下来，用手捻了一个饺子塞进嘴里："好吃，热乎的。不过你也是，现在这么方便，外卖什么的分分钟都能送来夜宵。你何必专门跑一趟？"

"想你了，来看看你，不行啊？顺便看看你租的这房子怎么样。"说着，窦慧推开了谭勇的卧室，进去看了一阵后，又推开次卧的门。谭勇说："那是李斌的房间，你就别进去看了。"

"李斌也住这儿？"

"对，这案子本来就是我和他一起负责的。"

"哦，这就好……他人呢？"

"到楼上巡逻去了。"

窦慧点了点头，坐在谭勇对面，看着他吃饺子。谭勇吃了两个饺子后，突然一怔，停止咀嚼，望着窦慧问道："你怎么知道我住这儿？"

"你自己跟我说的呀。"

"我只说到玥海湾来住，没告诉你门牌号。你怎么知道是哪一户？"

窦慧垂下眼帘，没有说话。谭勇皱起眉头："你问了李斌？"

"不是。"窦慧摇头。

"那你问了江……不对，我没有跟江明说过门牌号。你到底是怎么找到这儿的？"

"哎呀，别问了，我打听一下不就知道了吗？"

"不，你告诉我，你到底是跟谁打听的。中介？你也不知道我找的是哪个中介呀。"

窦慧被丈夫逼问得没办法，只有说："我问了李雪丽，她告诉我的。"

谭勇吃了一惊："李雪丽？我印象中，你跟她没见过面吧。你们俩认识吗？有联系方式？"

"是没见过面，但是有一次你在她家聚会的时候，她给我打了个电话，让我过来一起吃饭。我虽然谢绝了，但是把她的手机号码保存了下来。"窦慧说。

谭勇回忆了一会儿，想起来了："这是一年前的事了，你保存了李雪丽的电话号码，却从来没跟我说过？"

"我没必要什么事都跟你说吧？保存个电话号码这样的小事，也得跟你汇报？"

"好吧，不跟我说也行。但你要来找我，不问我门牌号是多少，绕山绕水地跑去问李雪丽，什么意思呀？"

窦慧显得有点尴尬，正不知道如何回答的时候，李斌用钥匙打开了门，看到窦慧后，说道："哟，嫂子来了呀。"

"啊，给老谭送点饺子过来。你也吃呀，李斌。"

"好啊，正好有点饿了。"李斌洗了手，捻起一个饺子吃了起来。

嚼了几口发觉不对劲，谭勇和窦慧两个人都没说话，他感觉到气氛诡异，知趣地说道："我先回屋了……"

"把饺子拿屋里去吃吧。"谭勇说。

"你呢？"

"我刚才吃过了。"

"好吧。"李斌拿着一层饭盒进了屋，关上门。

夫妻俩沉默了一会儿，谭勇回想着窦慧进门后的一系列举动，突然有点明白妻子来此的目的了，他没好气地说："什么送夜宵，你是来查岗的吧？"

"没有，你想多了……"

"我想多了？那你解释一下，为什么来之前不跟我说一声，要搞突然袭击？为什么门牌号不问我，要问李雪丽？为什么来了之后，就跑我房间去检查？真的是我想多了吗？我看是你想多了吧！"

面对谭勇一连串的质问，窦慧没法再否认了，小声嗫嚅道："我是有点不放心嘛……现在这个社会，诱惑那么多。别的不说，光是'大家庭'这些人，就有好几个大美女。你说要保护她们，我想着，万一……"

谭勇惊讶地望着妻子，感到难以置信："我说你这个人……到底在想些什么呀？咱们结婚二十年了，我是什么人，你还不清楚吗？你以为我会打着查案的幌子，跑到这儿来……瞎搞？我快五十的人了，你以为我是什么香饽饽呀？还大美女，这些大美女现在有可能是杀人凶手！你……我真不知道该说你什么好！"

看到丈夫气得吹胡子瞪眼，窦慧赶紧道歉："对不起，老谭，我当然了解你。今天晚上我也不知道是怎么回事，鬼迷心窍了，总想着来查一下岗。可能是这么多年，很少跟你分开吧，就难免胡思乱想……我错了，以后不会再这样了。"

谭勇气恼地摇着头："关键是，你让李雪丽怎么想？她肯定猜到你的想法了。人家会觉得，在你心目中，原来我是这样的人！"

窦慧自知理亏，不断道着歉。谭勇也不好再多说什么了，没好气地说:"算了算了,我送你回去吧。"

夫妻俩出了门,谭勇把窦慧送到小区门口,帮她打了辆车,目送车子离开后,他才返回玥海湾的出租屋。

刚刚进门,就看到李斌坐在餐桌旁,望着他笑。谭勇问:"你傻笑什么?"

"你们俩刚才的对话,我都听到了。"李斌忍着笑意说,"嫂子居然以为,你是到这儿金屋藏娇来了。结果藏的是我,哈哈哈……"

谭勇举起拳头,李斌赶紧跳开了。谭勇骂道:"你这小子,有饺子吃还不够,干吗偷听我们说话?"

李斌说:"我哪是偷听,你们声音那么大,我想不听都难。"

谭勇无言以对,坐下来后,倒了一大杯凉白开,一饮而尽。李斌说:"老谭,其实这种事情用不着生气,嫂子会来查岗,说明她心里有你呀。要是你搬出来住个十天半个月,她都不闻不问,那才有问题。说明你们夫妻俩完全没有感情了。"

谭勇白了李斌一眼:"老夫老妻了,连这点信任都没有,我还要高兴是怎么着?对她来查岗表示感谢?"

"那倒用不着,我觉得你刚才处理得非常好,就是得让她觉得,她对你的怀疑完全是无理取闹,她下次就不会再这样了。但是话说回来,女人不就是这样的嘛,对于自己深爱的男人,总是格外在乎,也总是心存疑虑,总要想各种办法来试探一下。"

谭勇瞥了李斌一眼:"你这小子什么时候对女人这么有研究了?"

李斌嘿嘿一笑:"我从读高中时就开始谈恋爱了,这方面的经验还是蛮丰富的。"

"好了好了,不说这个话题了。过半个小时,你再去巡逻一圈。"

"啊,还要巡逻?差不多了吧,今天晚上。"

"越到晚上,越是危险,不能掉以轻心。一定不能再出事了!"

"好吧,知道了。"李斌应承道。

4

这天晚上，似乎没有发生什么异常的事情，但是躺在床上的谭勇仍然无法入眠。现在已经是凌晨一点了，他脑子里仍然想着破案的事。

谁是凶手？这个问题盘踞在脑海中，让他为之神伤。目前有的，只是一些疑点和猜测，缺乏的是证据和调查的方向。

唯一的线索，就是夏琪死之前，给苏晓彤、韩蕾、范琳和李雪丽四个人打的那四通电话。现在可以肯定的是，夏琪打电话给她们四个人，显然不是闲聊，而是试探。可问题是，她究竟是怎么试探的，又试探出了什么呢？

就是这个问题，让谭勇绞尽脑汁都想不明白。越想不通，他就越是要想，最后脑袋都痛了起来。他用力揉搓着两侧的太阳穴，试图缓解压力和疼痛。

揉了十几分钟后，头痛有所缓解。之前想的似乎已经走进了死胡同，不能在同一个问题上打转了，得换一个角度思考问题才行。

谭勇披上衣服，下了床，坐到办公桌前，打开台灯。用笔在一张白纸上写了"夏琪"两个字，在名字右侧发散性地画了四条线，分别写上苏晓彤、李雪丽、范琳和韩蕾四个人的名字。然后，他在白纸的另一端写上顾磊、王星星和沈凤霞的名字，并打了三个问号。

有些时候，直观的图形能带给人不一样的视角和思考方向。谭勇盯着这个简略的思维导图看了半晌，果然有了不一样的思路。

为什么打电话试探的，一定是夏琪呢？为什么不是平时话多的李雪丽，也不是性格直爽的范琳，或者头脑敏捷的苏晓彤，而是那个看上去毫无心机、并不喜欢刺探别人隐私的夏琪呢？

谭勇在夏琪的名字上画了一个圈，再画上一个大大的问号。

是因为夏琪知道什么别人不知道的事情吗？和"大家庭"的其他成员比较起来，夏琪特殊在哪里呢？

按照范琳的说法，夏琪单独去找过龚亚梅，并且和龚亚梅走得很近，所以她有可能提前知道了遗嘱的事。但是——谭勇突然冒出一个想法——实际上，会不会更早呢？夏琪会不会来理市之前，就知道这件事？

也就是说，夏琪来理市，并且住进玥海湾小区，其实就是冲着这件事来的！

但是，夏琪和龚亚梅之前并不认识……

那么，夏琪是否认识龚亚梅身边的人？某个知道龚亚梅有巨额遗产，并且不会留给直系亲属的人。

对了，冯律师说过，龚亚梅有一个儿子。这个儿子和母亲的关系很差，得知母亲公司破产之后，他明知道父亲是过错方，却选择跟更有钱的父亲生活在一起，置母亲于不顾。所以感到心寒的龚亚梅，才换了电话号码，独自到理市居住。并且，她宁愿把巨额遗产留给"大家庭"的人，也不愿留给这对伤她至深的父子。

对了，龚亚梅遇害之前，接到过一个外地号码的电话。打电话的人把她骗到了环海东路的观海亭，能做到这一点的，只能是熟人，难道这个人是……

谭勇的身体微微颤抖起来，他发现，自己的思维越来越清晰，似乎快把这件事的来龙去脉想明白了。这时，他又想起了窦慧到这里来查岗，以及李斌今天晚上说过的一句话——"女人对于自己深爱的男人，总是格外在乎，总要想各种办法来试探一下"。

想到这里，谭勇打了个激灵，无法抑制内心的激动，冲出房间，推开了隔壁李斌的房门。

李斌睡得正香，谭勇按下墙上的电灯开关，喊道："李斌，起来一下！"

李斌醒了过来，看到谭勇穿着短裤、披着衣服站在自己床边，问道："怎么了，老谭，出什么事了吗？"

"不是，我只是突然有点想明白，这起案件是怎么回事了！"

李斌看了一眼放在枕边的手表，说："一点半了，你还没睡呀？"

"我睡不着，你也别睡了，起来听我说！然后我们一起分析一下，看看是不是我想的这样。"

"行吧。"李斌起床，到卫生间洗了一把冷水脸，整个人便清醒了。他坐在床边，望着坐在对面椅子上的谭勇："你说吧，老谭。"

谭勇把自己刚才画的思维导图展示给李斌："我刚才突然想到一个问题，为什么打电话试探的人是夏琪，而不是其他人呢？原因有可能是，夏琪知道一些别人不知道的情况，所以她才能试探。换句话说，其他人连如何试探都办不到。你想想，是不是这样？"

"嗯，有道理。那你觉得，夏琪知道什么别人不知道的情况？"

"龚亚梅有巨额遗产！这件事她可能从一开始就知道！"

"一开始是什么时候？"

"夏琪搬到理市来定居之前！"

"但是那个时候，夏琪应该并不认识龚亚梅……"

"对，这一点我也想到了，但是她有可能认识龚亚梅身边的人，比如龚亚梅的儿子！"

李斌毕竟是年轻人，脑子转得快，一下明白了："龚亚梅的儿子，自然知道母亲有巨额遗产，而且因为母子俩关系恶劣，所以他也知道，母亲宁肯把遗产留给外人，也不会留给他这个亲儿子。所以，他打起了这笔遗产的主意……"

"对！"谭勇激动地说道，"你和我想得完全一样！"

"但是，逻辑上好像有点不对呀。如果龚亚梅的儿子很在乎母亲的这笔遗产，当初为什么要选择跟父亲在一起呢？而且他爸好像卷走了更多的钱，比他妈还有钱。按理说，他既然做出了这样的选择，就不该在乎这笔遗产了。反过来说，他要是真的在乎这笔遗产，当初就应该跟他妈搞好关系才对，不可能做出让龚亚梅如此心寒的决定。"

"如果他后悔了呢？或者这两年间发生了什么事情，让他改变主意，打算弄到这笔遗产呢？"

"确实有这个可能。"

"这一点非常好证实,明天想办法调查一下龚亚梅前夫和儿子的现状,就知道了。现在,我们先按照这个思路来分析一下接下来发生的事情。"

"嗯!"李斌两眼炯炯有神,现在彻底没有睡意了。

谭勇说:"我猜测,龚亚梅当初遭到儿子的背叛,伤心欲绝的时候,可能说了一些狠话,比如'我宁肯把钱留给真正对我好的人,也不会留给你'之类的。当时这儿子觉得无所谓,反正我爸更有钱,靠他就够了。但是后来,他后悔了,打算弄到母亲这笔遗产。可是直接找到母亲,跟她搞好关系,未免太昭然若揭了。所以他想了一个主意,让另一个人来办到这一点。"

"这个人就是夏琪!"李斌接着说了下去,"龚亚梅的儿子找到活泼可爱、讨人喜欢的夏琪,让她接近龚亚梅,各种亲近和讨好,甚至让龚亚梅觉得夏琪就像是自己的女儿一样,从而把遗产留给夏琪!"

"对,这就解释了,为什么夏琪和龚亚梅的关系特别好,还会去找她单独聊天,等等。这一点,'大家庭'的人都看出来了,所以范琳才提出怀疑,说夏琪有刻意讨好龚亚梅的嫌疑。"

"但她们以为,夏琪是在认识龚亚梅之后,才得知龚亚梅有这么多遗产,没想到夏琪其实在来理市之前,就已经知道这件事了!她就是为此才来的!"

"是的,这一点,我也是刚刚才想到。"

"如果是这样,后面发生的事情,就都能解释了。"

"对,龚亚梅遇害那天晚上,不是接到一个外地号码的电话,骗她去环海东路的观海亭吗?想想看,当时接近十一点了,能够在这么晚的时候,把她叫出去的,肯定是跟她关系特别近的人,而且可能是龚亚梅非常想见到的人——完全有可能就是她儿子!表面上,龚亚梅放下过去,跟所有亲人都决裂了,但是对亲生儿子,她不可能没有感情。所以得知儿子来到了理市,并且想跟她见一面的时候,她立刻就去了!

但她没想到的是,儿子居心叵测,为的是谋财害命。"

"老谭,照你这意思,是龚亚梅的儿子杀了自己的母亲?但是,作为儿子,真的干得出来这种事吗?"

"目前只是猜测,需要调查后才能下结论。这一点暂且放一下,我们来捋一下后面的事吧。"

"好的。"

"龚亚梅死后,冯律师告知了众人遗产的事。其他人是当时才知道龚亚梅有这么多遗产,而夏琪不是。但是这个结果,和他们之前预想的不一样。龚亚梅并不是只把遗产留给了像女儿一样的夏琪,而是均分给了'大家庭'的所有人。如此一来,遗产就从两亿多变成了两千多万,等于打了一折。龚亚梅的儿子,显然是不满意的。"

"所以他撺掇夏琪投毒,希望通过此举杀死'大家庭'一半左右的人,甚至更多,以此来获得更多的遗产。"李斌说,然后挠了挠头,"到这里都说得通。但之后发生的事,我就不懂了。夏琪是被谁杀死的呢?凶手为什么要杀了她?"

"你想想看,夏琪被杀之前做了什么?"谭勇提示道。

"给苏晓彤、范琳她们四个女人分别打了电话。"

"没错。那你想一下,她为什么要打电话试探她们?假如投毒的人就是她,她还有必要这样做吗?"

"啊,你是说,投毒的人并不是夏琪,而是另有其人!"

"对,我想应该是这样。"

"那……会是谁呢?"

"这就是夏琪思考的问题——'龚亚梅的儿子不是找我合作吗?怎么冒出了另一个更狠的人,而且这个人好像打算连我都一并杀死!'"

李斌猛然惊觉:"所以,产生怀疑的夏琪,想到了一种可能——龚亚梅的儿子,也许除了她之外,还找了另一个合作者!"

"对!而夏琪认为,这个人肯定是女人。我不知道她为什么会这样想,但肯定是有原因的。比如龚亚梅的儿子特别擅长利用和蒙骗女人。

所以她分别给苏晓彤她们四个人打了电话，貌似闲聊，实际上是试探她们是否跟龚亚梅的儿子有关系。如果我没猜错的话，夏琪和龚亚梅的儿子是恋人！正如你所说，'女人对于自己深爱的男人，总是格外在乎，总要想各种办法来试探一下'！"

李斌拳掌相击："这样就全都能解释通了！夏琪试探她们四个人之后，发现某个人确实有问题，可能是男友找的另一个合作者。但是她又不敢百分之百地确定，所以才往群里发了那条语焉不详的信息——可能是想进一步试探。凶手发觉不对，便立刻想办法除掉了夏琪！"

谭勇长长地吐出一口气来，点头道："是的。虽然这只是我们的推测，但也是我们能想到的，最符合实际情况的可能了。要验证的话也不难，明天一早，我们跟江队商量，重点调查龚亚梅的儿子，以及夏琪跟他的关系就行了！"

"好，老谭，真有你的呀！"李斌拍了谭勇的肩膀一下，"彻夜不眠，把这起案子给想明白了。现在破案有望了！"

谭勇看了一眼手表，苦笑道："还没彻夜，不过看样子，我可能真的会彻夜无眠了。"

第十四章　抓捕

1

　　理市刑警支队的办公室里，谭勇和李斌把昨晚的推理全部告诉了队长江明。江明一边听一边点头，最后说："我认为你们分析得很有道理，现在立刻把龚亚梅的儿子作为重点调查对象！"

　　接下来的几个小时里，谭勇给冯律师打电话；江明联系龚亚梅以前所在城市的警察；李斌查询所有认识龚亚梅儿子的人……三个人通过不同的方式和途径，了解龚亚梅儿子的情况，以及龚亚梅前夫的情况。

　　最后，三个人综合调查结果，获得了以下信息：

　　龚亚梅的儿子名叫樊柯，今年二十八岁，身高接近一米九，身材匀称、长相英俊。从学生时代起，就是学校的校草，很有女人缘。但他是一个不折不扣的花花公子，学习成绩长期垫底，考不上高中，就被父母送去美国留学，实际上是买了一个文凭和学位。大学毕业后，去母亲所在的公司实习了一个多月，就因为上班太累而离职了，之后再也没有工作过，仗着父母有钱，每天吃喝玩乐、挥金如土。因为人长得很帅，又有国外留学的背景，加上多金、会玩，他交往了不计其数的女生。但是其中是否包括夏琪，目前暂时无法确定。

至于龚亚梅的前夫樊志国，是个人品低劣的渣男。他在外面早就有了女人，一直瞒着龚亚梅。龚亚梅的公司破产之前，他就"未雨绸缪"地把家里的大量资产转移到了自己名下，之后提出离婚，并要求分一半的家产。这番操作下来，他得到了一大半的财产，和小三远走高飞。唯利是图的樊柯，因此选择跟了父亲。种种打击，把龚亚梅气得生了一场大病，差点丧命。过了好一段时间，她才调整过来，到理市展开新的生活。

"江队，老谭，我觉得掌握这些情况后，几乎可以确定，樊柯跟这次的案件有关系了。"李斌说，"你们想，这小子是个浪荡公子哥儿，又没正式工作，沉迷享乐、挥金如土，这样的情况下，他会放弃母亲的两亿多遗产吗？肯定会打这笔钱的主意呀！"

"但他老爸不是更有钱吗，这夫妻俩离婚才两年，几亿的资产，总不会就用完了吧？樊柯为什么突然打起母亲遗产的主意了呢？"江队说。

"可能根本就不是突然打这主意的，而是蓄谋已久。这小子可能从一开始就想的是，先讨好更有钱的父亲，从他那儿弄到好处，再想办法把母亲的遗产弄到手。"李斌说。

"完全有这个可能。贪得无厌的人永远都不会嫌钱多，只会嫌钱少。"谭勇说。

"没错，而且这种纨绔子弟的消费观和花钱的速度，和一般人不一样。几千万上亿对我们来说非常多了，一辈子都花不完。但是对这种花花大少而言，可能人家在夜店一晚上就会花掉几十万，泡妞更是不计成本。不想办法多弄到钱，能持续满足这样的高消费吗？"李斌说。

"但是我们目前无法确定，夏琪是不是他的女朋友。"江明说，"上海的警察没法提供这么详细的情况。除非我们去上海，找到跟樊柯经常接触的人详细询问。但这会消耗大量的时间，而且跨省执法也很麻烦。"

谭勇想了一会儿："我们现在有樊柯的照片，对吧？刚才上海警方和樊柯曾经就读的学校，都把他的照片发了过来。"

"对，有好几张。"

"我在想，樊柯现在会不会就在理市呢？"

"何以见得？"

"如果龚亚梅遇害确实是他所为，那他肯定来了理市。而且他作为这件事的幕后主谋，可能会在近处监督合作者，或者配合作案。"

"有道理。"江明说，"那我马上让机场方面查一下，看有没有樊柯来理市的记录！"

江明拨打理市机场的电话，找到机场的负责人，说明了缘由。机场方面非常配合，十分钟之内，就给予了回复。

3月4日，樊柯从上海乘坐飞机来到理市。身份信息显示，这个樊柯，正是龚亚梅的儿子，不是重名的人。并且机场那边还查到，目前没有樊柯乘坐飞机离开的信息。如果他没有选择其他交通工具的话，说明他现在还在理市。

"太好了！"江明一拳砸在桌子上，"老谭，你的判断是对的，樊柯现在果然在理市！"

"其实通过他来理市这一点，基本上就可以判断，樊柯跟这一系列案子有关系了。他是3月4日来的，仅仅过了六天，3月10日晚上，龚亚梅就遇害了。"谭勇说。

江明点头道："现在就是如何找到他的问题，理市说大不大，说小也不小，而且因为是旅游城市，各种酒店、民宿加起来有几百家，怎么知道他在哪里呢？"

"发布通缉令，可以吗？"李斌说。

江明摇头："现在他只是犯罪嫌疑人，并不是证据确凿的罪犯，发通缉令不合适。而且这样有可能打草惊蛇，樊柯知道我们要抓他，躲到某个偏远山区去，再要找出他来就麻烦了。"

"没错，理市离老挝、缅甸也不远，要是他逃到国外，抓回来就更难了。"谭勇说。

"那怎么办？"李斌问。

三个人思考了几分钟，谭勇说："我认为，以目前的线索来看，樊柯和夏琪十有八九是恋人。那么樊柯到理市来，肯定会来找夏琪。但他又没法公开露面，特别是不能让他妈，也就是龚亚梅知道这事，不然整个计划就穿帮了。所以他极有可能跟夏琪保持一种私会的状态，那么他住的地方，肯定离玥海湾小区不会太远。"

"你是说，重点排查玥海湾附近的酒店、民宿和出租屋吗？"李斌问。

"对，但是在此之前，我们去一趟夏琪开的咖啡店，问一下咖啡店的店员，他们有没有见过樊柯。说不定他们能提供一些有用的信息。"谭勇说。

"行，你们俩去吧。一旦有所发现，立刻通知我。必要情况下，我可以调动整个刑警支队的人和公安局的干警，联合抓捕！"江明说。

谭勇和李斌一起点头，走出办公室。

2

谭勇本来有些担心，夏琪死后，她的咖啡店就停止了营业。但是来到"夏日の猫咖"门口，他看到咖啡店是正常营业状况，便和李斌一起走了进去。

他们俩穿的是便服，咖啡店的店员并不知道他们是警察，询问他们要喝点什么。谭勇也没有直接亮明身份，说道："你们老板呢，在吗？"

吧台的店员是一个年轻女孩，说："你们找夏琪姐吗？她这两天没到店里来。"

谭勇这才想起，警方目前并没有公布夏琪的死讯，也就是说，这些员工也许还不知道，夏琪已经死了。但是也不一定，玥海湾知情的人有可能会把这事泄露出来。网络信息时代,一个消息可能在几分钟内传遍全球,更别说发生在本地的事了。

谭勇打算试探一下店员们是否知情,问道:"她为什么没到店里来呢?"

女孩说:"我也不知道。但是听说……她好像出事了。我们现在也联系不上她。"

"出什么事了?"

女孩绷着嘴唇不说话。谭勇心中大致明白,无须多问。他摸出手机,对女店员说:"我跟你打听点事。"

"什么事?"

谭勇把手机上樊柯的照片展示在女孩面前:"你见过这个男人吗?"

女孩端视照片上的人一阵后,说:"这不就是我们店的新店员嘛,这个月才来上班的。"

谭勇和李斌迅速交换了一个眼色,谭勇继续问道:"他叫什么名字,现在在店里吗?"

女孩说:"他叫阿超。昨天都来上班了的,但是今天还没有来。"

现在已经接近中午十二点了。谭勇问:"为什么?店里规定员工几点上班?"

"十点钟营业,九点多就得来。这个阿超本来就爱迟到,这两天发现老板没有来,估计就更有理由偷懒了吧。"女孩撇了下嘴。

"他住在哪里,你们知道吗?"

"不知道。"

"是你不知道,还是所有店员都不知道?"

"我不知道,另一个店员,我就不清楚了。阿超没来,夏琪姐也不知道是什么情况。店里现在就只剩我和他了。你们问一下他吧,他就在那儿呢。"女孩冲店里一个正在给猫喂猫粮的男店员努了努嘴。

谭勇和李斌走过去询问,得到的也是否定的答复。他们俩走出咖啡店,站在环海路边,望着咖啡店的门口,小声对话。

"这个什么阿超，就是樊柯，他居然在夏琪的店里，假装成店员。我之前完全不知道。"谭勇说。

"之前我们又没朝这个方向想，就算你来这里喝咖啡，估计做梦都想不到，给你端茶送水的店员，会是龚亚梅的儿子吧。"

"其他店员，现在不一定准确地知道夏琪的情况。但樊柯肯定知道，夏琪已经死了。"

"那是当然，说不定就是他指使人干的呢。所以他昨天还来店里做做样子，今天就直接不来上班了——反正夏琪都不在了，做给谁看呢？"

"但他现在还没有离开理市，因为他还需要跟另一个合作者配合，弄到遗产。"

"对。现在的问题是，我们该怎么办？在这附近守着，看他会不会来上班？但是万一他一整天都不来呢？要么就是去附近的酒店、民宿找他，但这儿附近可以住宿的地方，估计有几十上百家，挨个去找，够呛。"

谭勇想了想："这样，我在这儿守着。你马上联系江队，让他多叫几个同事过来，分头去周围的民宿打听。"

"行。"

李斌给江明打电话，然后离开了。谭勇一个人站在环海路的一棵大树下，监视着对面的咖啡店。等到一点钟，樊柯也没有出现。谭勇在旁边的小摊上买了炸土豆和凉面，当作午饭，一边吃一边继续盯守。

他想过，要不要让咖啡店的姑娘给"阿超"打个电话，催他来上班，但是又怕引起樊柯的警觉，反而不来了。所以还是在这儿守株待兔的好，反正江明和李斌他们也去附近的酒店民宿找人了，两种方式，总能把他抓住。

两点二十分，一个头发盖过眉毛、戴着口罩、身材高大的年轻男人出现在谭勇的视线范围内。他有接近一米九的大高个，即便有口罩的遮挡，也能从面部轮廓和眼睛看出来，是个标准的大帅哥——和樊柯的特征完全一样！重点是，他走进了"夏日の猫咖"。

谭勇心中一阵激动。他知道，这个人就是樊柯。看来他们之前没有打草惊蛇是对的，樊柯全然没有意识到，警察已经盯上自己了。如果夏琪死后，他就彻底不来上班，未免太明显了。所以他还是要来店里做做样子，只不过不用按照规定时间来上班罢了。

现在的方案有两种：一种是，直接找到樊柯，亮出警察证，让他配合调查；另一种是，通知江明和李斌，等他们过来后，再展开行动。显然第二种方案更稳妥一些。谭勇现在只身一人，直接要求樊柯去刑警队配合调查，如果樊柯反抗或逃逸，他没有把握能将他抓住。

于是，谭勇给李斌和江明分别发了信息，让他们马上带着人过来。自己则不动声色地走进了咖啡店，盯紧目标。

进店后的樊柯，换上了店员的衣服。另外两个店员责怪他为什么现在才来，他说："老板不是也还没来吗？"这两个店员就无话可说了。看到谭勇再一次走进来，吧台的女店员正要说"阿超来了"，被谭勇堵住了嘴："一杯咖啡，美式。"

女店员接触到谭勇的眼神，看到他冲自己微微摇头，示意她不要开口。也不知道她是否会意，总之她没有说话了，只是点了下头，就去冲咖啡了。

谭勇选了一个位置坐下，现在店里除了他，只有另外一个客人。不一会儿，咖啡就端来了——送来咖啡的，正是樊柯。

"先生，您的美式，请慢用。"

"好的，谢谢。"

樊柯把咖啡放到桌上的时候，谭勇近距离地看了他一眼，这个男生皮肤白皙，肩膀宽厚，眼睛细长，眉目如画，长刘海遮住大半个额头，发质丝滑柔顺。谭勇看他的时候，樊柯也回看了一眼，然后收回目光，礼貌地收起托盘，走开了。

谭勇虽然是个大男人，但也多少能理解，这样的绝色美男，对女人来说具有何种吸引力。别说夏琪，这样的大帅哥想把任何女人搞到手，恐怕都不是什么难事。然后再加以操控和利用，便能达到想要的目的。

他一边思忖着，一边小口啜饮着咖啡。美式不加糖和牛奶，对不习惯喝咖啡的人来说，味道过于苦涩。谭勇无法理解怎么会有人花钱喝这种堪比中药的东西。

江明和李斌七八分钟前就回复了"马上过来"，谭勇估计他们就快到了。他不好一直盯着樊柯看，以免他生疑，便不时瞄一眼门口，确保樊柯不会离开。

果然，几分钟后，江明、李斌和另外两个同事一起来到了咖啡店。他们走进店内的气场，跟一般的客人不一样，女店员怔了一下，似乎本能地感觉到，这几个男人不是来喝咖啡的。

江明等人径直走向谭勇，江明低声问道："他人呢？"

谭勇说："就在店里。"

江明环视一圈，只看到一男一女两个店员。男的那个身高就不符合特征，他问："哪儿呢？"

谭勇站起来，目光搜寻店内，没有看到樊柯，但他又确定樊柯没有走出过大门——咖啡店没有后门。他小声对江明说："他肯定在店里，没有出去。"

几个刑警分开来找，结果发现二楼其中一个卫生间的门关着。这家店一共两个卫生间，都不分男女，走进去把门锁上就行。店里的另一个客人坐在原处喝咖啡，那么在里面的，就只能是樊柯了。

谭勇冲江明使了个眼色，示意樊柯就在里面。江明点了点头，用眼神暗示大家——那就等他出来吧。

不料，这一等就是一刻钟。就算是上大号，也太久了一点。谭勇感觉不对劲，他眼珠一转，问那个男店员："卫生间有窗户吗？"

男店员说："有，挺大一扇窗户。"

谭勇和江明对视一下，俩人都意识到不对，江明上前敲门："里面有人吗？"

没有任何回应。江明暗叫不妙，对一个身材壮硕的男刑警说："把门踹开，或者撞开，快！"

那男刑警壮得像头小牛，退后两步，用肩膀猛烈撞击卫生间的门，轰的一声就撞开了。几个人一看，里面空空如也，窗户大开着，樊柯早已不知去向。

"糟了，让他跑了，快追！"江明大喊一声，几个刑警冲出咖啡店。那两个店员显然是吓到了，目瞪口呆地望着他们，估计还没意识到这是怎么回事。

五个人一起冲出来后，江明说："你们四个，从东南西北四个方向去追！我马上打电话给刑警队和公安局，请求支援，同时通知机场、高铁站、汽车站和高速路口的警察，让他们进行堵截，不准樊柯逃离理市！"

"是！"谭勇四人齐声回答，迅速散开，朝四个方向跑去。

妈的！把他堵在店里，居然都让这狡猾的家伙给溜了！谭勇充满懊悔，一边奔跑一边咒骂，同时反应过来，樊柯肯定从夏琪那儿看到过自己的照片！意识到不妙的他，便从卫生间逃逸了。可恶！我之前怎么忽略了这点呢？他自责地想道。

但是从樊柯逃逸这一点来看，他百分之百有问题！所以才做贼心虚，匆忙逃走，以免落到警察手中。推理和判断都是对的，这家伙就是始作俑者！说什么也不能让他跑了，一定得抓住他！

心里这样想，脚力却明显跟不上了。才追了几百米，谭勇就累得气喘如牛、头昏眼花，他毕竟是快五十岁的人了，体力不如往昔，明显有些心有余而力不足。他想开着警车追，但料想这身材高大的家伙不至于蠢到在大街上狂奔，要么躲进偏街小巷，要么就是躲进了建筑物或者车里，只好挨着每条小路和店铺搜寻。

正好旁边有一家出租自行车和电瓶车的店，谭勇亮出警察证，暂时征用了一辆电瓶车，骑着它沿街搜寻，询问路人和店主有没有看见过照片中的人……几十分钟过去了，一无所获。

要是这样都让他跑了，我会后悔一辈子！谭勇愈发急躁起来，豆大的汗珠一颗颗滴落下来，上身的衣服被全部浸透了。

就在他快被自责和懊悔压垮的时候，手机响了，是江明打来的。谭勇迅速接起电话，听到江明说："老谭，抓到樊柯了！这家伙从咖啡店溜掉后，打了辆车，打算逃离理市。好在我知会了交警，在高速收费站把他拦截了下来。再晚个几分钟，他出了理市的地界，要抓到他就难了！"

谭勇长长地松了口气，心中一块石头落了地，说道："太好了！"

"我现在马上把他抓回刑警支队，你也回来吧。"

"好，我们立刻对樊柯展开审讯！"谭勇振奋地说道。

3

李斌和谭勇先后赶回刑警支队。江明见到他们后，说道："我抓到樊柯后，立刻收缴了他的手机，以防他跟合作者通风报信。但是因为我们抓到他，已经是几十分钟后了，有可能在这段时间内，他已经跟那个人通过话，或者发过信息了。"

"如果是这样的话，樊柯的手机上就会有跟那个人通话或者发信息的记录！就算他删除了，我们也可以联系通信服务商，让他们调出这个号码的通话记录。如果发现其中某个号码正好是'大家庭'中某个人的，几乎就能锁定凶手了！"谭勇激动地说道。

"对，我也是这样想的。"江明点头道，"那我现在就去联系通信服务商，你们审讯樊柯！"

"好的！"

谭勇和李斌走进刑警支队的审讯室，隔着一张桌子，坐在樊柯对面。樊柯仍然穿着咖啡店的员工服，口罩摘下来了，表情漠然、双眼无神，看上去一副玩世不恭的样子，并没有表现出惧怕。

谭勇询问:"知道我们为什么要抓你吗?"

"不知道。"

"你叫什么名字?"

"樊柯。"

"不是叫阿超吗?"

"那是在咖啡店打工用的名字。"

"你为什么来这家咖啡店打工?"

"不可以吗?"

"樊柯,我劝你最好态度收敛一点,老实回答我们的问题。你要知道,我们警察是不会随便抓人的,把你'请'到这儿来,是因为我们已经掌握了你的犯罪事实。"谭勇表情严峻地说道。

"犯罪事实?"樊柯故作惊讶地说道,"我犯什么罪了?在咖啡店打工犯法吗?"

"如果你没犯罪,之前为什么要从咖啡店的卫生间跳窗逃跑?这不是做贼心虚是什么?"

"警官,我直到进你们这个刑警支队的大门,才知道你们是警察。我刚才之所以要跑,是误会了,以为你们是黑社会的人。"

李斌一拍桌子,怒斥道:"樊柯,你不要放肆!"

樊柯面无惧色地说道:"你们进咖啡店的时候,又没有穿警服,我怎么知道你们是警察?黑压压的突然就来了好几个人,谁都会害怕吧?"

"没做亏心事,你怕什么?"

"我以前在外面玩的时候,难免会得罪一些人,刚才以为是什么仇家找上门来了,所以才跳窗逃走。"

谭勇和李斌心里都清楚,这家伙明显是在狡辩。谭勇也不着急,反正人已经抓到了,可以慢慢审问。

谭勇说:"好吧,就算你误会了,那你解释一下,为什么会从上海到理市的一家小咖啡店打工?你爸妈都是亿万富豪,需要你赚钱养家吗？"

"警官，话不能这么说。"樊柯振振有词地说道，"我爸妈的钱，那是他们的。我可不想当啃老族。理市是全国著名的旅游城市，我来这里玩一趟，顺便找一家文艺的咖啡店打打工，既可以赚点零花钱，又可以体验生活，不是很合理吗？"

"嗯，确实很合理。"谭勇点头道，"这么说，你来理市，既不是冲着你母亲来的，也不是冲着你女朋友来的。你是来了理市之后，才'凑巧'地发现，你母亲和女朋友都在理市。而且你女朋友恰好是你应聘的咖啡店的老板，对吧？"

谭勇双眼炯炯有神地望着樊柯，表面展露微笑，实质施加压力。他故意非常自然地说夏琪是樊柯的女朋友，表示自己对这一事实已经了解得十分清楚了，根本没有询问的必要。看似胸有成竹，实质是巧妙地使诈，试探对方的反应。审讯嫌疑人就是这样，虚实结合，正所谓兵不厌诈，打仗是如此，审讯也是如此。

李斌在旁边予以配合："樊柯，提醒你一句。如果你接下来的回答，和我们掌握的证据不符，就意味着你在接受警察讯问的时候没有说实话，这是要负法律责任的。"

樊柯果然被唬到了，沉默良久，说道："好吧，我承认，我到理市来打工，是来找我女朋友夏琪的。她在这里开了咖啡店，我作为她的男朋友，来帮帮忙，很正常吧？"

谭勇心中一阵窃喜——关键信息套出来了，夏琪果然是樊柯的女朋友！但他不露声色，平静地说道："店里的另外两个店员，知道你们是情侣吗？"

"不知道。"

"为什么？"

"不想告诉他们。是否公开情侣关系，是我们的自由。"

"好吧，那么我问你，夏琪现在的情况，你知道吗？"

樊柯想了一会儿，说："不清楚，这两天我和她没有见面。"

"你们不是情侣吗？两天没有见面，也不过问一下对方的情况？"

"我们两天前吵了一架，还在冷战之中，所以暂时没有联系。"

"吵了架，就连她的生死都不在乎了，是吗？"

樊柯抬起头，望着两个警察："夏琪真的出事了？"

演得真假，他绝对知道夏琪已经死了，只是不敢在警察面前承认而已。谭勇暗忖，然后说道："出事的何止你女朋友，你母亲前段时间不是也出事了吗？你总不会说，连这个你都不知道吧？"

对于这一点，樊柯倒是没有否认，也许是觉得连这个都否认，实在是太假了。

"你是什么时候来理市的？"

"3月4日。"

"到理市之后，住在哪里？"

"咖啡馆附近的一家民宿，叫'栖然'。"

"你来了之后仅仅过了六天，你母亲就遇害了，然后又过了六天，你女朋友也遇害了。短短十几天内，跟你关系最近的两个人陆续遇害，你想说，跟你一点关系都没有吗？"

"夏琪真的遇害了？"

"好了，别演了，你心知肚明。"

樊柯也就没有再表演震惊的戏码了，只是淡然道："确实跟我没关系。我和我母亲关系不好，一年多前就脱离母子关系了，后来就一直没有联系过。她遇害的事，我是听夏琪说的。至于夏琪，我是刚刚才知道，她也遇害了。"

"得知女朋友遇害，你看上去很平静嘛，一点情绪起伏都没有。"

"我要是情绪起伏太大，你又会说我是在演戏了吧？你到底要我怎么样，警官？"

"那你知不知道，她们为什么会遇害？"

"我大概能猜到。"

"因为什么？"

"我母亲的遗产。"

"你知道你母亲有两亿多遗产,对吧?"

"是的。"

"而且你母亲根本没打算把这笔遗产留给你,而是打算留给真正对她好的人。"

樊柯没说话,等于是默认了。

"所以,你为了弄到这笔遗产,想了一个计划,让乖巧懂事的女朋友夏琪到理市来,讨你母亲欢心,希望她把这笔遗产留给夏琪。"

樊柯索性承认了:"对,就是如此。但是这不犯法吧?"

"是不犯法,但是杀人就犯法了。"

"警官,你什么意思?难道你觉得是我杀了我母亲,还有我女朋友?我有什么理由这样做?"

"当然是尽快拿到遗产。"

"你知道吗?我妈本来就有高血压性心脏病,随时有可能心源性猝死,还有其他一些疾病,她原本就活不了太久。况且就算我跟她关系不好,再怎么说也是母子,我怎么可能为了钱去杀她?我是想要她的遗产,但是等个几年又有何妨?用得着专程到理市来谋害她吗?"

樊柯说得振振有词,谭勇一时找不到话来反驳他。樊柯继续说道:"至于夏琪,就更不可能了。我都已经承认,让她到理市来接近我妈、讨她欢心,就是为了得到我妈的遗产。那我为什么要杀她?她死了,我不是一分钱遗产都拿不到了吗?"

"这可未必。你找的合作者,不止夏琪一个人。她死了无所谓,另一个人可以分得遗产就行了,而且随着人数的减少,分到的遗产只会越来越多。"

"警官,你提醒我说话是要负法律责任的,你们就可以随便乱说吗?如果你们认为我除了夏琪之外,还找了另一个合作者,那就指出这个人是谁呀。"

谭勇一时语塞,知道这家伙是料定警察没有把此人找出来,才敢如此理直气壮。他转移话题,说道:"总之,你具备作案动机和可能性,是这一系列案件的重大嫌疑人,我们可以将你拘留。"

"警官,不要以为我一点法律都不懂。在没有确凿证据的情况下,你们即便觉得我可疑,也最多只能扣留我 24 个小时。"

"对,但是只要你是这起案子的重大嫌疑人,我们就有权限制你的出行,让你这段时间必须留在理市,配合调查。而这段时间内,我们可以多次传唤你,每次 24 个小时,你要不嫌烦,就做好这样的准备吧。"李斌说。言下之意是,不要以为我们没办法收拾你。

"那么,如果我能证明,这两起案子的凶手,都绝对不可能是我呢?"樊柯说。

"那就把证据拿出来。"

"我母亲遇害的时间,应该是 3 月 10 日的晚上。对了,那天我还发了朋友圈。不信的话可以自己看。那天白天,我一直在咖啡店里,晚上九点多下班,和咖啡店的两个同事去吃了夜宵,持续到晚上十二点多。"

李斌从衣服口袋里摸出刚才没收的樊柯的手机,让他解锁,找出那天发的朋友圈,然后和谭勇一起看这些照片。照片是在一家烧烤店内拍的,拍了环境、菜品和周围的一些人,包括咖啡店的两个店员。照片当然不一定是当天拍的,但是只要询问这两个店员,以及烧烤店的人,就能知道樊柯说的话是否属实。李斌对谭勇说:"我一会儿就去确认。"

"麻烦警官了。"樊柯带着几分得意的口吻说,"顺带一提,像我这种玉树临风的帅哥,走到哪里都会引起别人的关注,那天晚上,老板娘还特意送了我们两道下酒的凉菜。你去问她,她保管记得这事。"

"那么,3 月 16 日,也就是前天晚上,你在做什么?"

"下班后,我就回民宿了。那天晚上老板和几个客人在院子里喝酒,也邀请我加入,从大概十点钟,一直喝到凌晨两点,我全程和他们在一起,最多去上了个厕所,离开一两分钟。老板和那四五个客人,全部可以做证。"

谭勇和李斌对视一眼。樊柯如此言之凿凿，估计不是瞎编的。如果真如他说的这样，那意味着这两起案件，他都有充分的不在场证明。至于鸡汤投毒事件，就更不可能了，案发当时只有"大家庭"的人，樊柯根本不在场。当然这些事情都有可能是他主使的，但是要证明他是幕后主谋，还得有证据才行。

"警官，拜托你们尽快去确认我说的是不是事实，还我一个清白。"樊柯说。

"少来这套，你是不是清白，自己心里清楚！"李斌呵斥道。

"警官，你们就这么确信，这事一定跟我有关吗？别忘了，那个所谓的'大家庭'里，还有那么多人呢。这里面，就不会有人起贪欲和歹念吗？夏琪死了，对我没有好处，对他们这些人可是有好处的呀。麻烦你们好好调查一下，这些人中谁是凶手吧。"

"我们当然会调查，不用你操心。"谭勇面容冷峻地说道。

4

办公室里，江明对谭勇和李斌说："我刚才联系了电信的人，让他们把樊柯那个手机号近日的通话记录全部发给我。结果发现，樊柯最近不但没有跟"大家庭"的人联系过，甚至都没有给夏琪打过一次电话。实际上，从他的通话记录来看，他近段时间几乎没有跟任何人通过话，很奇怪，对吧？"

"是啊，这怎么可能呢？"李斌诧异地说。

"老谭，你怎么看？"

谭勇想了想，说："这并不能证明樊柯是清白的，只能说明，他非常狡猾，很可能有两部手机。跟夏琪和另一个合作者联系，用的都是另一部手机。这样的话，就算被警方调查，也什么都查不出来。"

"对！你的想法和我完全一样。而且不止樊柯，跟他配合的那个人，也有两部手机。就是说，他们都没有用自己的手机来跟对方联系。这两个人有多么狡诈和谨慎，可见一斑。"

"那么，可不可以去樊柯住的地方，找另一部手机呢？"谭勇说。

"你们刚才审讯樊柯的时候，我就已经让小刘他们去樊柯住的民宿找过了，没有发现手机。所以我猜，这两部手机应该都在樊柯身上。他发现形势不对，就在逃跑的途中，把另外那部手机丢弃或者销毁了。而且，他极有可能在那段时间，通知了那个人。"

谭勇蹙起眉头："本来我还想，那个人如果不知道樊柯被捕的事，我们现在立刻去挨个搜查'大家庭'成员的家，说不定能找到另外那部手机。"

"希望渺茫。"江明摇头道，"且不说樊柯已经跟那人通风报信了，就算没有，在只找到一部手机的情况下，也很难证明，那个人就是用这部手机跟樊柯联系的。必须两部手机都在，才能成为证据。"

"是啊，"谭勇叹了口气，问江明，"江队，刚才的审讯过程，你看了吗？"

江明说："看了，我认为情况非常明显——樊柯就是这次事件的幕后主使，人有可能不是他杀的，但一定是跟他合作的那个人杀的。现在的重点，就是要找出第二个合作者。"

谭勇点头："他找两个合作者，等于是双保险。如果顺利的话，夏琪和那个人能继承到至少两份遗产；如果不顺利，比如其中一个不愿配合，生了异心，就让另一个把她杀了——夏琪可能就是因为这个原因，才被杀害的。"

"完全有可能。而且我推测，夏琪并不知道第二个合作者的事，她在经历投毒事件后，感到疑惑，猜测樊柯会不会找了另一个人合作，于是开始试探那四个女人。而这一行为，表明她已经不信任樊柯了，所以樊柯和那个人决定除掉夏琪。"江明说。

"这么说，苏晓彤、范琳、李雪丽和韩蕾这四个女人，确实有很大的嫌疑。"

"不能说百分之百吧，但是樊柯找的第二个合作者，极有可能是女人。你也看到他的样子了，典型的小鲜肉、高富帅，稍微使点手段，就能让女人为之着迷，从而为他办事。这盘棋，夏琪只是其中的一颗棋子，还有另一颗棋子，隐藏得很深。不过，'大家庭'里不是还有一个叫沈凤霞的女人吗？夏琪为什么没有给她打电话呢？"

"估计是，夏琪认为沈凤霞几乎不可能，用不着试探她。沈凤霞和袁东两个人感情深厚、情比金坚，而且相识多年，加上他们之前在贵州的偏远山区，跟生活在大城市的樊柯很难有交集。所以夏琪就把她排除在外了。"

江明略略点头，把烟头掐灭在烟灰缸内。正好这时李斌回来了，说道："我刚才找到相应的人核实过了，樊柯说的是实话，龚亚梅和夏琪遇害的那两天晚上，他都有充分的不在场证明。"

"嗯，我们已经想到了。他是幕后主使，人不是他亲手杀的。"江明说。

李斌坐了下来，拧开矿泉水瓶喝了一大半，说道："现在怎么办？"

"先关他24个小时再说。另外，就算他不是凶手，也是同伙或主谋，仍然有重大嫌疑。我会向陈局申请，限制樊柯出行，这段时间他只能乖乖地待在理市，随时听候传唤。同时，我会派人盯紧他，以防他悄悄逃走。"江明说。

"太好了！就是不能轻易放过这小子，我一看他就有问题，绝对是幕后主使！"李斌义愤填膺地说。

"我们都看出来了，现在的问题就是，如何找出跟他配合的第二个人。"谭勇说。

江明思索了一会儿，说："老谭，你知不知道'大家庭'这些人入住玥海湾的先后顺序？"

"知道。"谭勇一边说，一边走到白板面前，拿起白板笔开始写，

"第一个住进玥海湾的，是龚亚梅，两年前来的；第二个是李雪丽，买了1203那套凶宅；第三是范琳母女俩；第四是王星星；第五是夏琪，第六个是韩蕾，然后是袁东和沈凤霞俩人——这些人住进玥海湾小区的间隔时间都不长，大概就是半年内陆续入住的。之后很长一段时间没有外地人住进这栋楼了，直到一个月前，苏晓彤、顾磊一家三口搬来，然后加入了'大家庭'。"

"那么，最后搬来的苏晓彤，嫌疑是不是更大呢？"江明提出疑问。

"你的意思是，她就是樊柯找来取代夏琪的第二个合作者？是有这种可能。但是有个问题，他们初来乍到，怎么能确定，龚亚梅一定会把他们加入遗产继承者的名单呢？而且以我对他们的观察，苏晓彤和顾磊并没有刻意讨好龚亚梅的行为。"

"嗯，从樊柯的角度来说，把第二颗棋子早点安插进来，确实是更稳妥的做法。"江明说，"那我们现在来挨个分析一下：李雪丽、范琳和韩蕾，谁的可能性更大。"

"这个我之前就分析过了。"谭勇说，"从时间节点来看，龚亚梅入住玥海湾之后，李雪丽仅仅在几天之后，就从外地来到理市，并且买下了正好位于龚亚梅楼下的1203这套房子，和龚亚梅成为楼上楼下的邻居。当然这有可能是巧合。但是之后，李雪丽发现这套房子是凶宅，感到害怕，便开始组建'大家庭'，邀约龚亚梅等人到她家吃饭和聚会，进一步拉近了关系。"

"欸，老谭，我听你这么一说，李雪丽会不会是故意买这套凶宅的？然后就可以以一个正当的理由和龚亚梅搞好关系了呀。当然她也不能只拉拢龚亚梅一个人，这样就太明显了。其他人只是让龚亚梅不起疑的幌子罢了。"李斌说。

谭勇思索片刻，说："有这样的可能性。"

"你再接着分析韩蕾和范琳两个人。"江明说。

"韩蕾之前是在夜店跳钢管舞的女舞者，而夜店是樊柯这种花花公子经常出入的地方。韩蕾长得很美，身材丰满，颇有风韵，她和樊柯彼此认识和吸引的概率非常高。

"至于范琳,她自己说过,她的上一段婚姻,就是被一个男人的'美色'所迷惑,然后和这个男人结婚的。说明她是一个很容易被帅哥美男吸引和迷惑的人——樊柯恰好就是这样的人。"

"照你这么说,苏晓彤是最后来的,有取代夏琪之嫌;李雪丽组建'大家庭',有刻意接近龚亚梅的嫌疑;范琳喜欢帅哥美男,被樊柯利用的概率很大;韩蕾是夜店女王,是樊柯最容易接触到的人——如此说来,岂不是这四个女人的嫌疑都很大?"江明摊开手,"这怎么弄?"

"只能分别找她们问话了。"李斌说。

"问话可以,但她们会承认吗?"

李斌挠着脑袋,不说话了。

谭勇想了一会儿,说:"我们不是要扣留樊柯24个小时嘛,我认为,还是应该以他作为突破口。"

"但他只要咬死不说,我们就拿他没办法。他本人不是凶手,但他一定会想尽办法包庇真凶,不然凶手被抓,他也完了。"江明说。

"我会再次找他谈话的,就算不能从他口中套出凶手是谁,也要问出别的线索。扣留他的24个小时,我会利用到极致。"谭勇坚定地说道。

第十五章　偷袭

1

要不要跟周思达联系一下呢？按理说，他来了理市，自己应该尽一下地主之谊，请他吃顿饭什么的。但是一个人出去，跟他单独见面，似乎不妥；带着老公、儿子一起去和前男友见面，又很别扭。况且现在这样的情况下，就算见了面，能装作什么事都没有，愉快地聊天吗？

这是最近几天，苏晓彤一直在纠结的问题。

原因是，周思达来理市的第一天，就给她打了电话；第二天，他再次询问苏晓彤有没有空。连续两次，苏晓彤都找借口婉拒了。但她心中总是有些歉疚的，觉得这样刻意回避，有些违背她的处事原则，但是如果真的出去和周思达见面，则涉及上面考虑的那些问题，真是让人左右为难。

不过，第二次被拒之后，周思达就没有再联系过苏晓彤了。也许是他连续被拒两次，就知难而退了吧。苏晓彤觉得这样也好，如果周思达没有再邀约，自己也不必主动和他联系。毕竟是前男友，就算以普通朋友的身份见面，始终有些暧昧。如此一想，还是算了吧。

自从毒鸡汤事件之后，一家人几乎没有怎么出过门。大人还好，孩子则憋不住了。顾小亮以前每天都会出去玩，要么是公园的儿童游乐区，要么是商场里的淘气堡。一连几天不出门，顾小亮便哭闹起来，动画片也安抚不住了。今天一大早他就醒了，然后再也不肯睡，吵着要出去玩。

他这一闹，苏晓彤和顾磊自然也没法睡了。俩人先是安抚了一阵，后来顾磊说："要不咱们就带小亮出去玩吧。"

"现在？"苏晓彤看了一下手机上显示的时间，"才八点钟，去哪儿玩？"

顾磊问儿子："小亮，你想去哪里玩啊？"

"外面玩，外面玩！"顾小亮没有明确的要求，只要能出去就行了。

"好啊，那咱们先去吃早餐，然后去环海路最漂亮的那一段骑三人自行车，好吗？"顾磊说。

"好！"顾小亮开心起来，破涕为笑。

苏晓彤也好几天没出去了，着实有些闷。加上夏琪死后，过了两天，暂时没有人遇害，也让她稍微松了口气。于是，俩人带着儿子洗漱，换好衣服，一起出了门。

出门之前，苏晓彤略微有些担心。顾磊安慰道"没事"，打开房门，走出去查探一番，才说："走吧。"

一家三口乘坐电梯下楼，走出小区，来到附近的早餐店，点了丰盛的早点：米线、豆浆、油条、卤蛋、包子……顾小亮吃得很香。吃完之后，他们去旁边的超市买了一些饮料和零食，然后打了辆车，来到玥海景色最美的一段路——环海西路。

这条路是不通车的，只允许非机动车行驶。道路分为人行道和非机动车道。现在是九点多，天气晴朗、风和日丽，环海西路上已经有不少的游客和锻炼的人了，三三两两，或步行，或骑车，还有一些驻足欣赏对面美丽的山景和海景，拍摄照片。道路一侧是特色建筑的民宿、酒店、咖啡馆，几乎每家门口都有自行车出租。

顾小亮看中了一辆有着彩色遮雨棚的三人自行车，拉着爸爸妈妈的手跑过去。顾磊交了押金给老板，租下这辆车，两个大人坐两边，负责蹬车，顾小亮坐在中间,手握方向盘。三个人配合,漂亮的小车缓缓前行。

"啊,忘了把蓝牙音箱拿出来。"苏晓彤不无遗憾地说。

顾磊嘿嘿一笑,像变戏法一样从衣服口袋里掏出一个迷你蓝牙音箱,说:"就知道你想听歌,我带出来了。"

"太好了!"苏晓彤用手机连接蓝牙音箱,播放歌曲,舒缓的乐曲把氛围烘托了起来。一家人迎着微风,踩着小车,吃着零食,听着音乐,看着美景,徜徉在温馨浪漫的情调当中。苏晓彤很久没有这么心情愉悦了,这一瞬间,她暂时忘却了所有的糟心事,专注地享受着生活的美好。顾小亮也很开心,跟着音乐哼歌。顾磊则不时望向他们母子,脸上洋溢着幸福的微笑。

这辆三人自行车的租金,是三十元。不限时间,随便骑,晚饭前归还即可。刚才在小超市买的饮料、糖果、饼干等,加起来六十多元。音乐和美景是免费的,好天气则是老天赠送。苏晓彤享受着这一刻的同时,心中有些感慨——不到一百元,就能让一家三口感到如此惬意。有些幸福和快乐,真不是金钱能带来的,或者说,和钱多钱少无关。既然如此,人们为什么要不顾一切地去追逐金钱呢?

他们骑累了,看到面朝玥海的草坪上有公共休息椅。这里有着绝美的风景,还有结伴飞行的海鸥。顾磊提议下车小憩,苏晓彤欣然同意。他们把自行车停靠在旁边,坐在木质长椅上,欣赏面前水彩画般的美丽景致,身心融于大自然中。

几分钟后,苏晓彤和顾磊的微信提示音又同时响起,应该是群消息。他们从美好的意境中抽离出来,看到范琳在群里发了一条语音信息,苏晓彤点击这条信息,传出的声音将意境破坏殆尽:

"我 × 你妈!刚才是谁干的?!"

苏晓彤和顾磊同时吓了一跳,赶紧站起来,走远一些,不愿让顾小亮听到这污言秽语。同时他们感到奇怪,范琳虽然性格直爽,但是很少说脏话,也从未像泼妇骂街一样发泄过,她这是遇到什么事了?

他们俩还没来得及回复,李雪丽先回复了:*范琳,你这是骂谁呢?*

韩蕾也回复：怎么了？出什么事了？

范琳再次发语音："你们自己下楼来看看，就知道了！"

"下楼？意思是，范琳在单元楼下遇到什么状况了？"苏晓彤说。

"应该是吧，那我们……"

苏晓彤叹了口气，有些不情愿地说："我们也回去吧，看看出什么事了。"

顾磊只好点头同意。遇到这样的状况，他们自然没法心无旁骛地游玩了。

两口子对儿子说，小区出了点事，要马上回去一下。正在兴头上的顾小亮自然不愿意，小嘴噘得老高，最后是以买玩具作为补偿，才把他哄住了。三个人骑着自行车回到原点，把车退了，立刻打车返回玥海湾小区。

2

三单元的楼下，此刻聚集了很多人。除了范琳和"大家庭"的人，还有小区物业、居民等，其中包括了谭勇和李斌两个警察。

这么多人围着，苏晓彤的心又紧绷起来。难道又有人死了？她担心会看到血腥的场面，让顾小亮先在旁边玩一会儿，她和顾磊挤进人群中，问道："出什么事了？"

"你们才从外面回来？"范琳问。

"是的，今天一大早，小亮吵着非得要出去玩，我们拗不过他，就带他去环海西路骑自行车了。看到你发的信息后，就赶了回来。"苏晓彤说。

"这么说，肯定不是你们了。"

"怎么了？"

"你们自己看吧。"范琳指着地面说。

苏晓彤和顾磊低头一看，这才发现，范琳的脚边，有很多颗直径一厘米左右的钢珠，数量很多，有几十颗。这些钢珠把石板地面都砸裂了，显然是从高空抛下来的。

苏晓彤和顾磊对视一眼，立刻意识到这是怎么回事了——有人在范琳路过楼下的时候，算准时机从楼上撒了一把钢珠下来，意图杀死范琳！

谭勇和李斌抬头看楼上的窗户，发现能够把钢珠扔到这个位置的，只可能是每层楼的03、04两户。谭勇指着上方对物业说："钢珠肯定是从这两个户型的住户窗户扔下来的，而能够把石板地面砸裂，要从三楼以上扔下来才有可能。你把这栋楼三楼以上所有03、04住户的名字，全部统计一下发给我。"

"好的。"物业表示知道了，同时说道，"我们会在电梯间和单元楼下张贴禁止高空抛物的警示牌。"

"不必了！"范琳怒气冲冲地说，"这不是一般的高空抛物，是蓄意谋杀！这些钢珠从十几米高的地方落下来，威力堪比子弹。这么大一把，简直像霰弹一样！还好我命大，或者说，凶手计算的时间稍微早了一点，在我走过来之前，就把钢珠撒下来了。否则的话，我现在已经被砸成马蜂窝，命丧黄泉了！"

"好了，范琳，有什么事，上楼去说。"谭勇说，然后让其他居民都散了。李斌戴上手套，把地上的钢珠全部捡起来，一会儿做指纹比对。谭勇看了一下周围的人，发现"大家庭"的其他成员都在，独缺王星星。

"王星星呢？"

"他不是和我住在一起嘛，"范琳说，"每天通宵玩游戏，现在估计还在睡吧。"

"那就去你家吧。其他人也一起来，我了解一下情况。"

所有人一起点头，乘坐电梯来到十四楼，进入1401，范琳的家中。在此之前，顾磊把顾小亮送回了家。

其他人在客厅坐下，谭勇敲次卧的门，喊道："王星星。"

里面没反应，谭勇加大力度敲门，大声喊他的名字，终于有回应了："谁呀？"

"我，谭勇，开门！"

过了几秒，王星星把门打开，他光着膀子，只穿了一条四角内裤，看到谭勇后，睡眼惺忪地问道："老谭，你怎么来了……"

话音未落，他瞥到客厅里还坐着"大家庭"的其他人，吓了一跳，说道："等一下啊，我穿衣服。"

王星星穿好衣服裤子后，趿拉着拖鞋走出来，他一脸倦容，头发被压得不成形，看到这么多人聚集在一起，料想是又出事了，忐忑不安地问道："这是怎么了？该不会，又有人……遇害了吧？"

"我！刚才差点就死了！"范琳恼怒地说。

"啊，怎么回事？"

"我送文婧去上学，然后吃了早饭，顺便在街上逛了一会儿，回来的时候，头上一把钢珠撒了下来，差点就砸中了我！要是砸准的话，我就没命了！"范琳说着说着，哭了出来。

王星星惊愕万分："谁做的这种事？"

"你不知道吗？"谭勇问。

"我怎么会知道？我凌晨五点才睡，几乎天天如此，刚才一直在睡觉呢，你们看到了的！"

"你之前没看微信？"

王星星摇头："我瞌睡大，微信的铃声吵不醒我。"

谭勇不再问他了，打电话问物业，有没有把名单统计出来。物业说马上，过了几分钟后，把一张图片发送到了谭勇的手机上。

这张图片上，这栋楼所有03、04住户的名字所对应的楼层和位置都被标注了出来，一目了然。谭勇看完后，说道：

"韩蕾，六楼604；沈凤霞，八楼803；李雪丽，十二楼1203；王星星，十五楼1503。"

范琳哼了一声，望着他们几个人说道："这么说，凶手肯定就是你们四个人之一了。"

"喂，等一下，我不是住在你家吗？我现在没在十五楼的1503哪！"王星星嚷道。

范琳没说话。沈凤霞却说："这可不一定，万一你刚才跑回家，从窗户撒下钢珠后，又回来装睡呢？"

"喂，你别血口喷人啊！"王星星急了，"我为什么要做这种事情？如果范琳姐遇害了，我不是成了首要怀疑对象吗？"

苏晓彤皱了一下眉，忍不住说："这个逻辑好像不对吧。范琳只有在这个家里出了事，才跟你的关系最大。在楼下出事，就没法怪到你头上了。"

范琳望向王星星，眼中闪着怀疑的光。王星星大声嚷道："范琳姐，你别听她们瞎说，我天天晚上熬夜打游戏，这你是知道的！对你们来说，现在是上午，对我来说，这是晚上，睡觉的时候！我的作息时间跟你们是不一样的！"

范琳不置可否。现在她怀疑的，显然不止王星星一个人。

谭勇说："韩蕾、李雪丽，还有沈凤霞，你们刚才在做什么？"

韩蕾说："我刚起床，在卫生间洗漱。"

李雪丽说："我早上给马强做了早饭，他吃完后就走了，我正在洗碗，就看到范琳发的微信了。"

沈凤霞说："老谭，别问了，我们都是一个人住，没有证人。况且从窗户撒下一把钢珠这种事情，就算家里有别的人，也是可以瞒着对方进行的。"

谭勇当然知道，只是例行询问。从楼上撒钢珠下来这招，实在是太阴险了。小区中庭的监控，没法拍到这么高的楼层。除非对面正好有人目睹这一幕，但这种可能性微乎其微。况且玥海湾小区的容积率低，两栋住宅之间隔着好几十米，普通人的视力，恐怕不足以看清对面的人在做什么。这意味着大白天也能用这招来偷袭过路的人。谭勇之前完全没有想到，还有这样的杀人方式。所幸范琳命大，没被砸死。这次事件算是给他提了个醒——凶手为了杀人，简直是无所不用其极。

看来还得考虑得更全面才行，避免凶手用这种阴招杀人。

"我之前就说，我是最容易被袭击的人！"范琳带着哭腔说，"因为我每天要接送文婧上学，必须出门，而且时间也规律。果然被我说准了！不过我没想到，凶手这么狠心，真的对我下手！你有没有想过，把我杀了，文婧怎么办？她爸是个渣男，早就不知道鬼混到哪儿去了，我要是死了，文婧就成孤儿了！混蛋，你怎么这么狠？就算看在孩子的分上，也别挑我下手啊！"

范琳这番谩骂看似无的放矢，实际上又确实痛骂了凶手，因为凶手肯定就是在场的某一个人。

客厅里没人搭话，只有范琳的咒骂和啜泣声。过了一会儿，苏晓彤说："范琳，我当然不是为凶手说话，不过，他没在你送文婧出门的时候下手，就算不错了。"

"是啊，那样的话，连文婧都……"顾磊后怕地说道。

"那我还该感谢他是不是？"范琳哭着说，"把我杀了，文婧更惨，凶手就没考虑过吗？"

谭勇意识到，在这儿是问不出什么来了。他安慰范琳："别哭了，我会想办法找出凶手的。韩蕾、李雪丽、沈凤霞、王星星，你们四个人跟我去一趟刑警支队，做指纹比对。"

"啊……连我都要去呀？"王星星说。

"对。"

王星星无话可说了。

"其他人回去吧。这段时间尽量少出门，实在要外出，或者回来的时候，注意观察上方。"谭勇交代道。众人默默点头。

3

苏晓彤和顾磊回到家,看到了坐在沙发上看动画片的顾小亮。苏晓彤走到儿子身边,把他抱起来,放在自己腿上,下巴搁在儿子的小脑袋上。顾磊坐在母子俩身边,一家人都看着电视,但苏晓彤和顾磊的目光明显是失神的,显得若有所思、心事重重。

看了几集动画片后,苏晓彤对儿子说,该休息眼睛了。顾小亮点点头,去旁边玩拼图。苏晓彤走进卧室,顾磊跟在其后。

"晓彤,你怎么不说话呀?"顾磊关上房门,说道。

苏晓彤转过身,抱住了顾磊。顾磊为之一怔,然后轻抚她的脊背。

"晓彤,你哭了吗?"

苏晓彤擦拭眼泪,坐在了床上。顾磊坐在她身边,揽着她的肩膀,轻声问道:"怎么了……这次没有人出事呀,范琳也只是被吓到了。"

"我也被吓到了。你不觉得后怕吗,顾磊?"

"你是说……"

"如果那个往下撒钢珠的人,针对的是我们呢?假如我们早上出门的时候,这把钢珠恰好撒在我们头上,是什么后果?"

"但是,应该不可能吧。我们出去玩,是临时起意的。范琳刚才也说了,她是因为每天必须接送范文婧,才会成为凶手的袭击目标。"

苏晓彤摇头:"凶手看到我们从单元门出来,再从上方撒下钢珠,也是能办到的,并不需要提前预测我们的出行时间!"

顾磊缄口不语了。

"你知道这意味着什么吗?今天是我们运气好,或者凶手没拿我们开刀,否则的话,我们一家人可能已经……"

顾磊把苏晓彤搂得更紧了:"不过还好发生了这样的事,也算是给我们一个警醒。以后出门和回来的时候,都要格外注意。实在不行,我找人定做一把质量上乘的雨伞,就算有钢珠砸下来,好歹能缓冲一下……"

苏晓彤摇头:"没用,防不住的。"

"你是说雨伞吗?我会找人用最好的材质定做,不是一般的防雨布……"

苏晓彤打断他:"我说的不是雨伞,而是凶手要杀人这件事,是防不住的。"

"为什么?"

"这个世界上,暗杀和偷袭的方式太多了。我们防得住这个,防不住那个。凶手绞尽脑汁要杀人的话,总能办得到。"

"你这样想,正中凶手下怀,他的目的就是想把大家都吓走。"

"是,那么恭喜他,他办到了。"苏晓彤疲惫地说,"我累了,顾磊,今天这件事,也让我彻底想明白了,与其每天生活在这种担惊受怕的状态下,不如离开这里算了。"

"真的吗,晓彤,你想好了吗?真的打算放弃这笔遗产?"

"是的,我没有办法再留在这里了。而且,我必须为小亮着想。我不能让他一直在这种压抑和恐惧的环境下长大。"

顾磊的表情和心情变得沉重起来。他思忖了一会儿,说:"我说过,会尊重你的选择。那么,我们什么时候搬走?"

"尽快吧,我现在一天都不想待在这里了。"

"其实仔细想起来,冯律师说的是,拿到遗产后,我们必须一年大多数时间都待在玥海湾小区。现在我们还没有拿到遗产……"

"这有什么区别?难道拿到钱后,我们又搬回来?岂不等于又回到了这个充满危险的地方,那我们现在搬走意义何在?"

"缓兵之计呀,万一这段时间,警察抓到凶手了呢?对了,刚才老谭不是叫了几个人去做指纹比对吗?"

"没用的。凶手如此狡猾,考虑周详、计划缜密,会蠢到把指纹留在钢珠上吗?"

"这倒不一定……"

十二楼谜案

"啊？"

"我是说，事情发展到现在，你怎么知道凶手一定是同一个人呢？"

苏晓彤思索了一会儿："你的意思是，最开始杀人的那个凶手，已经引发连锁反应了？"

"对，一些人本来没打算杀人，但是为了自保或者减少威胁，被迫下手了。"

"如果是这样的话，留在这里就更危险了。所以我说，还是放弃遗产，离开理市吧。"

"如果你确实考虑好了，那我们就……"顾磊话说一半，停顿片刻，"不过，我有一个折中的办法。"

"什么办法？"

"你和小亮搬到昆明去住，我留在这里。这样的话，你们是绝对安全的，而只要我留下，仍然可以得到遗产。"

苏晓彤有些惊讶："那你的意思是……我们长期分居？"

"不，我会每天到昆明来过夜，第二天再回理市。这样的话，至少我整个白天都在理市，并没有违背龚亚梅遗嘱的初衷，所以我想是行得通的。"

"龚亚梅的初衷，是希望'大家庭'的人能够一直相亲相爱地生活在一起。现在早就已经背离十万八千里了，真是讽刺。"

"是啊，估计她活着的时候，怎么都没想到会演变成如今的局面。这个暂且不说，你觉得我说的这个方案，可行吗？"

"你每天往返理市和昆明，这样太辛苦了。"

"没关系，坐动车只要两个多小时，来回也就四个多小时。"

"加上前后到家的时间，还有候车的时间，就不止了，至少得六个小时。"

"那也无所谓，反正拿到遗产后，我也用不着工作了，多花一些时间在通勤上，就当是上班了。"

苏晓彤无法接受这个提议："你每天这样奔波，我会过意不去。

二十年呀，这可不是长久之计。"

"真的没有关系，晓彤。可能你觉得，我每天坐这么久的动车，很辛苦。但是对我而言，我每次坐动车，是为了能够回家见到你，这样的幸福感充盈内心，心情也会无比愉悦，这些所谓的奔波，就是一种享受了。"

"那你每天跟我待在一起，就没有幸福感吗？"

"当然有，但这是两种不同的感觉。小别胜新婚，你懂我的意思吗？你不在我身边的时候，我会思念你，然后盼着尽快见到你，踏上动车的一刻，自然是兴奋而喜悦的。每天重复这样的过程，也许比一直待在一起更有意思，距离产生美嘛。"

苏晓彤望着顾磊，忽然有点猜不透他的想法："你是为了说服我，才这样说的，还是你真的这么想？"

"我真的这样想。"

"就算如此……但是你一个人在这里，不是也有危险吗？"

"我不会有危险的。"

"为什么？"

"因为我会格外注意。"

苏晓彤不知道该说什么好了，心里总觉得不妥。她思忖了好一会儿，突然抬起头来，直视着顾磊。

"怎么了？"顾磊问道。

"我突然想到了一个主意。"

"什么主意？"

"用这招的话，'大家庭'的所有人都可以避免危险，并且得到遗产，任何人都不会有损失！"

第十六章　方案

1

　　和苏晓彤猜想的一样，钢珠上根本没有留下任何人的指纹——凶手在抛下钢珠之前，应该是戴着手套用水搓洗过。这一点，谭勇并不感到意外。他把李雪丽、韩蕾和沈凤霞三个人带回刑警支队比对指纹，只是走办案流程罢了。鉴定科确定所有钢珠上都没有指纹后，谭勇就让她们回家了。

　　办公室里，谭勇和李斌把目前的状况告知江明。三个人坐在一起商量接下来的对策。

　　"范琳遇袭，苏晓彤和顾磊带着顾小亮出去了，事发时不在玥海湾小区。那么是不是暂时可以排除范琳、苏晓彤和顾磊三个人的嫌疑？"李斌说。

　　"我觉得不能这么简单地排除他们的嫌疑。事情发展到现在，凶手也许不止一个。而且高空抛撒钢珠这件事，除了亲手操作之外，也不排除使用了某种定时装置的可能。"江明说。

　　"定时装置？"

　　"比如说，在阳台、窗台或者楼顶上设置某种小机关。到了某个时间，钢珠就会从容器中滚落出来，砸向楼下。这是很容易办到的事。"

谭勇点头:"假如算准时间,恰好在范琳将要经过的时候,钢珠就砸了下来,那么这个装置只可能是范琳本人设置的。也就是说,这是她自导自演为自己摆脱嫌疑的戏码。"

"不过这也只是我们的猜测,无法验证。就算是这样,过了这么久,凶手也肯定把这个定时装置销毁或者收起来了。"江明说。

"高空抛物这种事情,本来就很难查。再加上凶手心思缜密,没有在钢珠上留下指纹。如此说来,岂不是根本就不可能知道是谁干的了?"李斌说。

"这一系列案件的共同点,都是这样的——具有作案动机和作案可能性的人太多了,这个真凶又非常狡猾,所以要想把他揪出来,确实是一件非常困难的事情。"江明说,"我们目前最大的突破,就是抓到了和这起案件有直接关系的人——樊柯。可惜的是,我们没办法撬开他的嘴,让他说出这个人是谁。"

李斌一拳砸在桌子上:"知道凶手是谁的人,现在就在审讯室,却没办法让他开口,真窝火!老谭,真的想不出什么办法吗?"

谭勇看了一眼手表:"本来我今天上午就要再次审讯樊柯的,结果发生了钢珠袭击事件,耽搁了两个多小时。现在中午十二点多,我抓紧时间再审他一次。"

"我和你一起。"

"不,这次我单独审他,跟他慢慢耗。"

"先去把午饭吃了,老谭。"江明说。

"不吃了,我不饿。"谭勇说着,朝审讯室走去。

审讯室里,樊柯正在吃警察给他买的盒饭。他在这里已经待了接近二十个小时,看上去有些疲态。谭勇推门进来后,他抬头望了一眼谭勇,没有说话,继续吃饭。

谭勇也没有打断他吃东西,等他吃完后,递给他一张纸巾。樊柯接过来把嘴擦干净,说:"谢谢啊。"

"饭菜怎么样?"

"一般般吧。"

"看起来好像不太合胃口？"

樊柯笑了一下："我本来也没指望能在这儿吃到什么美食。"

谭勇也淡然笑了一下："你有这个觉悟就好，以后可能要做好三天两头被我们请过来，一待就是 24 个小时的准备了。"

"什么意思？"

"我们已经向市局申请并批准了，在破案之前，限制你出行，这段时间，你只能留在理市，随时听候传唤。而且我们会派人监视你的行踪，也是从某种程度上限制你的自由。"

"凭什么？我想你们肯定已经核实过我昨天说的话了吧，我母亲和夏琪遇害的时候，我都有不在场证明。"

"对。但是就算你不是凶手，也可能是这起案件的同伙或者主谋，仍然有重大嫌疑，所以我们有权把你强行留在理市，并监视你的一切行动，以及随时传唤你。你要是不嫌烦的话，就一直这样耗着吧。"

樊柯沉默几秒，死皮赖脸地笑了一下："行啊，反正理市的风景这么好，一直留在这儿也没什么不好。至于到刑警队做客，只要你们不嫌烦，我当然也不嫌烦，这耽搁的可是我们双方的时间，不是我一个人的。"

谭勇压抑着心头的怒火，没有表现出来："其实我今天来，是想告诉你，因为你不是这起案件的凶手，最多算是参与和协同犯罪，如果能老实交代的话，是可以宽大处理的。但是如果让我们查出来跟你合作的凶手是谁，就没有这个机会了，你会被判重罪。老实告诉你吧，我们这段时间，会挨个调查跟你有过接触的人，总会查到那个人头上的。如果你愿意让我们省点事，直接把这个人的名字说出来，我保证能让你减刑——这样对大家都好，你觉得呢？"

樊柯冷笑一声："警官，我根本不知道你在说什么。我没有跟任何人合作，也没有唆使任何人犯罪。之前让夏琪来讨我妈欢心，这个不算犯法，对吧？现在你们不去调查是谁杀了我妈和我女朋友，却在这里揪着我不放，完全是浪费时间。"

"听这意思，你是不打算告诉我们第二颗棋子是谁了，对吧？"

"什么第二颗棋、第三颗棋的，我真的听不懂你在说什么。"

"好，你要当茅坑里的石头，又臭又硬，就随你的便。反正我已经告诉过你了，有让你减刑的机会，你不珍惜，那就等我们抓到凶手，将你从重定罪吧！"

"警官，我也希望你们快点抓到凶手，我对这个人也是恨之入骨！"

谭勇不想跟他浪费时间了，离开了询问室。

来到办公室，李斌看到谭勇脸上的表情，就知道他没问出什么结果来。他走过去拍谭勇的肩膀："老谭，我早料到樊柯这家伙是打算跟我们死磕到底了。你想想，如果他招了，自己要坐牢不说，那个跟他合作的人也会被捕，而且绝对是死刑。这意味着什么？他妈的遗产，他就一分钱都捞不到了！所以这种时候，他只能赌一把，赌我们抓不到凶手！"

谭勇气恼地说："是啊，所以我跟他软磨硬泡都没用。看他的样子，好像吃准了我们没法找出凶手是谁，估计当初他跟凶手联系的方式十分隐蔽，才有这样的自信。"

"那怎么办呢？还有三个小时，就到 24 小时了，只能放他走了。"

"真是不甘心！"谭勇解开最上方的衬衣扣子，扯着衣领扇了几下风，"把昨天和今天审问他的视频调出来，我再看一遍。"

"行，我陪你一起看吧。"李斌说，"看看有没有什么遗漏的信息。"

俩人来到审讯室旁边的机房，调出昨天审问樊柯的视频，仔细看了起来。这段视频一共 19 分钟，看完一遍后，谭勇又播放了一遍。李斌似乎认为没有必要再看，出去抽烟了。

十分钟后，谭勇猛地推开机房的门，喊门外的李斌："你进来一下！"

"怎么了，有什么发现吗？"

"进来看就知道了！"

李斌撩灭烟头，扔进垃圾桶，迅速走进机房，坐在谭勇旁边。视频定格在了第11分钟，谭勇点击播放。这是樊柯昨天说过的一段话：

"确实跟我没关系。我和我母亲关系不好，一年多前就脱离母子关系了，后来就一直没有联系过。她遇害的事，我是听夏琪说的。至于夏琪，我是刚刚才知道，她也遇害了。"

谭勇点击暂停，望着李斌。后者看起来有点茫然："你觉得他说的这段话有什么破绽吗？"

"不是破绽，而是他无意中透露了一个重要的信息。我昨天没注意，刚才看到第二遍的时候，才注意到这个问题！"

"什么重要信息？"

"樊柯说，他一年多前跟龚亚梅脱离了母子关系。"

"怎么了？"

"龚亚梅是'大家庭'中，第一个来玥海湾买房的人，当时是两年前！而樊柯说，他一年多前才跟龚亚梅脱离了母子关系！"

李斌转动着眼珠："意思是，龚亚梅来理市的时候，还没有跟樊柯彻底闹僵？"

"对，这个细节，我们都忽略了！之前我们一直理所当然地以为，龚亚梅的公司破产，然后和丈夫离婚、跟儿子决裂，遭遇一系列打击和变故后，心灰意冷，才一个人搬到理市来居住的。"说到这里，谭勇惊呼一声，"不对，不是我'理所当然地以为'，而是龚亚梅本人就是这样说的！"

"所以你一直保留着这样的印象，从来没有去查证过？"

"是的，因为她的公司确实破产了，和丈夫、儿子决裂也是事实，这些都是证实过的。但我一直忽略了一点，就是先后顺序！"

"你是说，龚亚梅是先遭遇变故，还是先搬到理市——这两件事的先后顺序吗？"

"没错！"

"如果龚亚梅来理市买房的时候，她的公司还没有破产，跟丈夫和儿子也并未决裂,那她为什么要搬到玥海湾来呢?"

两个警察的目光对视在一起,这一瞬间,他们都想到了一种可怕的可能。谭勇的身体微微颤抖起来。

"樊柯现在还在审讯室,需要找他求证这件事吗?"李斌问。

谭勇点了点头,俩人一起走到对面的审讯室。

看到两个警察进来了,樊柯说:"时间到了,准备放我走了吗?"

"对,但是在此之前,我再问你几个问题,你如实回答。"谭勇说。

"警官,我想我刚才已经说得很清楚……"

"不,是另外的问题,跟案情无关。"谭勇故意这样说,让对方放松警惕。

樊柯无奈地撇了下嘴。

"你母亲的公司是什么时候破产的,你知道吗?"

"不知道具体的时间,大概一两年前吧。她公司的事情,我向来不怎么关心。"

"那你父母是什么时候离的婚,这个你总知道吧?"

"嗯。"

"什么时候?"

樊柯想了想:"前年七月份,距离现在……有一年零八个月了吧。"

"也就是那个时候,你母亲跟你脱离了母子关系?"

"对。"

"那她是什么时候搬到理市来的,你知道吗?"

"不知道,应该是他们离婚之后吧。"

"你真的不知道她是什么时候来理市的?"

"警官,我说的是实话。你问的这些问题,应该和案情无关吧,我有什么必要隐瞒?"

"好吧。你母亲来理市的事情,她肯定没有告诉你,对吧?那你后来是怎么知道她在理市的?"

樊柯沉吟一下,说:"我找了个私家侦探,帮我打听到的。"

"当时你的女朋友,是夏琪吗?"

"对。"

"那么前女友何雨珊呢?你是什么时候跟她分手的?"

"就在认识夏琪之前的几个月……"话说一半,樊柯突然怔住,"你是怎么知道……何雨珊的?"

谭勇此刻心脏怦怦狂跳着,感觉自己已经触摸到真相的边缘了。但他没有把这种激动的心情表露出来,假装平静地说道:"之前不是跟你说了嘛,我们会调查所有和你接触过的人,你的历任前女友,当然包括其中。"

樊柯思忖了好一会儿,大概是觉得承认这一点并没有什么关系,便说:"对,何雨珊是我的上一任女友。"

"你跟何雨珊分手后,还联系过吗?"

"没有了。"

"那你现在有没有她的联系方式?"

"没有,早就把她拉黑了。"

"为什么要拉黑?即便分手了,也是前女友,有必要做得这么绝情吗?"

"警官,不是我绝情。是何雨珊这女孩……算了,不说也罢。"

"不,讲来听听吧。"

"这跟破案有关吗?纯属八卦。"

"那就当是八卦吧,反正离 24 个小时,还有两个小时,咱们就当闲聊一下。"

"行吧。我跟何雨珊是三年前在一场饭局上认识的,她好像刚见面就喜欢上我了。加了微信之后,就一直跟我发信息,我当时觉得她也算可爱,就跟她交往了。谁知这女孩是块牛皮糖,一天到晚都想黏着我,这就有点烦了。于是我就开始疏远她,她却以为我嫌她不够漂亮,脸盘子有点大,背着我去做了号称可以瘦脸的磨骨手术。

"结果不知道她找的什么山寨整形医院,手术失败了,近乎毁容。我看到她那样子，便有点避之唯恐不及——这也是很正常的反应吧？没想到她把这笔账算到了我头上，觉得是我间接害她变成这样的，成天给我发信息骚扰我，提出各种无理要求，简直烦透了。于是我就把她拉黑了，再也没跟她联系过。"

"拉黑之后，你就再也没见过她吗？"

"对。"

"那她现在是什么情况，你也不知道？"

"是的，我不想再跟这个怨妇般的女孩，有任何瓜葛了。"

樊柯一脸厌恶的表情，看样子，他真的不知道何雨珊两年前就已经死了，更不知道警察问这些问题意义何在。谭勇认为，已经了解得比较清楚了，对樊柯说："好吧，我明白了。你待够时间，我们会让你走的。"

"非得24个小时吗？用不着这么死板吧……"

樊柯抱怨的时候，谭勇和李斌已经起身离开了。

走出审讯室，李斌深吸一口气，对谭勇说："老谭，刚才樊柯说的那些……"

谭勇单手扶着额头，靠在墙边，冲李斌摆了摆手："你先别说话，让我缓缓。"

2

下午四点，谭勇和李斌一起来到队长办公室，江明看他们脸上的表情跟平常有点不一样，不禁问道："怎么，破案了？"

"对，但不是这次的案子，而是两年前的何雨珊案。"谭勇说。

这个回答同样令江明感到振奋："是吗？太好了！凶手是谁，抓到了吗？"

谭勇摇头："不可能抓到了。"

"什么意思？"

"凶手已经死了。"

江明一愣，随即招呼他俩坐下说。

"凶手是谁？"江明再次问道。

"是一个我之前完全没有想到的人，"谭勇心情沉重地说，"这次审问樊柯，无意间问出了一个线索，从而推测出来了。"

"别打哑谜了，直接说吧。"

谭勇抬起头，望着江明，嘴里吐出三个字："龚亚梅。"

"你说，两年前，是龚亚梅杀了那个外地租客何雨珊？"江明感到惊讶。

"是的。"

"作案动机是什么呢？她们俩有什么关联吗？"

"她们俩本来没有任何关系，将她们串联在一起的人，是樊柯。"

江明等待谭勇继续往下讲。

谭勇深吸一口气，说道："刚才的审讯中，樊柯亲口承认，他跟何雨珊在三年前曾经是恋人。在他的说辞中，何雨珊是块黏人的牛皮糖。但以我们对樊柯的调查和了解，实际情况可能是，樊柯这种花花公子，只想跟何雨珊玩玩而已，对方却把这段感情当真了。为了甩掉何雨珊，樊柯便开始冷落她，何雨珊以为樊柯是嫌自己不够漂亮，就去整容，做了磨骨手术。结果手术失败，近乎毁容。樊柯更是对她弃如敝屣，彻底抛弃。"

"我记得当年发现何雨珊的尸体时，她的面部确实有毁容的痕迹，原来是做整容手术失败导致的？"江明说。

"对，所以当时房东，也就是那个拾荒老太太，说这个租户跟她接触时，一直戴着墨镜和口罩，把大半张脸都遮住了——显然就是毁容之后，无脸示人。"

"嗯，你接着说。"

"毁容加上失恋，让何雨珊遭受双重打击，身心受伤，独自一个人搬到理市疗伤。而此时的樊柯对她避之唯恐不及，把她的所有联系方式都拉黑了。种种行为，终于让何雨珊意识到樊柯是个渣男，对他由爱生恨，想要报复。但这时，何雨珊已经找不到樊柯了。江队，你觉得在这样的情况下，她会做什么？"谭勇问道。

江明想了一下，说："一个容颜尽毁、失去爱情的女人，往往是不理智甚至偏激的。而且听你这么说，她完全有可能觉得自己被欺骗了感情，还因此毁容，更被对方彻底拉黑。估计她想杀了樊柯的心都有。在找不到樊柯的情况下，也许会想方设法通过他的家人或朋友来找到他吧。"

"正是如此，刚才我和李斌已经验证过了。何雨珊就是这样做的。"

"你们怎么验证的？"

"刚才我们去了技术科，在保管重要物证的柜子里，找到了何雨珊的手机。当时破解密码之后，就一直留在这里，手机还是好的，充上电就能用。我们查看了何雨珊遇害当天的通话记录，发现她那天下午给几十家公司打过电话，其中就包括龚亚梅的公司。"李斌说。

"说到这个，是我当初疏忽了。"谭勇惭愧地说，"当时我调查了何雨珊的身份，发现她是一个待业女青年，打电话到各家公司应聘是很正常的事。实际上，我们也回拨过其中一些电话，发现都是公司的公号座机，并不是私人号码，便认为她打这些电话的目的，就是单纯地找工作。现在才知道，这几十个电话，其实大有文章。"

"这几十个电话的第一个，就是龚亚梅的公司。"李斌说，然后拍了拍谭勇的肩膀，"但是老谭，说实在的，这个真不能怪你。你当初又不认识龚亚梅，况且何雨珊打的是那家公司的接待电话，你又怎么知道她找的是谁呢？谁都不可能想到，这是一个失恋并打算寻仇的女人，在找不到前男友后，便打到男友母亲所在的公司，找公司的董事长吧。"

"对，李斌说得有道理，当时谁都不可能想到这一点。这不是你的错，老谭，你不必自责。"江明也安慰道。

谭勇点了点头，继续说道："很显然，何雨珊跟樊柯交往的时候，就知道樊柯的母亲龚亚梅是某公司的董事长。在被樊柯拉黑之后，她想起这件事，便在企业黄页上找到公司的电话，打过去找龚亚梅。她具体跟龚亚梅说了些什么，不得而知了。但最后的结果就是，她打完这番电话后，龚亚梅在几个小时后就乘坐飞机来到理市，在玥海湾的1203见到了何雨珊。"

"从结果来看，不难猜到这番电话的内容。"江明说，"抱怨、斥责、发泄，这些都是其次，最关键的，应该是威胁。比如，何雨珊可能对龚亚梅说，想见樊柯最后一面，否则就闹到龚亚梅的公司去，让他们母子俩身败名裂；或者直接告知龚亚梅，她打算杀了樊柯，跟樊柯同归于尽云云。听了这些话，龚亚梅自然吓到了，尽量把何雨珊安抚住，然后立刻飞到理市，处理这件事情。"

"是的。"谭勇接着说下去，"龚亚梅当时到理市来找何雨珊，可能不是一开始就想着要杀了她，而是打算给这女孩一笔钱，当作赔偿。但是见到何雨珊后，发现何雨珊精神崩溃、情绪失控，已经完全丧失理智，也无法沟通了，才萌生了不得不除掉她的念头。冯律师跟我说过，龚亚梅在和樊柯决裂之前，一向对儿子过度保护和溺爱。面对一个一心想跟儿子同归于尽的疯女人，作为母亲的她，不可能眼睁睁看着这件事发生。和何雨珊沟通无果的情况下，她只有狠下心，杀了她！"

"但是老谭，这只是推测，并没有实际证据能证明……"

"不，江队，我和李斌刚才已经证实过这件事了。龚亚梅杀死何雨珊，并不是我们的猜测。我一会儿告诉你，我们是怎么证实的。"谭勇说。

"好，你继续讲。"江明点头。

"由于杀死何雨珊并不是计划内的事，所以龚亚梅当时肯定想的是，如何才能脱罪。结果，她做了三件事。这三件事都达到了扰乱视听的目的。

"第一件事是，她把何雨珊的尸体藏进了冰箱，并把现场的血迹打扫干净。由于何雨珊是一个在理市没有任何亲戚朋友的独居女人，所以她死后不一定很快被人发现。实际情况是，房东和警察在二十多天后，才知道她遇害了。但龚亚梅并不能保证这一点，万一不凑巧，房东第二天就打开房门发现此事了呢？所以，她还必须做后面两件事。

"第二件事是，龚亚梅知道何雨珊当天给自己公司打了电话，如果警察看到通话记录，肯定会觉得可疑，从而通过公司电话调查到她头上。所以她用何雨珊的手机给几十家同类型公司拨打电话，假装成求职者。如此一来，就巧妙地把她公司的电话混淆在了这几十个电话中，就算警察到通信服务商那里查询何雨珊手机的通话记录，也不会立刻注意到龚亚梅公司的电话号码。同时，她也把何雨珊手机中跟樊柯有关的东西全都删除了，以防警察调查到樊柯那里去。"

"这女人太谨慎了……"江明摇头感叹，然后用手势示意，"你继续说。"

"这是龚亚梅做的第二件事。第三件事，就是买了玥海湾的房子。龚亚梅在杀人之后，并没有立刻回去，而是在理市多待了几天。因为她知道，如果当晚处理完这一切，第二天就返回自己所在的城市。事发之后，警察只要调监控来看，就会发现她一个外地人来到了玥海湾小区十二楼，这是非常突兀的，而且她无法解释自己为什么会来这个小区，嫌疑会非常大。

"所以，龚亚梅反其道而行之。不但没有离开理市，反而在接下来的几天，频繁联系玥海湾附近的中介，前往玥海湾小区看房子。这一点，我和李斌刚才已经在中介公司那里证实过了，他们还能想起这件事。据说龚亚梅当时看了很多套房，四楼、十楼、十二楼、十三楼……并且她真的买下了十三楼1303的房子。如此一来，她就可以伪装成是来理市买房，出现在这个小区，也就变成了十分自然的事——巧妙地掩饰了案发那天晚上，她来到这个小区的突兀行为。"

江明深吸一口气，摇着头说："这个女人的心思太缜密了，难怪我们两年多都破不了案。"

谭勇说:"是的,龚亚梅曾经说过,她的数学很好,说明她有很强的逻辑思维能力。这三件事,是龚亚梅为摆脱嫌疑而做的。实际上,她的心思还不止于此。买了房之后,她并没有留在理市居住,而是回到了自己所在的城市。因为那个时候,她的公司还没有倒闭,或者说正在生死存亡之际,有大量的事情需要处理。是在大概半年后,公司彻底倒闭之后,她才来理市定居的。

"但是这件事,她对包括我在内的'大家庭'成员,都没有说实话。她说的是,房子买好后不久,她就住进来了。我们当时也没有怀疑。现在想起来,她之所以会这样说,显然就是为了掩饰她在命案发生后以买房作为幌子的事实。龚亚梅一直对我们说,她是在公司倒闭,遭遇各种变故后才来理市定居的,而她买房的时候,公司已经负债累累,快要破产了,家庭关系也出现裂痕,所以这个说法自然是成立的。就算我们去考证,也会发现她说的是事实。"

"但是龚亚梅怎么都没有想到,我们会在两年后抓到她儿子,并且在审讯中无意间得知了一些信息,从而联系各种疑点,把这起本来不可能侦破的案子给破了。"李斌感慨地说。

"是啊,必须给你们俩记一功!"江明赞赏地说道,然后问谭勇,"你刚才说,这些推测都已经证实过了,是怎么证实的?"

谭勇说:"龚亚梅曾经告诉过我们,经历各种变故之后,她一度不想活了。是后来得到某个大师的指点,她才重拾生活的信念。我刚才打电话问冯律师是否知道这个大师,巧的是,此人正好是冯律师介绍给龚亚梅认识的,于是我问到了他的电话号码。

"我打了过去,攀谈之后,得知这大师是一个修行的人,离群索居,远离尘嚣。当初龚亚梅找到了他,请他指点迷津。

"这大师还挺有原则,一开始不愿意告知我们,龚亚梅当年跟他说过什么,说这涉及隐私。我告诉他我是警察,并且龚亚梅已经死了,不必再隐瞒,加上这起事件还关系到另外一些人的安危,大师才终于把实情告诉了我。

"龚亚梅杀人之后，活在内疚之中，找到这个大师倾诉和忏悔，说自己为了保护儿子，不得已杀了人，但她深受良心的谴责，并且这事之后，她每天晚上都会做噩梦，夜不能寐，仿佛被那女人的冤魂纠缠一般。加上其他一些事情，她失去了活下去的希望。

"大师一番开导劝诫，总之是让她好好活下去，并且给她支了两招。第一是让她经常去靠近'死者冤魂'的地方，念经诵佛、超度亡灵；第二是让她多做善事、多积德，用善报来抵消恶报。"

听到这里，江明明白了："所以龚亚梅才买了1303的房子，这套房子就在1203正上方。"

"对，龚亚梅死后，我们去她家搜查，发现了很多香烛、香炉之类的东西。当时觉得她本来就有点佛系，就没有多想，现在才知道是这个用意。"李斌说。

"现在回想起来，龚亚梅每次去李雪丽家——也就是当年她行凶的地方——手腕上都会戴一串据说可以辟邪的桃木念珠，没事的时候也会拿出这串念珠来数，口中念念有词。我只当她是对这套凶宅有所介怀，今天才彻底明白过来这是怎么回事。而她后来经常去养老院做公益，显然也是听从了大师的第二条建议。"谭勇说。

江明点着头说："目前抓住了和案件有重大关系的樊柯，也顺藤摸瓜把两年前的案子破了，这是重大突破！拖了两年的何雨珊案，终于可以结案了！老谭，结案手续我来办，你现在集中精力破最后一个案子——找出后面这一系列案件的真凶！"

"是！"何雨珊案的告破，让谭勇深受鼓舞，信心百倍。

"对了，樊柯呢？"李斌问。

"我刚才让他走了，但我派了人轮番盯着他，以免他偷偷跑了。同时我给他住的那家民宿的老板打了招呼，让他们观察樊柯的状况，有什么情况随时向我通报。"江明说。

"民宿老板……靠谱吗？"李斌有点怀疑。

江明嘿嘿一笑："这家民宿的老板，恰好是我的朋友。虽然不是警察,但是让他们协助一下,是没问题的。"

李斌竖起大拇指,说了声"牛!",江明双手重重拍在他俩肩膀上,说:"牛的是你们!"

三个人都笑了起来。

3

"大家庭"的成员,此刻聚集在苏晓彤家中——十几分钟前,苏晓彤在群里告知大家,她有重要的事跟他们商量。

"说吧,晓彤,什么事呀?"坐在沙发上的李雪丽问。

苏晓彤说:"是这样的,我刚才想了一个主意,用这个方法,所有人都可以避开危险,并且得到遗产。"

这话立刻引起了众人的兴趣。韩蕾问:"什么办法?"

苏晓彤清了下嗓子,说道:"我就不绕弯子,直说了。现在活着并且还有继承权的,是李雪丽、范琳、韩蕾、王星星、沈凤霞,以及我和顾磊,对吧?暂且把我和顾磊算作一个人,那么就是还有六个人有继承权。

"如果我们继续留在理市,这中间可能遇到的危险,是显而易见的,就不用我来说了。而且这不是短时间的事——二十年,在不放弃继承权的情况下,我们二十年都要过这种提心吊胆、担惊受怕的日子。彼此之间没有信任可言,纵然拥有很多金钱,但生活一定是紧张、压抑的。相信有这种想法的,不止我一个人吧。"

苏晓彤这番话,无疑是说到每个人心坎里去了。所有人默不作声,表示认同。

苏晓彤继续道:"但是如果让我们像老谭那样毅然放弃继承权,估计又很难做到,于是就陷入了两难境地。所以我想的办法,可以说是两全其美。"

"什么办法，快说说看！"王星星急切地说。

"方法是这样的：剩下的六个有继承权的人中，只留一个在玥海湾小区。其余五个人，都离开理市，到另一个城市去居住。这样就等于放弃了自己的继承权。但是没有关系，我们可以在此之前，跟留在玥海湾的那个人签订一份协议，让他每年拿到钱后，按比例把钱打到另外五个人的账户上，这样就行了。"苏晓彤说。

范琳一下就明白了："你的意思是，选出一个人来，让他继承所有的遗产，其他人跟他签订协议，每年从他那里分得属于自己的那份遗产。"

"是的，这样的话，既没有违背亚梅姐的遗嘱，对所有人而言，也都是安全的。离开的五个人，可以到全国天南海北的地方去生活，不必把自己的居住地和行踪告诉任何人，自然就不会再遇害了。而留下来那个人更不用说，整个小区只剩下他一个'大家庭'的人，而且他又是唯一的一个继承者，谁会动他呢？"苏晓彤说。

"妙啊！这个主意真是太棒了！"王星星从沙发上跳了起来，忍不住拍掌叫好。

"但是，留下来的那个人，真的会如约把钱打到每个人的账户上吗？"李雪丽提出担忧。

"这一点不必担心。首先，我们商量后，决定留下来的那个人，一定是相对让大家放心的人；其次，跟他签订的协议，是具有法律效应的，我们会到公证处公证。协议上可以写明，这个人在每年拿到遗产后的10天内，必须把相应的钱打到另外五个人的账户上。否则的话，每逾期一日，就会产生千分之几的违约金。如此一来，这个人不敢不按合同办事。而我们也不必担心他会跑路或者躲起来，因为他必须留在玥海湾小区，才能每年得到遗产。"苏晓彤说。

"对，你说得有道理！"范琳带着欣喜的口吻说道。

"那么，大家是不是都赞同这个方案呢？或者说，还有什么顾虑，也请提出来。"苏晓彤说。

"我觉得,你这个方法可行。"韩蕾说,"但唯一的问题就是……"

"什么?把顾虑说出来吧。"

韩蕾犹豫片刻,说:"我说的这种是极端情况,不一定会发生,但是我们总得考虑进去,那就是,万一留下来的这个人,在这二十年中死了的话,该怎么办呢?我不是说被杀害,而是因病去世,或者遭遇意外之类的。"

众人陷入了沉默,隔了一会儿,李雪丽说:"韩蕾说的这种情况,确实是个问题。我们把宝全部押在一个人身上,万一这个人出了什么状况,就全完了。"

这一点,苏晓彤之前没有考虑到,一时无法做出回应。范琳说:"那么在这种情况下,剩下的遗产该怎么办?"

众人左顾右盼,没人能回答这个问题。顾磊提议:"要不要打电话给冯律师,问问看。"

"对,我们也可以顺便问一下,冯律师核算和变现亚梅姐的资产,进展是否顺利。"范琳说,"我来打这个电话,开免提,你们没意见吧。"

没人反对。范琳摸出手机,拨打冯律师的电话。响了几声后,接通了。

"冯律师,您好,我是亚梅姐的朋友,范琳。"

"你好范琳,我记得你,有什么事,请说吧。"

"我们大家现在在一起,电话开了免提,有两件事,想问一下。第一是,您上次说要核算和变现亚梅姐的遗产,请问进行得顺利吗?"

"在推进中,不出意外的话,再过两个星期,第一笔钱就可以打到你们账户上了。"

听了这话,王星星小声嘀咕了一句:"冯律师知不知道我们这边的状况?"

范琳瞄了一眼王星星,她也想知道这个问题的答案,问道:"冯律师,您知道玥海湾小区最近发生的事情吗?现在的继承者,不是九个人了。"

电话那头短暂地沉默了一下:"我知道。"

"您是怎么知道的?"

"谭警官告诉我的。有人遇害了,他则是主动放弃了继承权。"

这个话题有点敏感和尴尬,双方都没有展开谈论。范琳问第二个问题:"还有一件事就是,我们想问一下,假如——我是说假如啊——继承者只剩最后一个人。而这个人又没有活过二十年就去世了,这种情况,该怎么处理呢?"

"如果是这样的话,剩下的还没有继承的钱,将不再支付,而是转化为社会资产,交给类似红十字会这样的组织,用作公益事业。但是这个人之前已经继承到的钱,属于他个人的资产,即便本人身故,也是可以作为遗产留给亲属的。我这样说,你们明白了吗?"

"明白了,谢谢冯律师,那就不打扰您了,再见。"

"再见。"

挂了电话,范琳说:"冯律师说得很清楚了,如果这个人中途死了,那剩下的钱,也就跟我们没关系了。"

众人面面相觑,韩蕾说:"所以我刚才说的那个问题,确实存在,假如留下的那个人,恰好……"她一时没能找到准确的表述。

"你就直说吧,如果那人恰好是个短命鬼,剩下的遗产就彻底泡汤了。假如是这样,这事简直成了一场闹剧。"范琳说。

"但是这毕竟是低概率事件。一个年轻人平平安安地活二十年,不是什么困难的事吧。"王星星说。

"你强调年轻人三个字是什么意思?"沈凤霞说,"夏琪死后,我们当中最年轻的,不就是你了吗?听这意思,你是想留下来,当那个唯一的继承者?"

"我没这意思!不过话说回来,就算是这意思,又怎么样?留下来的人又不会多分到钱,不也跟大家一样,只能得到六分之一吗?而且留下来的人,在这二十年里的大部分时间,都得待在玥海湾小区,不像其他人那样，可以自由自在地去旅行。还得每年给其他人转账，不麻烦吗？所以留下来有什么好，你以为我想当那个留下来的人？"王星星说。

"就算你想，我们也肯定不会让你当这个人的。"沈凤霞说。

"为什么？信不过我？"

沈凤霞哼了一声："现在说这个，不觉得太幼稚了吗？事情发展到这一步，还能信任谁呀？不能信任的岂止你一个人。"

"那为什么不能让我当这个人？"

"因为你的寿命，是我们当中最说不准的。"

"什么？你这话是什么意思？！"

"你天天晚上熬夜玩游戏，说不定哪天就猝死了。"

"你……"王星星为之气结，却又不知道该如何反驳。

"本来嘛，我说的是事实。虽然你是我们当中最年轻的，但以你的作息规律来看，说不定是我们当中最短命的一个。"

李雪丽有点听不下去了："凤霞，别说这么难听的话，好吗？你到底是怎么了，之前那么温柔，现在怎么比谁都毒舌？"

"我不是说了吗？之前是刻意伪装成温婉小女人的样子，迎合袁老师喜好的。现在袁老师都不在了，我跟你们这些人在一起，还有什么必要装下去？"

"我们这些人？"李雪丽忽然掉下泪来，"你说的这叫什么话！是，袁老师在你心目中最重要，但是其他人在你心目中，难道就什么都不是吗？我们好歹在一起度过了一年多快乐的时光，就算现在遇到了这样的情况，难道连一点快乐美好的回忆，都没在你心中留下吗？"

韩蕾也说："是啊，凤霞。我能理解你的心情，袁老师死后，你觉得凶手就在我们当中，所以心中充满怨恨。但你别忘了，凶手只有一个人，其他人都是无辜的！你不要一竿子打翻一船人，把恨意发泄到每个人身上，好吗？"

沈凤霞扭过头去，冷漠地说道："所以说，我心中的伤痛，你们永远无法体会。袁老师对我而言意味着什么，你们更不可能理解。他死后，我的心就跟着死了。我宁肯把你们所有人都当成凶手，也做不到温言软语地跟某个可能是凶手的人说话！"

客厅里陷入了沉寂。苏晓彤打破沉默："那么，大家有推举的人选吗？觉得谁适合留下来呢？"

韩蕾自嘲地说道："按照刚才那个逻辑，我这种长期泡夜店、熬夜、喝酒的人，生活方式也健康不到哪儿去，显然也不是什么合适的人选。"

"我快四十岁了，你们不会嫌我年龄大了吧？"范琳说，"不过再活个二十年，恐怕也不是什么难事。"

"那你愿意留下来吗？"苏晓彤问。

"说实话吗？那肯定是不愿意。就像刚才王星星说的，留下来的人身负重任，又没那么自由，也不会比别人多分到钱——怎么想都不如离开的人舒服。"

"说得也是，那要不要这样——留下来的人，可以适当比其他人多得一些钱。现在每个人每年能分到的钱，是两百万多一点吧。离开的五个人愿不愿意每年少拿二十万？也就是让留下的人多得一百万。算是对留下来的人的补偿。当然，其他人也少不到哪里去，180万，够多了。"顾磊说。

众人不置可否。苏晓彤问范琳："如果是这样的话，你愿意留下来吗？"

"我还是不愿意。每年180万，够了。我倒是愿意把那20万给留下来的人。因为留下来的人除了受到限制，还得养生，尽可能让自己别得大病，也不能做危害健康或者以身犯险的事，比如极限运动这些，总之得想方设法让自己活久点。虽说这个不算是损失，但好歹也是有压力的。所以我觉得这个人多得些钱是合理的。"范琳说。

"雪丽，你呢？"苏晓彤问。

"我……倒是无所谓，留下来的话也可以。只是听范琳这么一说，确实压力挺大。"李雪丽说。

苏晓彤望向沈凤霞，还没开口，对方抢先说道："好了，别问了，其实你挨个问这一圈的意义，我知道是什么。"

"是什么？"苏晓彤问她。

"一番比较之后，每一个人都会意识到，最适合的人选是谁。"

"那你觉得是谁？"

"别装了，还能是谁呢？不就是提出这个建议的你吗？"

苏晓彤一怔："为什么？"

"答案是明摆着的，因为你和顾磊，是两个人合占一份遗产。不管是从活下来的概率，还是安全系数上来说，两个人都肯定比一个人强。而且你们俩作息规律、身体健康、无不良嗜好，怎么看都是最合适的人选。其实这一点，你在提议之前，就考虑到了吧？"

"你的意思是，我从一开始就计划当这个留下来的人？目的是什么呢？因为可以每年多分得一百万吗？这话又不是我说的，是……"说到这里，苏晓彤停了下来。

"是你老公顾磊说的，这不是一回事吗？你们在家里就商量好这些台词，然后在我们面前一唱一和吧？"沈凤霞挖苦地说道。

顾磊脾气再好，此刻也忍不住站了起来，怒视着沈凤霞说道："你现在真是偏激到了极点。晓彤这个提议，明明对所有人都有好处，在你口中，却成了一件自私的事。对，我是提议让留下来的人多得一百万，但我没有想过留下来的人就是我们。如果你愿意留下来，那也可以啊，我和晓彤没有任何意见。"

"我补充一句，如果留下来的人是我们，那就平均分成六份好了，不需要多给我们一分钱。"苏晓彤说，"这样行了吧？"

"不行。"沈凤霞硬邦邦地说道，"我明确告诉你们好了，我不会同意的，而你的这个方案，必须建立在所有人都同意的基础上。只要有一个人不同意，都是无法执行的。"

"沈凤霞，你现在是不是有点心理不正常？存心跟大家对着干是吧？"范琳怒斥道，"苏晓彤的这个提议，在我看来是解决我们目前困境的最好办法！否则就像她说的，我们走也不是，留也不是，左右为难！就算你不为其他人考虑，好歹为自己和死去的袁东考虑一下吧。如果你能生活在一个安全又舒服的地方，每年拿到两百万，对死去的袁东也是一种安慰，不是吗？"

众人纷纷点头，出言相劝，毫无疑问，除了沈凤霞之外，所有人都赞同苏晓彤的提议。沈凤霞一开始没吭声，沉默数秒后，突然爆发了，吼道："够了！我告诉你们，警察不会同意我们离开这里远走高飞的，因为这样就意味着，凶手的计划成功了，他们永远不可能抓到这个杀人凶手了！"

"不，警察不一定会这样想。"苏晓彤说，"在没有确凿证据的情况下，警察不可能限制我们的自由长达二十年。而我们继续留在这里，意味着还有可能发生命案。采取我的方案，也许是不容易抓到凶手了，但是也肯定不会再出事。警察会权衡这个问题的，不会强制性地要求我们留在这里！"

"苏晓彤！"沈凤霞突然转过头，恶狠狠地望着对方，说道，"本来我一直忍着没有说出来，但是既然话已经说到这份上，我也不想再憋在心里了，不如就打开天窗说亮话吧！"

"好啊，你要说什么亮话，只管说就是。"苏晓彤说。

"其实，杀人凶手就是你，对吧？"

此言一出，众人皆惊，包括苏晓彤在内，她也愣住了，不知道沈凤霞为什么突然就指向了自己。顾磊气得浑身发抖，胸口剧烈起伏，喝道："疯了吧你？凭什么这么说？！"

"当然是有理由的！"沈凤霞毫不退缩地说道。

"好，那么就请你当着大家的面，把怀疑我的理由说出来，我洗耳恭听。"苏晓彤说。

沈凤霞竖起三根手指头："三个理由。第一，你们没来玥海湾之前，什么事都没发生，你们来了之后仅仅一个月，就发生了连环命案。这是巧合吗？我看未必。"

"这能说明什么?"顾磊气呼呼地说,"那这个小区两年前还发生过命案呢!你怎么不说?这也跟我们有关系吗?"

"顾磊,你先不要申辩,等她说完,好吗?"苏晓彤说。

顾磊压着火气,不再说话了。

"第二,就是投毒事件。"沈凤霞扫视众人一圈,"你们还记得吗?警察当初说过的,中毒事件中,有三个人中毒程度最轻。"

"我记得。"韩蕾说,"是你,夏琪和苏晓彤三个人,对吧?"

"没错,就是我们三个。"沈凤霞说,"现在,夏琪已经被杀了,那她肯定不是凶手。而我心里非常清楚,我也不是。那么剩下那个人,是谁呢?当然,我说我不是,苏晓彤肯定也会说她不是。这种话谁都可以说,很难分辨真假。这也就是我之前一直忍着没说出来的原因。"

苏晓彤懒得跟她辩驳,问道:"第三个理由呢?"

"第三,就是你今天提出的这个提议。表面上看,是为所有人着想,也符合每个人的心理诉求,所以你很清楚,这会得到大多数人的支持。但是仔细一想,如果我们真的同意,其实是正中凶手下怀。凶手来到理市,杀了一个又一个人,尽可能地让自己利益最大化,然后在警察和大家都高度重视,已经不太可能再作案的情况下,抛出这样一个对所有人都有利的解决方案,一旦所有人同意,就可以远走高飞、全身而退。至此,这场完美犯罪就算成功地落下帷幕了。"

沈凤霞说完话,直视着苏晓彤。后者迎向她的目光,跟她对视着。

"你说完了?我现在可以解释了吧?"顾磊看上去已经忍耐很久了。

"顾磊。"苏晓彤叫了他一声。

"什么?"

"不需要解释什么。"

"让她这样污蔑你吗?"

"这也算不上是污蔑,每个人心中,可能都产生过类似的推测。包括我们——我们在家里,不是也分析过谁最可疑吗?只不过沈凤霞说出来了而已。"

顾磊无话可说。苏晓彤也不想说什么了，问沈凤霞："总之，你宁愿继续维持现在这样的状况，也不愿接受我的提议，对吧？"

"是的。我早就说过了，我留在这里，就是要亲眼看着警察抓住凶手。如果按照你的方案，就永远没有这一天了。"沈凤霞说。

"好的，我明白了，那么大家请回吧。"苏晓彤有些疲惫地说道。

王星星和范琳看上去有些不甘心，好像还打算说服沈凤霞，但即便要劝说，最好也换一个时间，此刻沈凤霞是肯定不会改主意的。于是众人默默站起来，打开房门，离开了苏晓彤的家。

所有人都走后，顾磊将房门反锁，气恼地说："晓彤，我觉得范琳说得对，沈凤霞的心理已经不正常了。即便你是为她好，为了所有人好，她也会曲解你的意思，往坏的方面去想，简直不可理喻！"

苏晓彤没有说话，望着阳台外面的蓝天出神。

顾磊坐到她的身边，揽着她的肩膀说："怎么了，你好像有点受打击？"

苏晓彤摇了摇头。顾磊说："可是你这情绪，看上去不对呀。"

"没什么，我只是刚才说了太多的话，有点累了。我想休息一下，你去看看小亮在房间里干什么，好吗？"

"好吧。"顾磊起身，朝房间里走去。

苏晓彤继续望着天空。云团发生着改变，互相拉扯、遮蔽，天色逐渐黯淡，如同她内心的写照，暗流涌动、疑云密布。

就在刚才，所有人的对话中，她好像注意到了一些她之前从未注意到的事情。

这个发现，或者说这个想法，令她感到毛骨悚然。

第十七章 推理

1

三天后的上午,谭勇、江明和李斌在办公室开一个短会,主要是对近期的破案进度进行交流和汇总。

"我先说吧,有一个重要的情况,需要告知你们。"江明开门见山地说道,"我已经查明,樊柯为什么必须弄到他母亲的遗产了。"

"哦,怎么知道的?"谭勇问。

"我不是让我那个朋友,也就是民宿店的老板这两天盯着樊柯,包括和他有接触的人吗?结果老板告诉我,和樊柯同一天入住他们民宿的,还有两个越南人。老板一开始没有发现这两个越南人和樊柯的关系,以为他们只是单纯来理市游玩的。直到樊柯被我们扣留了24个小时,这两个越南人向老板打听樊柯的行踪,老板才知道,原来这两个越南人是专程来监视樊柯的。"江明说。

"为什么要监视樊柯?"李斌问。

江明说:"我查了这两个越南人的身份和背景,发现他们是越南一家赌场的人,带有黑社会性质。我以调查他们来理市做什么为由,让小刘把这两个人叫到刑警队来,进行询问。这两个人只是黑帮的马仔,胆子比较小,一番威胁恫吓之后,他们就老老实实地交代了。

"情况是这样的,一年多前,樊柯去越南的这家赌场豪赌,欠下了大笔赌债。赌场老板是越南一个黑帮的老大,威胁他说,如果不在规定时间内还钱的话,就要他偿命。樊柯拿不出这么多钱来,便跟他们约定好分期还钱——在五年之内把欠的所有赌债全部还清。对方同意了,但条件是,要按照高利贷来计算利息。如果樊柯最后没有如数还清欠款的话,还是会要他的命。

"你们对东南亚这些黑赌场的情况,不一定了解。要知道,这些赌场通常情况下,都不会允许赌输的人拖太久还钱,就算通融一下,允许对方拖个十天半个月就算不错了。但是这次,他们为什么会同意樊柯分五年还清赌债,你们知道吗?"

"因为可以顺便放高利贷?"李斌猜测。

江明摇头:"来这些黑赌场豪赌的人,通常都是走投无路,才孤注一掷来赌场碰碰运气,输掉之后就很难再翻身了,高利贷只会把他们逼上绝路,如果最后把人逼死了,对赌场来说就是竹篮打水一场空。所以正常情况下,赌场不会允许他们拖欠太久,更别说长达几年——樊柯显然属于特殊情况。"

"因为他对赌场的人说,自己的母亲很有钱,他会设法弄到这笔钱,然后连本带利地还他们,对吗?"谭勇说。

江明颔首道:"猜对了,正是如此。赌场的人调查之后,发现樊柯说的是实话,但同时,他们也得知,樊柯和母亲龚亚梅已经断绝母子关系了,便质问樊柯如何能把这笔钱弄到手。樊柯说,他母亲曾经说过,会把遗产留给真正对她好的人,而他想到了一个计划,可以把母亲的巨额遗产弄到手。这个计划,就是利用夏琪来获得这笔遗产。

"樊柯欠的赌债加上利息,分五年还完的话,每年最少要还 160 万——这是他跟黑赌场约定好的。如果第一年或者任何一年没有如数还钱的话,黑帮的人绝对饶不了他。每年 160 万,你们想想,这意味着什么?"

"意味着仅靠夏琪一个人获得的遗产,是不够的。按照之前九分之一的遗产分配来计算，每个人每年得到的钱是138万，可能还没有这么多，因为要交税。所以，为了保命，樊柯必须想尽办法弄到更多的钱，最简单的方式，就是让继承遗产的人数减少。"谭勇说。

"等一下，樊柯为什么必须靠骗取母亲的遗产来还钱呢？他不是有个更有钱的老爸吗？"李斌问。

"这一点，我向上海和三亚的警方了解情况后才知道，这个男人跟龚亚梅离婚之后，和小三去了三亚，买了一栋别墅。谁知小三是个骗子，把他所有的钱都卷走，逃到国外了。现在这个男人只剩一套房子，完全是个空壳，深受打击之下，整个人都废了。樊柯十分现实，立刻舍弃了这个没用的父亲。他早就过惯了骄奢淫逸的生活，又好逸恶劳，不愿踏实工作，只想通过投机取巧弄到钱，于是跑到越南去豪赌，结果欠下巨额赌债。"江明说。

"原来是这样，这家伙在接受我们审讯的时候，丝毫没提到这些事情。"李斌说。

"他当然不会提到，因为这涉及他的犯罪动机。要不是江队多个心眼，让民宿店老板配合了解情况，我们至今都不知道这些事。"现在情况已经非常清楚了，因为欠下巨额赌债而被黑社会威胁的樊柯为了保命，只能想尽一切办法尽可能多地弄到母亲的遗产。而每年要还160万的话……"

谭勇掏出手机，用计算器算了一阵后，说："需要将继承者的数量减少到七个人左右。也就是说，最少要杀掉两个人，每年得到的钱，才是160万以上。这还不包括分给合作者的钱。"

"是啊，那个跟樊柯合作的人，冒着这么大的风险，总不可能白干吧。把每年得到的钱全部拿给樊柯还赌债，他会愿意吗？"李斌说。

"只是前五年。"江明说，"不知道他们当初是怎么约定的。如果合作的基础是建立在感情上，那这个人完全可以做到，把前五年的钱全部用于给樊柯还债，后面十五年再共享其余的钱；但他们的合作如果是建立在利益基础上，这个合作者为了让自己也有收益，唯一的办法，就是杀掉更多的人，以获得更多的遗产。还有一种可能，就是这个合作者其实是反过来利用了樊柯，拿到钱后，他压根儿就没想过要分给樊柯一分钱。"

"你是说，这个人到时候会把樊柯也干掉？"李斌说。

"是的。"

三个人沉默了一阵，谭勇说："玥海湾小区的三单元，现在每层楼的楼道都安装了监控。加上'大家庭'的人防范意识增强，最近几日没有发生恶性事件了。"

"可能是继承者数量现在只剩六个的原因。不过也不能因此掉以轻心。"江明提醒道。

"我知道。"谭勇点头。

"江队，我们现在就算明确知道了樊柯犯罪的动机，也拿他没辙呀。因为发生那几起命案的时候，他都有不在场证明。他只要仗着这一点，死不认罪，也不说出合作者是谁，我们又能把他怎么样呢？"李斌说。

"是的，这就是问题所在。即便他的动机再充分，只要缺乏犯罪证据，我们就很难给他定罪。所以现在最关键的问题还是，能不能找出隐藏在'大家庭'里的那个凶手。"江明说。顿了几秒，他问谭勇，"老谭，你跟我说实话，这个案子还能破吗？"

谭勇一怔："江队，为什么这么说？"

江明叹了口气："你我都是从警几十年的老刑警了，有些东西，大家都清楚。要想抓住一个杀人凶手，并给他定罪，需要满足至少两个条件：第一是凶手露出了破绽，让我们能够准确地知道他就是凶手；第二是我们找到了这个人明确的犯罪证据。但是现在看来，这两条似乎都很难办到。"

"这起案子的犯罪嫌疑人，有至少七个人。假如凶手是同一个人的话，他目前已经杀死了三个人：龚亚梅、袁东和夏琪。龚亚梅是被推入玥海中溺亡的，'大家庭'的所有人都没有不在场证据；袁东死于鸡汤投毒，但是其他人也中毒了，包括凶手本人也上演了苦肉计；夏琪遇害的时候，楼道里没有监控设备，现场也没有留下任何痕迹——很显然，凶手是一个异常狡猾和谨慎的人。他非常清楚一点，那就是可以利用'大家庭'的每个人都有杀人动机这一点，为自己打掩护。只要混在这些人当中，并且不露出任何破绽，警察就很难把他给找出来。"

"江队，仔细调查之前跟樊柯有过接触的人呢？"李斌说。

"这个一直都在调查。但是难度很大，因为樊柯之前在多个城市的不同场所活动过，并且时间隔了这么久，很难知道他当初跟哪些人接触过。另外，就算查到了，也只能增加这个人的嫌疑程度。如果他咬死说不是自己做的，我们又能把他怎么样呢？樊柯跟这个人认识，并不能直接证明这个人杀了人。"

谭勇问道："江队，你是什么意思呢？你应该知道，我是不会放弃破案的吧？"

"我知道，你付出了很大的代价，也下了很大的决心。但是我想提醒你的是，破案光靠执着是不行的。过去这么多天了，如果你们没能找到新的切入点，或者切实有效的办法，说实话，我很怀疑这个案子还能不能破。或者说，会不会又像之前的何雨珊案一样，一拖就是几年。"

谭勇和李斌一起陷入了沉默。江明说："这样看来，你们确实没想出什么很好的办法，意味着破案进入了胶着状态，对吧？老谭，专案组不可能一直存在，实在破不了案，只有解散。毕竟我、你、李斌三个人不能一直陷在这一个案子里，对吧？实际上，昨天下午古城那边就发生了一起刑事案件，我让胡浩他们先盯着，但人手还是有点不够。"

谭勇望着江明："江队，你就直说吧，现在怎么办？"

江明想了想，竖起三根手指头："三天。如果三天之内，案子没有实质性进展的话，就解散专案组。当然，不是说玥海湾的案子就不管了，你也可以继续负责此案。"

江明没有把后面半句话说下去，但谭勇明白他的意思。实在破不了，只有作为悬案处理，不会再在侦破上投入大量人力物力，意味着对破案不抱太大的希望了。虽然这实非谭勇所愿，但他也能理解江明的难处，点头表示认同。

2

谭勇和李斌回到他们的办公室，商量接下来该怎么办。谭勇的思维很清晰："龚亚梅遇害，以及鸡汤投毒，作案方式都相对隐蔽，我觉得，还是得以夏琪的案子为突破口。"

"是，那你有什么想法吗，老谭？"

"这起案件的重点在于，凶手用了什么方法，让本来反锁了门的夏琪把门打开。之前的猜测是，凶手假装我的声音，骗夏琪打开了门。现在看来，还有另一种可能。"

"是什么？"

"樊柯。他是夏琪的男朋友，而且和夏琪合谋此事，那他肯定是夏琪信任的人。会不会是他用什么办法，骗夏琪开了门呢？"

"但是那天晚上，樊柯并没有来过玥海湾小区，这是有人证的。"

"要办到这一点，不一定非得他本人过来。"

李斌思索了一阵，说："你的意思是，他以男朋友的身份，约夏琪出门，然后让另一个人守在门外，夏琪刚一出门，那人就行凶？"

"是有这种可能的，对吧？"

"确实，但如果是用这种方式作案的话，还是无法判断谁是凶手，因为理论上，'大家庭'的每个人都能办到这一点。"

"是啊，"谭勇长叹一口气，"这就是问题所在，只有推测，没有证据，也没有明确的指向性。"

李斌又想了一会儿说："其实夏琪这起案子有一个比较大的疑点，就是凶手杀人之后，为什么不把夏琪的手机拿走，而是让它留在家中。"

"对，我也正在想这个问题。其实我们之前分析过各种可能，但也都是猜测。现在想起来，凶手这样做，很有可能是想通过留在原地的手机来证明什么。"

"证明什么呢？凶手不是他吗？但是我们调查之后，发现'大家庭'的每个人都没有不在场证明，夏琪的手机并没有给谁带来好处，也没有任何指向性。所以凶手为什么要这么做，着实让人费解。"

"但肯定是有理由的，否则凶手不会把夏琪的手机留在原处，这很可能对他不利……"

话说一半，谭勇收到一条微信，是女儿谭雅丽发的：爸，今天是周末，你都不回家吗？

谭勇这几天为了破案，几乎到了废寝忘食的地步，早就忘了星期几了，女儿这一提醒，他才想起今天是周六。按理说他们今天应该休息的，但是为了尽早破案，便舍弃了休息日。一个星期没看到女儿，谭勇也很想回家去陪陪妻子和女儿，但是刚才江明定下了三天的时限，实在是耽搁不起了，于是他回复信息：雅丽，爸爸这几天要破一个非常重要的案子，暂时回不去，让妈妈陪你啊，你们想吃什么好吃的，尽管去吃，爸爸微信转你钱。

谭雅丽：我又不是小孩，还需要人陪呀？只是怕你工作太累，想让你回来休息一下。

谭勇心头一热：乖女儿，知道为爸爸着想了。高考完后的这个暑假，爸爸陪你去旅游！

谭雅丽：算了吧，还旅游呢，还是省点钱好了。我留学的费用都不知道有没有着落。

谭勇愣住了，听这意思，女儿已经知道他放弃继承权的事了？

他正不知道该怎么说，女儿发来信息：爸，我都知道了。

谭勇有些尴尬：我让你妈别跟你说的，她怎么……

谭雅丽：不是妈主动跟我说的。但我妈这个人，你还不了解吗，她是心里能藏得住事的人吗？全都写在脸上了好不好，我稍微一问，她就全说了。

谭勇：那你，怪不怪爸？

谭雅丽：说实话，我一开始是觉得挺可惜的。但是转念一想，如果你继承了这笔钱，心里不踏实，觉得有违自己做人的原则，往后的人生，恐怕也不会快乐吧。这样的话，还不如不要这笔钱算了，反正钱这东西是双刃剑，突然拥有这么多钱，未必就是好事。再说以你和我妈的消费观，拿这么多钱干吗？你们会去买豪车、豪宅、奢侈品吗？我才不相信，多半就是把钱存起来，或者最多去旅游一趟，然后还是跟以前一样过平淡日子。既然如此，有这么多钱意义何在呢？再说了，你们不是有我吗？以后我赚钱给你们花！自己女儿赚的钱，用起来心里就踏实了，对吧？哈哈！

谭勇看着女儿发的这一长段话，眼眶湿润了，他知道女儿是在安慰自己，而且是建立在对自己充分了解和理解的基础上。有这样一个开朗、乐观、懂事的学霸女儿，夫复何求？这一瞬间，他明白了自己真正的财富是什么。

谭勇：雅丽，我的乖女儿，你说的这番话，让爸爸太感动了。留学费用的事你不用担心，我肯定会帮你搞定的！

谭雅丽：好的，不过不用勉强，我想通了，出不出国留学，也没有多大的区别。好了，不耽搁你工作了，爸，你要注意休息啊，别把身体累垮了！

谭勇：我知道，你也是，学习之余休息一下，劳逸结合。

谭雅丽发了一个表示"OK"的表情包，结束了对话。

李斌发现谭勇聊完天后，居然在用手擦眼泪，问道："老谭，什么情况？怎么还聊哭了？"

"谁哭了？眼睛里进了点沙子。"谭勇打了个哈欠，岔开话题，"欸，你说我女儿这打字的速度，也太快了点吧？这么长一段文字，得两百多字吧，她不到一分钟就发过来了，手机输入文字能这么快吗？"

"那肯定不是手机输入的呀。"李斌说。

十二楼谜案　　　　　　　330

"这是微信。"

"我知道是微信,但你不知道有微信网页版吗?"

谭勇摇了摇头:"我还真不知道。"

"就是在电脑上也可以用微信聊天,只需要手机微信扫一下二维码登录就可以了。用电脑键盘打字,当然比手机输入快了。"

谭勇苦笑道:"我真是落伍了,这些新玩意儿都没用过。"

"并不是什么新玩意儿……"

俩人正聊着,谭勇的微信又响了,他本来以为又是女儿发来的,结果一看内容,愣住了。

李斌看到谭勇倏然变色的表情,问道:"怎么了,谁发的信息?"

谭勇说出一个名字,然后说:"他约我现在出去见一面,说有重要的信息要告诉我。"

"那我和你一起去。"

"对方特意说了,这事只想跟我一个人聊。"

"那行吧,你去和他聊聊看,我等你消息。"

"嗯。"谭勇从座椅上站起来,迫不及待地出了门。

之后,留在办公室的李斌也没有闲着,一边梳理案情,一边思考着如何破案。

一个多小时后,谭勇回到了办公室。李斌立刻问道:"怎么样,聊了些什么,有收获吗?"

谭勇没有说话,坐在自己的位子上,喝了一口保温杯里的茶水,缓了好一会儿,才对李斌说:"我大概知道凶手是谁了。"

"啊?!"李斌瞬间振奋起来,"真的吗?"

"嗯,和这个人见面之后,我思考了许久,把很多之前没想明白的疑点都想通了。但还是跟之前一样的问题——缺乏证据。"

"那怎么办,把嫌疑人带回来仔细审问吗?"

谭勇摇头:"以这个人的心理素质和狡猾程度,是问不出来什么的,反而会打草惊蛇。所以我想了一个计策,需要你、江队和警队的兄弟们一起配合——就是今天下午。"

"什么计策,快说啊!"李斌迫不及待。

"我先告诉你,然后我们去跟江队商量,方法是这样的……"

3

下午两点,谭勇在"大家庭"的群里发了一条微信,并@所有人,让大家在十分钟后,到二楼自己的出租屋来一趟。

众人纷纷询问什么事,谭勇说,到了就知道了。

两点十分左右,"大家庭"目前的所有成员:苏晓彤、顾磊、李雪丽、韩蕾、王星星、范琳、沈凤霞,全部来到了谭勇租的房子。顾小亮和范文婧两个孩子待在家中。

人都到齐后,谭勇说:"今天把大家聚集起来,是有很重要的事要跟你们说——关于目前的破案进度。"

"有眉目了吗?知道谁是凶手了?"沈凤霞问道。

谭勇没有回答这个问题,只是说:"少安毋躁,我会把整件事的前因后果告诉你们。但是在此之前,需要大家配合我一下。"

"配合什么?"李雪丽问。

"把你们的家门钥匙都给我一下,我让同事对你们的住宅进行搜查。"

"老谭,怎么突然要搜查我们的房子?即便是警察,也不能随便……"

范琳话没说完,站在一旁的李斌从公文包里拿出搜查证,展示在众人面前:"这是公安局签发的搜查证,你们看一下。"

"有备而来呀。"王星星说。

"把我们所有人先叫到你这儿来,然后搜查我们每个人的家,搞突然袭击吗？"范琳说。

"你以为呢？警察搜查房子，还要提前告知你，让你做准备吗？"李斌说。

"行，搜吧，我没意见。"范琳从裤包里摸出钥匙，交给李斌。

"我们也没意见。"顾磊看了一眼苏晓彤，把家门钥匙交给警察，其他人也照做了。

拿到所有钥匙后，谭勇对李斌说："你和江队、小刘分别去他家，有什么发现就拿下来。"

"好的。"李斌拿着钥匙出去了。江明等人已经等候在了门外，几个警察乘坐电梯上楼，对每一户进行仔细搜查。

现在这套出租屋中，只剩下"大家庭"的成员。范琳说："老谭，不是我质疑你们警察办案的方法啊，只是现在搜查，会不会太迟了一点？我不知道你想找到什么，火焰茸的毒粉，还是别的什么证据？但是过去这么多天了，凶手不至于蠢到现在还把这些罪证留在家里吧？"

"是啊，估计早就处理干净了。没人会笨到投毒之后，还把毒药留一部分在自己家吧……"王星星嘟囔着说道。

"这就不用你们来管了，我们想找什么，会找到什么，结果一会儿就出来了。在此之前，我可以把目前的调查情况，以及两年前那起命案的真相，告诉你们。"

听到这话，李雪丽脸上露出复杂的神情，问道："老谭，两年前的命案，知道凶手是谁了吗？"

"是的。"

"谁？"

"'大家庭'中的一个人。"

所有人都露出惊愕的神情，李雪丽难以置信地说："两年前的命案，就是'大家庭'中的某个人干的？但是那个时候，我们还没有来理市呀！"

"大多数人没来，但是有一个人，在你们之前就来了——龚亚梅。"

听到"龚亚梅"这三个字,众人的吃惊程度可想而知。王星星惊呼道:"老谭,你的意思是,两年前那起命案的凶手,是亚梅姐?"

"没错。"

接下来,谭勇把龚亚梅的儿子樊柯和何雨珊交往,之后何雨珊约龚亚梅在自己家中见面,龚亚梅为了保护儿子不得已杀人的事情经过娓娓道来。讲述过程中,他暗中观察着每个人脸上的表情,特别是那个人。

众人知道这件事的真相后,全都震惊不已,陷入了长久的沉默。好一会儿后,李雪丽讷讷道:"原来是这样……难怪亚梅姐每次来我家,都戴着一串桃木念珠,有时口中还会念念有词,竟然是因为她在这个家中杀过人。"

"我还以为,是我给她讲了凶宅的事之后,她才戴上这串桃木念珠的,没想到早就……只是我没有注意到而已。"范琳说。

"而且,这也解释了一件事,那就是,龚亚梅为什么会把我也列为遗产继承人之一。"谭勇说,"这件事,我从一开始就感到有些奇怪。虽然我在'大家庭'这个群里,跟大家的关系也还不错。但是严格说起来,我并没有住在玥海湾小区,也没有天天参加你们的聚会,龚亚梅就算不把我算在内,也是非常合理的。现在我明白了,她是觉得在这两年里,我为了破案付出了太多时间精力,作为真凶的她,内心感到愧疚,认为对不起我这个警察,才打算把遗产分一部分给我,作为补偿。"

"也许,她对我们每个人,都怀着抱歉的心理,或者是感恩的心吧。"李雪丽若有所思地说道,"亚梅姐说过不止一次,跟我们在一起,她再次感受到了家庭的温馨和幸福。"

"对,但是这种温馨和幸福,却有很大的成分,是刻意营造的。"谭勇说。

"老谭,你是说我吗?"李雪丽问。

谭勇摇了下头:"我说的是夏琪。樊柯已经承认了,夏琪是他的女朋友，而他为了得到母亲的遗产，专门让夏琪到理市来，住进玥海湾小区，成为龚亚梅的邻居，目的是跟她搞好关系，继承遗产。而你，正好在这个时候组建了'大家庭'，无疑为夏琪提供了最好的机会，让她可以顺理成章地天天跟龚亚梅在一起。这样一来，她们仅仅通过一年多的时间，就建立起深厚的感情，母女情深了。

"但是，龚亚梅并没有像夏琪预料的那样，把遗产只留给她一个人，而是分成九份，留给了'大家庭'的每一个人。对想要弄到全部遗产的樊柯来说，这样的结果显然不能令他满意。所以，他希望遗产继承者的人数减少，这样就必须杀掉一些人才行。

"但是，夏琪在这一年多中，跟'大家庭'的人建立了真正的友谊和感情，她不愿杀人。或者说，她从一开始就没打算杀人。樊柯估计也意识到了这一点，所以他指使了另一个人，让他在鸡汤里投毒，目的是毒死'大家庭'一半左右的人，包括夏琪在内。

"但是他失算了，虽然所有人都中毒了，却大多数人都被抢救了过来，死亡的只有袁东一个人。而这件事造成的另一个结果就是，夏琪对樊柯产生了怀疑，她不禁猜测，樊柯会不会找了另一个合作者，打算连她也除掉。

"但是这一点，夏琪并不能完全确定。因为樊柯是一个非常善于哄骗女性的人。当夏琪质问此事的时候，他肯定会说，自己绝对没有指使任何人投毒，是'大家庭'中某个贪婪的人为了获得更多遗产，才在鸡汤中投毒的。

"对于这样的说法，夏琪半信半疑，于是在她死之前的那个晚上，她分别给苏晓彤、李雪丽、韩蕾和范琳四个人打电话，表面上是闲聊，实际上是在巧妙地试探。主要是想知道，你们四个女人之前是否认识樊柯，或者跟他交往过。

"打完这些电话后，夏琪得出了怎样的结论，我不得而知。但是凶手却意识到了一件事——夏琪已经开始怀疑和调查此事了，任由她这样下去十分危险，因为夏琪完全有可能把知道的一切都告诉警察，这对凶手的计划，显然是不利的。所以他认为，不能再让夏琪活下去了，一定得在她报警之前，把她杀死。"

听到这里，沈凤霞忍不住插嘴道："老谭，这么说，凶手肯定就是她们四个人当中的一个了！"

谭勇用手势示意沈凤霞不要打岔："听我说完，接下来是重点——凶手是怎么杀死夏琪的。

"之前的推测是，凶手假装我的声音，骗夏琪开门，然后行凶。这个说法貌似说得过去，但对凶手来说，是不保险的。因为夏琪按理说当时处于高度警觉中，如果多个心眼，在开门之前打我的电话验证，不就立刻穿帮了吗？而且这也无法解释凶手的一系列行为逻辑。所以，我们在掌握更多的情况后，发现最有可能的作案方式，是这样的——

"凶手想了一个除掉夏琪的诡计。他利用夏琪对樊柯的信任，让樊柯把夏琪约出去，比如发微信谎称自己已经来到小区中庭之类，骗夏琪出门，然后守在夏琪门口，在夏琪开门出来的那一瞬间，立刻行凶。"

"等一下，老谭，你刚才不是说，当时的夏琪处于高度警觉中吗，那她会这么容易被骗出门？"范琳质疑道。

"这就是凶手设计的诡计的一部分，他把我们都骗了。"

"什么意思？"

"如果夏琪在发这条信息之前，就已经遇害了呢？"

"什么？"范琳和众人都吃了一惊。韩蕾问："那后面这两条信息，是谁发的？"

谭勇说："当然是凶手本人。他杀死夏琪后，把尸体摆放在床上，然后把门口的血迹等痕迹全部清理干净，接着用夏琪的指纹解开手机，先把樊柯约夏琪出来的微信聊天记录删除，然后发送'今天晚上我思考了很久，好像知道凶手是谁了'这条信息到群里，引起大家的注意。"

"那个时候，凶手还在夏琪家中？他就不怕警察或者其他人看到这条信息后，立刻到夏琪家来吗？"王星星说。

"对，所以凶手不会蠢到在夏琪家发这条信息。"

"你是说,他把夏琪的手机拿走,然后发的信息?"

"也不是,因为这样的话,会出现一个问题,那就是万一我看到了这条信息,立刻上楼来找夏琪,就会发现夏琪已经死了,并且她的手机没在身边。毫无疑问,手机是被凶手拿走了。"

"为什么凶手非得留下夏琪的手机呢,拿走也无所谓吧?"王星星说。

"对,这正是我思考了很久的问题。凶手为什么不在杀人后,直接把夏琪的手机拿走,而要把它留在夏琪家中呢?直到今天,我才终于想通了这件事。"谭勇说。

"是为什么?"顾磊问。

"因为凶手必须让警察认为,这两条信息是夏琪本人发的,这个诡计才算是完全成功。如果手机被拿走,那显然不会有任何人相信,后面这两条信息是夏琪本人发的了。"

"为什么凶手一定要让警察相信这一点?"顾磊茫然地问道。

"因为他要误导警察。误导包括两方面:第一,让警察以为,夏琪是因为猜到了凶手是谁,才被杀死的。那么夏琪在明知自己可能被凶手盯上的情况下,为什么还会开门呢?这就增加了案情的复杂程度,也达到了扰乱视听的目的。实际上,夏琪当时根本不知道谁是凶手,也没有想到樊柯和凶手会设计杀死她,所以才会轻信樊柯,把家门打开。换句话说,凶手是故意迷惑警察,干扰调查方向。甚至他还有意无意地误导了我,让我相信,凶手是通过模仿我的声音骗夏琪开门的。"

"是吗,当时是谁说这话的……"李雪丽望向大家,众人一脸迷茫,显然都已经忘了——除了演戏的凶手之外。

"这个不用细究,听我说完。第二,你们觉得,'夏琪'发的这条微信,重点信息是什么?"

"当然是她知道了凶手是谁呀!"王星星脱口而出。

"对,我们一开始都是这样理解的。后来我才发现,并非如此,这条信息最关键的内容,也就是凶手最想要误导我们的,其实是前面半句话！"

"前面半句……"

"就是'今天晚上我思考了很久'这句！再说明确点吧，是'今天晚上'这四个字！"

"啊，我明白了！"王星星说道，"凶手想让警察和所有人以为，夏琪是在当天晚上才突然意识到了什么，但实际上，夏琪从一开始就知道这是怎么回事！"

"正是如此！"谭勇说道，"凶手就是为了掩饰这一点，才故意误导我们的！因为他担心警察会这样想——为什么夏琪会打电话试探这四个女人呢？难道她知道什么别人不知道的内情吗？这样的话，警察就有可能会想到，夏琪一开始就是这次事件的参与者，从而接近真相。但是用'今天晚上'这四个字来误导之后，就让我们以为，夏琪只是'今天晚上'才开始思考这件事的。"

"凶手的心思缜密到这种程度吗？"王星星为之汗颜。

"还不止呢。实际上，凶手发这两条信息，还有一个更为重要的原因。"谭勇说。

"是什么？"李雪丽问。

"制造不在场证明。"

"但是我记得，当时你询问之后，好像大家都没有不在场证明……"

"对警察来说，是这样。因为即便有些人有不在场证明，也不太可信。所以我们认为，凶手似乎没有必要这样做。但是，换一个思考角度——如果凶手的不在场证明，并不是做给警察看，而是做给其他人看的呢？"

"其他人？"韩蕾问，"什么意思？"

"也就是说，他并不是在向警察证明，他不是凶手，而是在向另一个自己在乎的人证明，他不是凶手。如果是这样的话，凶手为什么要这样做就完全说得过去了。"

"我还是不懂，凶手既不敢留在夏琪的家中，用她的手机来发微信，也没有把夏琪的手机拿走，那他是怎么发送这两条微信的呢？"韩蕾问。

"微信网页版。"谭勇吐出五个字。

"啊……是这样吗？"韩蕾明白了。

"对，凶手出门行凶的时候，背了一个包在身上，里面装了笔记本电脑。杀死夏琪后，他打开微信网页版，用夏琪的手机扫二维码，再把笔记本电脑带回家。这样一来，他就算是坐在家中，也可以用'夏琪的手机'来发送信息了。而夏琪的手机上，会同步显示他发送的这两条信息，第二天警察看到的时候，自然就会认为，这是夏琪本人发的。"谭勇说，"另外我试过了，只要在电脑上退出微信网页版，手机微信也会相应退出登录状态，不会留下痕迹。"

"居然连这样的诡计都想到了，真是可怕。"李雪丽打了一个冷噤。

"是的，通过这招，至少达到了三个目的，可谓是一箭三雕。"

"这么说，凶手一定是家里有笔记本电脑的人。"沈凤霞说。

"是的。不过仅凭这一点是不够的，等下看看我的同事有没有在你们家中发现什么决定性的证据吧。"谭勇说。

话音刚落，房门被推开了，李斌、江明和警察小刘走了进来。

4

"江队，有什么发现吗？"谭勇问道。

江明点了点头，走到谭勇面前，跟他耳语了几句，然后交给他一个用透明密封袋装起来的小瓶子。

谭勇把这个小药瓶展示给众人看，问道："这是你们谁家的东西？"

"这是什么呀，药吗？"李雪丽问。

"什么药？"沈凤霞问。

其他人要么一脸茫然，要么缄口不语。谭勇等了一会儿，说："看这意思，没人承认？但这东西是从你们某个人家里搜出来的，承不承认，其实都是一回事。"

"老谭，这到底是什么呀？"韩蕾问。

谭勇看着药瓶，把名字读了出来："呋塞米片。"

"做什么的？"

"说明书一长串，我就不念了，重点是，这种药有预防和治疗药物及毒物中毒的作用。"

"中毒……"众人睁大眼睛对视。范琳第一个反应过来："有人提前买了这种药并服下，鸡汤中毒的时候，就不至于丧命了，也可以减轻症状，对吗？"

"除了这一点，我想不出来还有别的用途了。关键是，这种药可不是什么家庭常备药，一般家里是不可能有的。而且江队告诉我，这药不是在药箱、柜子里发现的，而是在这个人家里非常隐蔽的地方找到的。"

"是在谁家里发现的？！"沈凤霞激动地说，"这个人肯定就是凶手！"

谭勇望向苏晓彤和顾磊："怎么，还有必要装下去吗？"

所有人的目光唰地集中在他们俩身上，李雪丽瞪大眼睛说："是你们？"

"不，我没有买过这种药。"苏晓彤说，然后望向了顾磊。后者说："我也没有买过。"

"你们俩都没买，家里怎么会出现这瓶药？顾小亮买的？"谭勇说。

"老谭，我真的不知道这是怎么回事。"苏晓彤说。

谭勇深吸一口气，说道："你还真是不见棺材不掉泪呀。其实刚才讲述案情的时候，我就一直在默默地观察你。苏晓彤，你平时不是这么沉默寡言的人吧？但是今天下午，你几乎一言不发，脸上的表情也很不自然。那是因为，我把你的犯罪手法全都说准了，对吧？"

"我不知道你在说什么……"

"够了！"谭勇暴喝一声，"这种时候还想做无谓的抵赖？你以为我们警察在没有证据的情况下，会随便说一个人是凶手吗？现在的调查结果和搜查到的证据，都指明你就是凶手！我就当着大家的面，一条一条地说出来吧。"

苏晓彤脸色苍白地望着谭勇。

"第一，我们抓到樊柯之后，知道他是一个善于诱骗和利用女性的人，特别是像你这样的美女，是他的首要目标。虽然樊柯不肯承认跟你的关系，但是我们调查之后，发现他一两年前待得最多的城市，就是京州和上海，酒吧、夜店是他最常去的场合。你之前说过，你在京州的时候，也爱去酒吧，对吧？你们就是在那里认识的，这一点，我们已经从酒吧老板、店员那里查证过了！

"第二，夏琪死后，试图误导我的人，就是你。你说凶手可能是冒充我的声音，骗夏琪打开了门，把我们的思路引向了错误的方向。

"第三，夏琪死之前，给你、范琳、韩蕾和李雪丽四个人打过电话，只有你们知道夏琪在暗中调查和试探，所以凶手只可能是你们四个人之一。而江队他们刚才去搜查你们的家后，发现范琳家和韩蕾家的电脑是一体机，李雪丽家没有电脑，只有你家才有笔记本电脑！所以能够用刚才说的那种方式作案的，只有你。而且也只有你才需要那样做！因为你精心打造的不在场证明，并不是给警察看的，而是给自己的家人看的，让以后要跟你生活一辈子的人相信，你绝对不可能是凶手，这比让警察相信你，更为重要！

"第四，那天你是不是把大家叫到你家，提出了一个'只留下一个人'的妙计？搬到玥海湾来，是你整个计划的第一步，而提出这个两全其美的妙计，则是计划的最后一步。如此一来，你们就可以远走高飞，逃脱警察的追究，坐享每年的遗产！"

"第五，也是最关键的一点，就是刚才江队他们在你家找到的这瓶呋塞米片。很显然，你买了这瓶药之后，在鸡汤投毒之前就吃了一些，所以你的中毒程度相对较轻。如果你想否认，就告诉我，你买这瓶药是用来做什么的？我刚才看了下，这种药还可以治疗急性肾功能衰竭——难道你和顾磊有这样的病？"

苏晓彤嘴唇翕动着，脸色如同一张白纸，她已经无法做出有力的辩解了，只有低声嗫嚅着"真的不是我"，声音中充满了恐惧。

"把这些苍白的辩解留到法庭上去说吧，看看法官会不会相信你的话。我们警察的责任，是抓住犯罪嫌疑人。"

谭勇说完这句话，望了一眼身边的李斌。李斌点了点头，摸出别在腰间的手铐，走到苏晓彤身边，咔嚓一声，冰冷的手铐戴在了她的手腕上。

"走吧，回刑警支队，我让检察院立即向法院提起公诉。"江明说。李斌抓住苏晓彤的手腕，一行警察簇拥着她走向门外。

就在他们马上就要跨出门的时候，一个人喊了一声："等一下。"

几个警察一起回头，苏晓彤亦然。

顾磊站了起来，凝视苏晓彤几秒，然后望向警察，平静地说道："老谭，你刚才的推理和分析，全都对，除了一样——你搞错对象了，做这些事的，不是晓彤，是我。"

第十八章　缘由

1

星期天早上，窗外晨光熹微。苏晓彤几乎是看着天色一点一点亮起来的，昨晚对她来说，注定是个不眠之夜。

反观身边的儿子，倒是睡得格外香甜，像一只温顺的小猫。他并不知道昨天发生了什么，也没有问爸爸为什么不在家，当然更意识不到，也许以后都看不到爸爸了。可怜的孩子，不管是生父还是继父，最终都离他而去。苏晓彤充满爱怜地轻轻摸着儿子的小脑袋。

八点多，苏晓彤叫醒儿子，给他准备了简单的早餐，吃完之后，她给范琳打了个电话，问能不能把顾小亮送到她家去玩。范琳说，当然没问题。

母子俩收拾好后，乘坐电梯上十四楼，范文婧得知顾小亮要来玩，很开心，打开门之后，就牵着顾小亮的手去房间里玩玩具了。范琳问苏晓彤："你这是要去哪儿？"

"去刑警支队。有些事情，我还要找老谭沟通一下。"苏晓彤说。

范琳点头表示理解："去吧，我带着两个孩子玩，你放心吧。"

苏晓彤道谢，离开了范琳家。走出小区，她打了辆车，前往理市刑警支队。

谭勇和李斌已经等候在办公室了，苏晓彤来了之后，李斌给她拿了瓶矿泉水。苏晓彤坐下，谭勇说："我们昨天把顾磊带回来后，就展开了审讯。他对所有犯罪事实供认不讳。龚亚梅、夏琪都是他杀的，往鸡汤里投毒的，自然也是他。"

苏晓彤没有说话，眼睛盯着自己的鞋尖。

谭勇说："顾磊供认之后，樊柯也没法再死咬着不承认了。他们是在半年前认识的，当时顾磊在网上找各种兼职，还发了一个帖子，说'只要能赚钱，什么事都可以干'，这事你知道吗？"

苏晓彤摇头："不知道。"

谭勇说："樊柯当时已经通过夏琪得知，龚亚梅打算把遗产留给'大家庭'的每个人了。夏琪又是怎么知道的呢？樊柯说，夏琪送了一个小摆件给龚亚梅，里面藏了窃听器。通过这东西，她听到了龚亚梅给冯律师打电话交代遗嘱的事。

"夏琪不是一个贪心的人，觉得能拿到九分之一的遗产，已经很好了。而且她并不知道樊柯欠下巨额赌债的事。樊柯凭着对夏琪的了解，知道夏琪肯定不会为了多得遗产而杀人，所以他必须找另一个合作者，替代夏琪。这个人，就是发帖说'只要能赚钱，什么事都可以干'的顾磊。

"他们俩暗中接触，分别用另一部手机联系，十分隐蔽，所以包括你在内的所有人，都不知道他们认识，并且策划了这样一个周密的杀人计划。"

苏晓彤打了个冷噤："当时他说带我来理市散心，然后顺理成章地提出要不要在这里买房和定居，我全然没有想到，这一切竟然都是计划的一部分。"她长吁一口气，"但是，樊柯和顾磊怎么能确定，我们来到理市之后，龚亚梅一定会把我们加入遗产继承人的名单呢？"

谭勇："两个原因：第一是，你们买的房子和李雪丽在同一层楼，以李雪丽的性格，肯定会邀请你们加入'大家庭'，就算你没有碰到李雪丽，顾磊也肯定会制造这样的机会。第二是，樊柯非常了解自己的母亲，知道龚亚梅最喜欢顾磊这种居家好男人，而且会同情有智障的顾小亮，所以一定会把你们加入遗产继承者的名单。她之前就是这样，认识袁东和沈凤霞一个月后，就把他们加进去了——这当然是夏琪通过窃听器得知的。

"龚亚梅之所以这么快就把'大家庭'的新成员加入继承者名单，是因为她知道自己有高血压性心脏病，随时有可能心源性猝死。另外，她不希望'大家庭'内部出现矛盾，所以一碗水端平，让'大家庭'的人都有继承权。"

苏晓彤："这么说，我们来到理市一个月左右，龚亚梅出于对我们——特别是顾磊的好感，决定让我们成为继承者之一。她打电话给冯律师说了这事，被夏琪用窃听器偷听到了，告知樊柯。樊柯又告知顾磊，所以顾磊认为，目的已经达到，可以杀死龚亚梅了，是这样吗？"

"正是如此。"

"那么，杀死龚亚梅，是谁的主意呢？"

"是顾磊。樊柯再心狠，也没有到主动杀死母亲的程度。他知道母亲身体不好，活不了太久，原本打算等母亲死后，再和顾磊一起设法杀死'大家庭'的成员。但他没有想到的是，顾磊等不了那么久，提前杀死了他母亲。"

苏晓彤陷入了短暂的沉默。片刻后，她说："顾磊杀死龚亚梅，没有跟樊柯商量，是他自己决定这样做的？"

"是的。"

"那樊柯没有意见吗？允许他擅自杀了自己母亲？"

"龚亚梅死后，樊柯自然怀疑是顾磊干的。但顾磊不承认，樊柯没有证据，只好作罢。因为他很清楚，樊柯即便再怀疑，也拿他没有办法，更不可能报警。如果顾磊被抓，樊柯的计划就失败了，也意味着他不可能得到大量遗产。而且从客观上来说，龚亚梅提前死去，对樊柯是有利的。"

"顾磊是怎么把龚亚梅骗到玥海边的观海亭去的？"苏晓彤问。

谭勇说："这个杀人计划，他早就想好了。顾磊跟樊柯有过多次接触，也打过很多次电话。他花了很多时间模仿樊柯说话的声音和语气。樊柯声音低沉，比较容易模仿。事发当晚，你和夏琪、韩蕾等人去酒吧玩，对顾磊而言，正好是个机会。他乔装之后，离开小区，故意找了一个相对嘈杂的地方，用另一个手机号冒充樊柯给龚亚梅打电话，说自己到了理市，想和母亲见一面。

"龚亚梅虽然之前跟樊柯脱离了母子关系，但是当妈的，哪里会完全不想念儿子呢？所以接到电话的龚亚梅，立刻前往约定地点，环海东路的观海亭。结果她没见到儿子，却被顾磊推入水中杀害了。"

苏晓彤闭上眼睛，眉头紧蹙。

谭勇说："接下来的鸡汤投毒事件，你已经知道了。顾磊在此之前，就买好了呋塞米片，然后混在茶水或者饮料里，让你事先服下，以免你中毒身亡。当然，他也吃了这种药。"

苏晓彤摇头道："他几乎每天都会端茶倒水给我喝，我完全没想到，他会在水里加入有解毒作用的药。"

李斌一直坐在旁边聆听他们的对话，此刻他说道："苏晓彤，老谭昨天只是把和你配合，引出顾磊的计划告诉了我们，但是并没有说，你是怎么知道顾磊是凶手的。这一点我很好奇，你能告诉我吗？"

苏晓彤说："我其实是从沈凤霞质疑我的那番话中，察觉到问题的。因为她说得有道理，我们来到理市后不到一个月，就发生了这样的事情，而我在中毒事件中，中毒程度又较轻。但实际上，我那天喝的鸡汤并不比其他人少，所以我就想，这是为什么呢？联系到顾磊当初带我到理市来旅游和看房，我第一次对他产生了怀疑。

"以我对顾磊的了解，他是肯定不会让我出事的，所以我怀疑，他会不会暗中买了什么解毒的药，让我提前服下。于是，我趁他睡着的时候，解锁他的手机，查看他的微信账单和支付宝账单，果然发现，他前段时间在某家药店买了一百多块钱的药。

"他很聪明，没有只买呋塞米片这一种药，而是还买了另外一些家庭常备药。微信账单上只会显示消费金额，不会显示具体买了些什么东西。但顾磊估计怎么都没想到，我会去调查这件事。"

"至于调查的方法，其实很简单。我查看了家里的药柜，记下有哪些药，然后到这家药店去核对价格，之后就发现，少了12元。我咨询店员，哪些药物具有解毒的功效，结果发现，呋塞米片这种解毒药的价格，恰好就是12元！

"这个时候，我几乎可以确定，顾磊就是凶手了。但是如果直接问他，他肯定不会承认。所以昨天上午，我借口带小亮出来玩，约老谭在一家茶楼的包间见面，把自己的怀疑告诉了他。然后和老谭商量了一个配合演戏，把顾磊引出来的计划。"

"原来是这样啊，多亏你大义灭亲，我们才能破案！"李斌竖起大拇指说道。

"我只是无法容忍自己和儿子跟杀人凶手生活在一起罢了……"

谭勇说："其实我们商量的时候，认为情况无非以下三种。第一，顾磊买了呋塞米片后，藏在家里某个隐蔽的角落里，被我们找到，从而慌了阵脚；第二，他用完这种药的当天，就把药给丢掉了，但是发现我们从他家里找出这种药的时候——当然这瓶药其实是苏晓彤昨天买的——他记忆混乱，以为自己忘了把药丢掉；第三，他很清楚地记得，自己肯定把药丢掉了，那我们根本不可能从他家找到这瓶药。不管是哪种情况，我们都希望顾磊沉不住气，露出破绽。但事实上，他整个过程都很冷静，完全没有掉进圈套。"

"最后不是中圈套了吗？当我们假装认定苏晓彤是凶手，要把她带走的时候，顾磊终于忍不住承认，凶手其实是他！"李斌说。

"对，其实昨天所有指向苏晓彤的罪证，我都是说给顾磊听的，目的就是告诉他，我们已经彻底掌握凶手的作案手法了。而故意在他面前逮捕苏晓彤，就是想看看他会不会为了自己喜欢的人，承认自己是凶手的事实。"

"结果他果然中计了！老谭，一切都在你们的预料之中呀！"李斌佩服地说。

"不，并非如此……"

"怎么了？"

谭勇沉吟片刻："其实仔细想起来，顾磊这么狡猾的人，他就算死不承认，也是可以的。"

"为什么？"

"因为我昨天说的那五条罪证，其实都不是真正的证据。包括在他家找到呋塞米片这件事，就算这瓶药真的是他买的，他也可以死不认账，坚持声称这药是用来预防其他疾病的。毕竟呋塞米片的药效中，还有预防肾功能衰竭这一项……而他更是清楚，苏晓彤不是真正的凶手，在证据不足的情况下，我们不可能强行给她定罪。换句话说，他要是真想抵赖下去，也并不是没有办法。"

"那……他昨天为什么要在最后一刻跳出来承认自己是凶手呢？是我们运气好吗？"李斌说。

"不，我不认为跟运气有什么关系，也不认为是他一时昏了头，恰好相反，我看他当时的样子，其实十分冷静。"

"那我就不懂了，他为什么要承认呢？他应该很清楚，杀了三个人的情况下，承认就是死路一条吧。"

谭勇望向苏晓彤："我想，只有一种可能。"

苏晓彤没有说话，只是看着谭勇。

"那就是，顾磊看穿了我们设的圈套，是故意往里面跳的。"

"什么？他是故意承认的？"李斌感到无法理解，"但是这怎么可能？为了达到目的居心叵测地犯下这么多罪行，最后却主动承认自己是凶手，这不合逻辑呀！"

"我也不知道他是怎么想的。按理说，他都已经认罪了，这一点似乎也不是那么重要了，但我还是想知道，他内心深处真正的想法……"

"老谭，让我跟顾磊见一面，和他聊聊吧。"苏晓彤说。

"可以。"谭勇说，"另外，你再问一下他，做这件事的动机是什么。"

"你们没有问过他吗?"

"当然问了,但他只是说,这还用问,当然是为了钱。可我总觉得,这不是他的真心话,应该有更深一层的原因。"

"我明白了,让我来问他吧。"

"好的,我现在就安排你们见面。对了,还有一件事,我要告诉你。"

"什么?"

"往楼下撒钢珠的人,不是顾磊。"

"是的,那天我跟他在一起,的确不可能是他,那是谁呢?"

"沈凤霞。昨天抓捕顾磊后,她就来自首了,说这样做是因为当时对好些人充满恨意,就萌生了干脆也大开杀戒的念头。现在真凶落网,她也冷静下来了,说自己做了很愚蠢和可怕的事情,愿意接受法律的制裁。"

"好在那把钢珠并没有把范琳给砸死,应该不会重判吧。"

"但始终是杀人未遂,具体怎么判我也不知道,这个得看法院怎么量刑。"

苏晓彤点头:"带我去见顾磊吧。"

2

在刑警支队的临时拘留室,苏晓彤和顾磊相对而坐,中间隔着的铁窗仿佛在宣告,他们即将成为两个世界的人。

他们对视了足足一分钟,苏晓彤开口道:"对不起,顾磊。"

顾磊淡然一笑:"没关系。"

"你果然知道,昨天是我和老谭一起设的圈套?"

"其实挺明显的。因为你们不知道,我买的那瓶呋塞米片,根本就没有带回家。买了那瓶药之后，我只是从里面倒出来几粒药片，就把瓶子扔掉了。所以，警察根本不可能在我们家找到这瓶药。我当时立刻就想到，这要么是警察试探我的套路，要么是你和警察一起配合演出，希望我在辩解之中露出破绽。"

"既然你看出来了，为什么还要承认？"

顾磊凝视着苏晓彤："因为，这是你希望的。"

苏晓彤脸上的毛孔剧烈收缩了一下。

"晓彤，我早就说过，为了你，我什么都愿意做。但你好像一直没能理解这句话的意思。谭勇说对了，我制造的不在场证明，不是给警察看的，而是给你看的。目的是让你觉得，我绝对不可能是凶手。警察是否怀疑我，一点都不重要，重点是你不能怀疑我。但是很遗憾，最终你还是怀疑到我头上来了，并且和警察配合，希望把我给套出来。当我明白你的想法之后，便决定顺从你的心意了。"

"那你跟樊柯合作，策划这一系列杀人事件，也是按照我的心意吗？我要求你这样做了吗？"

"当然没有，但我知道，我必须这样做。或者说，我必须赌一把，才能把你永远留在我身边。"

"为什么？我都已经嫁给你了，你还要怎样做，才算把我留在身边？"

"晓彤，不要自欺欺人了。"

"什么？"

"其实你心里很清楚，嫁给我的，只是你这个人，不包括你的心。"

"你凭什么这样说？"

"我们认识十八年了，我也喜欢了你十八年，你觉得，我会不了解你吗？"

苏晓彤沉默片刻："我懂了，在你心中，我是一个拜金的女人，对吗？我大学时结交的那些男朋友，全是些有钱的公子哥儿。后来选择嫁给张晟，也是因为他收入很高。所以在你看来，能把我留住的唯一方式，就是钱。你只是一个普通人，也没有什么背景和家底，仅仅依靠工作的话，是不可能变成有钱人的。所以你才疯狂地想要赚钱，为此不惜杀人。你认为只有当你——或者我们——拥有足够多的财富时，我才会死心塌地地跟你在一起，对吗？"

"晓彤，是我误会了吗？"

苏晓彤掉下泪来："如果真的是这样，我一年前为什么要嫁给你呢？"

"因为那是你最脆弱、最无助的时候，我出现在你身边，给了你安慰和鼓励，也给了你实质性的帮助，比如帮着你照顾小亮的饮食起居，让你心生感激。出于感恩的心理，你不好意思拒绝我的求婚，才勉强同意嫁给我。晓彤，我是有感觉的，特别是对你的感觉，更是不可能出错。"

"就算如此，我毕竟是嫁给你了，这还不够吗？"

"对我来说，当然不够。你之后对我的态度，很明显地说明了一件事，你并不是真正地喜欢我，更谈不上爱。晓彤，没有哪对彼此深爱的夫妻，会定下'一个月一次'的规矩。只有把这事当成任务来对待的人，才会制订这种刻板的规定。实际上，我每天都像烈火一样燃烧，你感受不到吗？不，你当然感受到了。遗憾的只是，我无法把你点燃而已。"

苏晓彤张口结舌，无话可说。

"所以我每天、每夜都在思考一个问题——我欠缺的，到底是什么呢？扪心自问，我虽然不是什么大帅哥，但是长得也不差，至少不比你前夫张晟差吧。除此之外，我身体健硕，脾气温和，烧得一手好菜，没有不良嗜好，对家庭有责任感，重点是，我深爱着你，对你体贴万分、无微不至。我相信这个世界上，找不到第二个像我这么靠谱并且爱你的男人了。可即便如此，你还是不爱我。那我到底欠缺的是什么呢？有一天，我终于想明白了。我缺的，是有钱人的豪迈，那种花钱时眼睛都不眨一下的气魄，掏出钱包刷卡时的潇洒和帅气。而这种气魄和潇洒，是没法装出来的，需要我真的变成有钱人才行。"

苏晓彤痛苦地闭上眼睛，良久之后，她说道："那你为什么非得杀人不可？来到理市，搬进玥海湾，混进'大家庭'，获得龚亚梅的好感后，她不是已经把我们列为遗产继承人了吗？"

"是的，但我等不了她自然死亡或者因病去世了。你对我不冷不热的态度，让我非常没有安全感。随着时间的流逝，你心中的伤痕渐渐被抚平，已经不像刚开始那么依赖和需要我了。你虽然没有明说，但我能感觉得到，特别是当你那个有钱的前男友跟你联系时，我更是……"

"等一下，你说什么？我的前男友，你是说周思达？你怎么知道他在跟我联系？这件事我从来没有告诉过你……"话说一半，苏晓彤倏然明白了，"你一直在偷偷检查我的手机，看我跟哪些人有联系？"

"对不起，晓彤，我太在乎你了。不过，你后来不是也偷看了我的手机嘛，咱们就算扯平了吧。"

"你既然看了我和周思达的聊天内容，就该知道，我没有做任何对不起你的事！他来到理市，约我出去玩，我根本就没有答应。"

"是，你和他保持着礼貌克制的对话，但你敢说，你的内心没有起过波澜吗？"

苏晓彤仿佛被什么东西噎住了喉咙，说不出话来。她无法否认这一点，并立刻想到，周思达每次跟她联系之后，她表露出来的情绪、状态，都在顾磊的观察之中。但她仍然无法理解，这就是他杀人的理由，说道："我承认，我的内心起过波澜，但只是缅怀那段逝去的爱情罢了，你是把这视作精神上的背叛吗？顾磊，为什么你会这么敏感？"

顾磊平静地说："我知道，你不会理解的。我对你的爱，你永远都不会理解。"

"那你就不妨告诉我吧，你对我这种超乎寻常的、近乎偏执的爱，到底来源于什么？"

"这是一个奇怪的问题。爱上一个人，需要理由吗？"

"爱上一个人是不需要理由，但是爱到这种程度，恐怕就需要理由了。"

顾磊深吸一口气，望着铁窗发了一会儿呆，说道："好吧，那我就告诉你。本来还以为，这件事情会被我带到坟墓里，不会讲给任何人听呢。

"我的初中，是在乡镇中学读的。青春期，正是情窦初开的时候，班上的男生女生互生情愫、彼此喜欢，是很正常的事情。但我是个例外，和同学们比较起来，我的家庭条件尤为贫困，我常年穿着破旧的衣服、裤子，鞋子破个大洞，脚指头都露出来。

"因为这些，我经常被同学们嘲笑，自然不会有女生喜欢我，我对她们也无甚好感。直到有一天，我看到了一个女孩，突然有了一种怦然心动的感觉。但是这个女孩，并不是一个看得见摸得着的真人。

"那是一个杂志封面上的女孩，长相甜美、笑靥如花，看到她的那一刻，我就深深地迷醉了，心里想，这世界上怎么会有这么可爱的女孩子呢？

"这本杂志，是一个同学从家里带来的，某个知名杂志的校园版，封面上的这个女孩并非大明星，我也不知道她叫什么名字，但这丝毫不妨碍我对她的喜欢。我以帮同学做一周的作业为代价，让他把这本杂志送给了我。从此之后，她就一直陪伴在我身边，我时不时地就会看看她，心里感到无比满足。

"进入初二下学期之后，班主任老师明确规定，不准带任何课外书到学校来看，杂志也在此列。按理说，我应该把这本杂志放在家里的，但那时的我，已经把她幻想成女朋友了。身边的很多人都瞧不起我，甚至不会正眼看我，只有她不会伤害我，一直望着我，对我笑。她几乎成了我生命中唯一的慰藉，所以我必须把她带在身边。

"结果有一天下午，班主任展开突然袭击，要检查全班所有人的书包。我看到他挨个打开每个人的书包，只要看到有课外书或者别的'违禁物品'，就立刻撕掉或者没收。我慌了，不知所措。眼看老师走到了我面前，从我的书包里翻出了这本杂志。

"那一瞬间，我不知道从哪里生出的勇气，一把从老师的手里把杂志抢了过来，然后哀求老师不要撕掉它，我再也不会把它带到学校来。但是这样的行为，明显挑衅了老师的权威，盛怒之下，他非得要从我手中抢走这本杂志不可。我则把杂志死死抱在胸前，说什么都不肯交出来。

"老师叫身边几个身强力壮的男生帮忙，硬把我的手掰开，拿到了这本杂志。这时老师估计也感觉到了，我对于这本杂志有着超乎寻常的感情——通常情况下，是不会有人不惜跟老师作对，去拼死守护一本几毛钱的杂志的。而这时，我的同桌火上浇油地说了一句'顾磊喜欢封面上这女孩，天天拿出来看'，引起哄堂大笑。

"老师当着全班的面对我说：'真的是这样吗？你也不撒泡尿照照你自己，这就叫癞蛤蟆想吃天鹅肉。'说完这句话，他撕烂了杂志，还假惺惺地对我说，让我理解，他其实是为我好。但我所能理解的一切，就是他把我撕成了碎片——以及，我喜欢的女孩。

"当众羞辱我还不算完，迎接我的，还有二次伤害。老师把我母亲叫到学校来，添油加醋地说我最近成绩之所以下滑，是因为'对杂志上的女孩产生了性幻想'，让家长必须引起重视。我母亲是一个没什么文化的农村妇女，一贯把老师说的话当成真理。再加上听到'性'这个字，估计把这本杂志当成了黄色刊物。她不分青红皂白，扬起手就抽了我两个耳光，然后说：'我怎么生了你这么个龌龊的东西！'

"接下来，她就当着办公室众多老师和同学的面打骂我，骂的话十分难听，我不想赘述了。总之那一天，我感觉自己被脱光了衣服，绑在耻辱柱上示众。但我至今都不明白我做错了什么。

"那天晚上，我在被窝里哭了整整一夜，把枕巾都浸湿了。对我来说，我最爱的女孩仿佛已经死了，我再也见不到她了。而我的心，也随之死去了。

"后来我的性格变得愈发孤僻，不愿跟人交流。更重要的是，我仿佛失去了爱一个人的能力。在后面几年里，不管是现实中的人，还是电视、书籍、杂志上的人，我再也不会对任何女孩产生感觉了。直到——上大学之后，我见到了你。"

顾磊说这句话的时候，眼睛盯视着苏晓彤。苏晓彤感觉自己像是一只被蛇盯上的青蛙，浑身发冷，动弹不得。一句话麻木地穿过她的双唇："为什么？我特殊在哪里？"

顾磊说："你还不明白吗，晓彤？你跟杂志上的那个女孩，几乎长得一模一样。看到你的那一刻，我惊呆了。虽然杂志早就被撕掉了，但那女孩的脸深深地刻在了我的脑海里，我永远都忘不掉。那一刻，仿佛有一个声音对我说：'你最喜欢的女孩，回来了。'

"但我并没有因此而失去理智，渐渐地，我注意到你只对身边条件优越的男生感兴趣。我这种各方面都平庸的男生对你来说，恐怕像路边的石头一样不起眼。所以我很有自知之明，从来不跟你表白，把对你的感情深藏在心底，直到大学毕业。

"可能你以为，随着毕业，我对你的感情也就画上句号了。但你不知道的是，其实我一直默默守候在你身边，等待着机会的降临。靠近你、拥有你，和你在一起，是我一生的夙愿。我告诉自己，如果有朝一日能够和你成为夫妻，我愿意付出一切代价，也愿意为此做任何事情。"

"原来是这样。"苏晓彤说，"一年前你在阳台上看到我们家烧炭自杀的一幕，立刻打电话把我叫醒，根本不是因为你当时恰好住在我家对面，而是你一直在我身边，窥视着我。其实我之前也这样猜想过，只是一直没有找你对质。因为发生这件事后，你对我，还有小亮，实在是太好了。我当时想，即便你真的一直在窥视着我，也无所谓了。客观上，你救了我们母子俩的命，也给予了我们太多帮助，不如就把你当成守护神吧，这样也挺好。所以，我嫁给了你。"

"那一刻，我的人生圆满了。拥有你，我就拥有了全世界。我希望这种感觉是持久、永恒的，而不是昙花一现、好梦一场。接下来我要做的，就是巩固和升华我们的感情，让你觉得，嫁给我是你此生最正确的决定。我拥有了我的全世界，我也要让你拥有一切你想要拥有的东西。这才是我的终极目标。"

"那么,现在呢?"苏晓彤悲哀地说,"你就要失去我了。"

"不,并非如此。我死后,一切就不存在了,你也好,我也好,这个世界也好,都消失了。那我就不会痛苦、难受。失去你是指我还在,但你不在我身边了。这是有本质区别的。"

苏晓彤怔怔地望着顾磊,心头涌起难以言喻的感受。

"顾磊,我们认识十八年了,从大学同学变成夫妻。但直到今天,我才发现原来我根本不了解你。而你,也并没有像你想象中那么了解我。"

顾磊看着苏晓彤。

"以前的我,的确是一个有点物质和现实的女孩,喜欢高消费带来的满足和虚荣,欣赏男人一掷千金时的潇洒帅气。但是经历张晟的事情之后,我的人生观和价值观都发生了改变,我开始思考,自己真正想要的到底是什么。

"嫁给你,确实是有感恩的成分,甚至有一定的依赖心理。但你误解了一件事,我对你的感情和态度不够热烈,跟你是否有钱,没有丝毫关系。我只是不像你那样,对爱人有种执念和痴迷,我需要时间来慢慢接受你、爱上你。我跟张晟毕竟是有感情的,他才死不久,而且是自杀,你觉得我能这么快就爱上另一个人吗?我能立刻把他忘得干干净净,然后跟你坠入爱河、如胶似漆吗?——抱歉,我做不到。

"但你却把我的慢热和冷淡,理解为嫌你不够富有,从而没有安全感。我承认,刚嫁给你那段时间,对你态度不冷不热,是我的问题。可是你后来没有感受到吗,我对你的态度是有转变的,我对你的爱和依恋也在逐渐加深。你根本就不用去做这么可怕的事情,我也会如你所愿,永远跟你生活在一起……"

苏晓彤的声音哽咽了,再也说不下去。而她对面的顾磊,早已泪流满面。随即,他发出一声足以划破长空的哀号,痛苦地抱着脑袋,身体滑下椅子,蹲坐在地上,淹没在悔恨的海洋之中。

许久之后，顾磊才抬起头来，泪眼模糊地望向对面。但他看到的，只是一张空椅子了。

3

办公室里，谭勇递给苏晓彤一张纸巾，并让李斌给她泡了一杯热茶，说道："喝点水吧。"

"谢谢。"

静默一刻后，苏晓彤说："刚才我们的对话，你们都听到了吗？"

"是的。"谭勇叹了口气，"这起案件虽然已经结案了。但是给我带来了很大感触。你有没有觉得，樊柯和顾磊的悲剧，都跟他们生命中非常重要的一个人有关？"

"你是说，他们的母亲？"苏晓彤说。

"是的，龚亚梅对儿子的溺爱和纵容，让樊柯变成了一个冷漠无情、唯利是图的纨绔子弟。你知道吗？樊柯后来交代，他之所以一定要弄到母亲的遗产，除了要还赌债保命之外，还有一个原因。他小时候，母亲全副心思都在生意上，对他缺少陪伴，为了从心理上弥补儿子，龚亚梅经常对樊柯说'妈妈的钱以后都是你的'。正是这句话，让樊柯觉得，他不但要拿到这笔遗产，而且要尽可能多地拿到手。因为这本来就是他的钱，他只是拿回本来就属于自己的钱而已。"谭勇说。

"你没有看到樊柯说这句话时理直气壮的样子，似乎直到现在，他都不认为自己有错。"李斌摇头道，"一个母亲错误的教育，真的会彻底毁了孩子。"

"是……冯律师之前就这样说过，龚亚梅对儿子的教育，是有问题的。"苏晓彤说。

"再说顾磊，刚才听了他初中的那段往事，我不禁想，如果他母亲在被老师叫到学校后，能够了解清楚事情的原委，对老师说一句'我相信我的儿子'，然后对顾磊进行正面的引导和教育，我想仅凭老师一个人，不会对他造成那么大的伤害。他会成长成一个更加自信、自强的人，而不是像现在这样，敏感、偏执、狭隘、不自信。"谭勇叹息道，"如果这两个母亲能用正确的方式来教育儿子，也许就可以避免几十年后的这场悲剧了。"

苏晓彤沉默良久，说道："你说得对。老谭，我有点累，先回去了。"

"好的。"谭勇送苏晓彤走出办公室。

从刑警大队到玥海湾小区，只有十几分钟的车程。走路的话，则要几十分钟。苏晓彤踽踽独行，这段回家的路，似乎变得无限漫长。

一路上，她的脑海中一直回荡着谭勇说的那句话。

回到玥海湾小区，苏晓彤先乘坐电梯到十四楼，从范琳家接回儿子，之后回到十二楼的家中。苏晓彤把顾小亮牵到卧室，问道："小亮，一会儿想吃什么？"

"鸡腿，汉堡。"顾小亮说。

"好，妈妈一会儿带你去吃。在此之前，你先回答妈妈一个问题，好吗？要说实话哦。"

顾小亮点了点头。

"那天晚上发生的事，其实你看到了，对吧？"

顾小亮的眼中掠过一丝惊惶的神色，然后垂下脑袋，摇了摇头。

这一瞬间，苏晓彤什么都明白了，她的眼泪夺眶而出："你果然是装傻的……不然的话，你怎么知道我说的是哪天晚上，发生了什么事？"

顾小亮又是一怔，脸上的表情变得焦灼起来。苏晓彤用不着再求证了，一把将儿子拥入怀中，声泪俱下："对不起，对不起，小亮！妈妈其实早就猜到了，也早就想问你这句话了，但我一直不敢……我不敢面对事实，所以选择一直逃避下去。我甚至想，其实就算你真的傻了，也没什么不好，你就不用去读书，不用接受心理辅导，也不用跟太多人交流。这样的话，我就永远不用担心你会把这件事说出去……小亮，妈妈太自私了，为了守住自己的秘密，宁肯相信你真的变成了傻子！但现在，我知道错了……我不能让悲剧再次上演。从今天起，我们都面对现实吧！妈妈带你去治疗，让你像其他小朋友一样，过正常的生活，希望还来得及……只求你能原谅我，小亮……"

顾小亮的表情开始是恐惧、迷茫、不安，终于，他无法控制自己的情绪了，抱着妈妈，放声大哭。

这天下午，苏晓彤做了两件事情。她先带儿子去理市最好的医院，挂了心理科，面对心理医生，她把一年前发生的事情和盘托出，然后请医生对顾小亮进行智商和心理的测试。测试之前，苏晓彤对儿子说，让他一定要打开心扉，用最真实的状况面对测试，不能再像一年前那样，故意装傻了。顾小亮重重地点了点头。

测试结果很快就出来了，医生告诉苏晓彤，顾小亮的智商完全没有问题，其实是个非常聪明的孩子。他刚才把自己一年前经历和看到的事情告诉了医生：

他那天晚上吃完晚饭后就睡着了，醒来的时候，发现自己被妈妈抱到了阳台，爸爸仍然睡在客厅的地板上，屋子里有火盆。然后，隔着玻璃窗，他看到妈妈走到爸爸面前，本来是想把爸爸也拖到阳台上的，但妈妈似乎想到了什么，改变了主意，拿起沙发上的抱枕，把爸爸捂死了。

当时顾小亮的神志是清醒的，但是身体无法动弹。看到这一幕后，他意识到了这是怎么回事，无法接受这样的事实：爸爸打算拉着他们一起自杀，而妈妈当着他的面杀死了爸爸。

这件事情给他造成了巨大的打击和心理阴影，顾小亮因此产生了创伤后应激障碍，自闭起来。京州市的医生以为是他吃了安眠药和一氧化碳中毒的缘故，甚至怀疑他大脑受损，造成智力障碍。

但实际上，顾小亮是遭受这样的刺激后，无法接受这个事实，才将自己的内心封闭起来，听到医生说他有可能变傻，他干脆装疯卖傻，用这样的方式逃避现实。这些都是心理问题，并非智力问题。

苏晓彤问心理医生，这样的状况能得到矫正吗？医生说，还好你没有拖太久，孩子现在正好处于心智成长的重要时期，假如长期装傻，他的自我认知会逐渐发生改变，最后真的认为自己是一个傻子。换句话说，这样的状况如果再持续下去，装傻的顾小亮，可能就会变成真傻了。

苏晓彤感到后怕，也感到幸运——幸好现在还不算晚。她请求医生在接下来的一段时间，对顾小亮进行心理治疗，希望他能恢复正常。

之后，苏晓彤带着儿子来到刑警支队，找到谭勇，主动自首。

两个多月后，理市第一人民法院公开审理了此案，最后判决结果如下：

顾磊犯故意杀人罪，判处死刑；

樊柯策划和协同犯罪，判处有期徒刑十年；

沈凤霞杀人未遂，考虑其有自首情节，认罪态度良好，处罚从轻，判处有期徒刑四年；

苏晓彤犯故意杀人罪，但考虑事出有因，前夫张晟两次想要带上一家人自杀（烧炭自杀之前，张晟还策划过另一起车祸事件，所幸一家人只是受了轻伤），苏晓彤出于保护儿子和自己的考虑，被迫将其杀死。考虑其有自首情节，认罪态度良好，并且有一个七岁大的儿子需要抚养，处罚从轻，判处有期徒刑五年。

四人均无异议，服从判决。

尾声

三年后。一个天气晴朗的上午。

理市监狱的大门徐徐拉开,苏晓彤穿着素净的衣服,通过一条林荫道走出监狱大门。远远地,她就看到了等候在门口的谭勇。

谭勇微笑着迎上前去,说道:"祝贺你因为表现良好,提前出狱。"

"谢谢你,老谭。我知道,你在监狱领导面前帮我说了不少好话。"

"那是建立在你确实表现良好的基础上,而且三年前帮助警察破案,算是重大立功,才能减刑两年,不然说多少好话都没用。走吧,上车!"

苏晓彤坐上谭勇的警车:"小亮今天在上学吧?"

"对,所以他没法来接你。"

"没关系,等他放学就能看到了。这三年多亏你了,老谭,小亮住在你们家,给你们添麻烦了。"

"什么话!我女儿出国留学去了,我们家正好缺个孩子呢。小亮特别懂事,学习成绩也好,一点都不让我们操心,窦慧可喜欢他了。听说他要回家了,她还有点舍不得呢。"

苏晓彤笑了:"他以后也可以经常去你们那儿啊,早就算你们半个儿子了。"

"哈哈,说得也是。"

车子在道路上匀速行驶,苏晓彤把车窗打开一些,看着窗外阔别已久的风景,呼吸着新鲜空气。其实监狱内外的空气并无二致,但是多了自由的气息之后，就变得格外清新怡人了。

十几分钟后，苏晓彤发现谭勇似乎并没有朝玥海湾的方向开，而是驶入了环海路。她说："我们不去玥海湾吗？"

"对，我先带你去个地方。"

"哪儿呀？"

"去了就知道了。还有几分钟就到了。"

苏晓彤便不再问了，欣赏着沿途的风景。

很快，车子在一座美丽的庄园面前停了下来。谭勇说："下车吧。"

苏晓彤从车子里走下来，抬眼看到正上方的"玥海庄园"四个大字，侧面的墙上还挂了一个竖着的牌子，上面写着：希岸疗养中心。

"这是？"苏晓彤望着谭勇，"我们来疗养中心干什么？"

"进去看看吧。"

俩人走进大门，映入眼帘的是一个宽敞、雅致的小院，院子里种植着各种盆栽，鲜花绽放、绿意盎然。零零散散的老人们围着户外桌椅打牌、聊天，气氛融洽。

穿过院子进入疗养中心内部，一楼是书吧、餐厅、咖啡厅、棋牌室，全部带有宽阔的大阳台，阳台正对玥海，能欣赏到绝美的景致，采光非常好，老人们坐在阳台上看书和喝茶，十分惬意。

"怎么样，这地方不错吧？"谭勇说，"一共五层楼，二楼到五楼是套房，总共四十多个房间，一半的房间都是海景房。"

"岂止是不错，简直太棒了。怎么，老谭，你是想让我现在就开始养老了吗？"苏晓彤开玩笑地说道。

谭勇笑了。"当然不是。"他朝苏晓彤身后努了努嘴，"你看看谁来了。"

苏晓彤转过身去，赫然看到，李雪丽、范琳、王星星、韩蕾四个人不知什么时候悄然出现在了她身后，她惊喜地说道："你们怎么都在这儿？"

四个人笑着走过来，挨个跟她拥抱了一下，祝贺她提前出狱。范琳说："我们当然在这儿——这家疗养中心是我们开的呀。"

"啊，你们开的？"

"对，还记得亚梅姐的遗产吗？最后只有我们四个人继承了。每个人六千多万，分二十年支付的话，每人一年是三百多万。我们四个人加起来，第一年就有一千二百多万，你想知道这些钱是怎么用的吗？"李雪丽说。

苏晓彤点了点头。

"我买了辆跑车。"王星星说。

"愿望实现了。"苏晓彤说。

"我和范琳姐去上海疯狂Shopping了一番，收获了很多包包、衣服、鞋子。"韩蕾说。

"你们当初就打算这么做。"苏晓彤笑着说。

"我换了套房子，和马强结婚了，然后出国去度了一个豪华版的蜜月。"李雪丽说。

"啊，你都结婚了，恭喜！"

"除此之外，我们还集体资助老谭的女儿出国留学，包了她大学期间所有的费用。然后，我们就不知道该干吗了。手里还有很多钱，关键是，每年都有这么多。我们几个人全都陷入了迷茫。"范琳耸了下肩膀，"这时雪丽像当初那样提议道'我们要不要组建一个大家庭，一个真正的大家庭'。"

"这个提议得到了我们几个人的一致响应。亚梅姐当初就热衷公益事业，袁老师也有这样的想法，所以我们就想，为什么不用这笔钱来做一些有意义的事情呢？"韩蕾说。

"于是我们一起出钱，买下了这家'玥海庄园'——分成好几年付款，改建成了疗养中心。一开始本来是不打算收钱的，但王星星说，这样的话，这地方肯定要被挤爆，所以我们就象征性收点钱，用作运营开销，这样也更长久一些。所以，算是半公益性质的吧。"李雪丽说。

"每个月一千块钱，包吃包住，海景房，还可以免费打牌、看书、喝咖啡……怎么样，划算吧？"王星星说。

"简直太棒了。"苏晓彤由衷地说。

"不是谁都能住进来的，只针对六十岁以上的孤寡老人。条件困难的，可以半价或者免费。"王星星说。

"非常合理。"

"你想知道，我们开了这家疗养院之后，发生了什么事吗？"范琳问。

"发生了什么？"

"我们简直——快乐得不得了！"范琳满面红光地说道，"因为大家都知道，我们不是以营利为目的的，所以不管是住在这里的老人，还是其他市民，都对我们非常尊敬，也带动了更多人做公益。一些年轻人主动来这里当志愿者，还有商家免费送来食品、蔬菜、水果，政府也给予税收减免政策。结果，反而盈利了。真有意思，你拼尽全力想赚钱的时候，不一定能赚到钱；不想赚钱的时候，反而赚钱了。"

"这就叫无心插柳柳成荫吧。"苏晓彤说。

"不过我说的快乐不是指赚钱，而是我们每天的生活状态。和这些和蔼可亲的老人和积极向上的年轻人在一起，我们感受到了付出的快乐，每天都过得特别充实。每个周末还有文艺晚会呢，你真应该感受一下那热烈的气氛。"范琳说。

"我现在就想参加了。"苏晓彤说。

"你当然得参加，我说的不是晚会，而是这次这个真正的大家庭。"李雪丽说，"晓彤，你知道吗？你是这家疗养中心的股东之一。"

"什么？"苏晓彤呆住了。

"当初我们办理股权登记的时候，就把你算进去了。本来想把老谭也加进去的，他谢绝了，说我们资助他女儿读大学就已经很不错了。"

"那为什么我……"

"因为当初多亏了你，我们才能走出那段阴影，重拾友谊。"

苏晓彤百感交集，心中的千言万语，最后只化为两个字："谢谢。"

此时,一个活泼开朗的男孩子背着书包、穿着校服从外面跑了进来,喊了一声:"妈妈!"

苏晓彤循声望去,是儿子顾小亮,他身上笼罩着一层金色的光芒,仿佛把阳光披在了身上。许久不见,儿子长高了,变成了一个阳光少年,苏晓彤的眼泪一下就涌了出来,母子俩奔向彼此,紧紧拥抱。

"你今天不是应该在学校上学吗,怎么……"

"谭伯伯说,今天是个特殊的日子,帮我请了半天假。"顾小亮说。

苏晓彤感激地望向谭勇。谭勇咧嘴一笑:"给你个惊喜。"

"还有惊喜呢,我们准备了一桌大餐,庆祝你回归大家庭。就在我们自己的餐厅,走吧!"李雪丽说。

众人走进窗明几净的餐厅,围坐一桌,窦慧也来了,她现在在疗养中心帮忙,跟大家早就成了熟人和朋友。美食呈上,美酒斟满,推杯换盏之际,苏晓彤想起了三年前刚来玥海湾小区,在李雪丽家吃的第一顿饭。一切仿佛就在昨天。

还是跟以前一样,一顿饭吃了好几个小时,除了没喝酒的顾小亮,大家都有些微醺了。

苏晓彤拿着手机,一个人走到面朝玥海的阳台上。微风拂面,天边隐约能看到紫红色的晚霞,海天连成一片,山水交相辉映,远处灯火通明,她许久不见如此美丽的景致了,竟有些神思惘然。戴上耳机,想听一首应景的音乐,正好随机到了播放列表中她最喜欢的一首歌,前奏的戏腔才起,已是泪湿眼眶了。

> 往事不要再提
> 人生已多风雨
> 纵然记忆抹不去
> 爱与恨都还在心里
> 真的要断了过去
> 让明天好好继续

你就不要再苦苦追问我的消息
……

为何你不懂
只要有爱就有痛
有一天你会知道
人生没有我并不会不同
人生已经太匆匆
我好害怕总是泪眼蒙眬
忘了我就没有痛
将往事留在风中